R&B

Pavo Pejić

Pussykiller

Roman

ROGNER & BERNHARD

1. Auflage, September 2009

ISBN 978-3-8077-1055-6
www.rogner-bernhard.de

Lektorat: Marion Hertle, München
Umschlaggestaltung: Philippa Walz und Andreas Opiolka, Stuttgart, unter Verwendung der Fotos von © suze/Photocase und © siffer/Photocase.
Layout und Herstellung: Leslie Driesener, Berlin
Gesetzt aus der Stempel Garamond
durch deutsch-türkischer fotosatz, Berlin
Druck und Bindung: CPI – Clausen & Bosse, Leck
Printed in Germany 2009

Marko sagt, dass ein Junge aus seiner Nachbarschaft am Dienstag von einem Jungen aus einer ganz anderen Gegend erschossen wurde. Wir sitzen auf einem umgeworfenen Holzpflock auf dem Spielplatz beim Eulenkamp und starren in den Himmel hinauf und da erzählt uns Marko, wie er die Schüsse gehört hat. Wir haben erst den 30. Januar, aber es ist schon über fünfzehn Grad warm. Tobi atmet tief ein und stöhnt. Er hat sein Handy in der Hand und lässt Musik laufen; Fanny Girl rappt »Lexem« auf »einen stehen«. Von der Straße dröhnt ein Motorrad zu uns herüber.

Marko erzählt, wie es passiert ist:

»Der Typ steht beim Fußballfeld, drüben hinter dem Naumannplatz. Er dealt gerade, als dieser andere Typ ankommt und ihm in den Hals schießt. Dann rennt er weg. Er schießt dem Jungen in den Hals und haut einfach ab! Da waren ein paar Kids in der Nähe, die haben Hilfe gerufen. Und der Junge ist an seinem Blut erstickt. Von Schüssen in den Hals stirbt keiner, aber wenn das Blut fließt und keiner drückt 'ne Hand drauf, verblutest du.«

»Ich glaub kaum«, sagt Dominik.

»Doch, doch.« Marko nickt mit dem Kopf und schnippt die Asche von seiner Zigarette.

Fanny Girl rappt »Sozialisation« auf »Liaison« und beides auf »Aids-Infektion«.

»Wisst ihr nicht, wie das ist, wenn euch einer anschießt und die Kugel geht auf der einen Seite eures Körpers rein und auf der anderen wieder raus?«, sagt Marko und zeigt mit der Zigarette auf uns.

Tobi schüttelt den Kopf.

»Nein«, sagt Dominik.

»Was? Echt nicht?«

»Obwohl ...«, sagt Dominik und spuckt neben sich. »Jetzt, wo du's sagst, erinner ich mich. Da war mal was bei mir.«

Tobi lacht und Marko gibt Dominik einen Tritt. Fanny Girl rappt »Studentin« auf »Schwanzlutschakademieabsolventin«.

Ein Lastwagen fährt scheppernd vorbei. Für einen kurzen Augenblick kann ich nicht hören, was Dominik sagt. Dann schiebt sich eine Wolke vor die Sonne und über den kleinen grünen Hügel legt sich ein Schatten. Ich reibe mir mit einer Hand über den Oberarm und spiele mit meiner Spucke, indem ich die Lippen spitze. Von irgendwoher rieche ich einen fischigen Geruch.

Tobis Handy klingelt und er macht die Musik aus und geht ran. Er nickt bloß mit dem Kopf und sagt: »Ja. Ja. Ja.« Dann legt er auf und macht die Musik wieder an.

»Deine Mutter?«, sagt Dominik.

Dann erzählt Marko von dem Porno, den er vor kurzem gesehen hat – ein dünner Mann mit einem Riesenschwanz fickt eine fette Frau. Er steht auf und spielt die Szene nach, indem er Beckenstöße macht und so tut, als würde er die Frau dabei schlagen.

Auf den Holzpflock, auf dem wir sitzen, haben Kinder und Jugendliche ihre E-Mail-Adressen gekritzelt. Dominik streicht mit einer Hand über das Holz. *Du Hure* steht drauf und *suck.me@home.de*. Die Wolke zieht an der Sonne vorbei und das Kiesfeld wird wieder hell. Ich sehe die Überreste eines aufgeweichten und ausgetrockneten Böllers beim Gebüsch an der Straße.

»Habt ihr schon mal 'ne Fotze am Hals gehabt?«, fragt Marko, als er sich wieder hinsetzt.

»Nee«, sagt Dominik. »Wir sind bei unserer Geburt alle aus dem Arsch gekrochen.«

»Ich nicht«, sagt Tobi. »Ich bin per Kaiserschnitt.«

»Ich will Kacke essen«, sagt Marko.

Keiner reagiert darauf.

Fanny Girl rappt irgendwas.

Donnerstag, 31. Januar

Heute ist der letzte Tag des ersten Halbjahres. Obwohl es Zeugnisse gibt, fahren wir im Lehrplan fort. Frau Blond ist der Meinung, dass wir uns keine Pause leisten können.

»Das zweite Halbjahr hat so viele Ferientage«, sagt sie. »Dazu kommen die Prüfungen der Abschlussklassen. Außerdem liegen wir in einigen Fächern sogar hinter dem Zeitplan.« Sie hebt eine Hand und ballt sie zur Faust. »Leute, wir müssen was tun!«

Wir stöhnen.

In Mathe hat sich Herr Ezrin heute über Eltern aufgeregt, die im Auto laute Technomusik hören. Danach hat er eine ganze Stunde lang von Singapur erzählt.

Dominik ist nicht da. Ich verbringe die erste große Pause mit Marko und Tobi. Wir gehen in die Pausenhalle. Zwei Siebtklässler haben eine Colaflasche auf dem Boden zerdeppert und Herr Oswald hält ihnen eine Standpauke. Alle stehen um sie herum und schauen zu. Ich sehe, wie eine dicke Serbin aus der H8 sich am Milchverkauf einen Kakao besorgt und dann zuerst den ganzen Karton austrinkt, bevor sie sich bei der Verkäuferin darüber beschwert, dass der Kakao vergammelt schmeckt. Die Frau gibt ihr einen neuen und legt den leeren Karton zur Seite. Es gibt keine Laugenstangen mehr. Auch die Croissants sind aus. Überall auf dem Boden liegen Krümel.

Marko erwähnt eine Razzia am Naumannplatz, bei der es um Crack und Schwarzafrikaner ging. Dann fragt er, was ein Schwarzer mit einer Haselnuss im Arsch ist, danach, was mit einer Kirsche.

Frau Blond tauscht Englisch in der vierten Stunde mit dem Deutschunterricht von Frau Koch in der dritten. Auf diese Weise kriegen wir die Zeugnisse mitten während des Schultages. Sie ruft uns einzeln auf. Diesmal gehen wir die Klassenliste rückwärts durch und ich muss lange warten. Normalerweise bin ich immer einer der Ersten – Adžimović, Ahrens, *Baschka*. Frau Blond schaut mir lange in die Augen. Ich komme nicht dahinter, ob sie auch andere so eindringlich ansieht. Hätte ich das vorher gewusst, wäre ich aufmerksamer gewesen.

Noch ehe der Letzte sein Zeugnis hat, laufen die meisten bereits im Klassenraum umher und vergleichen ihre Noten und rechnen ihre Durchschnitte aus. Die mit den schlechtesten Zeugnissen bleiben auf ihren Plätzen sitzen. Ich rechne meine Noten nicht zusammen, obwohl es einfach wäre; bei zehn Fächern müsste ich bloß alle Zahlen addieren und anschließend ein Komma zwischen beide Ziffern setzen. Benny schlägt vor, dass wir alle Notendurchschnitte zusammenrechnen und dann durch die Anzahl der Schüler teilen, um den Klassendurchschnitt herauszufinden. Frau Blond sagt, dass sie das bereits getan habe und dass uns das Ergebnis bloß auf den Boden zurückholen würde. Ich schaue mir mein Zeugnis noch mal an. *Freie und Hansestadt Hamburg* steht oben drüber, dann *Haupt- und Realschule Königsländer*, dann *Realschule*. Wir machen fünf Minuten früher Schluss und haben zehn Minuten länger Pause.

Nach Schulschluss gehe ich mit Marko nach Hause. Er hat sein Fahrrad dabei, ein altes Damenrad mit zerkratztem hellblauem Lack. Ich war dabei, als er es geklaut hat. Das war bei der S-Bahn-Station Friedrichsberg. Das Rad lehnte an einer Laterne. Es stand dort schon seit Wochen. Marko hantierte eine Weile am Schloss herum, ein altes Schloss. Solche Teile werden heute gar nicht mehr hergestellt. Man konnte es problemlos öffnen, brauchte dazu nicht mal einen Schlüssel. Ich setzte mich hinten drauf und wir fuhren die Krausestraße hinauf. Dann fragte mich Marko, wo wir hinwollen. Wir fuhren nach Barmbek und dann durch Bramfeld, bis wir nach Wellingsbüttel kamen, und dort drehten wir dann nach Farmsen um und gingen ins EKZ. Später, als wir uns trennten, sagte Marko nicht, was er mit dem Rad anstellen würde.

Er benutzt immer noch dasselbe Schloss. Es wird niemanden davon abhalten, das Fahrrad von neuem zu stehlen, aber darauf hat es wohl auch niemand abgesehen; das Fahrrad ist zu alt und hässlich. An mehreren Stellen sticht deutlich der Rost hervor. Das Schloss dient lediglich der Abschreckung. Wenn es morgen weg wäre, würde Marko sich nicht ärgern.

Freitag, 1. Februar

Tobi lacht. Ein Mädchen – älter als wir – mit dicken Titten in einem schwarz-weiß gemusterten Zweiteiler steigt am Beckenrand aus dem Wasser, geht an uns vorbei und verzieht das Gesicht.

»Die würde ich ficken«, sagt Marko und nimmt die Hand aus seiner Badehose.

Er zieht am Bund und grunzt. Ich sehe, dass er einen Steifen hat. Er steht auf und streckt sich. Jetzt sehen es auch Dominik und Tobi.

»Ich hab den fettesten Schwanz überhaupt!«, sagt Marko, als er bemerkt, wie wir kucken.

Keiner protestiert.

Wir gehen auf die Tunnelrutsche. Ein paar Zwölfjährige liegen vor den Pumpen und sammeln Wasser für eine große Welle, dann rutschen sie los. Wir stellen uns vor das Rohr und warten, bis hinter uns eine kleine Schlange entsteht. Es sind alles kleine Kinder, erst sechs, sieben Jahre alt. Alle älteren lassen wir vor. Dann gibt Marko Tobi ein Zeichen und Tobi rutscht los. Marko lässt ein paar Kinder durch. Dominik folgt ihnen. Dann lässt Marko wieder ein paar kleine Jungs durch und ich gehe ins Rohr. Die Rutsche ist nicht besonders originell. Sie hat ein paar Linkskurven, zwei gerade Teile in der Mitte und eine Rechtskurve zum Schluss. Vor Jahren wurde sie umgebaut und jetzt ist sie deutlich kürzer. Ich rutsche auf dem Rücken. Im Mittelteil hat Tobi den Stau verursacht. Er liegt quer in der Röhre. Die Kinder weinen bereits. Ich versuche, keinen der Jungen mit den Füßen zu erwischen. Zwei weitere Jungen erscheinen hinter mir. Sie sind ziemlich schmächtig. Einer schreit nach seiner Mutter, der andere quengelt. Tobi und Dominik unterhalten sich über das Handy, das Tobi sich kaufen möchte. Dann kommt Marko aus der Kurve. Er hat ziemlich viel Tempo drauf und knallt mir mit den ausgestreckten Füßen in die Rippen. Ein kleiner Halbschwarzer bekommt einen Panikanfall. Marko fängt laut an zu lachen. In diesem Moment zerren Dominik und Tobi die Kinder an sich vorbei und schubsen sie den Tunnel hinunter. Marko zischt sie an, uns nicht zu verpetzen, und droht ihnen mit Schlägen. Die Kinder gleiten weinend davon.

Meine Augen glühen vom Chlor. Ich bin eine Weile getaucht. Meine Haare kleben mir in Strähnen an der Stirn. Im Duschraum bleiben wir immer ziemlich lange, auch wenn wir uns noch gar nicht fertig machen, um nach Hause zu gehen. Jeder hat seinen eigenen Duschkopf. Ein Duschstrahl hält fünfzehn Sekunden, dann geht das Wasser aus und man muss noch mal drücken. Dominik haut gegen den Knopf und zählt bis vierzehn, dann haut er noch mal dagegen. Auf der Toilette findet Marko eine Flasche mit Shampoo. Er reißt den Deckel ab und kippt das Shampoo aus. Wir machen uns einen Spaß daraus, die Flasche mit kaltem Wasser zu füllen und es uns gegenseitig über den Kopf zu schütten. Dann hängt Marko seinen schlaffen Schwanz hinein, macht ein angestrengtes Gesicht und pisst in die Flasche. Irgendwie kriegt er den Deckel wieder drauf und stellt die Flasche auf die Ablage unter einem Duschkopf. Nach einer Weile kommen zwei Männer in den Duschraum. Der eine hat sein eigenes Shampoo dabei, der andere benutzt gar keines. Als nächstes kommt ein Rentner herein und stellt sich unter die Dusche bei der Shampooflasche. Er dreht sich um und bemerkt sie. Wir grinsen und verlassen die Männerdusche.

Am Schwimmhallenimbiss kaufen wir uns etwas. Dominik bestellt sich Fritten, Tobi einen großen Hotdog, ich esse ein Eis am Stiel.

»Fettsack«, sagt Marko zu Dominik. »Du bist schon fett genug und isst trotzdem noch.«

»Und du bist arm«, sagt Dominik. »Kannst dir nicht mal selbst was leisten.«

»Ich hab Geld dabei. Was denkst du denn?! Ich kann mir alles leisten, was die hier haben. Aber ich tu's nicht, weil Tobi mir was von seinem Hotdog abgibt.«

Tobi nickt.

»Schnorrer«, sagt Dominik.

Wir sitzen auf dunkelblauen Gartenstühlen an einem runden weißen Plastiktisch. Zwei Tische weiter sitzt eine fette deutsche Frau mit einem jungen schwarzen Mann. Die Frau unterhält sich mit der Verkäuferin, die hinter dem Tresen steht. Der schwarze Mann macht auf mich nicht den Eindruck, als würde er auch nur ein Wort verstehen.

Ein Vater und seine beiden Kinder betreten den Imbiss.

»Also«, sagt der Vater, »was wollt ihr haben? Wollt ihr ein Eis oder lieber Pommes frites?«

Der Junge entscheidet sich für Fritten. Das Mädchen ist unentschlossen.

»Oh, kuck mal, Marie, die haben auch Hotdogs hier«, sagt der Vater. »Willst du einen Hotdog? Oder nimm doch einen Hamburger.«

Marie schüttelt den Kopf. Die Verkäuferin kommt an den Tresen.

»Hamburger, Marie? Oder such dir doch was aus diesen Haribos aus. Hm, Marie? Was sagst du?«

Marie schüttelt noch mal den Kopf. »Ich will das nicht«, sagt sie trotzig. »Ich will gar nichts!«

»Was kann ich Ihnen bringen?«, fragt die Verkäuferin.

»Einmal Pommes und äh …«, fängt der Vater an.

»Mit Mayo!«, sagt der Junge.

»Ja, mit Mayo«, sagt der Vater und wieder an das Mädchen gerichtet: »Und vielleicht einen Hotdog, Marie? Hm? Hotdog?«

»Nein, ich will nichts!«

»Also nur Pommes weiß?«, fragt die Verkäuferin müde.

»Ja, einmal Pommes und für mich … nein, doch nicht … Marie, willst du wirklich nicht …?«

Marie verschränkt die Arme.

»Nur einmal Pommes«, sagt der Vater schließlich.

Die Verkäuferin dreht die Fritteuse auf und wirft eine Handvoll gefrorene Fritten ins Öl. Der Vater folgt seinen Kindern an einen Tisch.

»Ich hab ja einen Neger«, sagt die fette Frau etwas lauter und fasst dem Schwarzen an den Rücken. »Neulich war ich im New York, und dort hat es gestunken wie im Affenstall. Da sind alles Neger dort, die stinken alle. Aber mein Neger stinkt nicht.«

Die Verkäuferin nickt und dreht noch mal an einem Rädchen. Dann geht sie zur Kassenmaschine und gibt einen Preis ein. Der Vater steht auf und zückt sein Portemonnaie.

Marko bewirft Dominik mit einer Röstzwiebel, die er von Tobis Hotdog gefischt hat.

»Marko, du bist so ein Penner – mir fehlen die Worte, Mann, echt.«

Marko lacht bloß.

Als die Fritten des Jungen fertig sind, bringt die Verkäuferin sie ihm an den Tisch und wünscht ihm Guten Appetit. Der Junge nimmt die Pommes von den Rändern und tunkt sie in die Mayonnaise in der Mitte. Nach einer Weile grapscht seine Schwester sich eine Fritte und isst sie. Der Junge sagt nichts. Dann nimmt sich das Mädchen noch eine.

»Marie, lass das!«, sagt der Junge und haut ihr auf die Hand. »Du wolltest doch keine Pommes! Das sind meine!«

»Hey, gib ihr welche ab«, sagt der Vater zu dem Jungen.

Marie grinst und nimmt sich eine Fritte mit viel Mayonnaise dran. Der Junge ist beleidigt.

Marko sagt, dass es deshalb im Kinderbecken so warm ist, weil die Kleinen immer ins Wasser pissen. Als wir auf einen Sprung dort sind, fängt Tobi eine Unterhaltung mit einem Mädchen an. Das Mädchen ist mit drei Freundinnen da.

Sie hat langes rotes Haar und Sommersprossen im Gesicht. Und dicke Titten. Sie sehen aus, als würden sie schon hängen. Sie ist ziemlich kess drauf, die Rothaarige; sie neckt Tobi und schubst ihn, und Tobi lacht darüber, schubst sie aber nicht zurück.

Dominik und ich stellen uns in die eine Ecke des Beckens, die Mädchen sich in die andere. Sie sind in unserem Alter. In der Mitte rangeln Tobi und Marko mit der Rothaarigen. Sie kommen auch mit den anderen Mädchen ins Gespräch. Dominik und ich bleiben am Rand. Tobi scherzt mit zwei Mädchen gleichzeitig, während Marko ins Wasser abtaucht und hinter der Rothaarigen wieder auftaucht und sie umreißt. Tobi versucht dasselbe bei einem der anderen Mädchen. Alle lachen. Die Vierte, eine kleine Blonde mit einem hübschen blauen Bikini und heller weißer Haut, schaut zu mir herüber. Ich schaue weg. Sie schaut auch weg. Dann blinzele ich sie kurz an und lächle, aber sie sieht es nicht.

Als ich das nächste Mal zu Marko schaue, sehe ich, dass er der Rothaarigen etwas ins Ohr flüstert. Zuerst lacht sie bloß darüber. Dann sagt sie etwas zu ihren Freundinnen und auch die lachen.

»Wirklich«, sagt Marko.

»Beweisen!«, fordert die Rothaarige.

Marko zeigt ihr unter Wasser seinen Schwanz. Ich schaue mich um und sehe, dass auch jede Menge Kleinkinder im Becken sind. Eines hat noch Schwimmflügel an den Armen. Auch einige Erwachsene sind da. Wieder flüstert Marko der Rothaarigen etwas zu.

»Na gut«, sagt sie.

Die beiden steigen aus dem Wasser und gehen auf den Flur bei den Umkleiden. Die Mädchen fangen an zu tuscheln. Tobi kommt zu Dominik und mir herüber.

»Er zeigt ihr jetzt seinen Schwanz.«

Dominik ist nicht beeindruckt. »Und wie heißt sie?«

»Keine Ahnung.«

Nach einer Weile sind Marko und die Rothaarige wieder da. Alle kichern. Bevor die Mädchen sich umziehen gehen, tauschen Tobi und die Rothaarige ihre Nummern aus. Wir stellen uns wieder unter die Dusche. Marko erzählt uns, wie er der Rothaarigen – Ronna heißt sie, hören wir jetzt – seinen Schwanz gezeigt und dann an ihren Titten rumgespielt hat.

Dominik und ich ziehen uns vor den anderen um. Marko und Tobi wollen noch einen Moment unter der Dusche bleiben. In den Umkleiden hat Dominik auf Anhieb Ärger mit zwei Türken. Zuerst glotzen sie uns nur an und rümpfen die Nasen. Dann stellt sich einer Dominik in den Weg.

»Was wird das?«, sagt Dominik.

Der Türke fängt an, Dominik nachzuäffen, und bezeichnet ihn als Schwuchtel.

Dominik sagt zu dem Jungen, dass er selber schwul sein muss, wenn er sich ihm schon in den Weg stellt. Das versteht der Junge nicht. Er nennt Dominik »Scheißdeutscher«. Dominik fordert den Jungen noch mal auf, ihn an seinen Schrank zu lassen. Der Junge sagt noch mal Schwuchtel. Sein Freund stellt sich hinter ihn und lacht. Dann kommen Marko und Tobi aus dem Duschraum.

»Was ist hier los?«, sagt Marko, als er sieht, wie Dominik und der Junge sich gegenüberstehen.

Der ausländische Junge macht einen Schritt zurück.

»Will der was von dir?«, fragt Marko Dominik, dann sieht er den Jungen an. »Willst du was, du Scheißausländer?«

»Schon okay«, sagt Dominik.

Der Junge macht noch einen Schritt zurück. Dann gehen

die beiden Türken den Flur hinunter und verschwinden hinter einer Glastür.

»Was war da los? Hat der dich angemacht?«

»Nein, nein«, sagt Dominik. »Die Typen haben bloß kein Hirn. Das ist alles.«

Marko schaut auf den Flur hinaus. »Wollen wir ihnen nach?«

»Ach was«, sagt Dominik.

»Was war denn?«, sagt Marko jetzt zu mir.

Ich schaue zu Dominik. Langsam nimmt er seine Sachen aus dem Schrank. Ich zucke bloß mit den Schultern.

»Kommst du mit?«, fragt Marko Tobi.

»Nein, lass doch«, sagt Dominik. »Die sind es gar nicht wert. Scheiß mal drauf.«

Wir ziehen uns langsam um. Nur Marko bleibt noch eine Weile im Flur stehen und sieht so aus, als würde er nachdenken und abwarten.

*

Gegen dreiundzwanzig Uhr ruft Stani bei mir zu Hause an. Er ist in einer Telefonzelle, weil seine beiden Handys nicht funktionieren. Er sagt, dass er mit Ibrahim aus der H9 in einen Club bei Planten un Blomen gehen möchte und dass ich mitkommen soll.

Kurz nach halb zwölf bin ich am Dammtor. Stani wartet am Bahnsteig. Er sagt, dass Ibrahim gerade im McDonald's ist. Ibrahim kommt ein paar Minuten später. Er hat einen Big Mac in der Hand. Wir streifen durch den Park und Stani und Ibrahim unterhalten sich über einen Typen, den ich nicht kenne.

»Ey, Paul«, sagt Ibrahim. »Glaubst du, wir kommen rein?«

»Ich hoffe.«

»Warst du schon mal in so einem Club?«

Ich sage, dass ich es schon war, obwohl das nicht stimmt.

Ibrahim sagt, dass man in diesen Club nicht so leicht kommt, aber Stani schüttelt den Kopf und meint, dass wir es ganz sicher schaffen. Ibrahim fängt an, Stani über ein Mädchen namens Sina auszuquetschen.

Wir betreten einen dunklen Weg. Nach ein paar Schritten kommt uns eine Gruppe Mädchen entgegen.

»Wart ihr in dem Club?«, fragt Stani sie. »Ist die Schlange noch immer so lang?«

Die Mädchen lachen.

»Sie ist sogar noch länger geworden«, sagt eine Blondine und die Mädchen lachen noch mal und gehen weiter.

Die Schlange reicht bis zum dunklen Fußweg herauf. Die Wartenden schauen genervt. Viele telefonieren auf ihren Handys und rauchen dabei. Ein paar Jungs bauen sich einen Joint. Stani flucht und Ibrahim findet, dass wir uns vordrängeln sollten. Wir reihen uns ein und stehen eine Weile in der Schlange. Als wir uns nach zwanzig Minuten nicht von der Stelle gerührt haben, schlägt Stani vor, dass wir es auf der anderen Seite des Clubs versuchen sollen.

Wir kommen an einem Nebeneingang vorbei. Die Tür hat ein Glasfenster und man kann in die Küche hineinschauen. Es ist der Lieferanteneingang. Ein paar türkisch aussehende Jungs stehen davor. Ibrahim fragt sie etwas auf Türkisch und einer von ihnen antwortet auf Deutsch, dass Freunde von ihnen auf das Dach geklettert sind, weil man von dort in den Hinterhof des Clubs gelangen kann. Er sagt, dass sie es auch gleich versuchen wollen.

Wir gehen den Weg noch ein Stück weiter. Am Ende des Weges stehen drei Typen und schauen auf den Hinterhof hinunter. Der Hof ist durch einen hohen Zaun abgegrenzt, aber das Dach des Clubs liegt an dieser Stelle sehr niedrig. Einer der Jungen raucht seine Zigarette in kurzen, hastigen Zügen. Dann schnippt er die Kippe weg und sein Freund macht eine Räuberleiter. Der Typ steigt seinem Freund auf die Hände, greift an die Dachrinne und zieht sich an der Wand hoch. Er schwingt ein Bein nach oben und stemmt sich vollends hinauf. Seine beiden Freunde jubeln und Stani grinst und schaut Ibrahim erwartungsvoll an.

In dem Augenblick kommen zwei große, breite Männer aus dem Dunkeln gerannt. Sie haben Glatzen und tragen dicke Bomberjacken. Einer hält ein Funkgerät in der Hand. Sie schauen auf den Hinterhof hinunter, kucken dann uns an, drehen sich wieder zum Hinterhof und geben irgendjemandem dort unten ein Zeichen. Der mit dem Bart spricht in sein Funkgerät und der andere rennt den Weg wieder zurück. Ibrahim schnalzt mit der Zunge und gibt mir ein Zeichen, dass wir gehen sollten.

Am Lieferanteneingang bleiben wir noch einmal stehen. Ein schwarzer Typ steht in der Küche und bedient eine Geschirrspülmaschine. Er trägt eine Schürze und ein weißes T-Shirt mit kurzen Ärmeln.

Stani klopft an die Scheibe. Der Schwarze dreht sich um. Er sieht Stani und zeigt dann in die Richtung, wo der Clubeingang liegt. Stani holt einen Zehneuroschein aus seiner Brieftasche und hält ihn an die Scheibe. Der Schwarze zeigt wieder Richtung Eingang.

»Du musst ihm mehr Geld geben«, sagt Ibrahim. »Hier kostet der Eintritt schon fast zehn Euro. Was kostet das dann erst, wenn wir zu dritt sind?!«

Stani holt noch einen Fünfeuroschein heraus. Der Schwarze zeigt ein letztes Mal zum Haupteingang und verlässt dann die Küche.

Eine kleine Gruppe Jungs hat sich vor einem Panoramafenster versammelt. Sie stehen im Dunkeln und beobachten die Leute im Club. Die Leute tanzen, unterhalten sich und trinken aus kleinen Gläsern. Ein paar von ihnen lehnen am Fenster.

»Eigentlich müsste man da durchkönnen. Das sind Brandschutzfenster«, sagt Stani.

»Albern!«, sagt Ibrahim.

»Natürlich! Kuck doch mal die grünen Aufkleber an den Rändern, du Bimbo!«

»Aber nur von innen. Von draußen kannst du sie nicht aufmachen.«

Stani gibt Ibrahim recht und verlangt noch eine Zigarette.

Die Jungen in der Gruppe wirken sehr ungeduldig. Einer von ihnen flucht über die Türsteher, und ein anderer lacht nur darüber, wie sein Freund sich aufregt, und spuckt mehrmals in die Büsche.

»Entschuldigung«, sagt Stani zu ihnen. »Sind Leute von euch da drin? Könnten die nicht das Fenster aufmachen?«

»Wir haben da ganz viele von unseren Leuten drin«, sagt ein Junge mit Brille. Das Fenster liegt niedrig, bloß einen halben Meter über der Erde. Der Junge tritt ein paar Schritte vor und klopft gegen die Scheibe.

Ein Mädchen mit blonden Haaren dreht sich nach ihm um und sagt irgendetwas, das wir hier draußen nicht verstehen können. Die Musik dringt dumpf zu uns hinaus. Der Junge mit der Brille zeigt auf die kleine silberfarbene Klinke an der Innenseite des Fensters, und das Mädchen zuckt mit den Schultern und dreht sich wieder weg. Der Junge mit der Brille klopft noch mal gegen das Fenster und das Mädchen dreht sich wieder um. Ein schmaler Typ mit Muskelshirt kommt ans Fenster und stellt sich neben das Mädchen. Er schaut den Jungen mit der Brille an. Sein Blick ist selig und vollkommen zufrieden. Der Junge mit der Brille zeigt noch mal auf die Klinke. Da streckt der Typ im Muskelshirt seine Hand nach der Klinke aus und versucht, sie herunterzudrücken. Das Mädchen fasst ihm warnend an die Schulter. Stani tritt ein paar Schritte vor und blickt erwartungsvoll zum Fenster hinauf. Mit einem Ruck schiebt der Typ die Klinke herunter. Er drückt gegen das Fenster, aber dann kapiert er, dass es sich nur nach innen hin öffnen lässt. Der Junge mit der Brille drückt gegen das Glas und das Fenster öffnet sich einen Spalt. Stani dreht sich zu Ibrahim und mir um und reibt sich die Hände. Der Junge mit der Brille fasst in den Spalt und schiebt das Fenster weiter auf. Seine Freunde loben ihn und sagen »Schön gemacht, Stefan«. Stefan steigt als Erster durch das Fenster, dann folgen Stani und Ibrahim. Sie lächeln. Das Mädchen mit den blonden Haaren und der Typ im Muskelshirt gehen beiseite. Gerade wollen auch Stefans Freunde hinaussteigen, als Ibrahim wieder hinausgedrängt wird. Ein Security-Mann mit Bomberjacke und Kahlschlag hat die Hand an seinem Rücken und schiebt ihn durch das Fenster zurück nach draußen. Dann schließt er das Fenster und zieht die Vorhänge zu. Zuerst flucht Ibrahim. Dann lacht er. Ich lache auch und die drei Jungs aus der Gruppe schauen sich ratlos an und gehen weg.

»Lass uns abhauen«, sagt Ibrahim. »Ist doch alles Scheiße. Gehen wir zu McDreck.« Er schlägt vor, dass wir Stani von dort eine SMS schreiben.

Wir verbringen die nächste Stunde im McDonald's und trinken Kaffee. Dann fahren wir nach Hause, weil Stani auf unsere Nachrichten nicht antwortet. Ibrahim erzählt mir, dass Stani angeblich eine neue Freundin hat.

Montag, 4. Februar

In der dritten Stunde verkündet Herr Ezrin stolz, dass er vorhin einen Schüler mit Koks in den Schuhen erwischt hat. Er grinst ein bisschen und lässt sich bitten, die Geschichte zu erzählen. Benny und ein paar andere Jungs aus der Klasse geben sich interessiert. Herr Ezrin erzählt, wie er gerade die R7 in Biologie unterrichtete, als ihm plötzlich ein neuer Schüler auffiel. Ein kleiner Junge, sagt er, aber dick eingekleidet, mit Kappe auf dem Kopf und ganz teuren Klamotten. Zuerst habe er sich ein bisschen mit ihm unterhalten. Da sei ihm aufgefallen, dass der Junge ziemlich viel zu erzählen hatte und sich dauernd an die Nase fasste.

»Da hab ich ihn angelächelt und gesagt: ›Zieh mal deine Schuhe aus.‹ Der Junge hat mich mit großen Augen angeschaut. So groß waren die.« Er reißt die Augen weit auf. »Da hat er erst mal gesagt: ›Haben Sie was gegen Polen?‹ Ich sag: ›Überhaupt nicht. Aber zeig mir jetzt mal deine Schuhe.‹ Da hat er seine Schuhe ausgezogen und ich hab hineingekuckt und ein kleines Tütchen mit weißem Pulver gefunden.«

Ein paar Jungs staunen. Dominik unterdrückt ein Gähnen.

»Ich hab gesagt: ›Komm mal mit.‹ Wir sind zu Frau Marieta gegangen und da hat er seine Mutter angerufen. Ich sage euch, sie war geschockt. Ich buchstabier es euch: G – E – S – C – H – O – K – T.« Herr Ezrin nimmt ein Stück Kreide und schreibt das Wort in Großbuchstaben an die Tafel, diesmal mit C. »Und der Junge? Der hat geweint. Wie ein kleines Kind hat er geflennt.«

»Weil er eins ist«, sagt Dominik unbeeindruckt, aber leise genug.

*

Mein Vater erzählt, dass Kinder heutzutage gar keine richtige Kindheit mehr haben und dass es immer bloß um Geld geht. Alles ließe sich auf Geld reduzieren, findet er. Geld entscheide über alles. Diejenigen, die Entscheidungen träfen, täten dies strikt nach dem Willen ihres Geldes. Investiert würde bloß in Dinge, bei denen man am Ende mit Profit rechnen könne.

Er stutzt einen Moment. Dann findet er den Faden wieder und sagt, dass man schon von früh auf dazu erzogen wird, so bald wie möglich Sex zu haben. Keine Chance dürfe ungenutzt bleiben, sagt er, überall müsse man dabei sein. Die Gesellschaft sei verrottet und entwickle sich rasant und alle, die sich entweder gegen irgendetwas sträuben, zu langsam sind oder bloß mehr Zeit für alles brauchen, würden früher oder später von diesem rasenden Tempo überholt und plattgemacht. Querdenken sei verpönt und führe zu nichts.

Ich verstehe kaum etwas von dem, was mein Vater sagt. Er ist wohl wegen irgendetwas verärgert. Auf diese Weise lässt er seine Wut immer raus.

»Was habt ihr heute in der Schule gelernt?«, fragt er erregt.

»Den Konjunktiv«, sage ich.

»*Konjunktiv?* Was'n das für'n Scheiß?!«

Er macht ein mürrisches Gesicht, dreht sich weg und liest wieder in seiner *Bild*. Nach einer Weile schüttelt er den Kopf und beschwert sich darüber, wie bescheuert die *Bild* ist.

»Alles wird nur noch schlechter. *Alles*, Paul«, sagt er und sieht mich dabei nicht an. Dann schaut er mich an. »Alles, Paul.«

»Alles?«

»Nein, *alles*. Alles, mein Sohn.«

Manchmal nennt er mich *mein Sohn*.

Dann klingelt das Telefon und mein Vater steht auf und

nimmt den Hörer ab. Als er wieder ins Zimmer kommt, lacht er und sagt, dass ihm jemand gerade ein Gewinnspiel andrehen wollte.

*

Am Abend kommt meine Mutter von der Arbeit. Ich gehe in den Flur und begrüße sie. Sie zieht zuerst ihre Schuhe aus, dann geht sie ins Schlafzimmer und zieht sich dort um. Danach geht sie ins Badezimmer, dann in die Küche und schließlich, nach einer Weile erst, zu meinem Vater ins Wohnzimmer. Ich setze mich in meinem Zimmer auf den dunkelblauen Läufer.

»Wenn ich mich ausruhen *möchte*, muss ich arbeiten«, höre ich meine Mutter sagen. Die Wohnzimmertür steht anscheinend offen. »Wenn ich mich ausruhen *kann*, tut mir der Rücken weh, weil ich zu viel arbeite. Nur wenn ich arbeite, tun mir die Knochen nicht weh, aber das macht alles bloß noch schlimmer.«

»Mutti kaputti«, scherzt mein Vater.

Mittwoch, 6. Februar

In der ersten großen Pause gehen Sammi und ich mit Stani auf die Jungentoilette. Stani sagt, dass die Lehrer neuerdings die Raucherecke auf dem Schulhof überprüfen, wenn sie ihre Runden drehen. Dort könne man sich nicht mehr verstecken. Dominik und Nenad und Sandra aus der R8 sind schon da. Ich sehe auch Ertan, und als ich an den Kabinen vorbeigehe, sitzt Marek aus der H7 in einer drin und zündet sich gerade eine Zigarette an. Stani stellt sich hinter die Tür an die Wand. Es ist ziemlich eng in der Toilette. Sandra unterhält sich mit zwei Kopftuch-Türkinnen, die ich nur vom Sehen kenne. Sie schnippen ihre Asche in die Pissbecken. Ich stelle mich zwischen Dominik und Sammi ans Fenster. Dominik bietet mir eine Zigarette an und dann bietet er auch Sammi eine an, obwohl er weiß, dass Sammi nicht raucht. Ertans Kopf erscheint über der Tür einer Kabine und er sagt zu mir, dass er auf dem Türgriff steht. Ich sehe, dass in dem Pissbecken neben Dominik bereits ein paar Kippen schwimmen. Auf dem Rand liegt Asche. Ich nehme einen ersten tiefen Zug.

»Alles voller Sprüche«, sagt Ertan. »Die ganze Tür ist voll damit.« Er deutet auf die Innenseite der Tür. »Hier steht: *Mädchen sind wie Senfgläser – Jeder will seine Wurst reinstecken.*«

Wir Jungs lachen.

»Und Jungs sind wie Milch«, sagt Sandra. »Lässt du sie stehen, werden sie sauer.«

Jetzt lachen die Mädchen

»Ich wette, ich kann die Zigarette in einem Zug aufrauchen«, sagt Dominik zu Sammi. »Willst du dagegen wetten?«

Sammi schüttelt den Kopf.

Dominik nimmt einen Zug. »Erster Waggon«, sagt er und zieht noch mal. »Zweiter Waggon.«

Eine der Türkinnen erwähnt Michaela und ihr Baby. Sie sagt, dass sie Michaela vor kurzem begegnet sei und dass Michaela jetzt ganz mager ist und total ungepflegt aussieht.

»Kein Wunder«, sagt Marek. »Sie hat ja auch einen Afghanen gefickt.«

Alle lachen, bis auf Sammi.

Die Mädchen sprechen über Connie und ihre Schwangerschaft. Dann reden alle wild durcheinander. Ich höre, wie Stani etwas über Herrn Ezrin sagt. Das Thema wird zum Gruppengespräch. Sandra meint, den Jungen gekannt zu haben, der das Koks dabeigehabt hatte. Er sei erst Anfang der Woche auf unsere Schule gekommen.

Im nächsten Augenblick geht die Tür auf und Frau Leland steht da. Die Mädchen zucken zusammen. Marek schließt langsam die Tür seiner Kabine.

»Na, das ist ja wunderbar!«, sagt Frau Leland. Sie tritt in die Toilette ein. »Wen haben wir denn da?« Sie schaut sich um und zeigt auf Ertan. »Du da! Steig da sofort runter!«

Ertan klettert von der Tür.

Frau Leland zückt einen kleinen Schreibblock. »Also gut. Ihr sagt mir jetzt eure Namen.«

Ich wundere mich, dass sie die nicht selbst weiß; wir haben sie dieses Jahr in Ethik.

Stani drückt sich hinter Frau Leland vorbei und verschwindet, ohne dass sie ihn sieht. Nenad nennt ihr seinen Namen und den Namen unserer Klassenlehrerin. Sandra sagt, dass sie Tanja heißt und in die siebte Klasse geht. Frau Leland macht sich ihre Notizen. Dann schließt sie die Toilettentür von außen ab, damit wir nicht mehr reinkönnen. Wir gehen auf den Schulhof und lachen darüber. Die Pause dauert noch ein paar Minuten. Als es klingelt und wir in unsere Klassen gehen, kommt uns Marek entgegen. Er erzählt uns, dass er nicht mehr aus der Toilette konnte, nachdem Frau Leland sie abgeschlossen hatte. Er musste gegen die Tür hämmern und um Hilfe rufen. Kurz vor Ende der Pause habe ihn eine Referendarin rausgelassen. Wir lachen über Marek, aber er mault, dass er das überhaupt nicht lustig findet.

»Marek ist ein kleines Sensibelchen«, sagt Dominik. »So wie ganz, ganz viele Kanaken; hässliche harte Schale, hässlicher weicher Kern.«

*

Marko und Tobi sitzen auf dem Teppich in Markos Zimmer und füllen Gras in Tütchen. Sie machen es nach Augenmaß, ohne Waage. Marko hat mehrere Stücke von einem Klumpen gerissen und sie auf ein weißes Küchentablett gelegt. Zu zweit hocken sie über dem Tablett. Der Klumpen war ursprünglich mal so groß wie ein neues Stück Seife.

Ich sitze neben Dominik auf der Schlafcouch, sauge an einem Fruchtzwerge-Stäbchen. Wir schauen den beiden bei der Arbeit zu. Auf dem Notebook läuft Musik, House-Tracks wechseln mit Porno-Rap-Stücken ab; Bozz Nigga rappt in unverständlichem Englisch und im Hintergrund stöhnen Frauen.

Tobi schiebt das Tablett von sich weg, streckt die Arme aus und legt sich auf den Rücken. Er starrt an die Decke und schließt die Augen. Der Bozz-Nigga-Track geht zu Ende. Das nächste Stück ist von Cum Factory und beginnt mit der dreckigen, höhnischen Lache eines kleinen Mädchens. Marko nickt mit dem Kopf. Er nimmt die Zigarette von den Lippen und schnippt die Asche in den schwarzen Plastikaschenbecher. Dominik erwähnt eine Stelle in dem Song, die ihm gefällt, und ich lausche und warte den Moment ab, bis Dominik seine erhobene Hand niedersinken lässt und »Jetzt« sagt. Aber dann reagiert er zuerst nicht, und nach einer Weile kratzt er sich an der Schläfe und sagt, dass er wohl doch einen anderen Song gemeint hat. Er lehnt sich wieder zurück und zündet sich eine Zigarette an.

Tobi sieht so aus, als würde er schlafen.

»Tobi«, sagt Dominik. »Marko sagt, du hast dich kürzlich bei diesem Laden beworben, wo du dein Praktikum gemacht hast.«

»Beim Elektriker«, sagt Tobi. »Vor ein paar Tagen.«

»Rammen die dir auch so einen Pflock durchs Ohrläppchen, wenn du die Ausbildung anfängst?«

»Nein, Mann!«, sagt Marko. »Das machen die Schreiner! Und auch nur, wenn du die Ausbildung *hinter* dir hast, klar?«

Dominik sagt nichts.

Marko füllt noch ein paar Krümel in eines der Tütchen und drückt den Verschluss zusammen. Der Track von Cum Factory geht zu Ende und ein weiterer House-Remix setzt ein. Die Bässe pumpen.

»Du, Marko?«, sagt Dominik zwischen zwei Zügen. »Wollen wir bald noch einen rauchen?«

Marko schüttelt den Kopf.

»Was?«

Marko schüttelt wieder den Kopf.

Dominik verdreht die Augen.

Auf Markos Bildschirm hat sich der Schoner eingeschaltet. Fotos ziehen vorbei. Es läuft eine Slide-Show: Marko und Tobi in ihrem Klassenraum, Marko und zwei Mädchen aus seiner Klasse beim Rauchen unter einer Straßenlaterne, zwei Mädchen, die ich nicht kenne, Grimassen in die Kamera schneidend. Ich schaue zu Tobi. Er hat sich eine Hand in seinen Hosenbund geschoben.

Marko legt die gefüllten Tütchen beiseite und streckt seinen Rücken durch. Er stöhnt und gähnt und reibt sich die Augen. Dominik beugt sich vor und langt nach dem Aschenbecher.

»Lass uns jetzt mal einen rauchen!«

»Später«, sagt Marko und schaut aus dem Fenster.

»Jetzt!«

Marko verzieht das Gesicht und stupst Tobi gegen die Schulter. »Ich hab mir gestern so einen runtergeholt! Alter!«

Tobi rührt sich nicht. Marko furzt und Tobi fängt an zu lachen. Dominik hält sich die Nase zu.

Der Klumpen ist jetzt nur noch eine fette Knolle. Marko nimmt sie und packt sie in ein größeres Plastiktütchen. Er drückt die Luft aus der Tüte und macht den Verschluss zu. Dann kehrt er die Krümel mit einer Hand zu einem Häufchen zusammen und streut sie in ein anderes Tütchen.

»Aber *das* können wir doch rauchen, Marko!«, sagt Dominik und zeigt auf das Tütchen mit den Krümeln. »Ist doch nur Piece.«

Marko schüttelt den Kopf und steht vom Boden auf. Er gibt Tobi einen Tritt gegen den Oberschenkel, geht zum Fenster rüber und schaut auf den Naumannplatz hinunter. Der House-Track geht zu Ende. Eine kurze Pause entsteht.

»Glaubst du, Dani macht dich an, wenn du hier was verkaufst?«, fragt Dominik, nimmt noch einen Zug von seiner Zigarette und drückt sie schließlich im Aschenbecher aus.

»Quatsch! Ich hab es doch von Dingsda. Er und Dani sind Freunde.«

»Echt? Und der große Typ mit dem Muskelshirt, wie heißt der noch?«

»Ich weiß, wen du meinst. Aber der macht auch nichts.«

Tobi öffnet die Augen und schaut sich im Zimmer um. Er fährt sich mit der Hand über die Haare und richtet sich auf. »Nehmen wir das alles mit oder was?« Er zeigt auf die Tütchen. »Ist ein bisschen viel, oder?«

»Nur drei, vier«, sagt Marko.

»Marko«, sagt Dominik.

»Was?«

»Komm.«

Marko schüttelt den Kopf. »Alter, was hab ich mir einen runtergeholt!« Er schaut zu mir. »Ganz neues Video. Aus Russland. Eine Frau, die mit einem Elch fickt.«

Tobi sammelt die Tütchen auf und verstaut sie in einer Schublade von Markos altem PC-Tisch. Beide stecken sich je zwei Tütchen in die Hosentaschen.

»Marko«, sagt Dominik noch mal. »Komm doch.«

Marko schaut wieder aus dem Fenster. Dann holt er eines der Tütchen aus seiner Hosentasche und wirft es Dominik zu. Dominik fragt, wo Marko sein Schälchen hat, und Marko meint, es müsse irgendwo unter der Schlafcouch liegen. Er öffnet das Tütchen und holt ein paar Knöllchen heraus. Dann sieht er, dass es nicht genug ist, und leert das Tütchen ganz aus. Dominik reißt eine Zigarette über der Schale auf und fängt an zu mischen. Marko rollt einen Filter und schlägt dann vor, dass wir *Doppel-Auspuff* rauchen. Er rollt noch einen zweiten Filter und Dominik holt seine Blättchen heraus.

Während wir rauchen, läuft ein Track der Al-Husseini-Gang auf Markos Notebook. Princess of Persia rappt, wie sie ihre Feinde massakriert und den Frauen die Titten abschneidet.

»Lange mach ich das aber nicht mehr«, sagt Tobi. »Das Ticken.«

Marko nickt.

Sonntag, 10. Februar

Wir stehen vor der Haustür in der Probsteier Straße, wo Jessica wohnt, und teilen uns eine Zigarette. Es ist meine letzte. Auf den Straßen ist fast niemand. Ich schaue zum Himmel hinauf und beobachte die Wolken und in welche Richtung sie ziehen. Von Norden her kommt eine sehr breite graue Wolkendecke auf uns zu. Der blaue Himmel verschwindet langsam nach Süden.

»Na endlich«, sagt Marko.

Jessica öffnet die Tür.

»Was hast du dabei?«, fragt Marko sie.

Jessica gibt ihm eine Aldi-Tüte.

Marko wirft einen Blick hinein.

»Was zu trinken«, sagt er und holt eine Flasche Korn heraus. Sie ist noch zur Hälfte voll.

»Wo gehen wir jetzt hin?«, fragt Jessica.

»Mal sehen«, sagt Marko. Er gibt die Tüte an Tobi weiter. Die Flasche behält er.

Tobi tastet sich durch die Tüte. »Kekse«, sagt er. »Nichts zu trinken?«

»Hier, Mann!«, sagt Marko und klopft ihm mit der Flasche gegen die Schulter.

»Nein, ich meine Cola oder so.«

»Spinn nicht!«, sagt Marko. Er schaut sich das Etikett der Flasche an. »Ziesen?«

Jessica kramt eine zerknüllte Schachtel Prince aus ihrer Hosentasche.

»Aaahh!«, macht Marko. Er klemmt sich die Flasche unter die Achsel und nimmt die Schachtel an sich. Er zählt nach. »Zwölf. Nicht schlecht.«

»Gib mal den Korn!«, sagt Tobi und greift nach der Flasche.

Wir gehen auf den Spielplatz auf der anderen Straßenseite und trinken abwechselnd. Der Regen setzt wieder ein.

Hinter der Kreuzung gehen wir die Dehnhaide hoch. Nach der S-Bahn-Brücke biegen wir rechts in die erste Straße. Auf der anderen Seite kommen wir beim Alten Teichweg wieder heraus. Eine S-Bahn fährt oben auf der Brücke vorbei.

»Da ist noch so ein Spielplatz«, sagt Jessica und zeigt auf die linke Straßenseite.

»Scheiß auf Spielplätze«, sagt Marko.

Vor dem Kultur-Club stehen ein paar türkische Männer. Sie mustern uns. Auf Jessica bleiben ihre Blicke besonders lange.

»Gib mir noch eine Ziese!«, sagt Tobi zu Marko und schubst ihn. Marko ignoriert ihn. Die Türken schauen uns hinterher.

Zwischen zwei Bürogebäuden finden wir einen Hinterhof mit Parkplätzen. Eine Treppe führt vom Hinterhof zum Osterbekkanal hinunter. Wir stellen uns an das Geländer und schauen auf das Wasser. Wieder fährt eine S-Bahn auf der Brücke vorbei, diesmal nach Barmbek. Ich kucke zu den Wolken hinauf. Im Westen sind sie weiß. Auch ein bisschen Himmel ist dort zu sehen. Die Sonne steckt noch immer hinter grauen Wolken, aber es regnet nicht mehr.

»Was glaubt ihr, wie tief das hier ist?«, fragt Jessica. Sie stützt sich am Geländer ab und beugt sich nach vorn über das Wasser. Nach unten sind es gut zwei Meter.

»Zu tief«, sagt Marko. Er holt eine Zigarette aus der Schachtel.

Jessica beobachtet das Wasser. Tobi hat eine Hand in der Hosentasche, die andere liegt auf dem Geländer. Er kuckt nachdenklich. Marko zeigt auf Jessica. Er deutet mit der Zigarette in der Hand auf ihren Arsch. Ihr Hosenbund sitzt tief und man kann den oberen Ansatz ihrer Falte sehen. Jessica merkt nichts davon. Marko stellt sich hinter sie und hebt die Hand mit der Zigarette über ihren Hintern. Dann hält er still. Er grinst. Jessica spuckt ins Wasser. Tobi schaut hinunter. Die Spucke bildet Kreise auf dem Wasser. Sie breiten sich aus und werden immer größer, bis sie sich auf der Oberfläche auflösen. Marko schließt die Augen. Dann lässt er die Zigarette los. Sie fällt beinahe kerzengerade und landet in Jessicas Hosenbund. Jessica schreit auf, stößt sich vom Geländer ab, fasst sich an den Arsch und fingert nach der Zigarette. Als sie sie gegriffen hat, schmeißt sie sie auf den Boden. Marko lacht sie aus.

»Marko!«, schreit sie zornig. Ihr Gesicht läuft rot an.

Sie legt die Stirn in Falten und schaut Marko wütend an. »Arschloch!«

Marko lacht bloß.

»Was denn?«, fragt Tobi. Er hat nichts mitbekommen. »Was denn?«

»Marko hat mir die Scheißzigarette in die Hose gesteckt.« Jessica schaut zu mir, dann wieder zu Marko.

»Echt?« Tobi sieht die Zigarette. Sie ist am Filter angerissen.

»Ach, war doch nichts«, sagt Marko. »Sie hat nicht mal gebrannt.«

»Trotzdem!«, sagt Jessica.

»Hahaha!«, lacht Tobi jetzt.

Marko grinst. »Stell dich nicht so an.« Er tritt auf die Zigarette und kickt sie ins Wasser.

Ein paar Enten schwimmen darauf zu und picken nach dem Tabak. Marko spuckt ins Wasser und die Enten schnappen nach seiner Spucke. In Fäden läuft ihnen der Rotz die Schnäbel hinunter.

Am Ende des Alten Teichweges entdeckt Tobi eine tote Taube am Straßenrand. Sie liegt auf dem Rücken, ihre Flügel sind ausgebreitet und ihr Bauch ist aufgeplatzt. Die Innereien kucken heraus. Der Regen hat eine Pfütze um die Taube gebildet. Blätter und kleine Zweige schwimmen auf dem Wasser.

Marko kniet neben der Pfütze und schaut sich die Taube genauer an. Jessica steht ein Stück abseits.

»Die hat irgendjemand angefahren«, sagt er.

Tobi grinst. »Geil.« Sein Mund steht offen.

Ich schaue mir die Wohngebäude an der Straße an. Über einem Torgang steht *Daniel Bartels Hof*. Links und rechts vom Torgang stehen zwei Statuen, nackte Frauen mit kleinen Titten. Marko nimmt die Zigarette von seinen Lippen und hält sie an die Taube.

»Iiieeh, Marko!«, sagt Jessica angewidert und dreht sich weg.

»Warte, ich will das aufnehmen.« Tobi holt sein Handy heraus und stellt es ein.

Wir schauen Marko stumm zu. Tobi grinst.

Marko brennt zuerst eine Feder vom rechten Flügel an.

»Marko!«, sagt Jesica wieder. »Das ist eklig!«

Die Feder will nicht richtig anbrennen. Sie wird nur an der Spitze etwas schwarz.

»Zu nass«, sagt Marko. Er fängt an, die Glut über die Innereien des Vogels zu streichen.

Tobi lacht.

»Marko, *Mann*!«, sagt Jessica.

Die Innereien brennen auch nicht an.

»Kacke«, sagt Marko. Er nimmt die Zigarette und zieht noch einmal daran.

Hinter der U-Bahn-Brücke bei Flachsland betreten wir einen leeren Spielplatz. Der Bolzplatz ist verschlammt und unter beiden Toren haben sich große Pfützen gebildet. Über uns brauen sich die nächsten grauen Wolken zusammen. Zuerst nieselt es nur, dann regnet es in Strömen. Wir stellen uns unter einen Baum. Marko holt die zerknüllte Schachtel Prince aus seiner Hosentasche und nickt mir zu. Ich schüttle den Kopf. Marko nimmt zwei der letzten drei Zigaretten heraus und gibt Tobi eine davon ab, die andere steckt er sich selbst an. Wir setzen uns auf die Lehne einer Bank.

»Gib mir auch eine«, sagt Jessica.

Marko schaut sie an und kuckt dann wieder weg. Er zündet zuerst seine Zigarette an, dann die von Tobi.

»Gib mir eine«, sagt Jessica wieder. Als Marko nicht reagiert, greift sie nach der Schachtel in seiner Hand. Marko reißt sich los und wirft die Schachtel in den Matsch.

»Arschloch!«, sagt Jessica. Sie setzt sich alleine auf eine andere Bank. Der Wind schlägt um und treibt einige Regentropfen zu uns herüber. »Scheiße!«, stöhnt Jessica. Sie kauert sich zusammen.

Marko nimmt einen Zug und geht dann zu Jessica hinüber. Er setzt sich neben sie und legt einen Arm um ihre Schultern. Jessica schmiegt sich an ihn. Marko nimmt noch einen Zug und bietet dann Jessica die Zigarette an. Sie nimmt sie und raucht.

Tobi stupst mich an. »Kuck dir die beiden an«, sagt er. »Wart ab, gleich passiert was.«

Der Regen prasselt auf die Zigarettenschachtel nieder.

»Gleich«, flüstert Tobi und nimmt einen letzten Zug. »Gleich. Wart's ab.« Er schnippt die Kippe in den Matsch und schaut zu Marko und Jessica rüber.

Jessica hält Marko die Zigarette hin, aber er winkt mit der Hand ab. Sie steckt sie sich wieder an und raucht sie auf. Dann schaut sie Marko an. Marko nähert sich ihrem Gesicht. Sie küssen sich.

Tobi stupst mich noch einmal an. Ich drehe mich zu ihm. Er grinst.

Marko legt seine rechte Hand auf Jessicas Wange. Der Regen nimmt ab. Der Wind treibt noch ein paar Regentropfen zu uns her.

»Gleich …«, sagt Tobi. Er tippelt mit den Füßen auf der Sitzbank.

»Iiieeh!!!«, schreit Jessica plötzlich. Sie springt auf und läuft in den Nieselregen. Sie spuckt links und rechts auf den Boden und wischt sich mit dem Handrücken über die Lippen. »Marko, du Schwein!«, schreit sie.

Marko fängt an zu lachen.

»Hab ich's nicht gesagt?«, sagt Tobi. Er dreht sich weg und spuckt in eine Pfütze.

Marko rotzt auf die Bank neben sich.

»Was hat er gemacht?«, ruft Tobi.

»Er hat mir in den Mund gespuckt! Arschloch, Marko!«

»Rauch noch eine«, sagt Marko zu ihr und deutet auf die nasse Packung Zigaretten im Matsch.

»Hier«, sagt Jessica wütend. »*Du* kannst sie rauchen!« Sie hebt die Schachtel vom Boden auf und schleudert sie in Markos Richtung. Die Schachtel verfehlt seine Schulter und landet hinter ihm im Gebüsch.

Marko lacht Jessica aus.

Wir überqueren eine Kreuzung und kommen auf die Osterbekstraße. Über uns ziehen wieder Wolken vorbei, aber es regnet nicht. Auf der rechten Seite führt ein Fußweg am Kanal entlang. Einige Enten tummeln sich am Ufer. Sie ziehen die Flügel hoch und stecken die Schnäbel drunter.

»Wollen wir eine davon fangen und braten?«, fragt Marko Tobi.

Tobi schnalzt mit der Zunge.

Wir gehen den Fußweg hinunter und an einer Wiese entlang. Am anderen Ende ist ein weiterer Spielplatz.

»Hier hab ich früher immer mit meinem Cousin gespielt«, sagt Marko. »Hier drüben war eine Schaukel.« Er zeigt auf ein Gebüsch.

Wir stellen uns hin und schauen uns den Spielplatz an.

»Ach nein«, sagt Marko plötzlich. »Das war ja gar nicht hier.« Er kratzt sich an der Stirn. »Komisch.«

Der Spielplatz ist ziemlich klein. Es gibt nur eine Tischtennisplatte aus Beton und eine Drehscheibe. Die Tischtennisplatte ist umgekippt. Das Metallnetz ist an einer Seite durchgebrochen, an der anderen völlig verbogen.

»Kuckt euch das an«, sagt Marko beeindruckt. »Die hat einer umgekippt.«

Tobi springt auf die Drehscheibe und fängt an zu gehen. Dann läuft er langsam.

»Hey, Jessy!«, sagt Marko.

»Was?«

»Zeigst du uns was?«

»Was denn?«

»Zeig uns deine Muschi.«

»Hahaha!«, lacht Tobi.

»Nee«, sagt Jessica. Sie lächelt verlegen.

»Ach, komm schon!«, drängt sie Marko. »Komm!« Er zwinkert ihr zu.

»Nein.«

»Komm.«

»Nein.«

»Wir zeigen dir auch unsere«, schlägt Marko vor.

»Eure Muschis?« Jessica lacht.

»Nein, nicht unsere Muschis. Unsere Pimmel!«

»Eure *Pimmel*?«

»Ja, unsere *Pimmel*! Unsere *Schwänze*!«

»Hm …«

»Ja?«, sagt Marko.

»Nein.«

»Ach, komm schon! Mach mal!«

»Nein!«, sagt Jessica wieder. Sie sieht verunsichert aus. Sie hat die Hände in den Hosentaschen.

Tobi läuft weiter auf der Drehscheibe. »Na komm!«, ruft auch er.

»Ich fang auch an«, sagt Marko. Er öffnet seinen Hosenknopf und zieht den Reißverschluss runter.

»Marko!«, sagt Jessica und schaut sich um.

»Da kommt schon keiner«, sagt Marko. Er hat Boxershorts unter der Hose an und legt eine Hand an den Bund. »Willst du?«, fragt er.

Jessica sagt nichts.

»Hier, kuck mal«, sagt Marko. Er steckt seinen Daumen in den Bund der Shorts und schiebt ihn langsam runter. Ein paar Schamhaare kommen zum Vorschein. »Na?«, sagt er und grinst.

Jessica dreht sich weg. »Das ist doof«, sagt sie.

Tobi lacht.

Marko reißt sich die Hose auf und streckt Jessica seinen Schwanz entgegen.

»Iiieeh, Marko!!!«, kreischt Jessica. Sie macht zuerst ein paar Schritte rückwärts und läuft dann vor ihm davon.

Marko rennt ihr hinterher, den Schwanz in der Hand. Jessica springt durch ein Gebüsch und läuft auf die Straße. Marko folgt ihr. Dabei wird er beinahe von einem Auto angefahren. Der Fahrer hupt, bleibt aber nicht stehen. Jessica lacht und Marko grunzt.

Wieder brummt der Himmel. Links erscheint das hohe Bürogebäude der Alster City. Wir gehen weiter.

»Wohin gehen wir eigentlich?«, fragt Jessica.

Marko dreht sich zu ihr um und bleibt dann stehen. »Jessica«, sagt er, als ob ihm gerade etwas an ihr aufgefallen ist.

»Was?«

Er schaut sie an.

»Was?«, fragt sie wieder.

»Komm. Zeig doch mal.«

»Oh, nein! *Nein!*« Jessica schnaubt und schaut weg.

»Tobi, wenn Frauen nein sagen, meinen sie doch eigentlich ja, oder nicht?«

»Haha!«, lacht Tobi.

»Tobi«, sagt Marko.

»Ja?«

Marko schaut Jessica an. Er sieht sie lange und eindringlich an, aber er sagt nichts.

»Hört auf damit!«, sagt Jessica.

Marko starrt weiter.

Wieder fängt es an zu regnen. Tobi und ich stellen uns unter einen Baum am Wegrand. Marko kommt uns nach. Jessica bleibt im Regen stehen.

»Was will die Verrückte?«, fragt sich Tobi.

Der Regen prasselt auf Jessica nieder. Ihr weißes Oberteil und die helle Hose saugen das Wasser komplett auf. Bald sind ihre Schenkel nass. Die Hose ändert ihre Farbe und nimmt eine dunklere Schattierung an. Die unteren Hosenbeine bleiben blass.

»Jessica!«, ruft Tobi.

Jessica rührt sich nicht. Ihre nassen Haare hängen ihr in dicken Strähnen ins Gesicht. Sie hält eine Hand an der linken Wange, die andere liegt auf dem Ellbogen.

»Jessica! Komm schon!«, ruft Tobi noch mal. Jessica rührt sich nicht. »Die will nicht«, sagt Tobi zu Marko.

Marko grinst. »Lass sie.«

Wir beobachten sie eine Weile. Der Regen lässt nicht nach. Ich schaue hoch. Überall nur noch Regenwolken.

Jessica dreht sich zu uns um. Sie stapft einen Moment im Kreis. Dann kommt sie langsam auf uns zu. Sie stellt sich links von mir unter den Baum und steckt die Hände wieder in ihre Hosentaschen. Ihr ganzer Körper ist nass und ihre Augen sind gerötet.

»Weinst du?«, fragt Marko.

Jessica antwortet nicht.

Der Regen hält noch eine Weile an. Ein starker Wind bläst durch die Bäume. Ich bemerke, dass Jessica leicht zittert. Endlich hört der Regen wieder auf. Wir warten noch einen Moment und treten dann unter den Bäumen hervor. Ich schaue zum Himmel hinauf. Im Norden ist die Wolkendecke aufgebrochen und dahinter erscheint der blaue Himmel. In den Wolken bilden sich Löcher. Ihre Ränder glänzen hell und golden.

Wir machen uns auf den Rückweg. Jessica kommt mit. Keiner sagt etwas.

Mittwoch, 13. Februar

Nach der Schule gehen Dominik und ich nach Wandsbek Markt. Morgen ist Valentinstag und Dominik will seiner Freundin eine Rose schenken. In einem Blumenladen bei Karstadt hilft ihm eine Verkäuferin, die passende Rose auszusuchen. Er kann aus drei Preisklassen wählen. Die Frau bietet ihm außerdem an, die Rose für einen kleinen Aufpreis mit Glitzerstaub zu bestreuen. Dominik fehlen dazu einige Cent. Es reicht lediglich für eine Rose in der niedrigsten Preisklasse. Ich helfe ihm aus. Die Frau wickelt die Rose in buntes Papier ein. Dominik fragt nach Zellophan, aber die Frau sagt, dass die Rose in Folie eingehen würde. Dominik gibt der Frau das Geld und wir gehen. Vorsichtig hält er die Rose in seinen Händen.

Bei Asia Mekong kaufe ich jedem von uns eine Tüte chinesische Nudeln und eine Dose Mangosaft. Wir setzen uns vor den Nebeneingang von Karstadt auf die kleine Treppe. Dominik erzählt mir, dass Stani und Sina jetzt angeblich ein Paar sind.

Als ich nach Hause komme, zeigt mir mein Vater, was er sich ausgedacht hat, um Geld zu sparen: Anstatt die Klospülung zu drücken, sollen wir einfach das Wasser, das wir zum Haare- und Händewaschen benutzen, in die Kloschüssel kippen. Mein Vater legt eine kleine rote Plastikschüssel unter den Wasserhahn des Waschbeckens. Er hat sie erst heute gekauft. Er zeigt mir, wie ich das Wasser in die Kloschüssel kippen soll.

»Wenn du kackst«, sagt er, »benutzt du einfach ein bisschen mehr Wasser. Wenn du dir aber die Haare wäschst, halt deinen Kopf über die große Schüssel hier.« Er hat auch eine große Schüssel gekauft, eine graue.

Ich probiere es aus. Ich werfe ein paar Streifen Klopapier in die Kloschüssel und kippe Wasser drüber. Es funktioniert ganz gut und das Klopapier wird auf Anhieb weggespült.

Mein Vater ist zufrieden. Die Wohngesellschaft hat vor kurzem Wasserzähler in unserem Wohngebäude anschließen lassen, darum das alles.

Donnerstag, 14. Februar

Zuerst gehe ich nur den Bahnsteig auf und ab und kicke Zigarettenkippen, die dort auf dem Boden liegen. Dann durchquere ich den Bahnhof noch einmal und steige die Treppen zum Kiosk hinauf. Ich kaufe mir einen Kakao und trinke ihn drinnen. Der Besitzer steht hinter seinem Tresen und zählt Bestellscheine ab. Ich finde eine Tüte mit Bonbons in meiner Jackentasche und nehme mir eins. Die Tüte raschelt und der Besitzer schaut zu mir rüber. Ich erwidere seinen Blick. Sein Kopf ist gesenkt, nur die Augen schauen auf, die Finger aber zählen weiter. Ich schiebe den Bonbon von einer Seite meines Mundes in die andere. Da schaut der Mann wieder runter.

Die nächste Bahn kommt aus der Innenstadt. Ich höre sie einfahren. Die Türen gehen auf, es ist zehn Sekunden lang still. Dann piept es und die Türen krachen wieder zusammen. Die Bahn fährt ab und ich zähle: Eins, zwei, drei, vier, fünf, sechs, sieben, acht, neun, zehn, elf, zwölf, dreizehn, vierzehn, fünfzehn. Bei sechzehn kommt eine Frau die Rolltreppe herauf. Drei Stufen hinter ihr folgt ein junges Mädchen mit einem Schäferhund. Ich verlasse den Kiosk wieder und steige die Treppen noch einmal hinunter. Die Bahn nach Ohlsdorf kommt schon bald.

*

Später am Nachmittag treffe ich mich mit Dominik und wir gehen in ein Haus der Jugend am Friedrich-Ebert-Damm. Dominik erwartet dort einen Freund, der ihm ein Mischpult verkaufen möchte. Das HdJ liegt in einem kleinen Pavillon und besteht bloß aus einem einzelnen Raum und einer Toilette. Ein dicklicher, südländisch aussehender Mann und ein kleines Mädchen sitzen an einem Tresen. Der Mann schaut dem Mädchen dabei zu, wie es ein Bild malt.

In einer Ecke steht ein Flipper. Dominik wirft Geld hinein und verspielt schnell die erste Kugel. Er fordert mich auf, die nächste Runde zu spielen, und ich verliere die Kugel auch sehr schnell. Dominik spielt die letzte Kugel und fragt mich dann, ob ich noch eine Runde spielen möchte, weil er dann noch eine Münze nachwirft. Ich sage nein, aber er macht es trotzdem. Diesmal dauert es länger. Er meint, dass er immer etwas Zeit braucht, um warm zu werden.

Während Dominik spielt, schaue ich mich im Raum um. In der Mitte stehen zwei Sofas an einem niedrigen Tisch. In einem Regal liegen mehrere Gesellschaftsspiele. Ich erkenne Spiel des Lebens und Mensch, ärgere dich nicht.

»Wo warst du heute eigentlich?«, fragt Dominik.

Ich antworte nicht.

»Du hast was verpasst«, sagt er. »Marko hat Ärger mit einem Zehntklässler gehabt und ihm die Nase gebrochen. Die Polizei ist gekommen. Marko musste auf die Wache.«

Der Mann lobt das Mädchen und schaut mich dann an. Dominik rüttelt an dem Flipper und die Metallbeine kratzen über den Fliesenboden.

»Wirklich?«

Dominik nickt.

Nachdem er seine Kugeln wieder alle verloren hat, setzen wir uns auf eines der Sofas. Von draußen scheint die Sonne durch die Milchgläser in den Raum herein. Dominik setzt seine Sonnenbrille auf und fragt den Mann, ob man hier drinnen rauchen darf. Der Mann sagt nein. Darauf holt Dominik eines der Brettspiele vom Regal – Original Memory – und fordert mich auf, eine Partie mit ihm zu spielen. Es ist ein altes Memory. Auf der Seite der Schachtel steht das Jahr 1981, lange bevor wir beide geboren wurden. Ich erinnere mich daran, dass ich in meiner Kindheit auch mal ein Memory-Spiel hatte. Meines bestand aus Kartenpaaren, die Bilder von anderen Ravensburger-Gesellschaftsspielen zierten, Sagaland oder Maulwurf-King und so. Dieses hier, das alte aus den Achtzigern, besitzt Karten, auf denen Pilze sind, Elstern und Pinguine.

»Heute wurde Frau Herzstein von einer Schülerin aus der sechsten Klasse verprügelt«, sagt Dominik, als er die Karten auf dem Tisch verteilt.

»Wer ist Frau Herzstein?«

»Die kleine Oma mit der gefärbten Dauerwelle. Sie hat zu der Schülerin gesagt, dass sie die Klasse fegen soll.« Er zeigt auf die Karten. »Fang du an.«

Ich decke einen schwarzen Igel und eine Maus auf, die Regentropfen trinkt.

»Frau Herzstein sagte zu dem Mädchen: ›Du hast diese

Woche noch kein einziges Mal gefegt.‹« Dominik deckt ein Gänseblümchen und einen Storch auf und dreht die Karten wieder um. »›Das ist unfair deinen Klassenkameraden gegenüber‹, sagte sie. Das Mädchen sollte die Klasse sofort fegen, noch während der Stunde.«

Ich drehe einen Mann um, der mit einem Netz einen Schmetterling jagt, und eine Hummel.

»Das Mädchen sagt: ›Ich kann später machen‹, weil sie nicht richtig Deutsch spricht. Wieder so eine Russin.« Dominik deckt ein Schloss und den zweiten schwarzen Igel auf. »Scheiße.«

Ich decke die beiden schwarzen Igel auf.

»Glück«, sagt er.

Danach decke ich einen Leoparden und zwei Kinder auf, die auf einem Balkon stehen.

»Und Frau Herzstein sagt: ›Nein, du sollst die Klasse jetzt fegen.‹« Er deckt den zweiten Leoparden auf und dann den ersten. »Da steht das Mädchen auf und nimmt den Besen, der hinter der Tür steht.« Er deckt einen Bauern mit einer Mistgabel und noch mal das Gänseblümchen auf. Danach dreht er die Karten nicht wieder um und schaut mich an. »Und jetzt rat mal, was sie dann macht.«

Ich zucke mit den Schultern.

»Sie haut Frau Herzstein den Besen ins Gesicht.« Dominik macht eine Stichbewegung. »Mit dem Ende – ins Gesicht.«

Ich decke zwei Eltern auf, die einen Jungen in einem Karren hinter sich herziehen, und einen roten Pfeil auf blauem Grund.

»Als Frau Herzstein am Boden liegt, fängt das Mädchen an, sie zu treten und mit dem Besen zu schlagen.« Dominik dreht ein Paar Gummistiefel und einen gelben Fisch um. »Irgendjemand von den Schülern rennt aus der Klasse und holt Hilfe, Herrn Ezrin.«

Ich decke ein Gänseblümchen auf, kann mich aber nicht erinnern, wo das erste lag.

Dominik findet die beiden Männer mit den Schmetterlingsnetzen, danach einen braunen Pilz und ein Baby mit einer Nuckelflasche. »Herr Ezrin packt das Mädchen und reißt die Fotze zu Boden. Dann schleppt er sie ins Sekretariat.«

Ich decke die zweite Hummel auf und kann mich wieder nicht erinnern, wo die erste war.

Dominik deckt beide Hummeln auf und knufft mich gegen die Schulter. Als ich wieder drankomme, decke ich noch mal das Gänseblümchen auf und dann nur einen Ochsen, der eine Pfeife raucht. Dominik dreht zuerst einen Korb mit Früchten um, dann die Maus. Ich finde wieder nichts.

»Was machst du eigentlich, wenn du die Schule schwänzt?« Dominik deckt beide Pfeile gleichzeitig auf und hebt seine Arme triumphierend in die Luft.

Ich antworte nicht und tue so, als konzentrierte ich mich voll und ganz auf die Karten.

Wir spielen zu Ende. Dominik gewinnt mit acht zu drei Paaren. Sein Freund kommt nicht, also ruft er bei ihm an.

»Stani macht ein Praktikum bei Sinas Vater. Hab ich dir das schon erzählt?«, fragt Dominik, während er sich das Handy an das Ohr hält.

»Nee. Hast du nicht.«

»Na ja, also er macht es.«

»Klingt gut.«

»Er fängt nächsten Montag an.«

»Und was macht er da so?«

»Sinas Vater vermietet Busse. Stani will erst mal nur reinschnuppern, sehen, was da so läuft. Vielleicht ergibt sich ja was.«

»Wäre doch schön«, sage ich.

Wir gehen zu Media Markt. Dort kucken wir uns zuerst die Fernseher und dann die Handys an. Dominik erklärt mir die technischen Vorzüge einiger Geräte und schießt ein paar Fotos mit einem ganz neuen Modell. Dann legt er das Ding weg und sagt, dass es doch eigentlich scheiße ist und dass niemand diesen Kram wirklich braucht.

»Trotzdem nehmen so viele Leute Schulden auf sich, um so was zu besitzen. Hab ich dir das von Tobis Mutter schon erzählt?«

Ich schüttle den Kopf.

Freitag, 15. Februar

Wenn uns der Unterricht langweilt oder wir uns nicht konzentrieren können, kritzeln Dominik und ich Bilder und schreiben kleine Gedichte mit schlechten Reimen. Keiner bekommt was davon mit, weil wir beide in der letzten Reihe sitzen. Ich habe zu Hause lauter Zettel von Dominik. Er zeichnet gar nicht mal schlecht, obwohl er sich mehr für Musik interessiert.

Während der Ethik-Stunde schiebt mir Dominik ein gefaltetes Blatt zu und grinst mich an. Ich falte es auseinander und schaue mir die Zeichnung an. Sie zeigt zwei Enten, die miteinander ficken. Die eine hat einen Zopf, die andere eine Kurzhaarfrisur. Neben der Ente mit dem Zopf steht in einer Sprechblase: *Oooh ja oooh ja!!!!!!!!*

Die andere Ente zieht gerade ihren steifen Schwanz aus einem Loch zwischen den Beinen der Ente mit dem Zopf und sagt: *Schnell raus!!! Ich komme!!!!!!!!*

Ich schaue zu Dominik rüber. »Du und deine Freundin?«, rate ich und wir kichern beide.

Ich lege die Zeichnung beiseite und fange ein Gedicht an,

das ich Dominik schenken werde. Ich schreibe auf, was mir gerade so einfällt, und notiere:

Eine späte
Rakete
irrt umher
so sehr
auf der Suche nach Glück,
findet nie mehr zurück,
hat sich verlaufen
beim Raufen
und sieht,
was nie geschieht.
Bleibt sie allein,
schlägt sie nicht ein.

*

Ich zeige meiner Mutter die Fünf, die ich in Mathe geschrieben habe. Sie ist nicht begeistert und fragt mich, warum ich eine Fünf geschrieben habe. Ich finde diese Frage dumm. Ich sage, dass der Lehrer schuld daran sei, weil er im Unterricht immer nur über Singapur redet. Meine Mutter fragt, was Dominik geschrieben hat. Ich fühle, dass das Thema gleich vom Tisch sein wird. Ich sage, dass er noch schlechter abgeschnitten hat.

»Wie geht es ihm denn?«

»Er hat jetzt eine Freundin«, sage ich.

»Wirklich? Wie heißt sie denn?«

»Veronika.«

»Veronika? Hast du sie schon kennengelernt?«

»Na ja. Kann man so nicht sagen.«

»Ist sie hübsch?«

»Ich hab sie eigentlich noch gar nicht gesehen«, antworte ich. »Sie wohnt bei Dominik, aber wir sind nicht so oft bei ihm.«

»Sie wohnt bei Dominik?«

»Sagt Dominik.«

»Warum denn?«

»Keine Ahnung. Sie hat wohl Probleme mit ihrer Mutter oder so was.«

»Schrecklich«, sagt meine Mutter. »All die Eltern, die ihre Kinder nicht wollen. Die sollten erst gar keine Kinder machen.«

Ich nicke.

»Was sagt Dominiks Mutter dazu?«

»Wozu?«

Meine Mutter sagt einen Moment nichts. »Stimmt eigentlich«, sagt sie nachdenklich, dann: »Was sagt sie dazu, dass Dominiks Freundin bei ihnen wohnt? Oder war es *ihre* Idee?«

»Nein, ich glaube, es war schon Dominiks Idee.«

»Seine Mutter ist Professorin«, sagt meine Mutter.

»Professorin fur Sozialkunde oder so.«

»Soziologie. Sie hat einen Doktortitel.«

»Nee, sie ist doch keine Ärztin.«

Meine Mutter lacht und gibt mir einen Kuss auf die Stirn. Dann unterschreibt sie meine Fünf und schüttelt noch mal den Kopf. Ich überlege kurz, etwas zu sagen, weil wir unsere Arbeiten in Mathe gar nicht unterschreiben lassen müssen, lasse es dann aber sein. Herrn Ezrin interessiert so was nicht.

Samstag, 16. Februar

Ich sitze mit Marko und Tobi auf einer Bank in der Europa-Passage. Tobi erzählt, wie seine Mutter vor ein paar Tagen in sein Zimmer gekommen ist und ihm gesagt hat, dass sie den Vogelkäfig ihres Freundes in Tobis Zimmer stellen will, wenn er in ein paar Wochen bei ihnen einzieht. Als Tobi sich deswegen beschwert hat, hat sie ihn angeschrien.

»Sie will den Vogel von ihrem Freund in *dein* Zimmer tun?«, sagt Marko.

»Ja.«

»Schäbig, Digger.«

Dann klingelt plötzlich Tobis Handy und seine Schwester ist dran. Tobi stellt den Lautsprecher an. Seine Schwester fragt, wo er bleibt, das Essen sei schon fertig. Tobi sagt, dass er heute woanders isst. Seine Schwester erinnert ihn daran, dass die Mutter das nicht freuen wird, dann legen die beiden auf.

Montag, 18. Februar

Im letzten Jahr gab es wegen Herrn Ezrin einen Eklat an der Schule. Die R10, die Herr Ezrin im Abschlussjahr unterrichtet hat, war im Mathematikunterricht überhaupt nicht auf dem Laufenden. Herr Ezrin hatte das erste Halbjahr fast ausschließlich aus seinem Privatleben erzählt und sich nicht an den vorgegebenen Lehrplan gehalten. Die Eltern der Zehntklässler beschwerten sich bei der Schulleitung und die berief eine Konferenz ein. Bei der Konferenz waren auch viele Eltern anwesend. Ein paar Lehrer, die nicht sehr gut mit Herrn Ezrin standen, schlossen sich den Eltern an. Aus einer Diskussion über abweichende Lehrmethoden wurde eine laute Auseinandersetzung über Herr Ezrins Person. Herr Ezrin wies alle Kritik von sich und bemängelte das Fachwissen der Kollegen und die Auffassungsgabe der Eltern. Unter den Eltern gab es einige CDU-Mitglieder, Herr Ezrin aber ist überzeugter SPD-Wähler. Die Konferenz wurde abgebrochen und eine Woche später wurde entschieden, dass Herr Ezrin die zehnte Klasse an Herrn Oswald abgeben muss.

Im letzten Jahr hatten wir ihn in Biologie, und da hat Herr Ezrin uns etwas erzählt, das mir seitdem im Gedächtnis geblieben ist: Manche Menschen – Kinder wie Erwachsene – nutzen Defizite als Ressourcen. Das heißt konkret, manche Menschen scheißen sich absichtlich in die Hose, um sich vor ihren Mitmenschen zu schützen. Als Abwehrreaktion sozusagen. Und ihre Rechnung geht auch auf; ihre Umwelt reagiert auf diese Angewohnheit mit Ekel und Rückzug. Ich weiß nicht genau, warum ich mir ausgerechnet das gemerkt habe, aber irgendwie fasziniert es mich.

*

Nach der Schule setze ich mich manchmal zu meinem Vater ins Wohnzimmer. Mein Vater sieht dann meistens fern und liest nebenbei in seiner *Bild*. Heute lässt er eine Talkshow laufen. Mein Vater findet, dass diese Sendungen interessant sind, weil sie zeigen, was für bescheuerte Menschen es auf der Welt gibt. Er bietet mir ein Bier an. Ich lehne ab. Er schiebt mir den Sportteil seiner *Bild* zu und sagt, dass ich lesen soll. Ich möchte nicht. Ich mag die *Bild* nicht.

»Dieser Kapitalismus«, sagt mein Vater. »Warum haben die Menschen es bloß so eilig?« Er dreht sich zu mir. »Wie war's in der Schule?«

»Scheiße«, sage ich. »Scheißschule.«

Mein Vater schüttelt den Kopf. Das kenne ich bereits. Immer dieselbe Frage, und immer falle ich darauf rein. »Paule, Paule, Paule. Du magst gar nichts. In der Grundschule war dir die Lehrerin zu doof, auf dem Gymnasium gefiel es dir nicht. Findest du denn wirklich alles scheiße?«

»Ich mag Schule nicht.«

Mein Vater schüttelt wieder den Kopf und wiederholt erneut, wie wichtig ein guter Schulabschluss ist. Ich versuche, nicht hinzuhören.

Mittwoch, 20. Februar

Dominik stupst mich an, während alle anderen Aufschläge üben. Wir verlassen nacheinander die Sporthalle und treffen uns bei den Umkleiden wieder. Herr Ezrin hat die Umkleideräume schon wieder nicht abgeschlossen. Während Dominik in den Jacken der Hauptschüler sucht, stelle ich mich an die Tür und lausche darauf, ob jemand kommt.

»Hier ist was!«, sagt Dominik und fischt ein Handy aus der Innentasche einer dicken Jacke. Er macht das Handy aus und lässt es in die Tasche seiner Trainingshose fallen. »Heute ist nicht viel zu holen.«

Links und rechts der Tür sind zwei große Scheiben aus Milchglas. Wenn sich jemand der Tür nähert, flackert es und ich kann es sehen. Ich stehe ganz nah an der Tür und konzentriere mich darauf, ob sich dahinter etwas bewegt oder ob ich Schritte höre.

»Jackpot!«, sagt Dominik und zieht seine Hand aus einer Hosentasche. Er hält einen Zehneuroschein in der Hand.

»Beeil dich!«, dränge ich.

Dominik öffnet die Rucksäcke, wirft einen Blick hinein,

schiebt Schreibblöcke und Stifte zur Seite und macht die Taschen dann wieder zu. »Was haben wir denn hier?«, sagt er und findet ein weiteres Handy, ein altes Modell. »Dafür gibt's nicht viel Geld. Was meinst du?« Er zeigt mir das Handy.

»Steck's ein!«, sage ich und konzentriere mich wieder auf das Milchglas.

Dominik findet nichts mehr. Ich öffne die Tür und Dominik schiebt seinen Kopf durch den Spalt. Dann betreten wir den Umkleideraum, in dem sich die Jungs unserer Klasse immer umziehen. Seit Anfang des Schuljahres ist der Sportunterricht für die Klassen ab der neunten Stufe geteilt und Jungs und Mädchen werden getrennt unterrichtet. So haben die Jungs aus meiner und Dominiks Klasse gemeinsam Sport mit den Jungs aus Markos und Tobis Hauptschulklasse.

»Tim hat heute sein neues Handy dabei. Das hab ich vorhin gesehen«, sagt Dominik und geht gleich zu Tims Platz. »Das will ich jetzt haben!« Er durchsucht Jacke und Rucksack, findet aber nichts.

»Vergiss es!«, sage ich. »Durchsuch die anderen Taschen!«

»Die haben alle ihre Sachen nach oben mitgenommen.«

Ich horche auf Geräusche.

»Ein bisschen Kleingeld ...«, sagt Dominik und steckt es sich in die Tasche.

»Nicht *das* da!«, sage ich. »Das ist *mein* Platz!«

»Oh, sorry.«

Dominik schaut auch in die Schuhe hinein.

»Das ist so eklig!«, schimpft er. »Die haben alle Fußpilz!«

Als er fertig ist, geht Dominik an seinen Platz und steckt das Geld und die Handys in ein Loch in der Innenseite seiner Jacke. Dann verlassen wir die Umkleide wieder und trennen uns. Ich steige die Treppe hinauf und kehre in die Sporthalle zurück, während Dominik sich noch eine Weile auf der Toilette einschließt.

Nach dem Unterricht ziehen wir uns um und verlassen die Schule, bevor jemandem auffällt, dass er bestohlen wurde. Wir gehen zuerst zum Handyladen in der Kattunbleiche und verkaufen die beiden Handys für insgesamt zwanzig Euro. Dann teilen wir alles Geld auf – knapp siebzehn Euro für jeden. Anschließend gehen wir zum Afro-Shop in der Straße hinter Karstadt. Der dicke Afrikaner an der Kasse kennt uns bereits. Wir steigen die Treppe hinunter und gehen durch den dunklen Flur in die kleine Wohnung. Zwei schwarze Frauen sitzen an einem Holztisch und unterhalten sich. Auf dem Tisch stehen zwei kleine Gläser und eine Teekanne aus Metall. Im Aschenbecher liegen ein paar zerdrückte Zigarettenkippen. Sie unterbrechen ihre Unterhaltung, als wir durch den Vorhang aus Perlenketten treten.

»Was wollt ihr?«, fragt die eine Frau.

»Zehn für jeden«, sagt Dominik, holt seinen Zehneuroschein heraus und hält ihn ihr hin.

Die Afrikanerin kramt zwei Tütchen heraus und legt sie auf den Tisch. Ich gebe Dominik zwei Fünfeuroscheine und er reicht sie der Frau, zusammen mit seinem Zehner. Wir nehmen unsere Tütchen und verlassen die Wohnung wieder. Dominik sagt Tschüss zum dicken Mann, aber der antwortet wie immer nicht.

Donnerstag, 21. Februar

Ich warte vor der Haustür von Markos Wohnung. Ich kann seinen Vater reden hören. Marko murmelt etwas. Der Vater nennt ihn einen Idioten. Marko murmelt wieder etwas. Ich höre deutlich, wie der Vater »Bist du noch zu retten?« und dann »Bist du noch zu retten, du Idiot?« sagt. Marko kommt in den Hausflur, den Kopf gesenkt. Er zieht sich die Schuhe an. Sein Vater kommt ihm hinterher. Er sieht mich und schaut mich wütend an.

»Hallo, Paul«, sagt er.

»Hallo.«

Markos Vater schaut missmutig auf Marko hinunter, während der sich die Schleifen zubindet.

Ich fühle mich in der Gegenwart von Markos Vater unwohl. Das war schon immer so. Er hat Augen, die sich in einen hineinbohren, und er scheint nie zu blinzeln. Als wir Kinder waren, hatte ich Angst vor ihm. Ich glaube, sein Gesicht war schon immer faltig und sein Haar schon immer grau.

Marko richtet sich auf und geht aus der Tür, ohne sich nach seinem Vater umzudrehen oder sich von ihm zu verabschieden. Er zieht die Tür hinter sich zu und wir gehen das Treppenhaus hinunter. Vor dem Eingang bleibt Marko stehen. Dann schaut er sich nach beiden Seiten um und sucht mit den Augen den Boden ab. Er geht zu einem Gebüsch hinüber, schiebt die Zweige auseinander und findet einen Stein.

»Nein … nicht groß genug …«, murmelt er.

Dann findet er einen größeren Stein.

»Geh zur Seite«, sagt er zu mir.

Ich trete zur Seite.

Marko stellt sich vor die Tür und wirft den Stein in die obere der beiden Glasscheiben. Das Glas zerspringt. Marko atmet tief ein und streckt seine Arme über dem Kopf aus.

»So«, sagt er ausatmend. Dann bedeutet er mir mit einer Kopfbewegung, dass wir gehen sollen.

Freitag, 22. Februar

Wir betreten Dominiks Wohnung in Schuhen. Ich schließe die Tür hinter mir und Dominik nimmt mir die Jacke ab und sagt, dass ich auf sein Zimmer gehen soll. Er geht durch den langen Flur zum Wohnzimmer hinüber. Ich schaue ihm nach und treffe den Blick eines Mädchens mit blonden Haaren, das im Wohnzimmer sitzt. Dominiks Freundin. Sie erwidert meinen Blick. Ich öffne die Tür zu Dominiks Zimmer und setze mich auf den Rand des Bettes. Es ist unordentlich und nicht gemacht. Die Jalousien sind zur Hälfte heruntergelassen und die Luft im Zimmer ist alt.

»Das hätten wir«, sagt Dominik, als er ins Zimmer kommt.

»War das eben Veronika?«, frage ich.

»Ja«, sagt er. »Willst du meine neue Bong sehen? Ich sollte sie dir doch zeigen.«

Ich nicke.

Das Zimmer ist schmutzig und unaufgeräumt. In den Regalen liegen zerknitterte Zettel und Schreibhefte übereinander, der kleine Läufer ist voller Krümel und kleiner Steinchen.

Dominik holt seine Bong hinter dem Bett hervor. Er hat sie sich selbst gebaut. Sie besteht aus einer Coladose, einem durchgeschnittenen Staubsaugerrohr und einem kleinen Röhrchen, an dessen Ende ein Kopf steckt.

»Das ist meine Bong«, sagt er. »Wenn du Glück hast, bläst sie dir das Hirn weg, wenn du Pech hast, dann auch.«

Ich lache.

»Hier hab ich das Rohr mit Industriekleber befestigt. Jetzt ist es dicht.« Er streicht mit einem Finger über die Klebestelle.

»Was ist das?«, frage ich und zeige auf das kleine Röhrchen. »Ist das ein Kugelschreiber?«

»Ja«, sagt er und tippt gegen das Röhrchen. »Ich hab die beiden Enden abgeschraubt. Aber das Beste: Der Kopf für die Mische passt genau in den Kugelschreiber! *In* den Kugelschreiber, klar? Man kann ihn *ein*schrauben!« Er lächelt begeistert.

»Mhm.«

Dominik lässt die Bong neben dem Bett stehen und holt einen Messbecher aus der Küche, den er mit Wasser und Eiswürfeln füllt. »Wir rauchen *Eis-Bong*«, sagt Dominik. »Mit Odol darin.«

Ich lache.

»Das ist, als ob man Eis atmen würde.«

Ich lache noch mal.

»Wirklich«, sagt Dominik, als er sieht, dass ich grinse. »Nee, echt!« Er kuckt mich mit weit geöffneten Augen an. »Glaubst du mir nicht?«

»Doch, klar.«

»Kaltes Wasser, Eiswürfel und ein Schuss Odol«, sagt er. »*Die* Formel!«

»Aha.«

»Die *Formel*!«

»Ach ja?«

Er hält die Bong am Hals und schüttet langsam das Eiswasser hinein. »Hast du ein Feuerzeug dabei?«

Ich hole eines aus der Innentasche meiner Jacke. Dominik stellt die Bong ab und kramt das kleine Holzschälchen unter seinem Bett hervor. Im Boden der Schale ist ein Hanfblatt eingeritzt. Wir tun beide ein bisschen was von unserem Gras in die Schale. Ich zerkleinere das Zeug und Dominik reißt eine seiner Zigaretten auf und leert sie über der Schale aus.

Wir rauchen eine Weile vor uns hin und reden nicht viel dabei. Dominik raucht mehrere Köpfe nacheinander.

»Willst du was trinken?«, fragt er.

Ich antworte nicht, aber er holt trotzdem eine Flasche Cola und zwei nicht sehr saubere Gläser.

»Was ist mit deiner Freundin?«, frage ich. »Wie heißt sie noch mal?«

»Veronika.«

»Veronika«, wiederhole ich. »Raucht sie nicht?«

»Nicht so viel«, sagt Dominik und drückt seine Zigarette im Aschenbecher aus. Dann füllt er sich einen neuen Kopf. Das Schälchen ist bald leer.

»Wie lange seid ihr schon zusammen?«

»Drei Monate«, sagt Dominik und zieht an der Bong. »Dreieinhalb eigentlich«, korrigiert er sich, nachdem er den Rauch ausgepustet hat.

»Wo habt ihr euch kennengelernt?«

»Bei REBUS«, sagt er und legt die Bong weg. »*Regionale Beratungsstelle*, glaub ich. Sie hatte ein Gespräch und ich musste was klären wegen der Schule.«

Dominik steht auf und geht zum Regal hinüber. Er nimmt etwas vom Brett und kommt zum Bett zurück.

»Ihre Pille«, sagt er und zeigt mir ein Blättchen mit Pillen. *Microgynon* steht auf der Rückseite. »Hier drückt man die Pillen einzeln heraus.« Er zeigt mir die goldene Vorderseite.

Die kleinen gelben Pillen stecken in kleinen durchsichtigen Waben. Unter jeder Pille steht in schwarzen Großbuchstaben entweder MA, DI, WO, DO, VR, ZA oder ZO. Vier sind schon weg.

»Die sind aus Holland«, sagt Dominik und gähnt. »Alle Medikamente kommen von dort.«

Er dreht das Blättchen wieder um. Auf der weißen Rückseite stehen die Wochentage auf Deutsch. Ich lese wieder *Microgynon* und dann das Haltbarkeitsdatum.

Dominik zählt die Pillen durch. »Achtundzwanzig«, sagt er und kratzt sich am Kopf. »Sind das nicht normalerweise einundzwanzig oder so?«

Ich zucke mit den Schultern.

»Doch, es sind immer einundzwanzig Pillen.« Er schaut noch eine Weile auf das Blättchen in seiner Hand. Dann steht er wieder auf und legt die Pillen zurück.

»Was hätten wir jetzt eigentlich?«, fragt er.

»Was?«

»Was hätten wir jetzt im Unterricht?«

»In der Schule?«

»Ja.«

»Wie spät ist es denn?«

»Kurz vor halb zehn«, sagt er nach einem Blick auf sein Handy.

»Mal sehen ...« Ich richte mich auf und denke nach.

»Mathe?«

»Nein, Mathe ist erst um ... Fünf nach halb zehn ist immer die erste große Pause. Heute ist Dienstag. Dann hätten wir jetzt ...«

»Geschichte?«

»Nein.«

»Deutsch!«, sagt Dominik, aber er rät nur.

»Nein, kein Deutsch.«

»Ach, scheiß mal drauf«, sagt er schließlich und füllt sich den nächsten Kopf.

Ich lege mich wieder hin.

Samstag, 23. Februar

Als er letzte Woche zur Gruppenarbeit bei Silvia war, hat Dominik ein Blättchen mit Schlaftabletten von ihr geklaut. Silvia hat ihm erzählt, dass sie Schlafstörungen hat, weil ihr Ex sie terrorisiert. Sie hat Dominik ihre Schlaftabletten gezeigt und sagte, die Dinger seien sehr stark und bereits eine würde sofort wirken. Dominik hat sie gefragt, ob er ein paar haben kann, und sie hat ihm erlaubt, ein paar mitzunehmen. Da hat er gleich das ganze Blatt eingesteckt. Insgesamt zehn Pillen.

Wir setzen uns im Stadtpark auf die große Wiese, Dominik, Marko, Tobi und ich. Es sind nicht viele Menschen hier, und auch der restliche Stadtpark ist eher leer, obwohl es Freitagabend ist. Die Sonne ist bereits untergegangen. Über den Spitzen der Tannen und den Kronen der anderen Bäume kann man die roten Wolken im Westen sehen. Im Osten ist es schon dunkel.

Dominik zeigt uns das Blättchen.

»Alle Mann in Reih und Glied! Öffnet die Hände!«

Er drückt jedem eine Pille über der Hand aus. Sie sind länglich und zur Hälfte grün, zur Hälfte rot. Wir schlucken sie mit Spucke. Marko bricht seine Pille auf und schluckt das pure Pulver. Er verzieht angewidert das Gesicht. Danach legen wir uns ins Gras. Tobi hat seinen Pulli ausgezogen und ihn sich unter den Kopf gelegt. Ich beobachte den Himmel und verfolge die Wolken, wie sie nach Westen ziehen.

»Ich spüre gar nichts«, sagt Marko nach einer Weile.

»Wie lange brauchen die, um zu wirken?«, fragt Tobi.

»Keine Ahnung«, sagt Dominik.

»Vielleicht wirken sie gar nicht.«

»Abwarten.«

Ich schaue auf mein Handy. Es sind knapp zwanzig Minuten vergangen, seit wir die Pillen geschluckt haben.

»Die Gelatine muss sich erst mal auflösen«, sagt Dominik. »Und dann kommt es auch darauf an, wie viel man schon im Magen hat.«

»Was ist Gelatine?«, fragt Marko.

»Die Hülle.«

»Die hab ich nicht geschluckt.«

»Mäuseficker«, sagt Dominik.

Nach einer weiteren Viertelstunde richtet sich Marko wieder auf.

»Da tut sich gar nichts.«

Keiner sagt etwas.

»Scheiß auf Silvia!«, schimpft Marko. »Die hat dir nur Scheiße erzählt, Dominik.«

»Kann sein«, sagt Dominik.

»Ganz bestimmt«, sagt Marko.

»Wir können ja jeder noch eine nehmen.«

Dominik gibt jedem von uns noch eine weitere Pille.

Nach mehr als 45 Minuten sind wir uns einig, dass die Pillen nicht wirken. Wir stehen auf und gehen über die Wiese. Dominik wirft das Blättchen mit den restlichen beiden Pillen ins Gras. Tobi schlägt vor, dass wir auf den großen Spielplatz gehen. Keiner ist dort. Wir verwüsten einen Grilltisch, auf dem jemand Pappteller und Becher liegen gelassen hat.

»Lasst uns mal dort drüben hin«, sagt Marko. Er zeigt auf eine Schaukel, die am Rande des Spielplatzes beim Gebüsch steht.

Wir sehen uns die Schaukel an. Marko tritt einmal dagegen.

Die Schaukel besteht aus einem großen Korb mit Metallrändern, der an vier Ketten von zwei großen Balken herunterhängt. Metallstangen stützen das Ganze ab.

»Setz dich da rauf, Tobi«, sagt Marko.

»Und dann?«

»Wir schaukeln dich hin und her. Bloß hin und her.«

Tobi klettert auf den Schaukelkorb und setzt sich hin. »Wartet noch«, sagt er und versucht, sich an den Löchern in den Korbflechten festzuklammern. »Okay«, sagt er schließlich, »kann losgehen.«

Marko gibt dem Korb den ersten Schub. Der Korb schaukelt langsam vor und Dominik schubst ihn zurück. So geht das eine Weile, bis der Korb ordentlich Schwung hat.

»Okay, das reicht«, ruft Tobi.

Dominik tritt einen Schritt zurück. Marko schubst weiter an.

»Stopp, Marko!«, sagt Tobi.

Marko lacht. In seinem Gesicht breitet sich ein Grinsen aus.

»Marko!«, schreit Tobi. »Maaarkoo!!! Ich kann mich nicht mehr haaalten!!!«

Plötzlich verliert Tobi das Gleichgewicht. Seine Finger rutschen aus den Löchern. Der Korb schaukelt vor und Tobi knallt rückwärts mit dem Hinterkopf auf den Metallrand.

Wir halten den Korb an.

»Er ist mit dem Kopf aufgeschlagen!«, sagt Dominik aufgebracht.

»Ach, das war doch gar nichts«, sagt Marko, aber er klingt etwas unsicher. »Das war doch nichts.«

Tobi liegt und hat die Augen geschlossen. Sein Gesicht sieht ziemlich ausdruckslos aus; als würde er schlafen.

Marko gibt ihm eine leichte Ohrfeige, dann noch eine. Tobi wacht wieder auf.

»Siehst du?«, sagt Marko zu Dominik. »Alles klar.«

»Kuck mal seinen Hinterkopf. Vielleicht hat er ihn sich aufgeschlagen.«

»Alter, da ist nichts passiert ...«, sagt Marko. »Hier.« Er fasst Tobi an den Hinterkopf. Dann hebt er die Hand unter dem Kopf hervor. Blut klebt dran. Marko schaut auf die Hand.

Tobi stöhnt. »Was ist passiert ...? Mein Kopf ... o Mann ...«

»Scheiße«, sagt Dominik.

Wir helfen Tobi auf. Ich krame ein Taschentuch aus meiner Jackentasche und gebe es ihm, damit er es sich auf den Hinterkopf legt.

»Wir müssen in ein Krankenhaus«, sagt Dominik.

Wir helfen Tobi von der Schaukel und schlagen uns durch das Gebüsch auf einen Fußweg.

»Was ist passiert?«, fragt Tobi. Er stöhnt mehrmals. »Ich kann mich an nichts mehr erinnern.«

»Du bist mit dem Kopf aufgeschlagen«, sagt Dominik.

»War ich ohnmächtig?«

»Du hast einen Moment nur dagelegen«, sagt Dominik.

»Ich erinnere mich an nichts.«

»Dann warst du wohl ohnmächtig.«

Tobis Handy klingelt. Es ist seine Mutter. Er hat extra einen eigenen Klingelton auf ihre Rufnummer gespeichert – *Carmen*.

»Lass sie doch klingeln«, sagt Dominik. »Geh nicht ran!«

»Ich muss«, sagt Tobi und nimmt ab. Seine Mutter will wissen, warum er so lange wegbleibt. Tobi erzählt ihr, dass er gerade auf dem Heimweg ist.

Wir müssen ein ganzes Stück zu Fuß gehen. Ich lotse uns nördlich aus dem dunklen Stadtpark heraus. Wir kommen an der City Nord vorbei und überqueren die Jahnbrücke.

Dann gehen wir die Straße Rübenkamp hinunter und betreten das Krankenhausgelände durch den Westeingang.

Eine Frau am Empfang sagt uns, wo wir hinmüssen. Tobi kommt schnell an die Reihe. Wir müssen nicht lange warten, weil nicht viel los ist auf der Station. Während Tobi behandelt wird, setzen wir uns in den Warteraum.

Sonntag, 24. Februar

Dominik und ich gehen Janny in dem Kiosk in Langenhorn besuchen, wo er seit einigen Wochen arbeitet. Janny hat früher in Dulsberg gewohnt. Wir kennen ihn vom Spielplatz an der Tiroler Straße. Dort hat er immer Fußball gespielt.

Er steht hinter dem Tresen und verkauft einer Frau gerade eine Schachtel Zigaretten und ein Feuerzeug, als wir den Kiosk betreten. Wir gehen zu Janny an die Kasse und geben ihm die Hand.

»Alles klar, Janny?«, sagt Dominik. »Wie lange bist du noch allein?«

»Bis sieben.«

»Dann ist der Chef wieder da?«

»Ja.«

Ich schaue mich im Kiosk um und erblicke eine Kamera. Sie hängt an der Decke und ist direkt auf die Kasse und den Tresen gerichtet.

Dominik geht im Kiosk herum. Er nimmt eine Tüte Haribo Phantasia und eine Packung Türkisch Pfeffer.

Ich drehe mich um und kehre der Kamera den Rücken zu. Dann entdecke ich auf der anderen Seite des Raumes noch eine Kamera in der Ecke. Sie ist auf den Eingang gerichtet.

Dominik sagt etwas zu Janny und die beiden lachen.

Dann kommt er wieder an den Tresen und greift nach ein paar Snickers und zwei Wunderbar-Riegeln und legt sie neben die Kasse.

»Wann hast du heute Schluss?«

»Um neun«, sagt Janny.

Dominik geht zu den Kühlschränken. »Hast du nächsten Freitag wieder Schicht?« Er holt einen Sechserpack Beck's heraus und gibt ihn mir. Dann nimmt er sechs einzelne Fla schen Franziskaner und trägt sie zum Tresen rüber.

Janny tut so, als scanne er die Süßigkeiten, aber er hält seinen Finger vor den Laser und zeichnet bloß den Sechserpack ab. Er gibt uns zwei weiße Tüten und wir tun die Süßigkeiten und das Bier hinein. Dominik legt noch je drei kleine Fläschchen Wodka Gorbatschow und Kleiner Feigling auf den Tresen und Janny scannt auch sie nicht richtig ab.

»Bist du nächsten Freitag auch hier?«, fragt Dominik noch mal.

»Ja.«

Ich zahle mit einem Zwanzigeuroschein. Janny legt das Geld in die Kassenlade und gibt mir etwas mehr als zehn Euro zurück. Wir bedanken uns bei ihm und verabschieden uns. Dominik erwähnt, dass wir uns die Uhrzeit merken müssen, wann Janny immer allein im Kiosk ist.

Auf dem Rückweg betritt ein Bettler die Bahn. Dominik bietet ihm eine Flasche an.

»Alkohol?«, sagt der Mann. »Nein danke. Deswegen bin ich doch auf der Straße.«

Er sammelt noch etwas von einer Frau ein und steigt dann bei der nächsten Station aus.

Montag, 25. Februar

Im Ohlsdorfer Friedhof ist nie was los, vor allem an Wochentagen nicht. Der Friedhof ist groß. Er ist einer der größten der Welt, glaube ich, und in einzelne Teile gegliedert. Es gibt einen Teil für gefallene Soldaten, einen für Iraner und einen für Feuerwehrleute. Zwei Buslinien fahren die Kapellen ab. Im Friedhof gibt es unheimlich viele Bäume. Grün, wohin das Auge blickt. Ich sehe dort Fahrradfahrer, Jogger und Spaziergänger, und manchmal auch Katzen.

Ich bin vor einigen Monaten beim Schwänzen auf die Idee gekommen, auf den Friedhof zu gehen. Seitdem kehre ich immer wieder hierhin zurück. Hier herrscht eine andere Stille. Vögel zwitschern, der Wind weht durch die Bäume und man begegnet Menschen, die Gräber pflegen. Niemand spricht dort. Sehr angenehm.

Ich finde jedes Mal einen neuen Friedhofsteil, den ich vorher noch nicht kannte. Manchmal bleibe ich an ganz frischen Gräbern stehen und schaue mir die Blumen an, die auf den Erdhaufen liegen. Hin und wieder finde ich auch ganz alte Gräber, bei denen man die Inschrift kaum noch lesen kann, manchmal riesige Grabsteine, meterhoch mit säulenähnlichen Pfosten an den Seiten als Stützen oder übergroße Kreuze, mal interessant, mal sehr plump und unansehnlich. Es gibt viele Familiengräber und auch Grabsteine von Menschen, die noch gar nicht tot sind. Die Geburtsdaten wurden bereits eingetragen, aber der Platz für die Todestage ist noch unbeschriftet. Über einigen Gräbern wachen Statuen, meist Figuren traurig dreinblickender Frauen in langen Gewändern mit Schleiern auf den Köpfen und nackten Armen. Und immer barfuß.

Neulich bin ich einigen Menschen mit Ferngläsern begegnet. Sie schauten in die Baumkronen hinauf. Es waren sehr hohe Bäume, Fichten oder Tannen, und ich entdeckte, was sie sich ansahen: In einem Holzkasten an einem dicken Ast saßen Eulen. Ihr Gefieder war hell, gelblich weiß, und die Augenkränze dunkel. Von dort, wo die Gruppe mit den Ferngläsern stand, konnte ich kaum etwas erkennen, aber ich ahnte schon, dass es sich um Eulen handelte. Ich ging den Fußweg ein Stück weiter und stellte mich auf der gegenüberliegenden Seite hin und schaute wieder hinauf. Von dort konnte ich die Eulen besser sehen. Eine schaute zu mir herunter. Ich lächelte, als sie mich ansah. Es berührte mich. Sie bewegte ihren Kopf hin und her. Ich machte ihre Bewegung nach. Sie schaute mich an und wiederholte die Bewegung. Als wenn sie tanzen würde, die Schultern wippend, schaukelnd. Ich musste lachen.

*

Wir treffen uns bei Dominik, um die Eröffnung der diesjährigen *Pornostar*-Staffel zu sehen. Die Jurymitglieder sind diesmal die Pornodarstellerin Alyssa Angel, irgend so ein neuer Produzent und wie immer der gute alte Regisseur Gino. Alyssa übernimmt die Moderation. Jede freie Sekunde wackelt sie mit dem Arsch vor der Kamera und zieht ihre Grimassen.

Am Anfang sind immer viele Frauen über vierzig unter den Bewerberinnen. Bei einigen hält sich die Jury zurück, andere werden gnadenlos in den Boden gestampft. So auch eine, die wie meine Oma aussieht.

»Bäh!«, sagt Dominik und verzieht das Gesicht.

»Die Alten sollten sie gar nicht erst mitmachen lassen«, sagt Marko. »Was ist das denn?! Kuck doch mal, wie aufgetakelt und angemalt die sind! Das kann man sich doch nicht ansehen.« Er schlägt eine Höchstgrenze von fünfzehn Jahren vor.

Wir lachen alle.

Die jungen Mädchen sind am Anfang noch recht natürlich. Das gefällt mir besser. Sie sind nicht so gekünstelt. Die ersten Titten sieht man frühestens in der zweiten oder dritten Qualifikationsrunde, also in drei bis vier Wochen. In der Mitte jeder Staffel wird die Show immer ein bisschen langweilig und mein Interesse schwindet, wenn die Männer mehr in den Vordergrund rücken und die Mädchen mit Dildos spielen und Schauspielunterricht bekommen. Es ist anstrengend für mich, mir das anzukucken. Wenn die Mädchen dann irgendwann endlich ihre Mösen zeigen müssen, interessiert es mich wieder.

Marko sagt mehrmals, dass er sich am liebsten einen runterholen würde. Jede Zweite findet er gut. Ein paar sind dabei, die auch mir gefallen.

Die Sendung dauert zwei Stunden und zum Schluss kommt es, wie wir es geahnt haben: Keine Vierzigjährige erreicht die zweite Runde. Die älteste Frau ist fünfunddreißig. Dominik bezweifelt, dass sie sich lange hält.

Die ersten Folgen dienen lediglich der Belustigung, mehr nicht. Favoriten kann man so früh noch keine haben, es sind einfach noch zu viele Mädchen im Rennen. Man lacht sich bloß darüber schlapp, was für eine Courage manche Frauen haben, bei solch einer Sendung mitzumachen.

»Dass die keine Freunde haben, die ihnen davon abraten, in so einer Show mitzumachen!«, sagt Dominik

Dienstag, 26. Februar

Am Dienstag unterhalten sich in der Schule die meisten über *Pornostar*, bis runter in die Grundschule. Sogar die Mädchen reden darüber. Meistens lästern sie aber nur über die Frauen. In irgendeiner Gesprächspause spricht jemand Stani auf sein Praktikum bei der Stadtrundfahrt an. Wir sammeln uns um ihn und Stani erzählt, wie er bereits am zweiten Arbeitstag gebeten wurde, mit Kunden zu telefonieren. Anschließend schickten sie ihn auf eine Stadtrundfahrt, mit der er anderthalb Stunden durch die Stadt fuhr, drei Runden lang.

»Wenn einer von euch dieses Praktikum machen möchte, kann ich ihm die Nummer geben«, sagt Stani. »Aber wenn ihr mich fragt: Ich rate jedem davon ab.«

Dominik ist der Einzige, der Stani um die Kontaktdaten bittet.

Mittwoch, 27. Februar

Marko fragt mich am Telefon, ob ich ihn zu REBUS in Billstedt begleite. Ich habe nichts zu tun, also sage ich ihm zu. Markos Termin ist um siebzehn Uhr. Ich hole ihn von zu Hause ab und wir nehmen den Metrobus.

Nach seiner jüngsten Schlägerei hat die Schule disziplinarische Maßnahmen gegen Marko eingeleitet und sich an REBUS gewandt. Marko muss nun zwei Monate lang jeweils einmal wöchentlich eine Stunde mit einem Schulpsychologen verbringen. Die Schule möchte wissen, was hinter Markos Aggressivität und Aufmüpfigkeit steckt. Er hat Bücher kaputtgemacht und Lehrer vor versammelter Klasse beleidigt. Herrn Oswald hat er »schwuler Lutscher« genannt. Und zuletzt war da diese Schlägerei mit dem Zehntklässler. Danach hat er Frau Jakobs in einem Gespräch als »Fotze« und »Hure« bezeichnet und ihr gedroht, dass er sie erwürgen würde. Das hat den Lehrern schließlich gereicht.

Marko erklärt mir, dass dieser Herr Pouladis – der Schulpsychologe – ihn in ihren Gesprächen immer unterbricht, um zu wiederholen, was Marko gerade gesagt hat. Marko flüstert mir zu, dass er den Typen nicht ausstehen kann. Er sagt, dass ihn die vielen Fragen nerven und dass er meistens lügt und sich irgendeinen Quatsch ausdenkt. Er war bereits zweimal da. Heute ist das dritte von zehn Gesprächen.

Wir sitzen in einem kleinen Vorraum und warten. Ich lege das *Focus*-Magazin auf den Tisch zurück und schaue zur Tür hoch. Sie öffnet sich und ein glatzköpfiger Mann kommt zusammen mit einem lockigen Jungen von vielleicht zwölf, dreizehn Jahren heraus. Dann erscheint ein dicker Mann mit buschigen Augenbrauen und wulstigen Lippen in der Tür. Marko schaut mich kurz an, dann kuckt er wieder auf seine Schuhe. Die beiden Männer unterhalten sich auf Griechisch und lachen. Sie geben sich die Hände und winken einander zum Abschied. Der dicke Mann mit den buschigen Augenbrauen, offensichtlich Herr Pouladis, wendet sich Marko und mir zu.

»Guten Tag, Marko!«, sagt er mit deutlichem Akzent. »Du bist auch heute da!« Er lächelt.

»Ja. Hallo«, sagt Marko müde und erhebt sich.

»Und du hast einen Freund mitgebracht!«, sagt der Mann und schaut mich mit großen Augen an. »Möchtest du dich uns anschließen? Ist das in Ordnung, Marko?«

»Nein, er begleitet mich nur«, sagt Marko und drängt langsam auf die Tür zu. »Nur heute.«

Herr Pouladis lässt Marko ins Zimmer und schließt die Tür hinter sich. Ich bleibe alleine im Warteraum zurück.

Connie kommt uns am Ende der zweiten großen Pause besuchen. Sie ist im fünften Monat schwanger und man kann ganz deutlich ihren Babybauch sehen. Sie spricht mit Lehrern und Schülern, und fast jeder umarmt sie oder legt ihr eine Hand auf die Wange. Connie war immer sehr beliebt, bei allen. Ich beobachte, wie sie jeder zum Lachen bringen will. Sie zerreißen sich förmlich, um ihr zu gefallen. Connie ist hübscher als früher, obwohl sie zugenommen hat.

In der Klasse setzt Connie sich zwischen Bahar und Silvia. Jeder stellt ihr Fragen und möchte ihr einmal über den Bauch streicheln. Silvia zeigt Connie ihre neue Tätowierung. Connie ist begeistert und sagt, dass sie auch so eine haben möchte, am liebsten auf dem Bauch.

»Fühlst du es, wenn es sich bewegt?«, fragt Daniela.

»Manchmal tritt es und ich spür es hier in der Mitte.« Connie tippt sich auf den Kugelbauch. Die Mädchen lächeln gerührt.

»Reibst du deinen Bauch auch immer ein?«, fragt Vanessa.

»Natürlich!«, sagt Bahar dazwischen. »Schwangerschaftsstreifen sind voll eklig!« Sie schneidet eine Grimasse.

»Das kommt aber darauf an«, sagt Connie. »Meine Mutter hat keine Cremes benutzt, und sie hat trotzdem keine Streifen bekommen.«

»Ich glaub auch, das ist von Frau zu Frau verschieden«, sagt Julia.

Die Mädchen sind sich einig, nicken mit den Köpfen.

»Oh, *Frau*«, sagt Stani aus der hintersten Reihe.

Dominik lacht.

»Was wird es denn?«, fragt Daniela. »Ein Mädchen?«

Connie lächelt. »Ein Junge.«

»Den kannst du *Konrad* nennen«, sagt Tim.

Alle lachen.

»Oh, mein Gott! Bloß nicht!«

»Und was haben deine Eltern dazu gesagt?«, fragt Silvia.

»Nichts. Sie finden es okay. Sie haben eine Babyparty für mich gegeben. Die ganze Verwandtschaft war da.«

»Oh, wie schön!«, sagt Daniela und lächelt. »Und was sagen sie zu deinem Freund?«

»Sie kennen ihn noch gar nicht. Ich hab ihn ihnen noch nicht vorgestellt. Sie wissen, dass es ein Unfall war.«

»Aha«, sagt Daniela und alle sind einen Moment lang still. Nur Dominik macht *bäng, bäng*, während er auf Nenads Handy herumdrückt.

»Wissen sie, dass er schwarz ist?«, fragt Bahar.

»Das wussten sie schon.«

»Oh, okay.«

»Dann kriegst du ja ein Schoko-Baby!«, sagt Daniela begeistert. »Wie süüüß! Ich will auch ein Schoko-Baby!«

»Schoko-Baby, *Gott*!«, murmelt Stani.

Als Frau Koch die Klasse betritt, geht sie sofort zu Connie an den Tisch hinüber. Sie sagt, dass einige Lehrer ihr bereits davon erzählt hätten, dass sie heute da ist.

»Ich freu mich, dass du mal wieder bei uns vorbeischaust«, sagt Frau Koch. »Wann ist es denn so weit?«

»Anfang Juli«, sagt Connie und lacht.

»Oh, ein Krebs! Wie süüüß!«, sagt Daniela wieder.

»Habt ihr schon einen Namen?«, fragt Frau Koch.

»Nein, wir überlegen noch«, sagt Connie und lächelt etwas weniger.

»Und kommst du danach wieder zur Schule?«

»Ich weiß nicht«, antwortet Connie etwas unsicher. Dann verschwindet ihr Lächeln komplett.

»Na ja, du weißt ja: Bei uns bist du willkommen.«

»Danke«, sagt Connie und streicht sich eine Strähne aus dem Gesicht.

Samstag, 2. März

Gewitter über Hamburg. Ich fahre mit Marko und Dominik durch den Regen, Dominik auf seinem Fahrrad und ich bei Marko auf der Stange seines schrottigen Damenrads – er hat es noch immer. Ich halte mich am Lenker fest und schüttle mir die nassen Strähnen aus der Stirn. Wir fahren zum Gummiplatz der Gesamtschule Alter Teichweg und johlen und jubeln. Keiner schaut uns nach, alle Passanten, denen wir begegnen, sind damit beschäftigt, die Schultern hoch und den Kopf niedrig zu halten.

Wenn ein Gewitter über die Stadt zieht, stehen die Straßen unter Wasser. Blitze leuchten in der tiefgrauen Wolkendecke und irgendwo knallt es, als würde die Erde aufbrechen. Um fünfzehn Uhr wird es so dunkel wie um acht an einem Wintermorgen. Menschen stellen sich unter die Vordächer von Supermärkten oder in Eingänge von Gebäuden, in denen sie nicht wohnen. Junge Paare hetzen mit ihren Einkaufskörben über Straßen, während andere durch Pfüt zen stapfen. Autos schlittern in Kurven und spritzen das Wasser aus den Schlaglöchern in den Straßenrändern. Das Regenwasser flutet sämtliche Dachrinnen und fließt an undichten Stellen die Fassaden hinunter. Es füllt die Gullys und lässt sie überlaufen. Grollende Donner in der Ferne.

Ich steige vom Rad und laufe durch Pfützen. Bald sind meine Schuhe und Socken durchgeweicht. Alles an mir ist voller Wasser. Dominik und Marko fahren Runden über den Platz. Dann gibt mir Marko sein Rad und ich fahre. Der Regen lässt nicht nach. Wir atmen Wasser. Dominik steigt von seinem Fahrrad und stellt sich unter ein kleines Glasdach. Marko sagt etwas zu ihm, und Dominik holt einen Joint heraus. Er versucht, ihn mit einem Feuerzeug trocken zu kriegen, aber es funktioniert nicht. Man kann hören, wie der Regen abwechselnd stärker und schwächer und wieder stärker auf den Gummiplatz prasselt, und ich sehe den Wind Furchen durch die breiten Pfützen schneiden und sie in feinen Linien aufschütteln. Ich schaue hinauf und sehe, dass die Wolken weder im Norden noch im Westen, Süden oder Osten aufhören und dass kein Stück blauer Himmel in einem Loch in den Wolken erscheint. Keine goldenen, von der Sonne erleuchteten Wolkenränder.

Montag, 4. März

Ab heute sind Osterferien. Auf dem Weg nach Hause zu Tobi fällt Marko ein Aufkleber auf, der an einer Ampel klebt. Der Aufkleber zeigt einen Jungen mit Kappe und Kapuze. Er macht ein bedrohliches Gesicht und über seinem Kopf prangt in roten Buchstaben *Pussykiller feat. MC Dare* und darunter steht eine Internetadresse. Der Hintergrund ist ein *PAEC*-Aufkleber.

»Kuckt euch den an«, sagt Marko. »Die kleben hier überall.« Er zeigt auf eine Wand, dann auf ein Verkehrsschild. »Kennt ihr den? *Pussykiller*. Und wer ist *MC Dare*? So 'n Scheiß!«

»Das ist doch Dingsda«, sagt Tobi. »Der Typ … Kacke, wie heißt der noch?!« Er denkt einen Augenblick nach. »Du kennst ihn auch«, sagt er zu Marko. »Wir waren mit ihm in der fünften und sechsten Klasse. Bei Frau Herzstein, die kürzlich verkloppt wurde.« Es will ihm nicht einfallen. »Pierre. Peter. Irgendwas mit P.«

»Petrick?«, sagt Marko.

»Genau, Petrick! So hieß der. Petrick.« Er schaut den Aufkleber noch mal genauer an. »Hat er zugenommen? Er ist fett geworden.«

Marko bläst die Backen auf und zuckt mit den Schultern. »Macht jetzt auf Gangsta-Rapper. *Pussykiller*. Armer Junge. Voll das Missbrauchsopfer. Früher haben wir ihn immer beklaut und verkloppt. Weißt du noch?«

Tobi lacht. »Ja, ich weiß. Er hatte immer Süßigkeiten dabei.« Er wendet sich an mich. »Er hatte immer Süßigkeiten dabei.«

»Immer«, sagt Marko. »In der Grundschule ist seine Mutter an Krebs gestorben und alle haben ihn geärgert: ›Deine Mutter ist tot‹ und ›Krebs-Junge‹ und so.«

»Die haben ihn fertiggemacht«, sagt Tobi und kickt einen kleinen Stein weg.

»Nach der Sechsten ist er ins Heim gekommen, weil er keinen Vater hat.« Marko fängt an, die Ecke des Aufklebers abzupulen. »Und dort wurde er dann vergewaltigt.«

»Von wem weißt du das denn?«

»Ist so. Hab ich gehört. Ich weiß noch, wie ich ihm mal einen Zahn ausgeschlagen habe.« Marko tippt auf die vorderen Zähne seines Oberkiefers. Dann zieht er an der Ecke und reißt einen Streifen aus der Mitte des Aufklebers. »Na ja, nicht den ganzen Zahn. Den halben. Der Rest ist im Zahnfleisch geblieben. Aber er hat gut geblutet, der Junge.« Er reißt auch den Rest von dem Aufkleber ab. Ein dünnes Stück Papier bleibt an der Ampel kleben. »Obwohl …«, sagt er plötzlich, »das ist gar nicht Petrick. Das ist ein anderer.«

Tobi schaut über Markos Schulter auf den Streifen Aufkleber in seiner Hand. »Sicher?«

»Ja. Das ist nicht Petrick. Das wäre mir aufgefallen. Der

sieht überhaupt nicht aus wie Petrick. Wie kommst du denn auf Petrick?«

»Keine Ahnung«, sagt Tobi. »Aber er kommt mir irgendwie bekannt vor.«

Die beiden grübeln eine Weile über dem Aufkleber, dann sagt Marko:

»Ist das Michi, der Daniela diesen Brief geschrieben hat? Michi aus der Siebten.«

»Das ist Michi«, sagt Tobi.

»Kennst du noch Michi?«, fragt mich Marko.

Ich schüttle den Kopf.

»Der war bis vor ein paar Jahren noch in unserer Klasse. Den hab ich ja total vergessen. Michi.«

»Er hat Daniela einen Brief geschrieben«, sagt Tobi zu mir. »›Ich will dich ficken‹, stand da drin. Daniela hat den Zettel rumgezeigt und alle haben ihn verarscht.«

»Er ist vor zwei Jahren von der Schule gegangen. *Pussykiller* Michi.«

»Macht auf Gangsta-Rapper«, sagt Tobi und lacht. »Aber er sieht jetzt anders aus.«

»Vielleicht pumpt er ja.«

Marko reißt auch den Aufkleber ab, der an der Wand klebt. Er versucht dasselbe mit dem Aufkleber auf dem Verkehrsschild, aber es klappt nicht und wir gehen weiter.

*

Korrekturrunde bei *Pornostar*. All diejenigen, die mit Glück die erste Runde überstanden haben, fliegen heute raus. Wir sitzen in Dominiks Zimmer und trinken Cola mit dem Whisky, den Dominik im Schrank seiner Mutter gefunden hat. Während die Dreißigjährigen abserviert werden, erzählt uns Dominik von seinem ersten Praktikumstag:

»Zuerst musste ich in einem Bus mitfahren, Stadtrundfahrt und so. Eine Runde dauert anderthalb Stunden und geht so ziemlich durch die ganze Innenstadt. Du fährst am Rathaus vorbei, die Mönckebergstraße hoch, am Hafen entlang, über die Reeperbahn. Das hab ich zweimal gemacht. Dann wurde ich ins Büro geschickt und musste den Bimbos dabei zusehen, wie sie irgendwelche Schulen anrufen und den Leuten Klassenfahrten anbieten.«

»Klingt wahnsinnig interessant«, sagt Marko unbeeindruckt.

»Ist es wirklich nicht. Aber ich hab von einem Mitarbeiter gehört, dass die da NLP lernen. Kennt ihr NLP?«

»Nee«, sagt Tobi.

Dominik versucht uns zu erklären, was NLP ist. Ich höre nur halb hin. Sie zeigen wieder diese Dicke mit den großen Augen – Gloria. Ich kann meinen Blick nicht vom Fernseher abwenden, wenn sie im Bild ist. Während der ersten Sendung ist sie mir nicht aufgefallen. Jetzt fixiere ich sie jedes Mal, wenn sie zu sehen ist

»Das ist NLP, klar?«, schließt Dominik.

Ich habe nicht mitbekommen, was NLP ist. Marko fängt bald wieder an, von jeder Frau zu schwärmen, die gezeigt wird, auch von denen, die später sicher rausfliegen werden. Gloria erreicht nur knapp die erste Qualifikationsrunde. Die Ferien lassen sich gut an, finde ich.

Dienstag, 5. März

Tobi hat Marko und mir angeboten, mit ihm und seinem Cousin bei einem Bekannten auszuhelfen, der als Hausmeister arbeitet. Um kurz vor halb acht stehe ich vor Tobis Wohnung. Marko braucht noch eine Weile. Er ist gerade erst aufgestanden und macht sich die Haare, als wir bei ihm klingeln. Seine Mutter bittet uns herein und wir warten im Wohnzimmer und dürfen sogar rauchen. Marko schimpft über seine Strähnen. Sein Vater kommt auf den Flur. Sofort wird Marko still. Dann verschwindet sein Vater in der Küche und Marko zischelt wieder.

Wir fahren nach Landwehr. Tobi und ich kaufen uns in einer Bäckerei Franzbrötchen, Croissants und Fruchtzwerge-Stäbchen. Marko hat sein Geld vergessen, aber Tobi hilft ihm aus.

Tobis Cousin ist ein großgewachsener, dünner Typ von etwa dreißig Jahren. Er redet sehr laut und voller Begeisterung und gestikuliert dabei mit den Armen und verzieht das ganze Gesicht, um seinen Worten Nachdruck zu verleihen. Wenn er redet, bleckt er die Zähne, und ich sehe, dass sie ziemlich gelb und verrottet sind. Ich finde, dass er keinerlei Ähnlichkeit mit Tobi hat, weder äußerlich noch vom Verhalten her. Marko und der Cousin – Donnie – verstehen sich auf Anhieb. Ihre Gespräche gehen fließend, sie lachen beide viel und sind immer einer Meinung.

Die Wohngebäude, die wir putzen sollen, sind nur ein paar Stockwerke hoch und erstrecken sich in einem weiten Bogen um einen großen grünen Hof mit Sandkästen und Spielgeräten. Wir betreten eines der Häuser und gehen in den Keller hinunter, wo die Besen und Eimer liegen. Dann steigen wir wieder hinauf und der Hausmeister erklärt uns, um welche Treppenhäuser wir uns kümmern sollen. Wir teilen uns in Paare auf. Donnie und Tobi nehmen die Gebäude mit geraden Hausnummern und Marko und ich die ungeraden. Marko füllt seinen Eimer mit heißem Wasser und gibt Reinigungsmittel rein. Ich fange auf dem obersten Stockwerk an. Zuerst lehne ich die Fußmatten gegen die Wand. Dann fege ich das Stockwerk und die Treppenstufen bis zur nächsten Etage, kehre den Schmutz zusammen und schütte ihn in einen Eimer. Danach wiederhole ich das Ganze bis runter in den Keller. Marko kommt mir mit einer Etage Abstand hinterher, wischt zuerst die Geländerstangen und dann die Treppenstufen.

»Kennst du Tobis Cousin?«, fragt er. »Donnie?«

»Nein.«

»Der ist verrückt. Seine Geschwister wissen nie, wo er ist. Einmal hat er bei so einem Mädchen gewohnt. Dann bei Freunden. Die haben ihn aber bald wieder rausgeworfen, weil er ihnen zu viel gelabert hat.«

»Aha.«

»Danach ist er komplett untergetaucht. Er war wochenlang nicht auffindbar. Nachts arbeitete er in der Kanalisation, am Tag schlief er in so einem Bunker, wo sein Kumpel mit seiner Rockband probte. Donnie hatte einen eigenen Raum und konnte die ganze Zeit allein sein, wenn er wollte. Der Lärm hat ihn nicht gestört. Donnie ist verrückt. Nachdem er auch aus dem Bunker geflogen war, ging er in so eine runtergekommene Wohnung in Wilhelmsburg und pennte dort in der Badewanne. Dann war er plötzlich weg. Keiner wusste, wo er steckte. Sein Bruder fragte Freunde, rief auf dem Amt an. Er fand heraus, dass Donnie unter drei Adressen gemeldet war, eine sogar in Tostedt! Aber dort war er auch nicht. Seine Schwester telefonierte rum und fragte in Krankenhäusern und bei der Polizei nach. Dort sagte man ihr, dass ihr Bruder wegen Schwarzfahrens im Gefängnis sitzt. Er war dreimal in drei Monaten beim Schwarzfahren erwischt worden und hatte die Strafen nicht gezahlt. Da steckte ihn die Polizei für ein paar Tage in die Zelle. Seine Schwester zahlte die Kaution und holte ihn raus. Und Donnie schrie sie an! Er war ihr nicht mal dankbar. Er sagte, sie hätte ihn nicht rausholen brauchen – im

Gefängnis hatte er was zu essen, ein Dach über dem Kopf und genug Zeit zum Nachdenken. Seine Schwester war geschockt.«

»Krass.«

»Nicht wahr?«

Marko erwähnt auch, dass Donnie nie Schuhe trägt und immer barfuß herumläuft – außer auf der Arbeit.

Die nächsten Wohnhäuser haben noch weniger Etagen. Wir lassen uns Zeit beim Putzen und unterhalten uns mit Donnie über verschiedene Dinge. Tobi holt sein Handy heraus und spielt Musik. Das Thema Mädchen kommt zur Sprache und Marko fragt Donnie, ob er eine Freundin hat.

»Ich hatte mal eine Freundin. Wir wollten zusammenziehen, aber ich hab mich nicht mit ihrer Mutter verstanden, weil ich kein Kriecher bin. Die meisten Mütter akzeptieren nur Schleimer für ihre Töchter. Aber ich krieche niemandem in den Arsch. Also haben wir uns getrennt. Meine Freundin wollte, dass ich bleibe, aber ich habe ihr gesagt: ›Es würde dich verletzen, wenn ich mich dauernd mit deiner Mutter streite.‹ Das hat sie akzeptiert.«

»Triffst du sie noch?«, fragt Marko. »Zum Bumsen?« Er macht kurze Beckenstöße.

»Ach was. Sie war nicht so eine. Aber hübsch. Und Beine hatte sie!«

Tobi zündet sich eine Zigarette an.

Marko fällt etwas ein: »Tobi und ich haben gestern eine Frau gesehen, die wie Gianna aus *Pornostar* aussah!« Er schaut Donnie an und zeigt auf Tobi. »Frag ihn! Sie hatte Titten! Und die Form; schmale Taille, breite Hüften, riesiger Arsch! Und eine Fickfresse, Mann! Wie Zucker. So 'ne richtige Nuttenvisage!« Marko küsst seine Fingerspitzen.

Donnie lächelt. »Aha. Und wer ist Gianna? Eine Klassenkameradin von euch?«

»Oh, ich wünschte es!«, sagt Tobi und schaut zu mir. »Nicht wahr, Paul? Gianna auf unserer Schule …«

»Gianna aus *Pornostar*. Kennst du nicht?«, sagt Marko zu Donnie, dann ernst: »Gianna, Mann. Kennst du Gianna nicht? Aus *Pornostar*. Kuckst du das nicht?«

»Was ist *Pornostar*?«

»Du kennst *Pornostar* nicht? Er kennt *Pornostar* nicht! *Pornostar*, Mann! Kennst du das wirklich nicht?« Marko scheint ernsthaft verwirrt.

»Das ist eine Castingshow«, erklärt Tobi. »Kandidaten und Jury und so. Im Fernsehen.«

»*Pornostar*, Mann! O Gott!«

»Die casten Frauen und Männer, die Pornostars werden möchten.«

»Pornostar«, sagt Donnie. »Kenn ich nicht. Aber klingt ja grauenhaft. Was machen die da? Müssen die vor der Kamera ficken und solche Sachen?«

»Nein«, sagt Tobi und nimmt noch einen Zug, »während der Show nicht. Erst am Ende. Die beiden Gewinner ficken miteinander.«

»Und danach machen sie Pornos«, sagt Marko.

»So was kuckt ihr euch an?«, fragt Donnie erstaunt.

»Das ist geil, Mann! Die Frauen, Alter! O Mann!«

»Was machen die da noch? Müssen sie sich gegenseitig lecken und sich Dildos reinstecken?«

»Ja, genau«, sagt Tobi, nimmt den letzten Zug von seiner Zigarette und zertritt sie dann auf dem Boden. »Die Frauen blasen die Männer und lecken sich gegenseitig. Und die Männer lecken die Frauen.«

»Na, zum Glück nicht Männer mit Männern, was?«, sagt Donnie und lacht.

»Aber auf die Kerle kommt es eh nicht an«, sagt Marko. »Die machen danach keinen einzigen Film mehr und sind dann wieder weg vom Fenster.«

»So ein Mist«, sagt Donnie. »Das stumpft doch total ab.«

»Was?«, sagt Marko.

»Das wird doch irgendwann langweilig.«

Marko lacht.

»Na ja«, sagt Tobi. »Sie probieren immer was Neues aus. Keine Folge ist wie die nächste.«

»Bald wird euch das aber auch langweilen. Dann senden sie Menschen, die Tiere ficken.«

Wir lachen.

»Das ist so«, sagt Donnie voller Überzeugung. »Ich seh es doch bei euch schon. Ihr seid wie alt? Fünfzehn?«

»Ich bin vierzehn«, sagt Tobi.

»Vierzehndreiviertel«, korrigiert ihn Marko.

»Mit vierzehn hab ich noch keine Muschi im Fernsehen gesehen. Dazu mussten wir uns Pornohefte ankucken. Und das war selten.«

Wir lachen noch mal.

Marko sagt, dass er nicht Donnies Meinung ist.

Wir machen uns wieder an die Arbeit. Um Viertel vor eins sind wir mit allem fertig und legen die Eimer und Besen wieder in den Keller zurück. Dann klingeln wir beim Hausmeister. Er wohnt in einem der Gebäude, für die er zuständig ist. Er zahlt uns einzeln aus, in bar. Tobi und Donnie bekommen für jede Stunde acht Euro, Marko und ich nur fünf. Tobi entschuldigt sich bei mir, dass er mir erzählt hat, ich würde acht Euro pro Stunde bekommen. Er sagt, dass ich mehr bekommen hätte, wäre ich fest angestellt. Als Donnies Cousin bekäme er automatisch den vollen Stundenlohn, aber das sei eine Ausnahme. Ich sage, dass das in Ordnung geht und dass ich nicht böse oder enttäuscht bin.

Ich begleite Marko auch das nächste Mal nach Billstedt. Wir sind fünfzehn Minuten zu früh dran, also gehen wir in den kleinen Gemischtwarenladen bei den großen Wohngebäuden und Marko gibt jedem von uns eine Tafel Schokolade aus. Ich nehme Milka. Zwei Jugendliche lungern vor dem Eingang herum und beäugen uns. Die Gegend ist ziemlich schäbig.

Im Gesprächsraum ist keiner, die Tür steht offen. Herr Pouladis kommt nach einer Weile die Treppe herauf. Er lächelt, als er mich sieht. Er schlägt Marko vor, dass ich mit reinkomme und mich an dem Gespräch beteilige, aber Marko betritt bloß den Raum, setzt sich an einen runden Tisch und sagt nichts. Herr Pouladis zwinkert mir zu.

Ich lausche, ob ich verstehen kann, worüber die beiden da drinnen sprechen. Erst nach einer Weile spricht Herr Pouladis laut genug, aber seine Worte sind undeutlich. Einmal spricht er von »dein Vater«, dann erwähnt er Frau Jakobs und Herrn Ezrin. Ich horche und atme ganz langsam durch den Mund. Marko murmelt und ein Stuhl quietscht.

»… du hast gesagt … schlechtes Verhältnis …«, sagt Herr Pouladis.

Ich stehe auf und lege ein Ohr an die Tür. Jetzt höre ich deutlicher, worüber sie reden. Herr Pouladis erwähnt, dass Marko ihm nicht in die Augen schaut, wenn er mit ihm spricht. Es entsteht eine Pause und dann antwortet Marko, dass er auf die Weise besser nachdenken kann. Ich stelle mir vor, wie mich jemand dabei erwischt, wie ich an der Tür lausche.

Auf dem Rückweg im Bus ist Marko wieder sehr aufgekratzt und verärgert. Er schimpft auf Herrn Pouladis, fletscht einmal sogar die Zähne und sagt, dass er ihm gerne auf die Fresse hauen würde. Ihm und allen Lehrern. In Wandsbek gehen wir bei Subway was essen und Marko beruhigt sich wieder.

Samstag, 9. März

Wir sitzen mit Tobi in seinem Zimmer und schauen uns eine Dokumentation über Afrika an. Die Reportage hat gerade erst begonnen. Der Film zeigt Szenen aus dem Alltag mehrerer Tierarten. Es geht unter anderem um eine Schlange, die sich in den heißen Wüstensand eingräbt, um Beute zu machen. Sie bedeckt sich komplett mit Sand, bis nur Augen und Schwanzspitze herausschauen. Auf der Suche nach etwas zu essen kommt eine Eidechse vorbei. Sie sieht die Schwanzspitze der Schlange und hält sie für ein Insekt. Als sie sich nähert, springt die Schlange aus ihrem Versteck. Sie verschlingt die halbe Eidechse in einem Ruck und spritzt ihr Gift in sie hinein. Dann wartet sie, bis die Eidechse tot ist, und stülpt ihr Maul auch über den Rest der Eidechse.

»Kuckt euch das an«, sagt Dominik fasziniert. »Dokumentationen sind klasse. Da lernt man noch was.«

»Ich wusste gar nicht, dass Schlangen auch Eidechsen fressen«, sagt Tobi erstaunt. »Sind doch beides Reptilien.«

»Kannibalismus«, sagt Dominik.

Wir lachen.

»Wie läuft eigentlich dein Praktikum?«, fragt Tobi. »Verlängerst du es?«

»Um eine Woche. Es gefällt mir irgendwie.«

»Nicht schlecht.«

*

Markos Freund Boy lässt fast jedes Wochenende was steigen. Seine Eltern sind an den Wochenenden nicht in Hamburg und so hat Boy die ganze Wohnung für sich. Meistens ist da nicht viel los, aber manchmal kommen auch Mädchen vorbei.

Als wir ins Wohnzimmer kommen, sitzt Boy gerade mit zwei Mädchen auf der großen Ledercouch. Ich kenne die beiden vom Sehen. Er begrüßt uns nicht. Es gibt nichts zu trinken. Jeder muss sich selbst was mitbringen, hat mir Marko gesagt.

Tobi setzt sich auf das kleine Ledersofa und fängt eine Unterhaltung mit einem der Mädchen an. Die beiden Freunde von Boy, Jungs aus seiner Klasse, sind im anderen Zimmer und schmeißen Wasserbomben auf den Gehweg oder so.

»Boy«, sagt Marko. »Boy? Boy!«

Boy rührt sich nicht.

Marko steht auf und geht aus dem Zimmer.

Die Mädchen reden nicht besonders viel. Sie telefonieren lieber auf ihren Handys. Tobi zündet sich eine Zigarette an. Das Mädchen mit den Piercings und dem violetten Lidschatten fragt ihn, ob er ihr eine abgibt. Das andere Mädchen ist blond und hat ein rundes Gesicht.

Marko kommt ins Zimmer zurück und setzt sich wieder neben mich.

»Nichts zu machen. Die kleinen Wichser haben alles schon aufgeraucht.«

Boy zuckt müde mit den Schultern.

Marko beugt sich zu ihm vor. »Hallo? Noch da?« Er schwenkt eine Hand vor Boys Gesicht. »*Kuckuck!* Jemand zu Hause?«

Boy lächelt nur ganz schwach. Es ist eher ein leichtes Grinsen.

»Mädels, den könnt ihr abschreiben. Der fickt euch heute nicht mehr.«

Tobi lacht.

»Und? Was habt ihr so im Angebot?«, sagt Marko und lehnt sich zurück. »Lutschen? Arschfick? Ich steh total auf Arschfick. Ich mach's nie anders.«

Die Mädchen schauen sich an und ziehen Grimassen.

»Ey, wie ist *der* denn drauf?!?«, sagt die mit den Piercings zu der Blonden.

Dann lachen sie beide.

»Hört doch auf. So wie ihr ausseht, macht ihr sogar Gangbang. Einer vorne, einer hinten, einer in den Mund und zwei mit den Händen.«

Das blonde Mädchen gibt ein abfälliges *Tsss* von sich.

Marko zwinkert mir beiläufig zu. »Ich wette, ihr steht auf Rudelbumsen. Ihr beide und drei Jungs.«

Tobi lacht.

Ich muss grinsen.

»Ey, sei mal leise«, sagt die Gepiercte. »Du bist echt nicht unser Niveau.«

Marko lacht. Dann beugt er sich vor und gibt Boy eine kleine Ohrfeige. Boy wacht aus seinem Tran auf und schaut sich nach beiden Seiten um.

»Was?«, sagt er.

»Boy, diese Party ist die schlechteste, die du je gegeben hast. Nichts zu trinken, nichts zu rauchen, und deine Nutten wollen uns nicht mal einen blasen! Das ist echt unhöflich von denen, Mann! Und von dir auch.«

Boy nickt wieder weg.

Marko greift nach einer leeren Bierflasche und wirft sie Boy an den Bauch. Boy schreckt hoch und stößt ein paar Flaschen vom Tisch.

»Ey, spinnst du?!?«, keift die Gepiercte. »Hast du sie noch alle?!?«

»Und ob«, sagt Marko.

»Ich glaub eher nicht. Schmeißt der hier mit Flaschen, ey!«

»Was soll das denn?!?«, sagt Boy zu Marko.

»Kümmer dich um deine Gäste, Mann! Wir sterben vor Langeweile.«

»Dann geht doch, wenn es euch nicht passt!«, sagt Boy und fährt sich mit einer Hand über den Kopf. »Knallt euch doch von mir aus Gas rein. Mir egal.«

»Wo hast du es?«, fragt Marko.

»In meinem Zimmer, Mann! Unter dem Bett sind die Kapseln. Der Spender liegt irgendwo da. Mann!«

Marko steht auf und geht aus dem Zimmer.

»Was hat *der* denn für Probleme?«, sagt das Mädchen mit den Piercings zu Boy, dann zu uns: »Euer Freund hat echt 'ne Macke, wisst ihr das?«

Tobi lacht. »Mehr als eine.« Er zündet sich die nächste Zigarette an.

Boy bittet ihn um eine.

Als Marko ins Wohnzimmer zurückkommt, stellt er einen roten Sahnespender auf den Tisch. Daneben legt er ein paar Metallkapseln. Ich hab so was schon mal gesehen. Er baut sich davor auf und sagt: »Möchte jemand vor mir?«

Tobi schüttelt den Kopf, die Mädchen reagieren nicht.

Marko sieht mich an. »Willst du?«

»Nein danke.«

»Boy?«

»Später.«

»Tja, wenn keiner will …«

»Das Zeug macht dein Hirn kaputt«, sagt die Gepiercte abfällig. »Weißt du das nicht?«

»Mach dir keine Sorgen um mich, Babe«, sagt Marko.

Er nimmt eine der Kapseln und schiebt sie an der Seite in den Sahnespender. Dann beugt er sich vor und nimmt das kleine Rohr in den Mund, aus dem normalerweise die Sahne kommt. Er drückt auf die Kapsel und saugt das entströmende Gas ein. Dann richtet er sich auf, schließt die Augen und hält die Luft an. Wir schauen ihm alle dabei zu. Marko streckt die Arme von sich und atmet wieder aus. Dann fängt er an zu kichern und klatscht sich in die Hände. Seine Augen gehen wieder auf und er legt den Kopf in den Nacken.

»Abartig«, sagt das Mädchen mit den Piercings.

Die Blonde beantwortet einen Anruf auf ihrem Handy.

Die beiden anderen Jungen kommen ins Wohnzimmer.

»Nehmt ihr Lachgas?«, sagt der eine zu Boy, als er den Sahnespender zwischen Markos Beinen sieht.

»Ich bin als Nächster dran«, sagt Boy und richtet sich auf.

»Geil, es gibt Lachgas!«, sagt der andere Junge. Sie setzen sich neben Tobi auf die Couch.

Marko stöhnt. Dann hustet er. Die Patronen sehen aus wie Kanonenmunition, fällt mir auf.

Montag, 11. März

Betty war früher mal ein paar Monate lang mit Tobi zusammen gewesen. Das ist vielleicht ein Jahr her und war Tobis längste Beziehung. Seitdem hatte er immer nur kurze Bekanntschaften. Wir treffen uns mit Betty und einer ihrer Freundinnen bei der S-Bahn Berliner Tor. Die Mädchen verspäten sich. Sie haben ihre Handtaschen dabei und tragen tiefe Ausschnitte. Wir begrüßen uns mit Küssen.

»Das ist Nadine«, sagt Betty und stellt uns ihre Freundin vor. Nadine hat langes braunes Haar und eine feste Zahnspange. Ganz süß, finde ich.

Tobi schnorrt eine Zigarette von Betty.

»Holen wir uns doch was zu trinken«, schlägt Marko vor.

Wir legen Geld zusammen und Marko und Tobi gehen zum Bahnhofskiosk. Als sie zurückkommen, haben sie eine Flasche Wodka dabei.

»Ihr spinnt wohl«, sagt Betty.

»Nein«, sagt Tobi.

»Ihr hättet wenigstens auch 'ne Cola kaufen können.«

»Hat nicht mehr gereicht«, sagt Marko und zeigt auf die Schachtel Zigaretten, die er ebenfalls gerade gekauft hat.

Betty schnaubt. »Hast du noch was?«, fragt sie Nadine.

Die Mädchen legen noch mal zusammen und gehen zum Kiosk. Tobi verlangt eine Zigarette von Marko. Die Mädchen kommen mit einer Literflasche Cola. Sie lachen.

»Der Verkäufer hat uns angeboten, mit ihm zu kommen, wenn er Feierabend hat«, sagt Betty.

»Der Kinderficker«, sagt Marko und greift nach der Flasche Cola. »Mädchen haben's leichter.«

Wir überqueren die Straße. Auf der anderen Seite finden wir eine Sitzbank. Marko stellt die Flaschen auf der Bank ab und steigt ins Gebüsch. Tobi und ich setzen uns auf die Lehne.

»Setzt euch doch«, sagt Tobi zu den Mädchen.

»Wir stehen lieber«, sagt Betty und holt ihre Schachtel Marlboro aus der Handtasche. »Tobi, warum antwortest du nie, wenn ich dir schreibe?«

»Ich antworte doch.«

»Aber sicher. Die letzten drei Male hast du mir nicht zurückgeschrieben. Mindestens! Drei Mal! Vielleicht auch mehr.«

»Ach …«

Marko kommt wieder aus dem Gebüsch und setzt sich zwischen uns.

»Hast du dir auch die Hände gewaschen?«, fragt Betty.

Marko ignoriert sie. Er öffnet die Flaschen. Zuerst trinkt

er vom Wodka, dann von der Cola. Immer nur je einen Schluck. Wir lassen die Flaschen rumgehen.

»Trink mal ohne Cola, Betty«, schlägt Marko ihr vor.

Betty wirft ihm einen Blick zu. Sie bietet Nadine den Wodka an, aber die schüttelt den Kopf. Betty zuckt mit den Schultern und gibt Tobi die Flasche.

Er verschluckt sich. Wodka und Cola laufen ihm aus der Nase.

Wir lachen ihn aus. Tobi verpasst Marko einen Schlag gegen die Brust. Nadine nimmt die Flasche und trinkt vom Wodka. Sie muss husten. Betty klopft ihr auf den Rücken. Nadine verschüttet beim Husten etwas von dem Alkohol.

»Pass doch auf, du Fotze!«, schreit Marko sie an.

Nadine hustet sich aus und fährt sich mit dem Handrücken über die tränenden Augen. »O Gott …«, keucht sie. »Schmeckt das eklig!«

»Du kommst noch auf den Geschmack«, sagt Marko. »Trinkst wohl nicht oft?«

Die Flaschen gehen noch einmal rum. Danach setzen sich auch die Mädchen auf die Bank.

»Betty, du hast da aber einen ziemlich tiefen Ausschnitt«, sagt Marko.

Wir stecken uns Zigaretten an. Tobi gibt uns Feuer.

»Tobi ist schon betrunken«, sagt Marko und tätschelt ihm den Kopf. »Aber ich noch nicht. Betty, du hast *wirklich* einen tiefen Ausschnitt«, sagt Marko noch mal.

»Willst du mal sehen?«

Marko nickt und beugt sich vor.

Betty fasst sich an den Ausschnitt und zieht den Kragen ein Stück herunter.

»Noch mehr!«, sagt Marko.

Betty zieht den Kragen zur Seite und ein Träger ihres BHs kommt zum Vorschein. Er ist dunkelblau und glitzert schwach.

»Weiter, weiter«, sagt Marko beschwörend.

Betty zieht den Kragen quer herunter und zeigt uns den oberen Ansatz eines Körbchens. »Mehr gibt's nicht«, sagt sie abschließend.

»Ach, komm schon!«, sagt Marko enttäuscht.

Betty lacht.

»Ich wette, wir werden noch mehr sehen«, sagt Marko zu mir. »Wir beide sorgen schon dafür, nicht wahr, Paul?«

Tobi gähnt und streckt sich.

»Du Schlafsack!«, sagt Marko und schubst Tobi an. »Du hast sie ja schon gefickt. Du bist uns keine große Hilfe.«

Tobi macht ein müdes, wenig beeindrucktes Gesicht. »Mach doch«, sagt er. »Aber gib mir erst noch 'ne Fluppe.«

»Was *machen*?«

»Warum sitzen wir hier die ganze Zeit herum?«, fragt Betty dazwischen. »Lasst uns mal woandershin.«

»Wohin denn?«, fragt Tobi müde.

»Was weiß ich!? Irgendwohin. Hier ist doch gar nichts.«

»Es ist überall gleich, wenn du kein Geld hast.«

Marko steht von der Bank auf und holt seinen Schwanz heraus. Die Mädchen lachen. Marko hat einen Halbsteifen.

»An wen hast du denn da gedacht?«, fragt Betty.

»An dich, Baby«, sagt Marko und lächelt. Er wedelt mit seinem halben Steifen. »Jetzt ihr«, sagt er zu den Mädchen.

»Am Arsch!«, sagt Nadine.

»Doch, kommt schon! Paul, sag doch auch mal was! Du hast doch bestimmt den größten Schwanz von uns dreien. Zeig ihn doch mal den Mädchen, dann überlegen sie es sich vielleicht.«

Ich lache.

»Marko, der wird wieder voll klein«, sagt Betty und zeigt auf Markos Schwanz.

»Wie soll er auch hart bleiben, wenn ihr ihm nicht helft?«

»Hier«, sagt Betty und zeigt Marko noch einmal ihren BH. »Zufrieden? Er bewegt sich ja nicht mal!«

»Das hatten wir doch schon. Zeig noch mehr! Zeig ihm dein Höschen.«

Betty schüttelt den Kopf. »K. C.«

»Scheiße«, sagt Marko enttäuscht. »Wie bei Jessica, was, Tobi?«

Tobi zuckt kaum merklich mit den Schultern.

»Wer ist Jessica?«, will Betty wissen.

»Eine Freundin«, sagt Tobi.

»Ach! Wirklich? *Eine* Freundin oder *deine* Freundin?«

»Ist doch egal.«

»Nein, ist nicht egal. Wer ist Jessica?«

»Tobias' neue Fotze«, sagt Marko und lacht.

Betty schaut Tobi an. »Stimmt das, Tobi?«

»Quatsch!«

»Warum sagt er dann so was?«

»Er verarscht dich. Er denkt sich so was aus.«

»Ich will jetzt wissen, wer Jessica ist.«

»Niemand.«

»Was ist nun?«, sagt Marko dazwischen. »Zeigt ihr uns jetzt was?« Er schaut auch Nadine an. Sie kuckt zu mir und dann auf den Boden und lächelt.

Betty dreht sich schnaubend weg. »Geh zu den Nutten am Hansaplatz und hol dir Aids.«

»Oha«, sagt Marko. »Da hast du aber was angerichtet, *Tobias*.«

Tobi stöhnt.

Ich stehe auf, weil ich pissen muss. Tobi und Marko kommen mit. Wir steigen ins Gebüsch und stellen uns an einen langen Zaun.

»Du stehst nicht mehr auf Betty, was?«, fragt Marko.

»Nee«, sagt Tobi.

»Warum nicht?«
»Keine Ahnung.«
»Aber warum denn nicht? Ich find sie scharf.«
»Nein«, sagt Tobi. »Sie ist wie meine Mutter geworden.«

*

Als ich am Abend wieder nach Hause komme, ist mein Vater nicht da und meine Mutter hat das Licht im Flur an. Es ist kurz vor Mitternacht. Meine Mutter läuft zwischen Wohnzimmer und Küche hin und her und schmiert sich Brote mit Schmalz und Sellerie und isst sie vor dem Fernseher, den sie viel zu laut aufgedreht hat, was sie sonst nie tut.

Ich setze mich zu ihr. Meine Mutter steht noch mal auf und läuft in die Küche, um eine Flasche Deit zu holen. Ihr fällt sofort auf, dass ich betrunken bin. Sie lächelt mich an. Ich glaube, dass nur mein Vater ihre gute Laune jetzt kaputtmachen könnte. Dazu bräuchte er nicht mal viel tun; er müsste bloß da sein.

Meine Mutter erzählt mir, dass mein Vater bei Freunden ist und Karten spielt. Das kommt nicht oft vor. Ich stehe auf und fülle mir eine kleine Plastikwanne mit Wasser und lege sie auf den Boden neben mein Bett. Dann lege ich mich schlafen. Während ich noch wach bin, höre ich meine Mutter durch die Wohnung laufen. Ihre Schritte bringen den Boden zum Vibrieren.

Mittwoch, 13. März

Marko schaut zur Decke hoch und atmet durch seinen offenen Mund. Wir sitzen in seinem Zimmer.

»Wem gehört eigentlich der Hase?«, frage ich.

Marko richtet sich auf. »Was?«

»Der Hase da.« Ich zeige auf den Käfig in der Ecke neben dem Fenster. Der Hase atmet ruhig vor sich hin und bewegt sich nicht, schon seit gut einer Stunde.

»Ach, meiner Schwester«, sagt Marko. »Er ist schon alt. Du kennst ihn doch. Ich hab ihn dir vor Jahren gezeigt.«

Ich nicke.

Ich beobachte den Hasen eine Weile und wandere dann mit meinem Blick an dem Regal hinauf, neben dem der Käfig liegt, dann auf den Boden, in die Ecken. Das Zimmer ist ziemlich dreckig.

»Ich weiß«, sagt Marko, als er meinen Blick auffängt. »Ist unordentlich hier, was?«

»Nein, nein«, sage ich. »Ich kuck nur so. Bloß so.« Ich hüstele. »Lasst ihr den Hasen auch mal raus?«

»Manchmal«, sagt Marko. »Aber meistens will er gleich wieder zurück. Er will immer mein Bein ficken.«

Ich lache.

»Ich zeig's dir mal«, sagt Marko und öffnet das Türchen des Käfigs.

Er holt den Hasen heraus und legt ihn vor sich auf den Teppichboden. Denn streckt er einen Fuß nach dem Hasen aus. Das Tier flitzt mit einem Satz nach vorne, stürzt sich auf Markos Fuß und fängt an, wild mit dem Becken zu stoßen.

Ich krümme mich vor Lachen.

Marko packt den Hasen wieder am Nacken und zieht ihn von seinem Fuß weg. Der Hase macht einen Satz und hockt sich neben den Käfig. Er atmet jetzt schnell und heftig.

»Siehst du?«, sagt Marko und grinst mich an. »Hab ich's nicht gesagt? Voll der geile alte Sack!«

Er stellt sich hin und tritt nach dem Hasen. Das Tier springt zur Seite und duckt sich in den Schatten hinter dem Bett. Mir fallen ein paar Kötel neben dem Käfig auf.

»Geiler alter Sack«, sagt Marko noch mal und legt den Hasen wieder in seinen Käfig.

»Er hat dir auf den Teppich geschissen«, sage ich.

»Was? Wo?«

»Neben dem Käfig. Beim Türchen.«

Marko entdeckt die Kötel und kickt sie in die Ecke. »Macht nichts«, sagt er. »Kann man als Dünger oder als Streckmittel benutzen. Obwohl ... ich deale ja nicht mehr.«

»Echt?«

Marko schüttelt den Kopf.

»Warum nicht?«

»Albern, Digger. Lohnt sich nicht mehr. Gibt jetzt zu viele Spacken in der Gegend, die Gras verticken. Damit machst du kein Geld mehr.«

»Aha.«

»Wenn du wirklich hoch hinauswillst, musst du was anderes tun. Harten Stoff verkaufen. Oder Zuhälterei oder so.«

»Mhm.«

Marko schaut zur Seite »Wir haben auch eine Ratte hier.« Er zeigt auf den Schrank vor dem Bett. »Hier oben. Ganz neu.«

Wir schauen uns den kleinen blauen Käfig an. Eine weiße Ratte mit einem dicken Schwanz hockt darin und schnüffelt wild vor sich hin.

»Die ist aber aggressiver als der alte Hase«, sagt Marko und haut oben gegen den Käfig. »Wenn ich ihr den Finger hinhalte, beißt die glatt rein.«

Er nimmt das Nächstbeste, was er zu fassen kriegt – ein kleiner Kalender von der Haspa – und schiebt ihn zwischen den Metallstäben durch. Die Ratte rennt hin und beißt in den Buchrand. Dominik schiebt den Kalender vor und zurück, aber die Ratte löst ihren Biss nicht.

»Siehst du?«, sagt er und zieht den Kalender wieder aus dem Käfig und wirft ihn hinter sich in die Ecke.

Markos kleiner Bruder Justin kommt ins Zimmer.

»Verpiss dich!«, schreit Marko ihn an. »Ich hab Besuch!«

Der Kleine reagiert nicht sofort.

»Willst du was aufs Maul?! Verpiss dich, hab ich gesagt!«

Justin trollt sich. Er ist erst zehn oder so. Manchmal sehe ich ihn in der Gegend herumlaufen.

»Wie spät ist es?«, sagt Marko. »Wir müssen los.«

*

Die Tür geht auf und Marko tritt heraus und schaut mich genervt an. Herr Pouladis reicht ihm die Hand und Marko schüttelt sie halbherzig.

»Wie wäre es denn, wenn wir beim nächsten Mal deinen Freund mit ins Gesprächszimmer holen, Marko?«, fragt Herr Pouladis und schaut mich dabei an.

»Nein«, sagt Marko.

»Wie heißt du?«, fragt mich Herr Pouladis.

»Paul.«

Er lächelt. »Also, Paul, möchtest du dich gerne an unserem Gespräch beteiligen?«

»Nein«, sagt Marko wieder und krempelt sich die Ärmel hoch.

»Ich weiß nicht«, sage ich. Ich schaue Marko an. Er schüttelt den Kopf leicht. »Ich habe nächste Woche keine Zeit.«

Herr Pouladis schaut skeptisch zwischen Marko und mir hin und her. »Und die Woche danach?«

Ich fühle mich unbehaglich. »Ich weiß nicht. Ich weiß nicht, ob ich dann Zeit habe. Wirklich.« Ich versuche zu lächeln.

»Schade«, sagt Herr Pouladis.

»Also, bis nächste Woche«, sagt Marko und geht auf die Treppe zu.

Ich hebe eine Hand zum Abschied und versuche, Herrn Pouladis anzulächeln.

Sonntag, 17. März

Mein Vater erzählt mir, dass er vorhin bei der albanischen Familie war. Er sagt, der Albaner hätte wieder seine Frau geschlagen. Mein Vater ist hinaufgegangen und hatte an der Tür geklingelt. Der Albaner hat ihm geöffnet und gefragt, was mein Vater will. Er soll sehr wütend ausgesehen haben. Mein Vater hat sich über den Lärm bei den Albanern beschwert. Darauf hat der Mann gesagt, dass mein Vater sich um seine eigenen Angelegenheiten kümmern solle. Mein Vater hat geantwortet, dass er sich sehr wohl um seine eigenen Angelegenheiten kümmert und dass er bei dem Lärm aus der Wohnung der albanischen Familie nicht in Ruhe zu Mittag essen könne. Der Albaner hat dann die Tür wieder zugemacht und von da an war es ruhig.

Mein Vater erklärt mir, dass es gesetzlich verboten ist, sich einzumischen, wenn ein Mann seine Frau oder seine Kinder in seiner Wohnung anschreit oder verprügelt. Wenn es dabei aber zu Lärm kommt, dürfe man sich davon belästigt fühlen und sich beim Nachbarn darüber beschweren, notfalls sogar die Polizei rufen.

»Du musst deine Rechte kennen, Paul«, sagt mein Vater. »Es ist wichtig, dass du weißt, was du darfst und was nicht. Diejenigen, die dich verarschen und betrügen wollen, kennen alle ihre Rechte.«

Das Telefon klingelt. Ich gehe ran. Es ist eine Frau, die mir ein Gewinnspiel verkaufen möchte. Ich sage, dass ich noch minderjährig bin. Da möchte sie gerne mit meinen Eltern sprechen. Ich sage, dass meine Eltern arbeitslos sind. Da hat es die Frau plötzlich ganz eilig, das Gespräch zu beenden.

Montag, 18. März

In der zweiten Qualifikationsrunde ist Gloria die erste Kandidatin, die ihre Titten zeigt. Sie hat einen hellen Teint und dicke Titten mit großen rosigen Brustwarzen. Schon jetzt ist sie meine Favoritin. Sie ist eine von der fülligen Sorte.

Marko fasst sich dauernd an den Schritt. Ihm gefallen bisher am besten: Gianna, Katja, Sarah, Kirsten, Lea-Jane, Susanne, Aldana, Tracie, Madeleine und Ewa. Ich wundere mich, dass er sich all diese Namen merken kann.

Wenn die Männer gezeigt werden, geben wir Kotz- und Würgegeräusche von uns.

In der ersten Werbepause schreibe ich mir eine Entschuldigung, die ich morgen in der Schule abgeben werde:

Sehr geehrte Frau Blond,
hiermit entschuldige ich das Fehlen meines Sohnes Paul vom Montag, dem 18. März. Er hatte am Morgen des besagten Tages starkes Nasenbluten, das ihn jedes Jahr zur Pollenzeit ereilt, und konnte daher leider nicht zum Unterricht erscheinen.
Freundlicher Gruß

Ich schreibe die Entschuldigung in der Handschrift meiner Mutter und setze auch ihre Unterschrift darunter. Meine Mutter und ich haben eine ähnliche Handschrift.

»Fälschst du dir ’ne Entschuldigung?«, fragt Marko.

»Lass mal sehen.« Er nimmt den Zettel und liest ihn sich durch. »Deine Mutter hat eine einfache Unterschrift. Ich könnte das Gekrakel von meinem Vater nie kopieren, und meine Mutter darf gar nicht unterschreiben.«

»Sie darf nicht?«, sage ich, weil mich das erstaunt.

»Nee. Mein Vater macht das. Er ist der große Pimmel in der Familie. Wir sind alle bloß kleine Fotzen.«

Mittwoch, 20. März

Nenad spielt Dominik und mir ein Video vor, das er auf seinem Handy hat.

»Das müsst ihr sehen«, sagt er und grinst.

Das Video zeigt einen Jungen in unserem Alter. Er ist ganz in Schwarz gekleidet und tritt auf einen Mann ein, der am Boden liegt. Wie alt der Mann ist, kann man nicht sagen. Nenad sagt, dass er es nicht weiß.

Die Bildqualität und der Sound sind schlecht. Das Bild wackelt die ganze Zeit und einmal schwenkt das Objektiv aus und man kann für ein paar Sekunden nur die hellen Bodenkacheln und die dunklen Rillen dazwischen sehen.

Nenad sagt, er kenne die Typen nicht, die das Video aufgenommen haben. Er hat es von Adrian, der es von Mammut hat, und der hat das Video von einem Freund, der es von ein paar Typen hat, die nicht wissen, von wem das Video ist.

Man kann hören, wie die Jungs den Mann beschimpfen, aber alles klingt dumpf und weit entfernt. Meist hört man nur den Typen lachen, der das Handy hält. Seine Stimme ist lauter und deutlicher, aber auch sehr metallisch. Als ob es ein starkes Echo gäbe in dem Raum, in dem sie sich aufhalten. Einmal sagt er etwas zu dem Jungen in Schwarz und fährt dann mit dem Objektiv hoch. Er nähert sich mit dem

Handy dem Gesicht des schwarz gekleideten Jungen und man kann erkennen, dass er eine dunkle Sonnenbrille trägt und grinst. Dann richtet er das Objektiv wieder auf den Mann und der Junge mit der Sonnenbrille gibt ihm einen Tritt gegen den Kopf. Der Mann rührt sich nicht mehr. Das Bild wackelt noch einmal heftig, irgendjemand sagt etwas und dann ist das Video vorbei.

Dominik sagt zu Nenad, dass er ihm das Video sofort schicken soll.

Tim kommt an unseren Tisch und grinst. »Habt ihr euch das Video angekuckt?«

Nach dem Unterricht begegne ich Marko und Boy vor dem Haupteingang, als sie auf irgendjemanden warten. Marko fragt mich, ob ich schon das Video mit den beiden Marokkanern kenne, die den Opa verprügeln. Ich sage Ja, aber er holt trotzdem sein Handy heraus.

*

Herr Pouladis fragt mich erneut, ob ich mit ins Gesprächszimmer will. Er meint, ein Gruppengespräch könnte ihm eventuell helfen, Markos Informationen besser zu ordnen. Marko schüttelt wieder den Kopf und ich spüre, dass ich rot anlaufe.

Ich sage, dass ich nicht weiß, ob ich das möchte, und zucke mit den Schultern.

Herr Pouladis schaut enttäuscht und seufzt.

Marko und er verschwinden wieder hinter der Tür und ich muss erst eine Weile auf der Toilette auf und ab springen, bevor ich mich beruhige.

*

Später sitze ich mit Marko in seinem Zimmer, weil er mir eine neue Internetseite zeigen will, auf der man sich kostenlos brandneue Pornos ankucken kann. Im Zimmer liegt überall schmutzige Wäsche herum. Alles ist unaufgeräumt.

Markos kleiner Bruder Justin kommt ins Zimmer.

»Ich hab dir doch gesagt, du sollst dich verpissen!«, schreit Marko ihn an, gibt ihm eine Ohrfeige und schubst ihn dann gegen die halb offene Tür.

Justin fängt an zu weinen und läuft davon.

»Sei froh, dass du keine Geschwister hast«, sagt Marko zu mir.

»Machst du ihn immer so fertig?«

»Vergiss ihn.«

Er zeigt mir ein paar Sorten von Pornofilmen, die ich noch nicht kenne oder die mir nicht sofort ein Begriff sind – Bukkake, Ebony, Pregos. Manche brauchen ewig, um zu laden, andere ruckeln zu viel oder starten gar nicht erst.

»Das hier finde ich gut. Kuck dir das mal an.« Marko beißt sich auf die Faust und schiebt am Zeiger des Media-Players herum. *»She deserves punishment – Vol. 8.«*

In dem Film ist eine kleine junge Frau mit sehr stark geschminktem Gesicht zu sehen. Sie leckt gerade einen ziemlich langen und dicken Schwanz, als die Szene beginnt.

»Kuck dir dieses Gerät an!«, sagt Marko begeistert. »Das sind mindestens dreißig Zentimeter! *Mindestens!*«

Die Frau leckt an der Spitze herum. Dann fährt die Kamera zu ihrem Gesicht hinab. Sie sieht eher wie ein Mädchen aus als wie eine Frau, finde ich. Ihr Gesicht füllt das ganze Bild aus.

»I have been naughty«, sagt sie in schlechtem Englisch. »I deserve punishment!« Sie hat einen deutlichen spanischen Akzent.

Im nächsten Moment packt der Typ sie bei den Ohren und rammt ihr seinen Schwanz in den Mund.

Marko dreht den Ton an seinen Lautsprechern auf. Ich fühle mich unbehaglich, weil wir nicht allein in der Wohnung sind. Soweit ich weiß, ist Markos Mutter auch zu Hause.

Die Südamerikanerin röchelt und läuft rot an. Der Typ beschimpft sie als »Bitch« und »Fuck« und drückt ihr seinen Schwanz noch tiefer in den Hals. Plötzlich reißt sie sich los und kotzt auf den Fliesenboden.

»Geil!«, sagt Marko. »Geil!«

Während das Mädchen noch nach Luft schnappt, drückt ihm der Typ bereits seinen Schwanz in den Arsch. Zuerst macht er langsam, dann schiebt er den Schwanz bis zum Anschlag rein. Als Nächstes fängt er an, sie schnell und hart zu ficken.

»Bis hierhin erst mal«, sagt Marko und bläst die Backen auf. »Ich hab schon 'ne Keule.« Er klickt das Menüfenster weg und der Desktop erscheint. »Ich schick dir den Link von der Seite, wenn du das nächste Mal on bist, dann kannst du dir ansehen, wie sie seine Scheiße isst.«

Eigentlich will ich das gar nicht.

Sonntag, 24. März

Wir sitzen auf einem alten Baumstamm auf dem Spielplatz am Eulenkamp und tun nichts, als plötzlich zwei Jungs ankommen. Sie sind erst zwölf oder dreizehn und scheinen Marko zu kennen. Sie sprechen ihn von der Seite an. Marko sagt, dass sie sich verpissen sollen. Er versucht, sie nicht zu beachten. Der eine kommt mir irgendwie bekannt vor. Vielleicht habe ich ihn mal im Viertel gesehen. Er hat eine

Sonnenbrille auf und hält eine kleine Flasche Cola in seiner Hand. Der andere trägt ein knallgrünes Shirt. Sie sind Türken oder so.

»Haut ab«, sagt Marko genervt und schaut auf den Boden.

»Was war denn letztens mit Dani, hä?«, fragt der Junge mit der Sonnenbrille. Der andere lacht und spuckt ins Gras.

»Da war gar nichts«, sagt Marko und kratzt sich am Nacken.

»Dani hat uns erzählt, du bist weggelaufen. Alle sagen das.«

»Sagt Dani, er kann mich am Arsch lecken.«

Die beiden Jungen grölen.

»Sollen wir allen erzählen, dass du das gesagt hast?«, stichelt der Junge mit der Sonnenbrille.

»Macht doch.«

»Der macht auf mutig«, sagt der Junge zu seinem Freund. Dann richtet er sich wieder an Marko: »Dani hat gesagt, dass dein Bruder ziemlich frech ist und dass er das von dir hat.«

»Halt's Maul«, sagt Marko. »Verpisst euch einfach von hier.« Er kratzt sich noch mal am Nacken.

»Dani sagt, er findet deine Schwester niedlich.«

Der mit dem grünen Shirt prustet los.

»Kann er gerne haben. Fünfzig Euro«, sagt Marko.

»Oha! Der verkauft seine Schwester. Zuhälter oder was?«

»Verpisst euch«, sagt Marko wieder.

»Der tut so, als ob ihm das egal ist, Digger«, sagt der Junge im grünen Shirt zu seinem Freund. »Du könntest alles sagen, Alter.«

»Sag doch«, sagt Marko. »Und dann verpisst euch endlich.«

Der eine Junge sagt irgendwas auf Türkisch und er und sein Freund lachen.

»Warum dealst du in Danis Revier?«, fragt die Sonnenbrille.

»Ich deale nicht mehr.«

»Dani sagt, du sollst nicht in seinem Revier dealen.«

»Ach, *sein* Revier?«, sagt Marko mit sarkastischem Unterton.

»Alter, er meint, wenn du in seinem Revier dealst, dann ...«

»Dann was?«

Die beiden Jungen grinsen sich bloß an.

»Weißt du, was du bist?«, sagt die Sonnenbrille.

»Was?«

»Weißt du das nicht?«

»Was denn?«

»Alter, er weiß es nicht«, sagt der Junge wieder zu seinem Freund.

»Na, sag schon.«

»Gar nichts, Digger. Du bist gar nichts.« Er hebt einen Fuß und zeigt mit der Colaflasche auf seine Sohle. »Das hier bist du. Da.« Er deutet auf den Sand und die Steinchen in den Rillen. »Das hier.«

»Wenn du es sagst.«

»Ich sage es nicht nur, du *bist* es.«

»*Was* bin ich?«

»Gar nichts, Digger.«

Der Junge nimmt noch einen Schluck. Dann gehen sie. Auf dem Weg zum Ausgang ruft der Junge im grünen T-Shirt Marko noch ein paar Schimpfwörter zu und sein Freund lacht und schreit »Digger«.

Wir sitzen eine Weile nur da, schweigend. Ein Kind, ein Junge, vier, fünf Jahre alt, heult und ruft nach seiner Mutter, *Ane*. Seine Mundwinkel sind nach unten gezogen und die Augen fast geschlossen, aber ihm laufen keine Tränen über das Gesicht.

»Mann, Marko«, sagt Tobi. »Warum hast du dir das gefallen lassen? Du hättest ihnen eine wischen sollen oder so.« Und dann: »Ich versteh dich nicht.«

»Denen nicht«, sagt Marko mit einer abwehrenden Handbewegung. »Das sind bloß Kinder. Kleine Scheißkinder.«

»Ich hätte mir das aber nicht gefallen lassen, auch wenn der eine Mammuts Cousin ist.«

»Vergiss die«, sagt Marko, und dann konzentriert: »Das nächste Mal, wenn ich Dani sehe, hau ich ihm die Fresse ein. Ich schlag ihm alle Zähne aus. Jeden einzelnen.« Er fletscht beinahe die Zähne.

*

Meine Mutter hängt die nasse Wäsche auf. Ich lehne am Kühlschrank und esse ein Croissant, das meine Mutter mir mitgebracht hat.

»Wie geht es denn deinen Freunden?«, fragt sie. »Wie geht es Marko?«

»Geht ihm gut«, sage ich.

»Und seiner Mutter?«

»Weiß ich nicht.«

Ich nehme einen Bissen.

»Siehst du seine Eltern nie?«

»Nein. Wir sind nicht oft bei Marko«, sage ich.

»Warum nicht?«

»Sein Vater schreit zu viel rum.«

»So, so«, sagt meine Mutter. »Er hat seine Kinder immer geschlagen. Und seine Frau. Macht er das noch? Hörst du manchmal was?«

»Ich glaube nicht. Aber er flucht ziemlich viel.«

»Schrecklich«, sagt meine Mutter. »Das ist doch schrecklich.«

»Mhm«, mache ich und nehme noch einen Bissen.
»Schrecklich«, sagt meine Mutter nochmal.

Mittwoch, 27. März

Auf dem Heimweg vom Computerkurs kommen mir Ibrahim aus der H9 und ein älterer Typ mit einer schwarzen Lederjacke entgegen. Sie stellen sich mir in den Weg.

»Paul«, sagt Ibrahim. Er sieht wütend aus. »Hast du gehört, ob jemand aus deiner Klasse heute ein Handy geklaut hat?«

Ich schüttle den Kopf. »Nee.«

»Beim Sportunterricht? Nein?«

Ich schüttle noch mal den Kopf.

Der Typ mit der Lederjacke schaut mich lange und prüfend an.

»Neulich wurde einem Mädchen aus unserer Klasse das Handy gestohlen«, sage ich zögernd. »Aber ich weiß nicht, ob euch das weiterhilft.«

»Mhm«, macht Ibrahim. Er sagt irgendwas zu dem Lederjackentypen auf Türkisch.

»Wann war das mit dem Mädchen?«, fragt mich der Typ. Er hat eine leise, ruhige Stimme, fast schon bedrohlich.

»Vor einer Woche?«, sage ich.

»Okay, danke«, sagt Ibrahim.

Ich nicke.

Er sagt noch etwas auf Türkisch zu diesem Typen und fügt dann auf Deutsch hinzu: »Ich bring ihn um, Alter! Ich fick sein Leben!«

Dann gehen sie wieder, über den Zebrastreifen und Richtung Schule. Ich gehe weiter, ohne mich nach ihnen umzudrehen.

*

Auf dem Weg zum Bus holt Marko einen Joint aus seiner Zigarettenschachtel. Er zündet ihn an und wir rauchen ihn an der Haltestelle. Wir lassen extra einen Bus vorbeifahren und nehmen erst den nächsten.

Marko redet nichts und schaut lange aus dem Fenster.

»Worüber habt ihr denn heute gesprochen?«, frage ich ihn.

»Hm?«, macht Marko müde. Er dreht sich zu mir.

»Was habt ihr besprochen?«

»Ach, gar nichts. Bloß Scheiße, wie immer.«

»Wie oft musst du noch hin?«

»Ein paarmal. Keine Ahnung, weiß nicht.«

»Hat Frau Jakobs dich schon angesprochen?«

»Die spricht gar nicht mehr mit mir«, sagt Marko und gähnt dann.

»Sie spricht nicht mehr mit dir?«

»Nein.«

»Auch nicht im Unterricht?«

»Nein«, sagt Marko und schließt die Augen.

*

Später gehen wir noch auf einen Sprung bei Tobi vorbei. Seine Mutter steht am Herd und rührt in einem Topf. Es riecht nach Ravioli.

Sie schaut uns misstrauisch an und fragt dann Tobi: »Was machst du denn noch hier? Bist du noch nicht weg? Ich dachte, du schläfst heute bei Dominik?«

»Mach ich auch«, sagt Tobi genervt.

»Aha.«

Er packt seine Sachen zusammen und wir gehen wieder. Die Mutter schaut uns nach.

»Sie hat bloß für sich und ihren Freund gekocht«, flüstert uns Tobi zu, als wir im Treppenhaus sind.

Dominiks neuer Dealer will, dass wir ihn beim Tonndorfer Friedhof treffen. Dominik sagt, der Typ wohne irgendwo in Tonndorf und verkauft eigentlich nur an Freunde und Leute aus seiner Gegend.

Wir fahren die Ahrensburger Straße hinauf. Der Dealer lässt lange auf sich warten. Wir stellen uns an den Friedhofseingang und Dominik ruft zweimal bei dem Jungen an. Wir zünden uns Zigaretten an. Es ist sonnig und über der Straße hängt eine Dunstglocke aus Autoabgasen.

Der Dealer kommt auf einem Mountainbike. Er trägt grüne Basketballshorts, ein rotes Basketballshirt und dicke schwarze Sportschuhe. Sein Fahrrad schließt er am Zaun an, dann schlägt er vor, dass wir auf den Friedhof gehen. Er nimmt seine Sonnenbrille nicht ab. Er ist vielleicht jünger als wir. Dominik sagt etwas zu ihm und der Junge grinst. Mir fällt auf, dass er eine feste Zahnspange trägt.

Auf dem Friedhof ist fast niemand, nur ein älterer Mann mit einem grauen Haarkranz und eine dicke Frau, die auf einer Bank in der Sonne sitzt und schwer atmet. Wir gehen eine kurze Runde. Dominik gibt dem Jungen ein paar Geldscheine und bekommt dafür zwei Tütchen. Am Eingang verabschieden wir uns wieder voneinander. Als der Junge zu seinem Fahrrad geht, schlägt Dominik vor, dass wir noch ein bisschen tiefer in den Friedhof gehen und einen rauchen. Wir suchen uns eine Bank im Schatten und setzen uns. Dominik packt seine Blättchen aus und Marko mischt alles in seiner Hand. Ich beobachte, wie das Sonnenlicht durch die Blätter der Bäume bricht und auf die Gräber und Grabsteine niederscheint. Dominik gibt Marko ein Feuerzeug.

»Woher kennst du den Typen noch gleich?«, fragt Marko.

»Von ganz früher«, sagt Dominik. »Ich war mit einem Typen in der Grundschulklasse, der ihn kannte. Ich hab ihn jahrelang nicht gesehen. Jetzt zieht er durch die Gegend und dealt. Er hat mir kürzlich seine Nummer gegeben.«

Marko steht auf, um einen dicken Weberknecht zu zertreten, der an einem Grabstein hängt. Die Spinne rennt vor Schreck im Kreis und verschwindet dann hinter dem Grabstein.

Wir gehen noch eine Runde über den Friedhof. An einem Grab, das sehr frisch aussieht, bleiben wir stehen. Marko wundert sich, dass das Grab keinen Stein hat. Dominik liest die Widmungen auf den Kränzen laut vor. Vier, fünf Grabstellen weiter rechts steht wieder der alte Mann und ordnet Blumen auf einem Grab.

»Wie viele der wohl schon verscharrt hat?«, fragt Marko und deutet auf den alten Mann. Dann zeigt er auf den frischen Haufen Erde. »Wollen wir den ausgraben?«

Dominik lacht. »Marko«, sagt er, »wenn Paul so was sagt oder ich, dann kann man darüber schmunzeln. Aber wenn *du* das sagst, dann muss man sich ernsthafte Gedanken machen.«

Der alte Mann schaut zu uns herüber. Marko beugt sich über den Erdhaufen und grinst den Mann an. Dann tut er so, als wenn er schaufeln würde. Der alte Mann schaut uns lange an, ohne sich zu rühren, schüttelt dann den Kopf und wendet sich wieder ab.

*

Dominik wechselt den Kanal. In einer Werbeeinblendung wird eine Reportage über eine Mutter angekündigt, die als Prostituierte arbeitet. Marko richtet sich auf und stützt sich mit den Ellbogen auf die Knie.

»Mein Gott!«, sagt er. »Ich krieg 'nen Steifen! Das muss ich sehen!«

Dominik seufzt und setzt sich an sein Notebook.

Der Werbeblock geht zu Ende und wir sehen uns den Rest des Lifestyle-Magazins an, das auf diesem Kanal läuft. Dann kommt nach einer weiteren Werbepause Markos Reportage.

Es geht um eine Frau Mitte dreißig. Sie ist verheiratet und hat drei Kinder, die zwischen vier und sechs Jahren alt sind. Nach der Geburt des ersten Kindes hat sie ihren Beruf als Versicherungskauffrau aufgegeben, um sich voll und ganz dem Kind zu widmen. Ihr Mann hatte eine gute Stellung in einem IT-Unternehmen und konnte die Familie ernähren. Dann wurde die Frau in den nächsten drei Jahren noch zweimal schwanger und der Ehemann verlor urplötzlich seinen Job. Die Familie geriet in Geldnot, häufte Schulden an und musste zwei Jahre lang Arbeitslosengeld beziehen. Ein Freund des Ehemannes schlug der Mutter dann spontan vor, Telefonistin zu werden. Die Frau probierte es aus und blieb beim Telefonsex. Nachdem sie über ein Jahr lang Geld auf diese Weise verdient hatte, schlug dieser Freund ihr vor, als Prostituierte anzufangen. Der Ehemann war dafür. Trotz Schulden schafften sie es irgendwie, eine Wohnung zu mieten – Originalton der Mutter: *Terminwohnung* –, und setzten Anzeigen ins Internet. Bald fing das Geschäft an zu florieren. Der Ehemann übernimmt seitdem die Rolle des Managers.

»*Terminwohnung*«, sagt Dominik angewidert.

»Der hat seine eigene Frau zur Nutte gemacht, dieser Zuhälter!«, sagt Marko und lacht. Er verfolgt die Reportage mit wachsender Begeisterung.

Der Job als Prostituierte hat die Geldsorgen der Familie in kürzester Zeit aus der Welt geschafft. Sie konnten aus ihrer alten Wohnung in einer Plattenbausiedlung ausziehen und sich ein Haus und ein neues Auto leisten. Die Schulden waren komplett zurückgezahlt. Bald wollten sie ihr Grundstück erweitern und einen Pool hinter dem Haus bauen.

»So musst du es machen«, sagt Marko. »Du suchst dir eine dumme Fotze, die sich in dich verknallt, und vermietest sie für viel Geld an irgendwelche Typen.«

Die Frau sieht nicht besonders gut aus. Sie ist mollig und etwas unförmig, ihre Titten sind groß, aber hängen. Dominik findet, dass die Frau eklig aussieht, deshalb schaut er sich die Sendung auch nicht an, sondern hört bloß zu. Marko sagt, dass er sie ficken würde. Sie hat ein schmales und langes Gesicht. Das gefällt mir bei Frauen überhaupt nicht. Sie sieht aus wie ein Pferd.

»*Terminwohnung*«, sagt Dominik noch mal.

Mittwoch, 3. April

Zu Beginn des letzten Halbjahres habe ich bei mehreren Bestattungsunternehmen angerufen und mich nach einer Praktikumsstelle erkundigt. Meine Klasse sollte ein dreiwöchiges Betriebspraktikum machen und mir fiel nichts ein, wo ich es verbringen wollte. Daniela, Julia und ein paar andere aus meiner Klasse kamen bei Versicherungen unter, andere bei Ärzten oder in den Betrieben, in denen ihre Eltern arbeiteten. Dominik bekam eine Zusage von dem Musikladen, in dem er seinen Synthesizer gekauft hatte. Ich rief bei Greenpeace an und bekam eine Absage, weil ich noch zu jung war. Außerdem sei das kein Ausbildungsbetrieb, so sagte mir die Frau am Ende der Leitung. Ich fand, dass, wenn ich schon ein Praktikum machen musste, dann sollte es auch etwas Ausgefallenes und Besonderes sein. Ich rief bei Acclaim an, dem Videospielehersteller, und dann bei mehreren Läden für Videospiele. Bei Rowohlt und einigen Kleinverlagen sagte man mir ebenfalls ab. Auch die Bestatter erwiesen sich als Enttäuschung. Damit hätte ich in der Klasse aber auch den Vogel abgeschossen, das wusste ich.

In einer Broschüre vom Arbeitsamt las ich dann, dass Schülerbetriebspraktika freiwillig seien. Ich teilte unserer Klassenlehrerin, Frau Blond, mit, dass ich nicht an dem Praktikum teilnehmen wolle, und zeigte ihr die Broschüre. Frau Blond akzeptierte meine Entscheidung und meldete es bei der Schulleitung. Sie war zu dem Zeitpunkt erst seit einem Jahr an unserer Schule und nicht ausreichend über die internen Regelungen informiert. Ich war der einzige von fünfundzwanzig Schülern, der das Praktikum ablehnte. Am nächsten Tag nahm mich Frau Blond nach dem Unterricht zur Seite und erklärte mir, dass das Praktikum an unserer Schule Tradition sei und dass alle Schüler verpflichtet seien, daran teilzunehmen. Alle, die es verweigerten, bekämen eine Sechs im Fach Arbeitslehre und würden sitzenbleiben. Die Regelung war so alt wie die Schule selbst. Frau Blond sagte, es täte ihr leid, und empfahl mir, mich bei Verlagen umzuhören. Ich war stinksauer. Nicht auf Frau Blond, sondern auf die Schule.

Vier Wochen vor Beginn des Praktikums war ich der Einzige in unserer Klasse, der noch keinen Platz hatte. Ich hatte keine Lust auf das Praktikum und nahm das alles auch nicht sehr ernst. Aber Frau Blond wurde immer nervöser. Zwei Wochen vorher hörte ich dann von Nenad, dass bei REWE in Barmbek noch Praktikanten genommen wurden. Also kam ich dort unter. Frau Blond meinte, dass ich dafür eindeutig überqualifiziert sei. Ich fühlte einen verschämten Stolz, als sie das sagte. Das Praktikum war nicht so schlecht. Ich hatte immer was zu tun und musste weder Kaffee kochen noch ständig darauf warten, dass mich jemand mit einer blöden Aufgabe betreut, die ihm oder ihr nur zwanghaft eingefallen war. Es war ehrliche, handfeste Arbeit. Für meinen abschließenden Bericht, den ich ziemlich lustlos schrieb, bekam ich eine Vier. Ich fertigte zwei Versionen an; zuerst eine zynische, in der ich Schülerpraktika als Ausbeutung kritisierte. Dann bekam ich aber doch Bammel und schrieb innerhalb eines Tages noch eine gemäßigte.

*

Entweder hat die Tür diesmal nicht richtig geschlossen oder Herr Pouladis möchte den Raum belüften, denn als ich mich wieder hinsetze, bemerke ich, dass die Tür einen kleinen Spalt offen steht. Den Spalt kann man kaum sehen, aber ich kann trotzdem hören, worüber Marko und Herr Pouladis gerade reden: Mädchen. Herr Pouladis fragt Marko, was er glaubt, woher seine Abneigung Mädchen gegenüber kommt. Marko druckst herum und sagt dann, er wisse es nicht genau. Auf jeden Fall möge er sie nicht, warum, könne er nicht sagen. Eine Pause entsteht. Herr Pouladis setzt zu einer weiteren Frage an. Plötzlich kann ich ihn nicht mehr richtig verstehen. Vielleicht hält er sich die Hand vor den Mund, oder er hat den Kopf von der Tür abgewandt.

»Hast du gerade eine Freundin?«, fragt er.

Ich horche genauer. Marko antwortet nicht. Vielleicht schüttelt er den Kopf.

»*Hattest* du schon einmal eine Freundin?«, fragt Herr Pouladis nach.

Ich schließe die Augen und atme durch den Mund, weil meine Nase pfeift.

Marko antwortet wieder nicht.

Herr Pouladis holt Luft.

»Ich kenne Mädchen«, sagt Marko aus der Stille heraus, »aber ich bin mit keiner zusammen. Beziehungen und Telefonieren und so, das interessiert mich nicht.«

Donnerstag, 4. April

Herr Ezrin betritt die Klasse. Er geht nach vorne und legt sein Handy auf das Pult. In der Klasse wird es mit einem Schlag still.

»Gestern Abend«, fängt Herr Ezrin an, »habe ich eine Sendung gesehen, die von türkischen Eltern handelte, die nicht wollten, dass ihre Kinder deutsche Partner haben.« Er schaut in die Richtung, wo Murat und Gökhan sitzen. »Dann, in derselben Reportage, ging es um deutsche Eltern, die nicht möchten, dass ihre Kinder mit Türken zusammen sind.«

»War das auf Vox?«, fragt Benny.

Herr Ezrin schaut ihn bloß an, antwortet aber nicht. »Drei Leute an die Tafel«, sagt er schließlich.

»Haben sie das auf Vox gesehen?«, versucht es auch Robin.

»Vox, Blödsinn! Hier kommen jetzt drei Schüler an die Tafel. Los!«

Er lässt seinen Blick durch den Klassenraum wandern.

Ich ziehe die Schultern ein und denke mich kleiner.

»Maik«, sagt Herr Ezrin.

Maik steht von seinem Platz auf.

Ich denke mir: Wenn ich schon aufgerufen werde, dann am besten gleich jetzt.

»Vanessa, komm«, sagt Herr Ezrin und grinst.

Ich bekomme eine Gänsehaut. Ich weiß nicht, ob es besser wäre, ob es hilfreicher wäre, meinen Tisch anzustarren oder nach vorne an die Tafel.

Herr Ezrins Blick wandert durch die Tischreihen, zuerst über die hinterste, dann die mittlere, dann die vorderste, von links nach rechts nach links nach rechts. Seine Augen machen bei Ertan halt, nur einen Platz neben mir.

»Ertan«, sagt Herr Ezrin.

Ertan steht auf und stellt sich vor die aufgeklappte Tafel. Maik und Vanessa stehen bereits hinter den Flügeln. Ertan nimmt ein Stück Kreide in die Hand.

»Taschenrechner braucht ihr nicht«, sagt Herr Ezrin zu den dreien. »Und ihr anderen seid still und rechnet mit!«

Er diktiert uns die Aufgabe: $f(x) = x^2 + 4x - 16$

Nullstellen berechnen

Ich notiere mir die Gleichung und die Aufgabenstellung. Dann lege ich den Stift aus der Hand und lehne mich zurück. Die Anspannung ist komplett von mir abgefallen.

Maik fängt sofort an zu schreiben. Vanessa überlegt zuerst noch einen Moment lang und fängt dann auch an. Ertan steht bloß mit steifem Rücken vor der Tafel. Nervös dreht er die Kreide in den Fingern.

»Was ist?«, sagt Herr Ezrin, gespielt erstaunt. »Weißt du nicht, wie du anfangen musst?«

»Doch, doch …«, sagt Ertan und versucht zu lächeln. Er hebt den Arm und setzt die Kreide an, aber er schreibt nichts. Die Kreide tippt bloß gegen die Tafel.

»Na? Was nun?«, sagt Herr Ezrin.

Ertan starrt die Tafel an.

»Wie fängst du an?«

»Ich weiß nicht …«, gibt Ertan zu.

»Jesusmaria!«, seufzt Herr Ezrin.

In den hinteren Reihen kichern ein paar.

Ich wende mich von der Tafel ab und schaue aus dem Fenster. Der Himmel ist voller grauer Wolken. Auf dem Fensterrahmen krabbelt ein kleiner Käfer. Er ist etwas größer als ein Marienkäfer und hat eine schwarze Unterseite, einen schwarzen Kopf und einen roten Rückenpanzer. Seine Fühler und die sechs Beine sind deutlich zu erkennen. Er setzt ein paarmal zum Flug an und landet dann wieder auf dem Fensterrahmen. Beim dritten Flug knallt er gegen die Scheibe und bleibt auf dem Rücken liegen. Er versucht energisch, wieder auf die Beine zu kommen, doch er schafft es nicht.

»Du befasst dich nicht mit dem, was wir hier im Unterricht besprechen, oder?«, sagt Herr Ezrin zu Ertan. »Du bist faul.«

Ich schaue mir wieder den Käfer an. Er liegt noch immer auf dem Rücken und zappelt mit den Beinen. Seine Fühler schwenken hin und her und er richtet den Kopf auf und zuckt mit den Flügeln. Doch er schafft es einfach nicht auf die Beine. Ich beobachte ihn dabei, wie er sich abquält. Ich frage mich, wie lange er wohl in dieser Position verbleiben kann, ehe er stirbt.

Ertan wehrt sich nicht. Schließlich schaut er nur zwischen der Gleichung und dem Boden hin und her. Maik und Vanessa schreiben noch. Maik ist bereits am unteren Rand der Tafel angelangt. Vanessa lehnt an der Wand und tippelt mit dem linken Fuß auf dem Boden herum. Herr Ezrin macht ein paar Kommentare über Ertan, über die die Klasse lacht.

Der Käfer krümmt sich und dreht sich um die eigene Achse. Er streckt seinen Hinterleib vor und zurück, als stecke ein Stachel darin, mit dem er einem Angreifer drohen will. Ich spiele mit dem Gedanken, den Käfer anzutippen und ihm auf die Beine zu helfen.

»Was treibst du denn so Wichtiges in deiner Freizeit, dass du keine Zeit hast, dich mit der Schule zu befassen?«

»Ich treffe mich mit Freunden«, sagt Ertan verschämt.

»Mit Freunden, aha. Mir scheint, du hast die falschen Freunde. Weißt du, was deine Freunde zu dir sagen würden, wenn sie richtige Freunde wären? Sie würden sagen: ›Ertan, mach was für die Schule!‹ Das würden sie nämlich sagen, wenn sie deine Freunde wären.«

Keiner kichert mehr, es wird nicht mal mehr gegrinst. Ein paar Leute rechnen noch an ihren Aufgaben, die meisten scheinen bereits fertig zu sein.

Ich blicke zwischen Ertan, Herrn Ezrin und dem Käfer hin und her.

»Was willst du eigentlich mal machen, wenn du mit der Schule fertig bist? Vorausgesetzt, du schaffst deinen Abschluss.«

»Einen eigenen Laden aufmachen«, sagt Ertan. Es klingt, als ob er sich das nicht erst eben gerade ausgedacht hätte.

»Einen *Laden*?«, sagt Herr Ezrin erstaunt. »Wie willst du das denn hinkriegen?« Er lässt den Blick über die Klasse schweifen und schaut dann wieder auf Ertan. »Du stinkst doch vor Faulheit. Glaubst du, die Leute kommen zu dir in den Laden, wenn sie schon an der Tür riechen können, dass du faul bist? ›Der stinkt doch‹, werden sie sich denken. Nicht bloß denken; sie werden es sich gegenseitig *erzählen*. Keiner wird bei dir in den Laden kommen, Ertan.«

Andrzej hebt seinen Arm.

»Ja?«, sagt Herr Ezrin, als er sieht, dass Andrzej sich meldet.

»Ich wollte Aufgabe lösen«, sagt Andrzej mit seinem Russen-Akzent.

»Nicht jetzt«, sagt Herr Ezrin und wendet sich wieder Ertan zu. »Also?«

»Was?«, fragt Ertan verwirrt.

»Wie willst du einen Laden führen, wenn bei dir keiner kauft?«

Ertan kratzt sich an der Schläfe.

»Oder anders: Wie willst du überhaupt einen eigenen Laden *auf*machen? Wie willst du ihn *finanzieren*? Hast du Geld?«

»Ob ich Geld habe?«, sagt Ertan. Er sieht plötzlich verärgert aus.

»Ja.«

»Wie denn? Ich geh doch noch zur Schule.«

»Genau«, lacht Herr Ezrin. »Das tust du wirklich. Du wirst aber auch *nach* deiner Schulzeit kein Geld verdienen, wenn du so faul bist. Glaubst du, deine Eltern werden dir deinen Laden finanzieren?«

»Nein.«

»Was machen deine Eltern überhaupt?«

»Meine Eltern?«, sagt Ertan und kratzt sich noch mal an der Schläfe.

»Deine *Eltern*. Was machen sie beruflich? Sind sie arbeitslos?«

»Quatsch!«, sagt Ertan wütend. »Mein Vater ist Busfahrer und meine Mutter ist ... Reinigungsfachkraft.«

»Aha. Glaubst du, deine Eltern wollen so einen faulen Typen wie dich finanzieren? Glaubst du das wirklich?«

Ertan schaut wieder auf den Boden.

Eine Pause entsteht, weil Herr Ezrin nichts mehr sagt.

Ich drehe mich noch mal nach dem Käfer um. Er liegt nach wie vor auf dem Rücken und zappelt. Ich nehme meinen Kugelschreiber und tippe ihm an die Seite. Er kommt auf die Beine und krabbelt davon.

»Na ja«, sagt Herr Ezrin etwas milder, als Ertan nicht mehr antwortet. »Habt ihr beiden wenigstens etwas?«

Maik und Vanessa schauen hinter den Tafelflügeln hervor und nicken.

»Dann klappt die Tafel zu. Ertan hat ja nichts auf die

Reihe gekriegt, also müssen wir uns seinen Erguss auch nicht antun. Setzen.«

Die drei setzen sich wieder auf ihre Plätze. Herr Ezrin steht von seinem Stuhl auf und stellt sich mit der bunten Kreide an die Tafel, um Häkchen zu setzen und Streichungen vorzunehmen. Er fragt uns, ob Maik und Vanessa alles richtig gerechnet haben. Dann macht er ein paar Witze über Maiks Handschrift und bemerkt, dass Vanessa immer die Striche hinter den Gleichungen vergisst.

Gegen Ende der Mathestunde bemerke ich, dass der Käfer erneut auf dem Rücken liegt und mit den Beinen zappelt. Ich lasse ihn weiterzappeln und gehe in die Pause.

*

Zwei Stockwerke über uns wohnt eine albanische Familie, die beiden Eltern und ihre zwei Söhne. Der ältere ist schon volljährig, der jüngere erst elf oder zwölf Jahre alt. Mein Vater sagt, ihr albanischer Vater sei entweder Türsteher oder Zuhälter. Er ist ziemlich breit und groß, hat kurz rasierte Haare und trägt meistens eine Sonnenbrille und sehr enge Shirts. Er ist definitiv ein Pumper. Der ältere Sohn fährt oft mit seinem dunkelblauen BMW durch die Gegend und kutschiert Blondinen und gefärbte Türkinnen herum. Er hat noch nie ein Wort zu mir gesagt, nicht mal Hallo. Der jüngere Sohn flucht ziemlich viel und zieht immer mit zwei dicken ausländischen Jungs durch den Stadtteil. Manchmal sehe ich ihn auch in der Innenstadt. Ich glaube, er geht auf die Gesamtschule Alter Teichweg. Kürzlich hat er die Glasscheibe in der Eingangstür unseres Wohngebäudes eingetreten. Der ganze Innenraum war voller Scherben. Die Tür klemmt manchmal von außen. Das ist schon seit einigen Jahren so. Die Verwaltung scheint das nicht beheben zu wollen. Um ins Treppenhaus zu gelangen, muss man einfach mehrmals gegen den Knauf drücken. Wahrscheinlich hat der Junge keine Geduld gehabt und die Scheibe aus Wut eingetreten. Wenn er die Treppe hinaufsteigt, lässt er immer ganz laut Musik auf seinem Handy laufen, Axl Hair und Szajsbärk. Meine Mutter hat ihn einmal darauf hingewiesen, dass er die Musik leiser machen soll, wenn er im Treppenhaus ist. Am Abend kam dann sein Vater zu uns herunter und hat zu meiner Mutter gesagt, dass sie seinen Sohn nicht zurechtweisen soll. Meine Mutter hat sich das nicht gefallen lassen. Sie ist beinahe ausgeflippt und hat zu dem Albaner gesagt, dass er gefälligst seine Söhne erziehen soll. Der Typ hat nur immer wiederholt, dass meine Mutter seinen Sohn in Ruhe lassen soll, und ist dann zum Wettbüro rübergegangen. Manchmal steht er dort mit den Männern vor der Tür und raucht Zigaretten. Dann kommen immer irgendwelche Typen in BMWs vorbei und nehmen ihn mit. Ich hab ihn mehrmals dabei beobachtet, vor allem im letzten Sommer.

Mit der Frau des Albaners versteht sich meine Mutter gut. Sie grüßen einander und wechseln immer ein paar Worte, wenn sie sich im Treppenhaus, auf der Straße oder beim Einkauf begegnen. Im letzten Sommer habe ich oft gesehen, wie die Frau den Wagen ihres Sohnes gewaschen hat. Sie hat einen Eimer voll Wasser die Treppen hinuntergetragen und das Auto vor der Haustür eingeseift. Zweimal ist sie in ihre Wohnung hinaufgegangen und hat frisches Wasser geholt. Das schmutzige hat sie in den Gully an der Straße gekippt. Manchmal sehe ich sie, wenn sie mit dem Hund ihrer Söhne Gassi geht. Sie hat ein hübsches Gesicht, ist aber von Sorgenfalten gezeichnet.

»Sie ist offensichtlich total überfordert«, sagt mein Vater.

»Die Arme«, sagt meine Mutter.

Nicht oft sind meine Eltern einer Meinung.

Der Verkäufer im Aral-Store sagt uns, dass wir ihm einen Ausweis oder einen Führerschein zeigen müssen, wenn wir Whisky bei ihm kaufen möchten. Unter achtzehn geht bei ihm nichts. Für Bier und Wein in Maßen – nicht Massen – reiche es aus, sechzehn zu sein. Er zwinkert uns zu und fragt, wie alt wir sind.

»Sechzehn«, sagt Dominik.

»Wirklich?« Der Kassierer lächelt uns an.

»Wollen Sie hören, wann wir geboren wurden?«, fragt Marko.

Der Mann lacht.

»Wir sind alle schon sechzehn«, sagt Dominik.

»Na, ich möchte euch das mal glauben. Diese Flasche hier bekommt ihr aber mit euren sechzehn nicht.« Der Mann nimmt den Whisky und stellt ihn hinter die Kasse.

»Und wenn wir gesagt hätten, dass wir schon volljährig sind?«, fragt Marko. »Hätten wir den Whisky dann gekriegt?«

Der Kassierer schüttelt den Kopf.

»Nein, Mann«, sagt Dominik, »du hast doch gehört: Whisky mit Ausweis, Bier nach Einschätzung.« Er geht zum Regal mit den Weinen.

Der Kassierer lächelt Marko an, dann mich.

»Kein Wein, Mann!«, ruft Marko. »Ich hasse Wein! Das schmeckt beschissen!« Er geht zu Dominik rüber.

»Knallt aber besser«, sagt Dominik.

»Seid ihr wirklich schon sechzehn?«, fragt mich der Kassierer. Er ist groß und hat kaum noch Haare auf dem Kopf, nur einen Kranz und kleine Büschel über den Ohren. Er sieht nicht mal alt aus. Wahrscheinlich könnte er unser Vater sein. Er hat ein freundliches Lächeln. Sein ganzes Gesicht lächelt mit, nicht bloß der Mund.

»Ja«, sage ich.

»Paul?«, ruft Marko. »Wofür bist du? Bier oder Wein?«

Ich zucke mit den Schultern.

»Dann nimm du doch Bier und Paul und ich trinken Wein«, sagt Dominik, »oder Paul trinkt auch Bier. Mir ist das so was von egal, was ihr macht. Ich nehme Wein.«

Marko gibt nach, grunzt aber missmutig. Sie einigen sich auf einen billigen Wein. Für jeden eine Flasche.

»Nein, das ist zu viel«, sagt der Kassierer. »Ihr könnt nicht jeder eine Flasche haben. Tut mir leid. Zwei verkaufe ich euch. Außerdem haben wir doch Sonntag.«

Marko beklagt sich lauthals.

»Sind Sie oft hier?«, fragt Dominik und reicht dem Kassierer die Flaschen.

Der Kassierer lacht und scannt die Flaschen ab. »Nein, nicht mehr. Ich übernehme bald eine andere Filiale.«

»Echt? Sie hören hier auf?«

Dominik gibt ihm zehn Euro. Der Mann drückt auf den Bildschirm an der Kasse.

»Wo fangen Sie denn an, wenn ich fragen darf?«

»Wollt ihr mir etwa folgen und Wein bei mir kaufen?«

»Vielleicht«, sagt Dominik.

Sie lachen beide.

»Ich weiß es noch nicht. Aber ihr könnt ja Ausschau nach mir halten.«

»Das werden wir vielleicht sogar«, sagt Dominik und nimmt das Wechselgeld.

Wir verabschieden uns und gehen.

»Der war doch in Ordnung«, sagt Dominik.

»Er war ein Arschloch«, sagt Marko. »Eine Flasche mehr. Eine Flasche nur!« Marko schimpft über Wein und sagt, dass er nie wieder Wein kaufen wird. Er denkt, Wein bringe ihm Unglück.

»Das ist doch dieser behinderte Junge«, sagt Dominik, als wir am Bolzplatz an der Lomerstraße vorbeikommen.

Erik steht neben einem Baum und grinst vor sich hin. Er entdeckt uns und fängt sofort an zu lachen.

»Hallo, hallo!«, sagt er.

»Hallo!«, sagt Dominik und schüttelt Eriks Hand.

»Du auch!«, sagt Erik und reicht mir seine Hand zum Händedruck. »Hallo!«, sagt er.

Ich schüttle seine Hand.

»Wiedersehen!«, sagt Erik, als wir weitergehen.

»Wie heißt der noch gleich?«, fragt Dominik, als wir uns ein Stück entfernt haben.

»Erik.«

»Erik, genau. Hat der nicht eine behinderte Schwester?«

»Ja, Steffi. Stefanie.«

»Stimmt, Stefanie. Waren die nicht auf der Königsländer?«

»Glaub kaum.«

»Ich hab mal gehört, die Mutter von den beiden hat getrunken, als sie schwanger war«, sagt Dominik. »Beide Male. Deshalb sind auch beide behindert und können sich nix merken.«

»Echt? Das geht?«

»Klar geht das. Siehst du doch.«

*

Später sitzen wir in Tobis Zimmer. Seine Schwester Janine kommt herein, ohne anzuklopfen.

»Tobi, weißt du was?«, sagt sie.

Wir schauen uns gerade eine Tierdokumentation an.

»Michael will seinen Führerschein machen.«

»Wer ist Michael?«, fragt Dominik. »Der Freund von eurer Mutter?«

»Ja«, sagt Janine.

»Er hat einen BMW geerbt«, sagt Tobi. »Einen ganz neuen.«

»Und bald will er seinen Führerschein machen, weil er noch keinen hat«, sagt Janine.

»Wie bezahlt er das alles? Ist er nicht arbeitslos?«

»Na, wie wohl?«, sagt Tobi. »Kredit von der Bank. So sieht's aus.«

»Aber habt ihr nicht schon jede Menge Schulden?«

»Unsere Mutter. Ob *er* Schulden hat, weiß ich nicht. Vielleicht.«

»Und er will den BMW auch behalten«, sagt Janine.

Tobi nickt.

»Aber er ist doch arbeitslos«, sagt Dominik.

»Das kommt dazu«, sagt Tobi.

»Er ist arbeitslos, wird Schulden machen, hat kein Geld und will dann ausgerechnet einen BMW besitzen?«

»Ja«, sagt Janine.

»Wieso verkauft er den BMW nicht einfach und bezahlt davon die Schulden? Das wäre doch viel logischer. Dann wäre er nicht verschuldet, könnte seinen Führerschein machen und hätte am Ende bestimmt noch genug Geld, um sich einen kleineren Wagen zuzulegen.«

»Vielleicht«, sagt Tobi.

»Wenn es wirklich so ist, wie ihr das hier erzählt, dann frag ich mich ernsthaft, was das alles soll. Ist doch dumm.«

»Wenn die beiden es so wollen ... Vielleicht macht er ja seinen Führerschein, weil er dann bessere Chancen auf Arbeit hat.«

»Vielleicht«, sagt Dominik.

Janine verlässt das Zimmer.

Die Tierdokumentation ist sehr interessant. Im zweiten Teil nach der Werbung geht es um Erdmännchen. Der Erzähler erklärt, dass Erdmännchen immer nur dann Nachwuchs zeugen, wenn genügend Wasser in der Nähe ist, denn Wasser bringe Nahrung und die sei bitter nötig, um den Nachwuchs aufzuziehen.

»Daran sollten sich die Menschen mal ein Beispiel nehmen«, sagt Dominik und zeigt auf die Erdmännchen im Fernseher. »Diese Viecher sind intelligenter als viele Menschen, die ich kenne.«

Ich gehe auf die Toilette. An der Wand über dem Fenster wächst Schimmelpilz. Das Waschbecken ist schmutzig und voller Haare und auch in der Badewanne zeichnen sich deutliche Dreckstreifen ab. Ich muss daran denken, dass Tobi erzählt hat, dass die Rohre in dieser Wohnung alle verstopft und kaputt sind und dass Schmutzwasser in die Badewanne steigt, wenn in der Küche die Waschmaschine läuft.

Montag, 15. April

Nach der zweiten Stunde überreicht mir Frau Blond einen Zettel, auf dem steht, dass meine Versetzung in die zehnte Klasse gefährdet ist. Das versaut mir die Pause und den Rest des Schultages. Dabei hatte ich nach dem Aufwachen noch überlegt, heute gar nicht erst zur Schule zu gehen. Einen Montag zu schwänzen kann jedoch die ganze Woche beeinflussen, daher war mir das Risiko zu groß.

Und jetzt dieser Zettel. Er ist an meine Eltern gerichtet: *Sehr geehrte Frau und Herr Baschka.* Ich frage mich, ob man das so schreibt. Frau Blond hat ihn offensichtlich an ihrem privaten Computer getippt; das Papier ist schneeweiß und die Schrift in schwarzer Farbe gedruckt. Nirgendwo prangt das Logo der Schule. Vielleicht ist es ja auch ein inoffizielles Schreiben. Ich weiß nicht, wie die Lehrer das handhaben und ob sie extra eine Konferenz wegen mir einberufen haben. Wenn ich es mir ganz genau ansehe, habe ich den Eindruck, dass Frau Blond es scheinbar gar nicht darauf abgesehen hat, eine offizielle Sache daraus zu machen. Im letzten Jahr hatte Marko regelmäßig Ärger mit Schülern und Lehrern und bis zuletzt haben sie ihm deshalb Briefe nach Hause geschickt. Die sahen aber alle ganz anders aus. Sie waren ernst gehalten, mit hervorgehobener Betreffzeile, Kontaktdaten der Schule, Angaben zu Fehlverhalten mit dem jeweiligen Datum. Ich kann mir das nicht erklären.

Später will ich den Zettel mit dem Namen meiner Mutter unterschreiben und ihn bald wieder zurückgeben. Ich hoffe, Frau Blond erwartet nicht, dass meine Eltern beide unterschreiben. Dann müsste ich auch die Unterschrift meines Vaters lernen. Die ist sehr schwer. Wenn mein Vater eine Sache richtig gut kann, dann ist es pompöse Unterschriften setzen.

Herr Ezrin ist wieder einmal schlecht gelaunt. Er erzählt, dass ein Mädchen mit einem *unbeeindruckten* Gesichtsausdruck zu ihm gesagt hat, dass er seine Mutter ficken soll.

»Ihr Jugendlichen habt diesen Blick ja drauf, diesen altklugen Blick, als wenn ihr schon alles wüsstet«, sagt er. »Genervt, abweisend, nervös, ein bisschen gestresst, zickig, gelangweilt, allwissend, überheblich, arrogant. Und was meint ihr eigentlich immer damit, wenn ihr sagt: ›Am Wochenende gehe ich feiern‹? Wieso ›feiern‹? Was habt ihr schon zu feiern?!«

An diesem Tag fängt der Sportunterricht verspätet an, weil Herr Ezrin einen Streit schlichten musste. Ein Junge habe einen anderen als Scheißtürken bezeichnet, worauf es zum Kampf gekommen sei.

»Euer Nationalstolz«, sagt Herr Ezrin zu zwei türkischen Jungen aus Markos Klasse. »Wo nehmt ihr diesen Stolz eigentlich her? Ihr sprecht kein Wort Türkisch, ihr wart noch nie in der Türkei, aber führt euch auf, als wärt ihr große Osmanen. Na, sagt schon! Woher kommt euer bescheuerter Nationalstolz?«

Dominik scherzt darüber mit Stani und Robin:

»Die Türken sind nämlich beschnitten«, sagt Dominik und Stani und Robin kichern. »Sie können nie wichsen, deshalb sind sie aggressiv und wollen immer nur deutsche Mädchen ficken.«

*

Heute beginnt die Runde der letzten fünfzehn bei *Pornostar*. Aus fünfzehn Frauen und fünfzehn Männern werden jeweils zehn von der Jury ausgewählt, die dann um den Sieg kämpfen werden. Von den fünfzehn Mädchen haben Kirsten und Aldana die größten Titten, Ewa und Gianna die breitesten Ärsche. Mir gefällt nach wie vor Gloria am besten; sie hat schöne große Augen und bewegt sich sehr weiblich, auch wenn sie die dickste Teilnehmerin ist. Für die Kerle interessieren wir uns kaum. Über Colins riesigen Schwanz staunen wir noch manchmal und wundern uns, dass ausgerechnet André es so weit geschafft hat – er hat einen winzigen Pimmel und sieht aus wie eine Mischung aus Otto Waalkes und Limahl, dem Sänger, von dem meine Mutter eine CD hat. Marko und Tobi haben keine Ahnung, wer Limahl ist.

Wir unterhalten uns darüber, dass einige Jungen auf unserer Schule ziemlich breit geworden sind. Marko sagt, dass Stanis Freund Marek aus der Siebten Steroide in Gläsern verkauft.

Am Ende der Fünfzehnerrunde dürfen alle zwanzig Teilnehmer sich einen Künstlernamen aussuchen. Alyssa Angel schlägt Kirsten vor, sich *Kiki* zu nennen, und Ewa tauscht ihr W gegen ein V. Katja wird zu *Katia* und Susanne zu *Suzie*. Alyssa betont, dass die endgültige Siegerin auch einen künstlerischen Beinamen erhalten wird.

Tobi sagt: »Nachnamen.«

Mittwoch, 17. April

Ich warte schon seit einer halben Stunde darauf, dass mein Vater sich anzieht und zum Arzt geht. Er hat einen Termin bei seinem Hausarzt. Im Flur über dem Telefon an der Pinnwand hängt schon seit drei Wochen der kleine weiße Zettel.

Mein Vater braucht eine Weile, um das passende Hemd auszusuchen. Auf dem Bett im Schlafzimmer liegt ein Haufen aus Hosen und Unterhemden. Ich gehe in die Küche, um zu sehen, wie weit mein Vater inzwischen ist. In einer Viertelstunde ist sein Termin. Ich setze mich mit einem Glas Cola ins Wohnzimmer und blättere in der *Morgenpost* von gestern. Mein Vater flucht und zischt. Immer wieder dasselbe Schauspiel, wenn er mal die Wohnung verlassen muss.

Auf 3sat läuft eine Reportage. Mein Vater kommt ins Wohnzimmer und blättert einen Stoß Papiere durch. Er findet nicht, wonach er sucht, und schimpft auf meine Mutter. Er sagt, sie würde immer alles durcheinanderbringen. Meine Mutter ist auf der Arbeit.

Ich verlasse das Wohnzimmer und setze mich in meinem Zimmer auf mein Bett und horche. Es dauert noch eine Weile, bis mein Vater endlich angezogen ist. Er wird sich verspäten. Er steht vor dem Spiegel im Flur und richtet sich den Kragen und die Hosenbeine. Der Stoff raschelt. Dann nimmt er seinen Schlüsselbund vom Telefonschrank und geht, ohne sich von mir zu verabschieden. Als er in der Tür steht, fällt ihm plötzlich etwas ein. Er geht in die Küche. Dann fällt ihm noch etwas anderes ein; er geht ins Badezimmer und kämmt sich die Haare. Ich sehe ihn nicht, weil meine Zimmertür geschlossen ist, aber ich spüre die hastigen Schritte und die Energie in seinen Bewegungen.

Als mein Vater im Bad fertig ist, schaltet er das Licht aus und geht wieder auf die Tür zu. Dann hält er neben dem Jackenständer und kramt in einer Weste. Er flucht noch mal. Dann tritt er wieder durch die Tür, aber sie fällt nicht ins Schloss.

»Scheiße!«, flucht mein Vater und betritt erneut die Wohnung. Er geht ins Wohnzimmer und macht dort irgendetwas, das ich nicht erahnen kann, weil die Fenster im Wohnzimmer offen stehen und der Straßenlärm zu laut ist. Ich vermute, dass er irgendwelche Dokumente sucht.

Als er nach einer Weile noch immer nicht durch den Flur stürzt, öffne ich die Tür meines Zimmers und stelle mich in den Türrahmen. Jetzt kommt mein Vater aus dem Wohnzimmer gestampft. Er sagt noch mal »Scheiße« und rast dann aus der Wohnung. Er schließt die Tür hinter sich und geht die Treppe hinunter. Ich blicke zur Pinnwand am Telefon. Der kleine weiße Zettel hängt noch dran. Im selben Augenblick klackt ein Schlüssel im Türschloss. Ich bleibe so stehen und schaue meinem Vater dabei zu, wie er den Zettel von der Pinnwand reißt und dann schweigend die Wohnung verlässt.

Ich war noch nie bei Dunkelheit auf dem Friedhof, und ich war auch noch nie bei Regenwetter dort. Wenn es regnet, gehe ich in eine Bücherhalle, denn wenn alles nass ist, kann ich mich nirgendwo hinsetzen. Viele Unterstände habe ich dort auch noch nicht gesehen. Und was sollte ich dort überhaupt? Bei Sonnenschein zwitschern die Amseln und Sommergoldhähnchen picken Insekten aus dem Boden. Gänse laufen über das Gras und die Grabsteine leuchten. Die Mücken sammeln sich über den modrig anmutenden Teichen und alles hat den Charme eines Ortes, der seine Zeit noch vor sich hat, der irgendwann aufblühen und an dem etwas Großes passieren wird – schon morgen oder erst in vielen Jahren. Aber mit Sicherheit irgendwann. Etwas Magisches.

Die Sonne knallt heftig. Es ist ein schöner Tag. Der Himmel blau, mit kleinen Wölkchen darin wie Pazifikinseln, kaum groß genug, die Sonne zu verdecken.

*

Als ich den Friedhof verlasse, konzentriere ich mich darauf, schneller zu gehen. Die Bramfelder Chaussee geht an dieser Stelle bergab, und als ich mich umdrehe, sehe ich den Bus um die Kurve biegen. Er kommt langsam heran. Ich schaue zur nächsten Ampel und hoffe, dass sie auf Rot springt. Der Bus fährt an mir vorbei und passiert die Ampel bei Grün. Die Ampel springt auf Rot. Ich laufe los.

Ich stelle mich in den Türbereich, weil bereits alle Sitzplätze belegt sind. Hinten im Bus sitzen einige Schüler. Sie haben ihre Handys in den Händen, aber nur einer lässt Musik laufen. Die anderen Fahrgäste schauen müde, enttäuscht und schlaff. Ein alter Mann sagt etwas zu den Jungen. Ich höre genau hin.

»... weil ihr die Leute damit belästigt«, sagt der Mann.

»Was denn, Alter? Ich hab doch leiser gemacht!«, sagt einer der Jungen. Er ist vielleicht elf oder zwölf Jahre alt.

»Aber das ist noch immer zu laut.«

»Was denn, Alter?!«

»Lassen Sie doch«, sagt ein anderer Mann, der auch hinten sitzt. »Die wollen uns nicht provozieren.« Er schaut die Jungen an und dann wieder den Alten. »Die sind nur deshalb so, weil sie es *können*.«

Die Einsteiger stellen sich vor die Bustüren und versperren den Aussteigern den Weg.

»Macht uns doch mal Platz, bitte!«, meckert ein kleiner Junge. »Erst mal aussteigen lassen! Immer dasselbe! Früher war das nicht so! Da hatten die Leute noch Anstand!«

*

Am Abend schaue ich mir mit Marko eine Talkshow mit dem Thema »Neuer Trend Pornografie« an. Vor dem Hintergrund der *Pornostar*-Show diskutiert der Moderator – ein Grinsekasper – mit seinen Gästen über Pornografie in der heutigen »Internet-Gesellschaft«. Marko gähnt und sagt, dass wir uns das nicht ansehen sollten.

Der erste Gast ist ein Regisseur, der professionelle Pornos dreht und auch an den Vorbereitungen zu *Pornostar* mitgewirkt hat. Er wird bei seiner Arbeit auf einem echten Filmset begleitet, dann im Studio der *Pornostar*-Show.

Der nächste Gast ist ein Politiker von der CDU. Er bemüht sich bei seiner Arbeit intensiv darum, pornografische Tendenzen im Fernsehprogramm zu beschränken.

»Langweilig«, sagt Marko.

Der dritte Gast ist Fanny Girl. Marko heult laut auf und stößt einen Freudenschrei aus. Der Moderator thematisiert die derbe sexistische Sprache in Fannys Texten und gibt ihr dann Gelegenheit, sich dazu zu äußern. Ich finde, dass sie sich ganz gut macht. Sie spricht ruhig und verzichtet auf Kraftausdrücke. Der Moderator stellt ihr Fragen, die offensichtlich provozieren sollen. Fanny schafft es, sachlich zu bleiben. Sie erwähnt sogar mehrmals ihr neues Album *Anleitung zum Ficken* und lässt sich auch kein einziges Mal unterbrechen. Marko stimmt ihr in allen Belangen zu.

Dann wird eine Frau aufgerufen, die angeblich erst neunzehn Jahre alt ist. Für mich sieht sie eher aus wie fünfundvierzig. Offenbar hat sie schon mit zwölf Jahren angefangen, Pornos zu drehen. Durch ihren damaligen Freund, der heute im Gefängnis sitzt, weil er jemanden erschossen hat, wurde sie an Leute aus dem Milieu vermittelt. Innerhalb von zwei Jahren hat sie in über hundert Filmen mitgespielt und auch als Prostituierte gearbeitet – alles illegal, weil sie damals noch minderjährig war. Die Filme wurden im Internet verkauft, aber von dem Geld hat das Mädchen nie etwas gesehen. Heute ist sie depressiv und nimmt Beruhigungsmittel. Wenn es ihre Verfassung zulässt, beteiligt sie sich an Veranstaltungen, die vor Pornografie, Prostitution und Aids warnen. Sie erzählt, dass sie in ihrer Kindheit ein sehr schlechtes Verhältnis zu ihren Eltern hatte. Mit zehn Jahren habe sie ihren ersten Sex und danach in nur zwei Jahren über fünfzig Sexualpartner gehabt.

Der letzte Gast ist eine Diplom-Sozialarbeiterin, die acht Jahre lang mit Jugendlichen aus sozialen Brennpunkten gearbeitet hat, mit misshandelten Kindern und jungen Prostituierten, alles Menschen ohne Perspektiven im Leben, wie sie sagt.

Im Anschluss an die Einzelgespräche leitet der Moderator eine Gruppendiskussion ein. Die Sozialarbeiterin bekommt sich ziemlich schnell mit Fanny Girl in die Haare. Sie beschuldigt sie, Sexualität völlig falsch zu thematisieren und damit ihre jungen, naiven Zuhörer in die Irre zu führen. Viele Jungen fühlten sich dadurch bestärkt, Mädchen nur als Sexobjekte zu sehen, während die Mädchen einer Art Gruppenzwang ausgesetzt seien, schon mit zwölf Jahren ihre Unschuld zu verlieren und alle sexuellen Praktiken auszuprobieren. Fanny lässt sich nichts anmerken. Der CDU-Politiker und der Regisseur verstehen sich überraschend gut. Marko flucht über die Sozialarbeiterin und die Ex-Pornodarstellerin. Dann sagt die Sozialarbeiterin, dass Sex für viele Jugendliche eine zu große Rolle spiele. Das führe dazu, dass sie ein völlig falsches Verständnis von Sex bekämen und ihr Verhältnis dazu völlig gestört sei – Jungen müssten immer potent und gleichzeitig aggressiv sein, Mädchen immer willig. Der CDU-Politiker wiederholt, dass die Schamgrenze heutzutage immer niedriger liege und dass Sendungen wie *Pornostar* junge Menschen dazu verleiten, sich für Geld und Erfolg zu verkaufen. Fanny Girl kontert und sagt, dass die Politik eine deutliche Mitschuld an der schlechten sozialen und finanziellen Lage junger Menschen trägt. Für sie sei es nicht verwunderlich, dass Jungen Zuhälter und Mädchen Schauspielerinnen werden wollen, wenn sie mit ihrem Hauptschulabschluss keine Ausbildung bekommen und man ihnen von allen Seiten einredet, dass sie nichts wert sind. Ihre Eltern seien arbeitslos und frustriert, die Kinder bekämen nicht genügend Zuneigung und suchen sie sich untereinander. Dabei käme es zwangsläufig zu Sex. Marko lobt Fanny, aber nicht für das, was sie sagt. Der Regisseur versucht, die Diskussion auf die heutige Entwicklung der Massenmedien zu lenken. Für ihn läge in Formaten wie *Pornostar* ein großes Potenzial für die sexuelle Aufklärung junger Menschen. Auch das Thema Verhütung könne durch solche Fernsehsendungen verstärkt in den Vordergrund gerückt werden. Das Mädchen sagt die ganze Zeit über nichts. Marko beschimpft sie als Nutte.

Die Sendung endet ohne ein wirkliches Fazit.

Marko ist nach der Sendung wie elektrisiert. Er sagt immer wieder, dass er es genauso machen möchte wie der Freund von diesem Mädchen, der Ex-Pornodarstellerin. Ich schalte ein paar Sender rauf und finde eine Wiederholung von *Spongebob*. Wir schauen uns die Folge an und Marko beruhigt sich wieder.

Dienstag, 23. April

Nach Schulschluss stürzen sich zwei Türken aus der H8 auf Dominik und verpassen ihm Tritte. Einer will Dominik von vorne umklammern, und Dominik versucht, sich zu befreien.

»Lass mich doch los, Mensch!«, sagt er.

Einigen Schülern fällt die Kloppe auf. Sie sammeln sich am Rand des Schulhofes und jubeln. Die beiden Achtklässler schubsen Dominik und beschimpfen ihn als Hurensohn und brüllen, dass sie seine Mutter ficken werden. Dominik will sie abschütteln, aber die Türken folgen ihm und versuchen, ihn an den Kopf zu schlagen. Dominik legt sich die Hände auf die Schläfen. Als ich ihnen hinterherrenne, lassen sie wieder von Dominik ab und bespucken ihn. Dann gehen sie wieder zum Schulhof zurück. Im Vorbeigehen droht mir einer mit der Faust und fletscht die Zähne. Ich gehe zu Dominik. Er bittet mich um ein Taschentuch, aber ich habe keines dabei. Mit seinem Ärmel wischt er sich die Spucke aus dem Gesicht. Ich zeige ihm, wo noch Spucke in seinen

Haaren klebt. Die Rotze an der Kleidung entfernt er mit Blättern, die er aus dem Gebüsch reißt.

»Die haben mich angerempelt, als ich auf den Schulhof wollte«, sagt Dominik. Er klingt verärgert und sogar enttäuscht. »Ich bin nicht stehen geblieben, und da sind sie mir hinterhergekommen. Die haben ein Problem mit Deutschen, ich sag's dir. Und mit sich selbst. Vor allem mit sich selbst. Die haben mich schon öfter angemacht.«

Wir gehen zu Toom. Dominik überlegt lange, ob er sich ein kleines Fläschchen Weinbrand kaufen soll. Er ist ruhig und wirkt sehr nachdenklich. Den größten Teil des Nachhauseweges grübelt er stumm vor sich hin.

*

Nachmittags treffe ich mich mit Dominik und Marko. Wir gehen nach Wandsbek Markt. Dominik ist noch immer schweigsam, aber Marko macht wie erwartet seine Späße. Dominik lacht nur gequält. Dann holen wir Tobi ab und suchen einen Laden, in dem er Mülltüten kaufen kann. Seine Mutter hat für so was kein Geld mehr. Marko war heute nicht in der Schule und erfährt erst nach einer Stunde von dem Vorfall mit den Türken. Tobi erwähnt es, weil er denkt, dass es alle bereits wissen.

»Wer war es?«, fragt Marko. »Wie heißen die Typen?«

»Ich weiß nicht. Zwei Türken aus der H8«, sagt Dominik. »Die beiden, mit denen Gökhan manchmal rumhängt. Und Ibrahim aus eurer Klasse.«

»Kemal?«, fragt Marko.

»Ich dachte Sefi«, sagt Tobi.

»Der eine hat diesen typisch türkischen Blick; die Augen immer halb zu, als wenn er breit ist, und ein dummes Grinsen im Gesicht.«

»Kemal«, sagt Marko.

»Und der andere hat einen Irokesen.«

»Sefi«, sagt Tobi.

»Keine Ahnung, ob die so heißen«, sagt Dominik. »Müde Augen und Irokesenschnitt. Freunde von Gökhan. Der eine hat so eine Kette mit diesem Halbmond-und-Stern-Symbol.«

»Kemal. Das sind Kemal und dieser Sefi. Ich glaub's nicht.« Marko lächelt und kickt einen kleinen Stein weg. »Willst du, dass wir sie fertigmachen? Ich halte sie fest und du haust sie. Du sagst, sie haben ihn gegen den Kopf geschlagen?« Er wendet sich an Tobi.

»Hab ich gehört«, sagt Tobi schulterzuckend.

»Ich schlag sie gegen die Köpfe. Ich schlag sie so hart, dass sie nie wieder denken können.«

»Das konnten die sowieso noch nie«, sagt Dominik. Dann schaut er zu Tobi hoch. »Deine Mutter ruft gar nicht mehr bei dir an, wenn du unterwegs bist?«

»Nee. In letzter Zeit nicht.«

»Willst du, dass ich mal mit ihnen spreche?«, fragt Marko. »Komm mit, wir reden mit ihnen. Wir sprechen uns mal so richtig aus.«

»Nee, lass mal. Du kannst sie verkloppen, wenn du willst, aber wegen mir musst du das nicht tun. Ich hab das schon fast wieder vergessen.«

»Vergiss das nicht!«, sagt Marko. »Vergiss so was doch nicht, Mann!« Er legt Dominik eine Hand auf die Schulter. »Außerdem verklopp ich sie nicht nur für dich – ich verklopp sie *auch*, weil ich Lust darauf habe. Ich hasse so ein Scheißverhalten. Willst du sie wenigstens anspucken?« Er schaut wieder zu Tobi. »Du sagst, sie haben ihn angespuckt?« Dann wieder zu Dominik: »Du kannst sie anspucken, wenn ich mit ihnen rede. Die werden nichts machen, wenn ich dabei bin.«

Dominik schüttelt den Kopf.

Marko lacht ein bisschen verrückt. »O Mann, ich nehm sie mir vor. Gleich morgen in der ersten großen Pause, wenn alle auf dem Schulhof sind. Ich scheiß auf jeden Lehrer. Ich schlag ihnen die Zähne ein, o ja, ja, ja.«

»Bis morgen ist es noch lange hin«, sagt Dominik. »Deine Wut wird sich nicht halten.«

»Meine Wut hält sich immer!«

Mittwoch, 24. April

Am nächsten Tag bin ich dabei, als Marko die beiden Türken aus der H8 zur Rede stellt. Die beiden wissen zuerst nicht, worum es geht. Als Marko sie aufklärt, nehmen ihre Gesichter einen leeren Ausdruck an. Die Menge um Marko und die Türken wird größer, es kommen auch Schüler aus den niedrigeren Klassen dazu. Mitten in einem Erklärungsversuch von Sefi – dem mit dem Irokesen – spuckt Marko sie an. Zuerst Sefi, dann Kemal. Ins Gesicht. Kemal kriegt etwas an den Lippen ab, Sefi am Ohr. Drum herum wird es mit einem Schlag still. Die beiden Jungs schauen sich verwirrt an.

»Und jetzt?«, fragt Marko und provoziert sie mit Gesten.

Die beiden Türken sind sprachlos. Marko fängt an, sie herumzuschubsen. Dann holt er aus und verpasst Kemal einen Schlag aufs Auge. Die Schülermenge springt auseinander und Marko schlägt auch Sefi ins Gesicht. Die beiden sind geschockt und versuchen wegzulaufen.

»Komm her, du Wichser!«, sagt Marko zu Kemal. Er schlägt ihm noch mal ins Gesicht und stellt ihm dann ein Bein. Kemal fällt hin und Marko tritt ihm in die Rippen.

Ibrahim versucht, Sefi zu helfen, indem er sich vor ihn stellt und ihn vor Marko abschirmt.

»Verpiss dich!«, schreit Marko Ibrahim an.

Ibrahim bleibt wie angewurzelt stehen und sieht dann bloß total verdutzt dabei zu, wie Marko Sefi gegen den Hinterkopf schlägt. Dann greift sich Marko mit den Händen an Sefis Irokesen fest und reißt ihm ein paar Haarbüschel aus. Sefi schreit auf. Er kann sich nicht mehr auf den Beinen halten und fällt ebenfalls hin. Marko spuckt ihn noch mal an.

Im nächsten Augenblick kommt Herr Ezrin plötzlich um die Ecke gerannt. Er stemmt sich gegen Marko und drängt ihn von den Jungen weg. Ich schaue mich um und bemerke, dass die Schülertraube sich aufgelöst hat. Alle stehen sie wild verstreut um das Kampfgetümmel herum und schauen schockiert. Ein paar Mädchen aus der fünften oder sechsten Klasse weinen sogar. Dann ertönt der Gong zum Unterricht und ich sehe Herrn Dumrath, der früher Polizist war, und Frau Jakobs. Herr Ezrin fordert Marko auf, mit ihm zu kommen. Marko spuckt noch einmal in Kemals Richtung, aber er trifft nur die Jacke von einem anderen Jungen. Herr Dumrath stellt sich neben Kemal und Herr Ezrin befiehlt Marko noch einmal, mit ihm ins Schulbüro zu kommen. Auf dem Schulhof ist es beinahe still. Die einzigen Geräusche kommen von den Siebtklässlern, die hinter der Sporthalle Fußball spielen.

»Regt euch ab«, sagt Marko zu den Lehrern. Dann geht er mit Herrn Ezrin mit.

Sefi fängt an zu weinen. Kemal gibt ein ohnmächtiges Stöhnen von sich. Frau Jakobs schickt uns in unsere Klassen zurück, klingt aber nicht sehr energisch dabei.

*

»Komm mal kurz mit«, sagt Marko zu mir.

Wir gehen am Kiosk vorbei in die Straße Dulsberg-Süd. Vor einer Tür bleibt Marko stehen. Er schaut sich nach beiden Seiten um. Dann zieht er sich den Ärmel seiner Jacke über die Hand.

»Kennst du das hier schon? Zaubertrick.«

Er holt weit aus und schlägt die Faust gegen die Glasscheibe in der Tür. Die Scherben fallen ins Treppenhaus und klirren. Marko verfällt in eine hysterische Lache und zerrt mich am Ärmel.

»Willst du auch? Ist ganz einfach.« Er zeigt auf die untere Scheibe, die noch heil ist. »Du musst nur den Ärmel über die Hand ziehen und kräftig gegen die Scheibe hauen. Aber nicht zu stark, weil du dir sonst den Arm an den Zacken aufreißt. Willst du? Mach mal! Du kannst auch treten. Sieh mal, die Scheibe liegt tief genug!«

Ich schüttle den Kopf.

Wir gehen weiter. Marko schweigt eine Weile.

»Mein Vater ist tierisch ausgeflippt«, sagt er schließlich. »Weil ich die Türken verkloppt hab. Und weil die Schulleiterin deswegen wieder die Polizei gerufen hat.«

Ich nicke bloß.

Donnerstag, 25. April

Boy sitzt vor dem Eingang zur Sporthalle auf der Heizung. Wir setzen uns neben ihn und Dominik fängt ein Gespräch mit ihm an. Er findet heraus, dass Herr Ezrin Gras in Boys Hosentasche gefunden hat. Jetzt macht er sich Sorgen, denn bald soll es eine Lehrerkonferenz seinetwegen geben. Boy hat Angst, dass er Ärger mit der Polizei bekommt.

Dominik versucht, ihn zu beruhigen, und klärt ihn auf, dass er bloß wegen des Besitzes nicht viel zu befürchten hat. Falls er damit aber an der Schule gedealt hat, könnte es problematisch werden. Boy versucht zu lächeln. Er sagt, dass er nur einmal was an jemanden verkauft hat, aber nicht viel. Dominik wirkt ziemlich gelassen und sagt, dass die Lehrer Boy erst mal nachweisen müssen, dass er an der Schule gedealt hat.

»Der Typ ist okay«, sagt Boy. »Der, dem ich es verkauft habe, meine ich. Er ist ein Freund.«

»Dann musst du dir ja keinen Kopf machen«, sagt Dominik. »Lehn dich einfach zurück und warte ab.«

»Ja«, sagt Boy, klingt aber wenig überzeugt. »Ich meine: Er ist ein Kumpel«, fügt er hinzu, als sagte er es zu sich selbst.

»Keine Panik. Der sagt bestimmt nichts. Ist doch dein Freund.«

»Glaubst du?«

»Klar. Absolut.« Dominik schließt die Augen und legt Boy eine Hand auf die Schulter. »Ich sage dir: zurücklehnen.«

Boy nickt.

»Zurücklehnen«, sagt Dominik wieder.

»Ja.«

»Zurücklehnen, Mann«, sagt Dominik noch mal, dann flüsternd: »Ja.«

Boy versucht wieder zu lächeln. »Ich will nur nicht von der Schule fliegen oder so 'ne Scheiße. Meine Mutter, weißt du ...« Er bricht ab und schaut plötzlich weg. Er klingt, als würde er gleich weinen.

»Ich weiß«, sagt Dominik. »Aber die können dir nichts.«

»Ja.«

Dann beugt sich Dominik zu Boy vor. »Hast du noch was da?«

*

Auf dem Heimweg holt Tobi Dominik und mich ein und erzählt uns völlig außer Atem, dass Herr Ezrin heute Morgen die beiden Türken Sefi und Kemal vor ihren Mitschülern zusammengeschissen hat. Anschließend habe er dasselbe bei Marko versucht, aber es kam zu einem Streit.

»Marko sagte: ›Alter, bist du mein Vater oder was?!‹ und ›Was muckst du mich an, Alter?!‹ Sie haben sich beinahe geprügelt, vor der ganzen Klasse!«

Dominik muss schmunzeln.

»Ibrahim hat sogar reingeschrien, sie sollen sich beulen und so.«

»Idiot«, sagt Dominik. »Aber es ist nichts passiert? Keine Kloppe?«

»Nein, nichts.«

»Und danach? Wie ist es ausgegangen? Musste Marko ins Lehrerzimmer?«

»Klar. Ezrin hat Marko angschrien und da hat Marko zurückgeschrien: ›Ich lasse mich von dir nicht anschreien!‹ Da hat Ezrin seinen Schlüssel genommen und ist mit Marko runter zu Frau Marieta.«

»Das hat Marko gesagt?«, wundert sich Dominik. »Echt?«

»Ich sag's dir.«

»Na ja, vielleicht heckt er ja schon den nächsten Streit aus.«

»Was? Wer?«

»Ach, nichts.«

»Heute war ja Konferenz wegen Marko.«

»Stimmt«, sagt Dominik. »Haben die schon was beschlossen?«

»Erst morgen. *Marko* erfährt es erst morgen.«

Freitag, 26. April

In der Arbeitslehre-Stunde schreibt Frau Blond die Namen aller Schüler an die Tafel, die das Angebot zur Berufsberatung beim Arbeitsamt noch nicht wahrgenommen haben:

Sammi	*Gökhan*
Ertan	*Karol*
Camil	*Paul*
Dominik	

Gökhan und Karol melden sich und sagen, dass sie bereits Termine vereinbart hätten, die noch in dieser Woche stattfinden sollen. Auch Camil sagt, dass er einen Termin hat, weiß aber nicht mehr genau, wann. Frau Blond streicht sie von der Tafel.

Uns Übrige fordert sie auf, noch in dieser Woche unserer Pflicht nachzukommen. Am Freitag, wenn wir die nächste Stunde Arbeitslehre haben, wolle sie keine Ausreden mehr hören.

*

Die Lehrerkonferenz hat heute beschlossen, dass Marko für einen weiteren Tag vom Unterricht suspendiert wird. Dominik und ich gehen ihn am Nachmittag besuchen, aber Marko sagt uns an der Tür, dass er heute nicht mehr aus dem Haus darf. Wir verabschieden uns wieder und gehen zu Dominik. Er hat etwas, das er mir unbedingt zeigen möchte. Es ist ein Beutel Ecstasy-Pillen, rund zweihundert Stück, sagt er. Er holt eine Pille heraus und legt sie mir auf die Handfläche. Ich betrachte das Symbol. Es ist eine Schildkröte.

Dominik erzählt mir, dass er sie von einem Bekannten zum Verkauf bekommen hat.

»Willst du eine nehmen?«, fragt er.

»Jetzt?«

Dominik zuckt mit den Schultern.

Wir nehmen jeder eine Pille und setzen uns dann auf die Schlafcouch. Dominik legt eine Trance-CD ein.

Vielleicht eine Stunde später spüre ich, dass sich was tut. Ich fühle mich leichter, voller Energie. Ich stehe auf und gehe im Zimmer umher. Dominik sagt, dass ich ein bisschen tanzen soll. Er dreht die Musik lauter und ich bewege mich. Ich fühle mich, als würde ich schwitzen, aber der Schweiß fühlt sich eher kühl an und hat eine erfrischende Wirkung. Das ergibt keinen Sinn. Dominik gibt mir ein Kaugummi und ich bin überwältigt, wie sehr mir das Kauen gefällt. Meine Knochen fühlen sich an, als würde Strom durch sie hindurchfließen. Ich ziehe meinen Pullover aus und schließe die Augen, konzentriere mich ganz auf die Musik.

Dominik holt ein paar Hanteln aus dem Schlafzimmer seiner Mutter und fängt an, damit zu trainieren. Ich frage ihn, ob er mir eine abgibt. Eine Stunde trainiere ich ununterbrochen mit der Hantel.

Wir unterhalten uns über Tobi und Marko und andere Leute aus der Schule. Dominik erzählt mir, dass Tobis Mutter kaum noch zu Hause ist und nicht mehr kocht und auch keine Hausarbeit mehr macht, seit sie ihren neuen Freund hat. Er sagt, ich solle das nächste Mal, wenn ich bei Tobi zu Hause bin, darauf achten, wie es in der Küche aussieht. Über Marko erzählt er mir, dass sein Vater ihn als Kind immer verprügelt hat. Ich sage, dass ich das bereits wusste. Ich höre Dominik zu und verarbeite die Geschichten, ohne etwas wirklich Negatives daran zu sehen. Dominik erzählt mir auch von sich und seinen Eltern, von seiner Freundin

Veronika. Von seiner Mutter sagt er, dass sie immer erst abends nach Hause kommt und dass sie sich nie besonders viel zu erzählen haben. Ich sage, dass meine Mutter auch immer spät nach Hause kommt und dass sich meine Eltern nichts zu erzählen haben und deshalb oft streiten. Ich weiß, was das bedeutet, aber jetzt finde ich es nicht schlimm.

Samstag, 27. April

Tobis Schwester Janine kommt ins Zimmer, während wir fernsehen.

»Tobi?«, sagt sie und setzt sich zu uns. »Weißt du, was Michael eben zu mir gesagt hat? Er hat mich ›kleine Spätzünderin‹ genannt, weil ich noch nie einen Freund hatte.«

»Woher weiß er, dass du noch nie einen Freund hattest?«, fragt Tobi.

»Von Mama. Wir saßen zusammen im Wohnzimmer. Zuerst haben sie mich gefragt, ob sie letzte Nacht wieder zu laut waren und ob ich sie gehört habe.«

»Gott, Mama …«

»Und da hat Mama zu Michael gesagt, dass ich noch nie einen Freund hatte. Voll gemein, nä?«

»Ja. Von beiden. Von ihm *und* von Mama.«

»Michael hat auch gesagt, dass er mit Mama eine Fußballmannschaft machen will.«

»Hä?«

»Ich hab ihm gesagt, dass Mama schon zwei Kinder hat, also dich und mich, aber Michael hat gesagt, dass ich nicht seine richtige Tochter bin und dass ich das auch nie sein werde.«

»*Das* hat er gesagt?«

Janine nickt.

»Und Mama hat einfach zugelassen, dass er dir so was erzählt?«

»Sie war ja nicht da. Sie war gerade in der Küche. Ich hab mich dann auch mit ihr gestritten deswegen. ›Er meint das nicht so‹, hat sie zu mir gesagt und: ›Er drückt sich manchmal ein bisschen falsch aus.‹ Er ist danach noch mal zu mir gekommen und hat sich bei mir entschuldigt. ›Trotzdem bist du meine Tochter‹, hat er gesagt. Als wenn das reicht, damit ich ihm verzeihe.«

»Tja ...«, sagt Tobi.

»Was macht der Freund von eurer Mutter noch gleich?«, fragt Dominik Tobi.

»Er ist arbeitslos. Früher war er Bauschlosser.«

»Eure Mutter ist immer noch arbeitslos?«

»Ja.«

»Wenigstens passen sie zusammen«, sagt Dominik. »Das ist doch schon etwas. Verstehen die beiden sich?«

»Und wie!«, sagt Janine. »Meine Mutter ist total verknallt in ihn. Vergisst alles um sich herum, hat nur noch Augen für Michael.«

Wir kehren wieder zum Fernsehprogramm zurück und schauen den Film zu Ende. Er handelt von einem Typen, der nie irgendwas macht, und ist geradezu einschläfernd. Vielleicht kommt das aber auch vom Rest Ecstasy. Ich habe ziemlichen Muskelkater vom vielen Hanteltraining.

*

»Ich hab vorhin die Mutter von deinem Freund gesehen«, erzählt meine Mutter, während sie sich die Schuhe auszieht. »Wie heißt er noch?«

»Marko?«

»Nein. Dingsda. Nicht Marko.«

»Tobi.«

»Ja, Tobi«, sagt sie. »Tobi, genau.«

Ich nehme ihr die Tragetasche mit den Einkäufen ab und folge ihr in die Küche. Meine Mutter fängt an, Pulver in die Kaffeemaschine zu füllen. Ich räume die Tragetasche aus, stelle Joghurt in den Kühlschrank, Konserven in den Wandschrank. Sie hat mir auch ein Pack Fruchtzwerge-Stäbchen mitgebracht.

»Ja«, sagt sie, »ich hab Tobis Mutter gesehen. *Tobias?*«

»Genau.«

»Drüben, bei der U-Bahn. Sie hat Bier getrunken. Mit ein paar Männern. Pennern.«

Ich lege ein Pack Schwarzbrot in den Brotkasten. Meine Mutter macht die Klappe der Maschine zu und drückt auf den roten Knopf.

»Seit ich diese Frau kenne, sehe ich sie immer wieder beim Trinken. Erzählt dir Tobias manchmal davon?«

»Nicht direkt«, sage ich. »Er und seine Mutter verstehen sich nicht.«

»Kann ich mir gut vorstellen.«

Meine Mutter holt Margarine und Aufschnitt aus dem Kühlschrank und fängt an, ein Brot zu schmieren.

»Tobi ist ruhig und zurückhaltend«, sage ich. »Und seine Mutter ist das genaue Gegenteil. Tobi will nur seine Ruhe vor ihr.«

»Und seine Mutter lässt ihn nicht?«

»Nein.«

Die Kaffeemaschine beginnt zu knacken.

»Einmal kam seine Mutter ins Zimmer und sagte zu Tobi, dass er das Geschirr einräumen soll.«

Meine Mutter wickelt das fertige Brot in Frischhaltefolie. Dann beginnt sie ein zweites.

»Tobi war total wütend«, fahre ich fort, »dass seine Mutter ihm ausgerechnet dann sagt, dass er das Geschirr einräumen soll, wenn er Besuch hat.« Ich gestikuliere mit den Armen. Die Erinnerung regt mich ein wenig auf. »Dominik fand das respektlos von Tobis Mutter.«

»Was macht eigentlich Tobis Schwester?«, sagt meine Mutter.

»Janine?«

»Heißt sie so?«

»Tobi hat nur eine Schwester«, sage ich.

»Und wie geht es ihr?«

»Ganz gut, glaube ich.«

»Ist sie auf deiner Schule? Wie alt ist sie eigentlich?«

»Nein, sie geht auf eine andere Schule. Sie ist nicht ganz normal im Kopf oder so. Vielleicht hat die Mutter während der Schwangerschaft getrunken.«

»Woher hast du denn so was?«

Montag, 29. April

Was weder Dominik wusste, noch Tobi oder ich: Vor ein paar Wochen war Herr Pouladis in unserer Schule. Nach Abschluss seiner Sitzungen mit Marko hat er mit Frau Jakobs – Markos Klassenlehrerin – und Frau Marieta über seine Eindrücke gesprochen. Irgendwie ist dabei durchgesickert, dass er Marko für ein wenig zurückgeblieben hält. Heute weiß die ganze Schule davon. Der Einschätzung des Schulsozialarbeiters nach hinke Markos geistige Entwicklung seinem biologischen Alter um drei Jahre hinterher. Wie diese Information nach außen gedrungen ist, so dass es heute die halbe Schule und alle Lehrer wissen, ist mir nicht klar. Ein paar Hauptschüler meinen, Herr Ezrin habe es erzählt. Und so hat es sich dann wohl auch rumgesprochen; von einem Mund zum anderen.

Marko bekommt von alldem nichts mit, weil er diese und die nächste Woche vom Unterricht suspendiert ist. Das habe ich auch erst heute erfahren. Marko hat gut dichtgehalten. Die Disziplinarmaßnahme der letzten Lehrerkonferenz sieht vor, dass Marko nicht an den letzten beiden Unterrichtswochen vor den schriftlichen Prüfungen teilnehmen darf. Einige seiner Klassenkameraden betreiben bereits Rechenspiele und malen sich Szenarien aus. Gut möglich, dass Marko sämtliche Prüfungen verhaut und im Folgejahr die neunte Klasse wiederholen muss. Dann käme er aller Voraussicht nach in die Hauptschulklasse von Herrn Oswald. Bei dem Gedanken reiben sich alle bereits die Hände, die Markos Geschichte kennen. Es ist längst kein Geheimnis mehr, dass Marko Herrn Oswald nicht ausstehen kann. Im letzten Jahr hat es mehrmals Streit zwischen ihnen gegeben. Die berühmteste Reiberei gipfelte darin, dass Marko Herrn Oswald »schwuler Lutscher« nannte. Seitdem nennen ihn die meisten Schüler bloß noch »Lutscher«. Damals waren die Disziplinarmaßnahmen der Lehrerkonferenz noch auf einem niedrigen Niveau und Marko musste sich lediglich bei Herrn Oswald für seine Frechheit entschuldigen. Diesmal kam er nicht so gut weg. Die Schule hat ein Zeichen gesetzt.

*

Dominik und ich sitzen im Wohnzimmer seiner Mutter und schauen uns eine Dokumentation über die Karibik an. Die Reportage berichtet über die Tierwelt auf den verschiedenen Inseln und im Wasser vor den Küsten. Im ersten Teil geht es um die Insel Montserrat und einen Vulkanausbruch. Die Asche war vom Himmel gefallen und hatte die Hauptstadt zehn Meter hoch eingedeckt. Von über elftausend Menschen waren keine dreitausend auf der Insel geblieben.

Bilder von »eingeschneiten« Autos und Lastwagen werden gezeigt und Luftaufnahmen von Kirchen und Wohngebäuden, deren Dächer dem Druck der Ascheklumpen nicht standhalten konnten und einbrachen. Der Erzähler spricht von brütend heißen, hochgiftigen Schwefelgasen und die Kamera fährt an einem kochenden Vulkansee vorbei, an dessen Oberfläche Blasen zerplatzen.

»Montserrat«, flüstert Dominik. »Mhm.«

Dann klingelt es an der Tür. Dominik steht auf und drückt den Summer. Marko setzt sich zu uns. Er rümpft die Nase über das Fernsehprogramm.

»Was kuckt ihr da für 'ne Scheiße?«

»Keine Scheiße«, sagt Dominik. »Interessant. Hier kannst du was lernen.«

»Ach was. *Lernen*«, sagt Marko und steht wieder auf. »Ich lerne hiermit.« Er fasst sich im Hinausgehen an den Schritt. Dann füllt er sich in der Küche eine Schale mit Kellogg's Crunchy Nut.

Zwei Tümmler versuchen, ein Weibchen zu vergewaltigen. Die Delfine wecken Markos Interesse. Er feuert die Männchen an. Der Erzähler sagt, dass die Tümmler Langeweile hätten und frustriert seien.

Als Marko seine Schale leer hat, drängt er uns zu gehen. Dominik und ich reagieren nicht.

»Ihr seid voll die Freaks!«, sagt Marko. »Sitzt da rum wie die Junkies und kuckt euch irgendwelche Scheißtiere an.« Er stupst mich gegen die Schulter. »Dominik ist ein Freak, oder?«

Ich reagiere nicht.

Der nächste Teil der Dokumentation handelt von einer Affenhorde, die auf Bäumen sitzt und grölt, um Feinde abzuschrecken. Marko äfft ihr Grölen nach.

»Jetzt wissen wir, wer Markos Vorfahren sind«, sagt Dominik zu mir und lacht.

»*Ha-ha*«, sagt Marko sarkastisch. »Und deine Vorfahren sind ein Haufen Hundescheiße!«

Einer der Affen versucht, sich von einem Ast zum nächsten zu hangeln. Es gelingt ihm nicht und er fällt vom Baum und landet im Laub.

Marko bricht augenblicklich in schallendes Gelächter aus: »Ahahaha! Du Hurensohn! Kuckt mal, wie dumm er ist!«

Dominik schaut mich genervt an.

Während der nächsten Szenen bezeichnet Marko jeden Vogel, Käfer und Fisch als Wichser, Missgeburt oder Hurensohn. Als die Kamera einen Fisch im Schlamm zeigt – einen Zahnkarpfen –, macht sich Marko über dessen nach außen gewölbte Augen und sein Fischmaul lustig. Dominik schaut mich wieder an.

»Ich hab mich doch geirrt, Marko«, sagt Dominik. »Deine Vorfahren sind nicht Affen.«

»Natürlich nicht, du Freak.«

Dominik zeigt auf den Zahnkarpfen. »*Das* sind deine Vorfahren. Da! Wie aus dem Gesicht geschnitten. Glupschaugen und fette Lippen.«

Ein Reiher pickt nach dem Zahnkarpfen und schlingt ihn herunter.

»Und das sind *deine* Vorfahren«, sagt Marko und zeigt auf den Vogel. »Du Vogel.«

»Wenn du es sagst. Damit kann ich leben. Dann steh ich in der Nahrungskette wenigstens noch über *dir*.«

»Was ›Nahrungskette‹! Scheißhurensohn-Nahrungskette!«

»Genau«, sagt Dominik und macht den Ton am Fernseher lauter.

»Nerv ich dich?«, sagt Marko und fängt an zu grinsen.

»Nicht die Bohne. Geh und mach dir noch ’ne Portion Kellogg’s.«

Marko geht in die Küche. »Dann mach ich mir eben noch eine Portion Kellogg's, wenn es dir so wichtig ist.«

»Macht mir nichts aus«, sagt Dominik.

»Hey, die gehören doch deiner Mutter, oder? Sag ihr mal, dass die gut schmecken.«

Wir kucken die Dokumentation zu Ende und Marko isst die ganze Schachtel leer.

Dienstag, 30. April

Seit einigen Wochen ist es schwierig, an Gras zu kommen. Alle Dealer, die Dominik kennt, haben entweder nichts oder sind nicht auffindbar. Marko kennt auch niemanden, und an unserer Schule scheint keiner mehr was zu verkaufen. Das Café bei Hinschenfelde, in das Dominik manchmal geht, hat sogar dichtgemacht. Vor kurzem war er einmal in Eimsbüttel und hat dort beim Schlump dunkles Kraut von einer Frau in einem Laden gekauft. Die Frau sagte, das Gras sei dermaßen speziell, dass es bei manchen Menschen sehr intensiv wirke, bei anderen hingegen überhaupt nicht. »Purple Haze«, sagte Dominik, als er es mir zeigte und Marko sich darüber wunderte, dass es so dunkel ist. Wir rauchten das Zeug, aber es passierte nichts. Dominik meinte dann, dass wir notfalls Salbei rauchen sollten – davon würde man zwar nicht geistig breit, aber man labere hinterher eine Menge Scheiße. Marko sagte darauf, Dominik labere auch so schon genug Scheiße.

Heute erzählt Dominik nun, dass er eine neue Quelle aufgetan hat. Ich frage ihn, wer es ist, und er sagt: »Dein Nachbar. Dieser albanische Familienvater.«

⁂

Später am Abend, als ich mich gerade fürs Bett fertig mache, höre ich, wie sich meine Eltern im Wohnzimmer unterhalten.

»Du wartest wohl darauf, dass die Wände sich von alleine streichen«, sagt meine Mutter.

»Nein«, sagt mein Vater.

»Oder hoffst du, dass die Rohre alle platzen und die Wände durchweichen, damit die von der Wohngesellschaft einen Grund haben, hier neue Tapeten zu kleben, und *du* die ganze Arbeit nicht machen musst?«

»Natürlich nicht.«

»Natürlich.«

Mittwoch, 1. Mai

Tag der Arbeit, Maifeiertag. Ich helfe Dominik und seiner Mutter beim Umzug in ihre neue Wohnung in Winterhude. Dominiks Mutter hat einen Mann mit einem Kleinbus organisiert, der uns bei den schweren Möbeln helfen soll. Um alles andere kümmern wir uns. Die ganze Wohnung ist bereits aufgeräumt. Sie haben den Kleinkram in Wäschekörbe gelegt und das große Bett im Schlafzimmer vollständig auseinandergeschraubt.

Wir schaffen alle Teile aus der Wohnung und bringen sie zur Straße hinunter, wo der Mann sie im Bus verstaut. Zweimal unterschätze ich die Länge der Bretter und schlage tiefe Kratzer in die Wandfarbe im Treppenhaus. Einige alte Möbelstücke dürfen wir sogar schrotten, weil Dominiks Mutter sie nicht mehr haben möchte. Mit einem Hammer schlagen wir Löcher in eine Kommode und zerren an den Ecken, bis es knackt und bricht. Als der Bus voll ist, fahren wir zu viert in die neue Wohnung und schaffen den Kram hinauf in den dritten Stock. Es ist ein Altbau und die Stufen der

Holztreppe sind ziemlich schmal und knarren. Dominik rutscht einmal mit der Schuhspitze ab und klemmt sich die Hand unter einem Schränkchen ein. Wir müssen insgesamt dreimal nach Winterhude fahren.

Nachdem wir mit der Barmbeker Wohnung fertig sind, gehen Dominik und ich noch eine Weile in den leeren Räumen herum und hören uns die Akustik unserer Schritte und Schreie an. Jetzt, wo die Zimmer leer sind, sehen sie viel größer aus. Alle Böden bestehen aus Brettern und jeder Schritt hallt deutlich.

In der neuen Wohnung rücken wir zuerst die Möbel an ihre Plätze. Dominik erklärt mir, wo die Ledergarnitur hinkommt. Dann schlagen wir ein paar Nägel in die Wand und hängen die alten Gemälde auf. Danach bauen wir das Bett wieder zusammen. Ich bin von oben bis unten voller Staub und Dreck. Dominiks Mutter bezahlt den Packer. Dann schlägt sie vor, dass wir uns eine Pizza bringen lassen. Dominik bestellt eine Jumbo-Pizza und dazu eine Flasche Cola, Häagen-Dazs-Eiscreme und Zigaretten. Während wir warten, versucht Dominik, sein Notebook und die Musikanlage aufzubauen. Ich finde das Antennenkabel und schließe es an den großen Fernseher im Wohnzimmer an. Da Dominiks Boxen nicht funktionieren wollen, schauen wir uns eine Sendung über aufmüpfige Teenager an. Dann klingelt es an der Tür. Die Klingel hat einen beeindruckenden Klang, laut und erhebend. Die Klingel in der alten Wohnung war dagegen ziemlich banal.

Freitag, 3. Mai

In Arbeitslehre schreibt Frau Blond wieder an die Tafel, wer bis heute einen Termin bei der Berufsberatung vereinbaren sollte. Ich fahre zusammen, weil ich das total vergessen habe. Sie fragt uns einzeln und fängt bei Ertan an. Er sagt, er habe einen Termin gemacht. Frau Blond fragt nach, wie der Name der Berufsberaterin lautet. Ertan pustet die Backen auf und sagt dann, dass er es nicht mehr weiß.

Ich schaue zu Dominik rüber. Er sitzt ganz entspannt auf seinem Stuhl und zwinkert mir zu. Auch Sammi sagt, dass er einen Termin hat, und als Frau Blond ihn fragt, wo denn das Arbeitsamt liegt, weiß er es nicht.

»Dominik, hast du einen Termin gemacht?«, fragt Frau Blond.

»Aber selbstverständlich.«

»Und wie heißt die Berufsberaterin?«

»Sie heißt Frau Heiz. So wie Heinz, nur ohne n.«

Die Klasse lacht.

»Und sie hat ihr Büro im dritten Stock eines großen roten Gebäudes in Wandsbek.«

Frau Blond stöhnt. »Danke, so viel wollte ich gar nicht wissen.«

»Ich hab den Termin zusammen mit Paul gemacht. Wir haben bei Frau Heiz angerufen und Termine ausgemacht. Kriegen wir jetzt eine Eins dafür?«

Die Klasse lacht noch mal.

»Soweit das stimmt, was ihr sagt«, sagt Frau Blond und schaut mich und Dominik abwechselnd an, »wird euer Bemühen in eurer Note berücksichtigt. Aber brüsten braucht ihr euch damit nicht. Ihr gehört nämlich zu den vier Letzten. Das ist kein Grund, stolz zu sein. Das ist – ehrlich gesagt – schwach.«

Dominik lächelt trotzdem.

Auf dem Heimweg erzählt mir Dominik, dass er gar keinen Termin beim Arbeitsamt hat.

Als ich zu Hause bin, wühle ich eine Viertelstunde in meinen Unterlagen und finde die Nummer der Berufsberaterin. Eine Tonbandansage schiebt mich in die Warteschlange, in der üble Fahrstuhlmusik läuft. Nach ein paar Minuten meldet sich eine Frau. Ich sage, dass ich mit Frau Heiz sprechen möchte, und die Frau leitet mich weiter und ich komme wieder in die Warteschlange. Dann meldet sich Frau Heiz. Sie klingt nicht sehr freundlich, eher ausgelaugt und genervt. Ich mache mit ihr einen Termin für Mittwoch in zwei Wochen aus.

*

Die Hitzewelle hält sich. Seit Anfang der Woche war es jeden Tag heißer, heute schon über dreißig Grad. Morgen und am Samstag soll die Hitzewelle mit über sechsunddreißig Grad ihren Höhepunkt erreichen.

Marko schlägt erneut vor, dass wir nach Travemünde an den Strand fahren. Ich erinnere mich, dass er bereits am Anfang der Woche davon gesprochen hat und dass ihm der Tag der Arbeit dazu am sinnvollsten erschienen war. Aber ich musste Dominik beim Umzug helfen und Tobi konnte auch nicht. Jetzt bringt Marko das Thema wieder auf:

»Wir nehmen den Zug nach Travemünde. Da fährt einer direkt hin.«

Tobi ist dafür. Ich auch.

Dominik überlegt zuerst noch eine Weile. »Wieso sagst du das erst jetzt? Das ist so kurzfristig. Hättest du das am Anfang der Woche gesagt!«

»Hab ich doch«, sagt Marko.

»Hast du nicht. Du hast damit den Dingsda gemeint, diesen Feiertag.«

»Und jetzt meine ich morgen. Veronika wird es schon nicht stören«, sagt Marko. »Am Mittwoch hast du mit *ihr* Zeit verbracht. Das stört mich gar nicht, ist deine Sache. Dafür gehst du dann eben morgen mit *uns*. Das ist doch nur fair.« Marko schaut mich Zustimmung suchend an, dann Tobi.

»So meine ich das nicht«, sagt Dominik. »Es ist bloß …«

»Es ist *was*?«

»Na ja …«

»Tobi kommt, Paul kommt; was hindert *dich*? Kommst du?«, drängt Marko.

Tobi zuckt mit den Schultern. »Klar.«

»Siehst du?«

»Was ist mit deiner Mutter?«, fragt Dominik.

»Die ist gar nicht mehr da«, sagt Tobi.

»Sie ist nicht mehr da? Wo ist sie denn?«

»Was hindert dich?«, unterbricht Marko ihn. »Dominik?«

»Na ja … nichts, schätze ich.«

*

Ich höre, wie sich meine Eltern streiten. Meine Mutter bezeichnet meinen Vater als Versager. Sie macht ihm Vorwürfe, dass er die Wohnung verkommen lässt und nie im Haushalt hilft. Ich höre ziemlich gut durch unsere Wände. Die Wände öden meine Mutter an. Sie sagt zu meinem Vater, dass er schon vor Jahren die Tapete hätte wechseln können und die alten Möbel auf den Sperrmüll bringen, den Balkon aufräumen, irgendwas reparieren, das kaputt ist, den elektrischen Wandspiegel im Bad installieren, die Scharniere ölen, den alten Teppich im Flur zerschneiden und entsorgen, irgendwas bemalen, wegschaffen. Ihm sei immer alles zu viel, sagt sie, und zu teuer, Müll zu wertvoll, der Augenblick nie der richtige. Und dann sagt meine Mutter, dass sie es satthat und dass sie so nicht mehr leben will, kann, wird.

Von meinem Vater höre ich kaum was. Es könnte sein, dass er murmelt oder sich räuspert. Meine Mutter zischt etwas, das ich nicht verstehe. Vielleicht war es auch mein Vater. Dann zählt sie wieder auf, was *sie* alles falsch gemacht hat, meistens indirekte Dinge; meinen Vater nicht daran zu erinnern, dass er etwas tun soll, es zulassen, verdrängen. Sie macht ihn zur Ursache ihrer Probleme.

Ich setzte meine Kopfhörer wieder auf, damit ich meine Mutter nicht mehr hören muss.

Samstag, 4. Mai

Am Hauptbahnhof fangen wir an zu laufen und erwischen unseren Zug gerade noch. Aber alle Plätze sind bereits belegt. Außerdem fährt der Zug nur nach Lübeck und dann nach Puttgarden. Tobi vergleicht seine Notizen. Wir werden in Lübeck umsteigen müssen.

Im Zug nach Travemünde setzen sich zwei Mädchen zu Marko und Tobi. Die eine ist dick und hat sehr viele Pickel in ihrem ausdruckslosen Gesicht, die andere ist etwas klein und hübscher, aber sie hat einen Hut auf, den sie sich über das halbe Gesicht gezogen hat.

»Seid ihr Russen?«, fragt die Kleine.

»Nein«, sagt Marko. »Wieso?«

»Ich war mit einem Russen zusammen und hab ein bisschen Russisch gelernt.«

»Nein, wir sind Deutsche.«

»Ach so.«

Den Rest der Fahrt sprechen sie nicht mehr viel. Als wir aussteigen, sehe ich, wie die beiden Mädchen mit einer Gruppe breiter Glatzköpfe ins Gespräch kommen.

»Billige Nutten«, sagt Marko. »Wie krank muss eine sein, um auf Russen zu stehen?!«

Travemünde ist die Endhaltestelle. Wir schließen uns einfach den Leuten auf der Straße an.

Dominik kickt Marko Sand gegen die Füße.

Ein großes Kreuzfahrtschiff verlässt die Mündung und fährt in die Bucht hinaus. Nach ein paar Minuten ist es kaum noch am Horizont zu erkennen. Wir schauen dem Schiff hinterher, wie es am Horizont verschwindet. Marko hat seinen Mund offen, ohne dass es ihm auffällt.

Wir holen unsere Knabbereien heraus. Marko hat nichts dabei und isst von Tobis belegten Broten.

»Marko, du bist ein Penner. Ein richtiger Penner«, sagt Dominik.

Marko lässt sich nichts anmerken. »Kuckt mal, wie die ganzen Mädchen ihr Fett spazieren tragen!«

Er zeigt auf zwei dicke Mädchen, die gerade vorbeigehen. Sie sind in unserem Alter. Ihre Titten sind groß und die aufgeblähten Bäuche hängen. Gleichzeitig haben sie spindeldürre Beine und keine Ärsche in den Höschen.

»Hallo, Fettchens!«, ruft Marko und winkt den Mädchen zu.

Wir lachen.

Die Mädchen drehen sich nach uns um und gehen dann weiter.

Wir lachen noch mal.

Eine Frau mit einem Buch im Schoß schaut auf und sagt etwas zu ihrer Freundin.

»Oha, Mallorca-Scheiße ist auf uns aufmerksam geworden«, sagt Marko. »Was glotzt du denn so, Nutte?«

Die Frau schaut wieder weg.

»Was ist *Mallorca-Scheiße*?«, will Dominik wissen.

»Frauen und Mädchen, die zu viel Zeit auf Mallorca verbringen oder im Sonnenstudio. Oder die Selbstbräuner benutzen. Danach färben sie sich die Haare – so wie die beiden da – und halten Ausschau nach Nazi-Brechern, Kanaken-Pumpern oder solchen Pussykillern.«

»Was ist ein *Pussykiller*?«

»So 'n Typ, der was sein will, das er nicht ist.«

»Interessant.«

Etwas später, gegen Mittag, als die Sonne am höchsten steht, kramt Dominik einen Joint heraus und wir rauchen ihn. Er sagt, er habe sich ein bisschen was aufgespart und heute sei ein ganz guter Zeitpunkt, um es sich zu gönnen. Danach gehen wir schwimmen. Dunkle Algen liegen am Strand und das Wasser ist kalt und trüb. Marko und Tobi stürzen sich sofort hinein. Dominik und ich gehen zuerst langsam hinein, bis uns das Wasser bis zu den Hüften steht. Dann tauchen wir unter. Wir fangen an, uns gegenseitig unter Wasser zu drücken. Tobi verschluckt sich und muss für eine Weile an Land zurück. Dann kommt er mit einem Tennisball zurück und wir werfen ihn uns gegenseitig zu.

»Gut, dass es hier keine Quallen gibt«, sagt Dominik. »Als ich das letzte Mal an der Ostsee war, war das ganze Wasser voll mit den Viechern.«

»Nein, heute kommen keine Quallen«, sagt Marko und wirft mir den Ball knapp am Ohr vorbei. »Die laufen jetzt alle am Strand herum.«

Als wir wieder bei unseren Handtüchern sind, schlägt Tobi vor, dass wir Frisbee werfen. Dominik möchte aber nicht und ich brauche noch ein wenig Pause vom Schwimmen. Also gehen Tobi und Marko alleine.

»Im Fernsehen lief gestern was Interessantes«, sagt Dominik. »Es ging um eine Frau und ihre drei Kinder. Die Frau hat Urlaub auf Jamaika gemacht und sich in einen Schwarzen verknallt, so einen Kiffer. Für den hat sie dann ihre Kinder verlassen. Sie hat sie in der Wohnung zurückgelassen und ist alleine nach Jamaika geflogen.«

Wir schauen Marko und Tobi dabei zu, wie sie sich die Scheibe zuwerfen. Marko wirft mehrmals daneben und Tobi muss der Scheibe hinterherlaufen.

»Die drei Kinder sind alle von anderen Vätern. Das älteste war acht, das jüngste vier.«

Hinter der Promenade ragt ein großes Hotelgebäude in den Himmel. Dahinter erkenne ich die Wasserrutsche eines Schwimmbades.

»Der Jamaikaner war ein richtiger Rasta-Mann. Er hatte nicht bloß so ein paar Zöpfe am Hinterkopf, wie die ganzen Möchtegerns hier, sondern richtige Rastas, schön verfilzt und total dreckig. Die Frau war fett und hatte unreine Haut, überall Pickel. Die hättest du sehen sollen. Sie sah ein bisschen aus wie Tobis Mutter.«

Ich drehe mich zu Dominik um und schaue ihn an.

Er bemerkt es. »Ist dir nie aufgefallen, von was für einem Schlag Tobis Mutter ist?«

»Was denn für ein *Schlag*?«

»Kürzlich saß ich mit Tobi in seinem Zimmer und seine Mutter kam rein. Sie ist einfach reingekommen und hat uns beide blöd angekuckt. Das macht sie oft. Ist dir das noch nie passiert?«

»Doch.«

»Was war dann? Erzähl mal.«

»Sie hat Tobi mal gefragt, woher er immer seine neuen Klamotten hat.«

»Was hat Tobi gesagt?«

»Er hat gesagt: ›Meine Freundin schenkt sie mir.‹«

»*Freundin*. Was hat seine Mutter gesagt?«

»Sie sagte: ›Deine Freundin kauft dir Kleider? Die musst du mir mal vorstellen.‹«

»Wann war das?«

»Ich weiß nicht mehr. Vor ein paar Monaten vielleicht.«

»Damals haben Tobi und Marko noch gedealt, daher das Geld. Hat Tobi dir erzählt, was seine Mutter gesagt hat, als sie sein Geld gesehen hat?«

»Nein.«

»Sie hat in seinen Sachen herumgewühlt und das Geld gefunden. Zuerst fragte sie: ›Wo hast du das her?‹ Tobi sagte: ›Vom Arbeiten.‹ Sie sagte: ›Wo arbeitest du denn?‹ Und er sagte: ›Bei einem Freund, Umzüge und so.‹ Darauf seine Mutter: ›Ich will was abhaben, wenn du dir was verdienst. Du isst hier und du verbrauchst Strom und Wasser. Das muss ich alles von meinem Arbeitslosengeld bezahlen.‹ Danach hat Tobi aufgehört zu dealen.«

»Hm.«

»Das meine ich, wenn ich sage *von diesem Schlag* – Dreistigkeit.«

Ich nicke.

Später gehen wir noch einmal ins Wasser, aber die Sonne steht bereits zu tief und es ist auch ein bisschen kälter geworden. Marko schlägt vor, dass wir Tobi im Sand eingraben. Dominik ist dagegen, zuerst ein großes Loch zu buddeln und Tobi dann darin zuzuschütten. Er sagt, wir sollten Tobi bloß mit Sand bedecken. Wir tun es und Dominik formt ein paar Titten auf Tobis Brust und steckt ihm eine kleine Muschel zwischen die Beine. Marko macht Fotos mit dem Handy, dann steht Tobi wieder auf und klopft sich den Sand von den Badeshorts.

Als die Sonne hinter dem Hotel verschwindet und das Gebäude einen großen Schatten über den Strand wirft, packen wir unsere Sachen zusammen. Wir gehen die Promenade entlang. Marko pfeift ein paar Frauen und Mädchen hinterher. Sie reagieren nicht auf seine Sprüche. Er pfeift noch mal und eines der Mädchen zeigt ihm hinter dem Rücken den Mittelfinger.

Unweit des Bahnhofes steht eine alte Frau an einem Stand und bietet kostenlose Broschüren an. Sie hängt Zettel mit Schriftzügen an eine Leine. Auf einigen steht: *Wer Ficken liebt, sündigt*. Ich weiß nicht, was ich davon halten soll. Als wir an ihren Stand kommen, versucht die Frau gerade, zwei Passanten in ein Gespräch zu verwickeln.

»Wichst euch doch einen!«, keift die Alte uns an. »Ihr seid noch viel zu jung dafür!«

Wir fangen an zu lachen.

»Wahrscheinlich ging es ums Ficken«, sagt Dominik.

»Wie jung muss man sein, um dafür *zu jung* zu sein?«, sagt Tobi und wir lachen noch mal.

Der Bahnhof ist ziemlich voll. Wir suchen uns eine Stelle hinter einer Wand und pissen dagegen. Tobi macht ein Foto davon, wie wir zu dritt vor der Wand stehen. Dominik schlägt vor, dass wir noch einen Joint rauchen. Eltern mit ihren kleinen Kindern und ein paar ältere Leute schauen uns misstrauisch dabei zu.

Der Zug verspätet sich. Tobi lässt während der Rückfahrt Musik auf seinem Handy laufen. Es ist das neueste Album von Fanny Girl. In einem Song rappt sie:

Du nimmst mich bei der Hand und wir gehen in ein Restaurant am Strand.
Ich bestelle mir einen Seebarsch und du fickst mich auf der Toilette in den Arsch.

Wir lachen alle.

Als wir die Wohnung verlassen, begegnen Dominik und ich meinem albanischen Nachbarn. Dominik fragt ihn, ob er uns was verkauft. Der Typ lächelt und nimmt uns mit rauf in seine Wohnung. Keiner ist dort.

Vor Jahren soll in dieser Wohnung mal eine alte Frau gelebt haben, bei der eingebrochen wurde. Ich war damals noch ein Baby. Meine Mutter hat mir die Geschichte ein paarmal erzählt, als ich in die Grundschule ging: Zwei maskierte Männer waren durch die Wohnungstür eingebrochen und hatten die alte Frau in ihrem Badezimmer eingesperrt, um die Wohnung auf den Kopf stellen zu können. Die alte Frau hat sich von dem Schock nicht mehr erholt und ist aus Dulsberg weggezogen. Meine Mutter kannte sie ein bisschen. Nach dem Einbruch hat die Hausverwaltung die alten Türschlösser von kurz nach dem Weltkrieg endlich ausgetauscht. In die leere Wohnung ist dann eine Familie mit einer behinderten Tochter gezogen. Ich erinnere mich, dass das Mädchen – ich war damals vielleicht vier, fünf, sie schon über fünfzehn Jahre alt – im Treppenhaus einmal auf mich heruntergespuckt hat. Mein Vater meinte, die Eltern des Mädchens wären miteinander verwandt gewesen und deshalb sei die Tochter behindert auf die Welt gekommen. Ich habe das damals noch nicht verstanden. Letztes Jahr haben wir in Biologie nicht viel gelernt, weil Herr Ezrin uns lieber von Singapur erzählte, aber einmal wurde das Thema Vererbung angeschnitten. Jetzt weiß ich, was mein Vater meinte. Dann, vor ein paar Jahren, kam die albanische Familie und mit ihr der Lärm von den Söhnen. Ein alter Deutscher, der über dreißig Jahre in diesem Gebäude gelebt hatte, konnte den Krach nicht mehr ertragen und zog nach Barmbek.

Dominik unterhält sich viel mit meinem Nachbarn. Ich

sage lieber nichts. Dominik fragt den Mann, woran es liegen könnte, dass man fast nirgendwo mehr Gras bekommt. Der Albaner zuckt mit den Schultern und sagt, dass die Polizei wohl ganze Arbeit leistet. Er lächelt mich beiläufig an, aber ich schaue weg. Dominik gibt ihm das Geld, wir nehmen die Tütchen und verlassen die Wohnung und fahren nach Winterhude. Mein Vater hat heute wieder einen Termin bei seinem Hausarzt und ist deshalb nicht da. Ansonsten wäre ich nicht mit hochgegangen.

Montag, 6. Mai

Ein Gerücht geht in der Schule um. Es heißt, Herr Ezrin sei am letzten Freitag nach Schulschluss von irgendwem verprügelt worden. Seit dem Wochenende solle er im Krankenhaus liegen. Einige Jungs aus Ezrins Klasse behaupten sogar, er läge im Koma. Wir hätten Herrn Ezrin heute eigentlich in der dritten und vierten Stunde gehabt.

Nach der ersten großen Pause erscheint Herr Ezrin nicht, dafür aber Frau Blond. In der dritten Stunde werden alle Klassen ab der fünften Stufe aufgerufen, sich in der Aula einzufinden. Die Aufregung wächst noch ein Stück. Ein paar Jungen aus den mittleren Klassen verfallen in ungezähmte Euphorie und reißen Witze über Herrn Ezrin. Manche kennen ihn nicht einmal. Für sie zählt lediglich, dass sie nicht in ihren Klassenräumen sitzen müssen.

Die Lehrer stehen hinten bei der Tür und an den Rändern der Sitzreihen. Frau Marieta tritt hinter ein Mikrofon und teilt uns mit, dass Herr Ezrin – wie sie sagt – Opfer eines brutalen und abscheulichen Verbrechens geworden ist. Unbekannte hätten ihm auf dem Parkplatz aufgelauert und ihn grausam niedergeschlagen. Ein Raunen geht durch die Schülerreihen. Fünft- oder Sechstklässler lachen kurz auf und verstummen dann wieder. Frau Marieta erklärt, dass es Herrn Ezrin den Umständen entsprechend gut gehe. In welchem Verhältnis diese Umstände zum Normalzustand stehen, darauf geht sie nicht ein. Sie sagt, dass die Polizei sich seit dem Vorfall intensiv darum bemüht, den oder die Täter dingfest zu machen. Ich höre, wie Benny sich darüber lustig macht, welche Ausdrücke Frau Marieta verwendet. Frau Marieta klärt uns darüber auf, dass alle Klassen, die in Mathematik, Biologie oder Sport von Herrn Ezrin unterrichtet werden, in diesen Fächern Vertretungen erhalten würden. Der Unterricht dürfe nicht ausfallen, sagt sie. Jetzt geht das Raunen durch die Reihe der Lehrer. Frau Marieta sagt, dass auch die Abschlussklassen während der letzten Tage vor der schriftlichen Mathematikprüfung von einer Vertretung vorbereitet und betreut würden. Dies gelte selbstverständlich auch für die Woche vor der mündlichen Prüfung. Einige Schüler der zehnten Klasse und aus der H9 klopfen sich auf die Schultern. Dann bittet Frau Marieta uns Schüler darum, unbedingt Hinweise zu geben, falls wir etwas über den Vorfall wissen. Sie entlässt uns mit den Worten, dass die Täter mit Sicherheit gefasst werden und dass sie dann mit harten Strafen rechnen müssen. Benny spöttelt erneut darüber, wie gewählt Frau Marieta sich auszudrücken weiß.

Wir kehren in unsere Klasse zurück und unterhalten uns den Rest der Stunde mit Frau Blond darüber, wie wir uns fühlen und was wir für Gedanken haben. In der vierten Stunde setzt Frau Blond eine Extrastunde Englisch an, weil sie der Meinung ist, dass wir uns in dem Fach noch ein bisschen verbessern müssen. Wir stöhnen, aber Frau Blond gelingt es schnell, dass wir uns am Unterricht beteiligen. Sie geht mit einer ungeheuren Energie an die Sache ran und hat wirklich Ahnung davon, wie man Schüler begeistert.

Auf dem Schulhof ist es lauter und belebter als an jedem anderen Tag in letzter Zeit. Alle reden über Herrn Ezrin. Hin und wieder entlädt sich die Anspannung und Verwirrung in Freudengeschrei. Zwei Jungen fangen sogar eine Schlägerei an.

*

Während Marko und ich uns *Pornostar* anschauen, blättert Dominik in diesem kleinen religiösen Comicheft, das er auf der Straßburger Straße gefunden hat.

»Das ist spitze! Von Anfang bis Ende, der reinste Lacher!«

Er hält mir das aufgeschlagene Heftchen hin und zeigt mir ein Kästchen, das ich mir ansehen soll. Ein Mann mit einem Turban sprengt sich in einer U-Bahn in die Luft und schreit dabei »Zur Hölle mit den Juden!«.

»Propaganda auf höchstem Niveau«, sagt Dominik.

Marko hat eine Hand im Bund seiner Hose. Er schlägt nach dem Heftchen, als Dominik es ihm geben möchte. »Mann, Dom, halt die Klappe!«, sagt Marko. »Ich will mir diese Scheiße hier ansehen.«

»Wieso kuckst du es denn, wenn es Scheiße ist?«, sagt Dominik. »Die richtige Scheiße ist das hier. Kuck dir das mal an!« Er hält das Comicheftchen hoch. »Kuckt euch die Juden an! Mit Hut und Zöpfchen an den Ohren.«

Ich versuche, mich auf die Show zu konzentrieren. Heute geht es im ersten Teil darum, Geschicklichkeit mit den Fingern unter Beweis zu stellen. Katia hat bereits mit dem Dildo versagt und wurde von dem Regisseur niedergemacht. Jetzt ist Gianna dran, den Dildo zu lutschen. Sie besteht den Test. Als Nächste kommt Lea-Jane an die Reihe.

»Kuck dir mal die Moslems an«, sagt Dominik zu mir.

Auf einem Bild ist eine Gruppe Menschen mit Bärten und Kopftüchern zu sehen, die ihre Fäuste in die Luft strecken.

»Wie auf dem Spielplatz, wenn du was gegen Türken sagst. Dann hast du gleich die ganze Meute auf dem Hals.«

»Dominik, Mann, halt die Fresse!« Marko schnaubt.

Lea-Jane erntet harsche Kritik. Die Kamera zeigt Eva, die heimlich grinst. Eva ist die Zicke in dieser Staffel.

Im nächsten Teil sollen zwei Übungen gleichzeitig bestanden werden. Alyssa Angel ruft die Teilnehmer in Paaren herein. Colin und Aldana sind als Erste dran. Aldana soll lustvoll stöhnen, während Colin ihre Titten knetet.

»Hey, Paul, wollen wir diesen Dialog mal zusammen lesen?«

Ich schüttle den Kopf.

Die Kamera fährt näher an Aldanas nackte Titten heran. Colins dunkle Finger gleiten über die hellen Brustwarzen.

»Passt auf«, sagt Dominik lachend, *»das* müsst ihr einfach hören: Offenbarung 20:15 – ... *wirst du in einem See aus Feuer landen, weil noch Sünde an dir ist.* Angeblich alles *verbindliche Zusagen von dem Einzigen, der noch nie gelogen hat.*«

Colin bekommt eine positive Kritik. Alyssa Angel bemängelt aber erneut Aldanas trockene Stimme beim Stöhnen. Sie sagt, das Geräusch müsse aus den Lungen kommen, aus der Brust, nicht bloß aus dem Mund.

»Lieber Gott, wir sind Sünder«, fängt Dominik wieder an.

Marko springt auf, stürzt sich auf Dominik und drückt ihm ein Kissen aufs Gesicht. Dominik lacht, das Comicheftchen fällt aufgeschlagen auf den Boden. Ich lese »von den Toten auferweckt« und denke sofort an Zombies.

Marko regt sich schnell ab und Dominik schaut sich eine

Weile die Sendung mit uns an. In der Werbepause geht Marko dann auf die Toilette und Dominik sagt zu mir, dass er den Kritikern sogar ein bisschen zustimmt, was den ganzen Sex heutzutage angeht. Er verwendet den Begriff »Medien«.

»Ich bin jetzt schon gelangweilt von dem ganzen Scheiß, den die heute machen«, sagt er. »Die stecken sich wieder nur Dildos in den Mund und lecken an Titten. Das haben wir doch schon letztes Jahr gesehen und im Jahr davor. Bald muss was ganz Neues her, sonst verlieren sie ihre Zuschauer endgültig. Ich bin bestimmt nicht der Einzige, der das findet.« Dominik denkt einen Moment nach, dann fährt er fort: »Die müssten mal was ganz Neues machen. Etwas, das nicht sofort nach der ersten Staffel von allen Politikern und Frauenrechtlerinnen akzeptiert wird. Irgendwas ... wirklich *Gemeines*. Etwas ...« Er schaut zur Zimmerdecke hoch. Dann fällt es ihm ein: »Kinderpornos! Das hat es noch nicht gegeben.« Er macht eine kurze Pause, dann redet er etwas beherrschter weiter: »Nicht, dass ich scharf auf so was bin, das nicht. Aber es wäre wirklich was Neues. Weil es ja eigentlich verboten ist. Das waren Pornos früher auch, und heute sind sie ... wie heißt das ... *Mainstream*. So wie Drogen. Aber Sex mit Minderjährigen wäre wirklich mal ein Einfall. Nicht bloß Minderjährige – minderjährige *Kinder*. Am besten solche, bei denen man nicht erkennen kann, ob es Jungs oder Mädchen sind.« Er lächelt. »Das klingt doch gut. Man müsste auch nicht mal echte Menschen nehmen. Man animiert einfach alles. Heutzutage kannst du einen Realfilm doch kaum noch von einer Animation unterscheiden. Damit umgeht man auch das Strafrecht, Kinderschändung und so.« Er lacht. »Klar, *das* wäre dann auch irgendwann alt und abgeschlafft, aber bis dahin hätten die Menschen schon Sex mit Leichen oder Tieren oder so. Dann hätten wir den nächsten Kick.«

Marko kommt wieder ins Zimmer.

»Müsste man mal drüber nachdenken«, sagt Dominik abschließend.

»Worüber nachdenken?«, sagt Marko.

Dominik antwortet nicht.

Die Show geht wieder los.

Dienstag, 7. Mai

Heute sind zwei Polizisten in der Schule, um sich mit einigen Schülern zu unterhalten. Marko ist auch darunter. Er ist extra auf Verlangen der Schulleitung gekommen. Sie rufen ihn in das kleine Kabuff am Ende der Treppe und stellen ihm Fragen über seine Aggressivität, was er von Herrn Ezrin hält und wo er am Freitag zur Tatzeit war. Als Marko zu uns auf den Schulhof kommt, ist er nicht sonderlich nervös oder ängstlich, aber er grübelt. Zumindest für die letzten Minuten der Pause. Ein paar Jungs aus seiner Klasse können sich nicht zurückhalten und kommen zu uns an die Sitzbank und fragen Marko, was die Polizei von ihm wollte. Marko erzählt, dass es ein Kommissar und ein einfacher Wachtmeister waren und dass auch Frau Marieta da war. Er kam sich ziemlich dämlich dabei vor, mit drei Erwachsenen in einem so kleinen Raum zu sitzen. Aber die Fragen, die sie ihm stellten, seien eher Standard gewesen, nichts zum Aufregen; wo er zur Tatzeit war, wie er sein Verhältnis zu Herrn Ezrin beschreiben würde, ob er einen Verdacht hat, wer es hätte sein können. Die Polizisten hätten einen ziemlich ratlosen Eindruck auf ihn gemacht. Das sagt Marko so nicht, er verwendet nicht den Begriff »ratlos«, aber es ist wahrscheinlich das, was er meint.

*

Am Abend klingelt das Telefon im Flur und ich bekomme einen Schreck, als ich abhebe und Frau Blond dran ist.

»Paul? Äh ... Hallo, hier ist Frau Blond. Sind deine Eltern zu Hause?«

»Ja«, sage ich, ohne zu überlegen, und lege den Hörer hin. Meine Mutter kommt gerade in den Flur. »Mama, für dich.« Ich gehe auf mein Zimmer.

»Ja? ... Oh, guten Abend, Frau Blond«, höre ich meine Mutter sagen.

Ich kann mir das nicht mit anhören. Ich setze meine Kopfhörer auf, aber das lenkt mich nicht ab. Es hilft lediglich, meine Mutter nicht sprechen zu hören. Gleichzeitig stelle ich mir vor, wie sie sich unterhalten und was Frau Blond zu meiner Mutter sagt, und das ist komischerweise sogar noch nervenaufreibender. Ich nehme die Kopfhörer wieder ab.

»Ja ... gut. Also gut, Montag ist in Ordnung. Ja. Okay. Danke. Ja, Ihnen auch einen schönen Abend. Wiederhören.«

Meine Mutter legt den Hörer langsam auf und geht dann ins Wohnzimmer. Ich warte darauf, dass mich einer ruft, aber es passiert nicht. Schließlich gehe ich von alleine ins Wohnzimmer. Meine Mutter sieht gar nicht verärgert aus. Sie sagt, dass sie am nächsten Montag ein Gespräch mit meiner Lehrerin und der Schulleiterin haben wird und dass die beiden Frauen möchten, dass ich auch daran teilnehme.

Donnerstag, 9. Mai

»Weißt du, was Marko gestern gemacht hat?«, fragt Dominik mich am Telefon. »Er hat die Scheibe von seiner Haustür mit einem Stein eingeworfen.«

Ich blase die Backen auf.

»Er hat sich einen Stein im Gebüsch gesucht und ihn gegen die Scheibe geworfen.«

Ich blase die Backen noch mal auf. »Na ja …«

»Vor ein paar Jahren hat er es mal gemacht. Er ging damals auf einer Krücke, weil er diesen Unfall gehabt hat. Was war das noch … er hatte ein gebrochenes Bein wegen … irgendwas … ein Unfall oder so … Und da hat er die Krücke genommen und sie in die Scheibe gehauen.«

»Okay.«

»Wegen seinem Vater«, sagt Dominik.

»Was?«

»Er ist wütend auf seinen Vater. Markos Vater ist Hausmeister.«

»Ich weiß.«

»Hausmeister, klar?«

»Ja.«

»Er muss die Scheiben auswechseln.«

Ich zucke mit den Schultern, obwohl Dominik es nicht sehen kann.

»Hast du mal gesehen, wie er seine Familie anschreit?«

»Wer? Markos Vater?«

»Nein, *Marko.*«

»Na ja, schon.«

»Nennt seine Mutter ›Fotze‹ und so, und seine Geschwister verprügelt er.«

»Echt? Das wusste ich nicht.«

»Schon gut. Vergiss es. Hast du Tobi in letzter Zeit mal wieder gesehen?«

»Nein. Er bereitet sich auf die Prüfungen vor.«

»Ah ja, stimmt ja! Hast recht, die Prüfungen!«

»Genau«, sage ich.

»Hab ich total vergessen.«

»Schon gut.«

»Paul, da ist etwas …«, fängt Dominik an, bricht dann aber ab.

»Was denn?«

»Ach, nichts, schon okay.«

Samstag, 11. Mai

Marko und Dominik holen mich ab. Sie haben eine Flasche Wodka dabei. Es hat den halben Tag geregnet. Die Straßenlampen spiegeln sich in den nassen Pflastersteinen und in den Pfützen. Die Luft ist frisch. Von den Blättern der Bäume perlen Tropfen.

Als wir bei Tobis Haustür sind, öffnet uns keiner. Marko klingelt, aber nichts geschieht. Dominik holt sein Handy heraus und ruft auf Tobis Handys an. Beide Nummern. Danach wählt er das Haustelefon an. Keiner hebt ab. Marko beginnt zu fluchen. Er schlägt vor, dass wir bei einem Nachbarn klingeln, um überhaupt erst mal ins Treppenhaus zu kommen. Dominik klingelt bei einem Nachbarn mit deutschem Namen. Wir werden hineingelassen und Marko klingelt und klopft an Tobis Wohnungstür. Aber es öffnet noch immer keiner, also tritt Marko gegen die Tür.

Dominik ruft noch einmal bei Tobi an. Diesmal hebt er ab. Er sagt, er sei mit einer Freundin unterwegs. Seine Mutter sei mit ihrem Freund weg. Wo Janine ist, weiß Tobi nicht. Wir gehen.

Marko hat bereits die Flasche Wodka angebrochen und von ihr getrunken. Wir teilen sie uns, während wir durch die Straßen streifen. Marko fällt ein BMW auf, der am Straßenrand steht. Er beugt sich vor und schaut hinein. Dominik sagt auf, was er alles über das Modell weiß. Er streitet sich mit Marko darüber, wie viel PS das Auto hat.

Ich interessiere mich nicht für Autos. Während die beiden diskutieren, nehme ich mehrere Schlucke von der Flasche. Sie bemerken es nicht. Erst als Dominik nachgibt, fällt Marko der Wodka wieder ein. Er greift sich die Flasche und nimmt einen großen Schluck. Dann nimmt er die leere Flasche vom Mund und reibt mit dem Boden gegen die Scheibe des BMW. Er grinst.

»Soll ich?«, sagt Marko.

Dominik schüttelt den Kopf und geht weg. Ich folge ihm langsam. Plötzlich zerspringt Glas. Dominik fängt an zu rennen. Ich laufe ihm hinterher. Er dreht sich nicht um, schaut auch nicht zur Seite. Seine Jacke flattert im Wind. Ich folge ihm die Straße hinauf und links in einen Torbogen. Ich sehe mich ein paarmal nach Marko um. Er hängt vielleicht zehn Meter hinter mir und grinst. Dominik läuft aus der Einbahnstraße über eine Kreuzung und in die nächste Einbahnstraße hinein. Nirgendwo ist jemand. Er wechselt die Straßenseite und biegt rechts um die Ecke. Als wir bei Penny am Freibad ankommen, bleibt Dominik stehen und dreht sich zum ersten Mal um. Wir gehen wortlos bis zu einer Telefonzelle und warten dort auf Marko.

»So ein Vollidiot!«, sagt Dominik.

Sonntag, 12. Mai

Tobi bastelt sich auf sehr aufwendige Weise einen Spickzettel: Er tippt die Inhalte der schriftlichen Abschlussprüfung in Deutsch auf dem PC ab, verändert den Schriftgrad auf unter acht Punkt, fügt ihn danach in ein Textfeld von drei mal sieben Zentimetern ein und druckt ihn auf einem weißen Blatt Papier aus. Dann schneidet er das Textfeld aus und wickelt den kleinen Zettel um einen weißen Kugelschreiber.

»Du bist aber kreativ«, sagt Dominik. »Bemerkenswert.«

Tobi konzentriert sich darauf, Tesafilmstreifen über den Spickzettel zu kleben. »Hä?«

»Wie viel Mühe du dir gibst, meine ich. Für einen einzelnen Spickzettel. Das hätte ich dir gar nicht zugetraut.«

»Kannste mal sehn.«

»Ich meine: Du bist schon ein ehrgeiziger Typ und so. Das merkt man schnell. Aber dass du dir *so was* aussuchst, um die Prüfung zu bestehen ... Ich hätte eher damit gerechnet, dass du einfach nur ... *lernst* ... oder so ...«

»Mach ich doch. Aber sicher ist sicher.«

»Wo du doch sonst nur auf Mädchen stehst ...«

»Ich bin ja nicht schwul.«

»Nein, nein«, sagt Dominik und schüttelt den Kopf, nimmt noch einen Schluck von seiner Cola, »ich doch auch nicht.«

»Dann mach *du* dir auch mal so einen Spicker.«

»Mach ich noch. Konsens hergestellt.«

Später, als wir gehen, ziehen Dominik und ich im Flur unsere Schuhe an. Tobi steht daneben und wartet. Dann kommt seine Mutter plötzlich aus der Küche. Sie sieht uns im Flur stehen und stellt sich vor die Tür zum Wohnzimmer.

»Wo wollt ihr beiden denn hin?«, fragt sie, den Deckel von einer kleinen Flasche Coca-Cola langsam abschraubend.

»Wir müssen jetzt gehen«, sagt Dominik. »Tobi braucht seine Ruhe, um morgen eine supidupi Note zu schreiben und Anwalt zu werden und Millionen zu scheffeln.«

Tobi schaut auf und lächelt seine Mutter an. Sie kuckt ihn schweigend, mit einem abschätzenden Blick an.

»Mein Gott!«, sagt sie verblüfft. »Du siehst aus wie dein Vater.«

Ihr Gesichtsausdruck wechselt in Verachtung. Sie dreht

sich weg, nimmt einen Schluck aus der Flasche und knallt die Tür hinter sich zu.

Tobi schaut bloß auf den Boden. Er öffnet uns die Tür und wir geben ihm die Hand.

»Was ist los mit dieser Frau?«, flüstert Dominik, als wir die Treppen hinuntersteigen.

Montag, 13. Mai

Frau Blond hat ihre Hände auf dem Tisch. Frau Marieta sitzt rechts neben ihr und schaut mich an. Meine Mutter und ich sitzen ihnen gegenüber. Meine Mutter hat ihre Hände auf ihrem Schoß gefaltet. Ich halte meinen Blick gesenkt. Auf dem Tisch liegt die Zeichnung mit den fickenden Ratten, die Dominik und ich vor den Weihnachtsferien gezeichnet und an die Pinnwand in unserer Klasse gehängt haben. Ich ärgere mich unheimlich darüber, dass Frau Blond sie meiner Mutter gezeigt hat. Normalerweise mag ich Frau Blond. Ich frage mich, was so eine Zeichnung für eine Rolle spielt. Jeder zweite Schüler macht solche Kritzeleien und klebt sie irgendwohin. Was hat *das* schon zu bedeuten?

Frau Marieta fängt an aufzuzählen, wie oft und wann ich die Schule geschwänzt habe. Sie zeigt meiner Mutter die vielen gefälschten Entschuldigungen, die ich mit ihrem Namen unterschrieben habe. Außerdem gibt sie wieder, welche Meinung meine anderen Fachlehrer von mir haben. Die meisten halten mich für einen intelligenten Jungen, der sich nicht genug anstrengt und viel mehr könnte, als er tatsächlich leistet.

Meine Mutter fängt an zu weinen. Sie schluchzt und sagt, sie wisse nicht mehr, was sie machen soll. Ich schaue verschämt zum Tischbein runter.

Frau Marieta fragt mich, was ich mir bei all der Schwänzerei gedacht habe. Ich stottere nur und breche dann ab. Sie holt ein Englischbuch von ihrem Schreibtisch und legt es auf den Tisch vor meine Mutter. Es ist das Buch, das wir im letzten Jahr im Unterricht verwendet haben. Sie schlägt es auf der letzten Seite auf und zeigt meiner Mutter etwas, das ich im letzten Jahr in das Buch geschmiert habe. Dann nimmt sie einen Zettel von ihrem Schreibtisch und gibt ihn meiner Mutter. Ich lese aus dem Augenwinkel, dass es sich um eine Abmahnung handelt. Diesmal ist das offizielle Schullogo drauf. Ich werde für den Rest der Woche vom Unterricht suspendiert. Da steht noch, welche Folgen das für mich haben könnte, falls sich mein Betragen nicht ändert, aber ich lese nicht weiter.

Frau Blond betont nochmals, dass beinahe alle meine Lehrer einen guten Eindruck von meinen Fähigkeiten haben und dass ich das Potenzial besitze, zumindest in den Fächern Englisch und Deutsch weit über dem Klassendurchschnitt zu stehen.

Meine Mutter weint jetzt nicht mehr.

Ich darf gehen. Beim Hinausgehen will ich meiner Mutter gerne eine Hand auf die Schulter legen, aber ich traue mich nicht. Ich gehe nicht sofort in meine Klasse. Der Unterricht dauert noch fünfzehn Minuten, und dann ist große Pause. Ich stelle mich auf die Treppe und schaue durch das große Fenster auf den leeren Schulhof. Der Wind weht durch die Bäume und schüttelt die Blätter durch. Ich taste meine Hosentaschen ab und finde einen alten Kassenbon. Auf ihm steht, dass ich mir vor ein paar Tagen eine Tüte Fruchtzwergestäbchen gekauft habe. Ich kann an nichts denken. Zum ersten Mal wird mir bewusst, dass ich mich schäme.

*

Nach Schulschluss begleite ich Dominik zu Frau Marietas Büro. Erst nach einer Weile öffnet sie uns.

»Frau Blond hat gesagt, ich soll mich an Sie wenden«, sagt Dominik und holt ein kleines gefaltetes Blatt aus seinem Rucksack. Er gibt es Frau Marieta und sie öffnet es.

»Das ist die Entschuldigung für Mittwoch«, sagt Dominik. »Frau Blond sagte, ich soll sie Ihnen geben, weil *sie* mir nicht einen ganzen Tag freigeben kann.«

»Hast du einen Arzttermin?«, sagt Frau Marieta skeptisch.

»Nein. Meine Freundin hat eine Abtreibung und ich soll sie begleiten.«

Frau Marieta schaut vom Zettel hoch. »Eine Abtreibung?«

»Ja.«

»Wie alt ist deine Freundin?«

»Vierzehn«, sagt Dominik.

»Von dir?«

Dominik zuckt mit den Schultern. »Von wem sonst?« Er schaut Frau Marieta herausfordernd an.

Sie faltet die Entschuldigung wieder zusammen und nimmt sie zwischen die Handflächen. Es sieht beinahe so aus, als würde sie beten.

»Gut, ich stelle dich für Donnerstag frei.«

»Mittwoch«, sagt Dominik

»Ja. Mittwoch. Ich werde noch mal mit Frau Blond darüber sprechen.«

»Machen Sie das«, sagt Dominik und legt sich seinen Rucksack um die Schulter. »Schönen Tag noch!«

Wir gehen.

»Hast du gesehen, wie abfällig sie gekuckt hat?«, sagt Dominik. »Und dann dieses bescheuerte ›Von dir‹! Was glaubt die denn, von wem?«

»Deine Freundin ist schwanger?«, frage ich, weil Dominik mir bisher noch nichts davon erzählt hat.

»Ja.«

»Seit wann?«

»Ich weiß es seit ein paar Wochen. Schwanger ist sie schon etwas länger.«

»Wer zahlt die Abtreibung? So was kostet doch, oder? Macht das die Krankenkasse?«

»Nein. Meine Mutter.«

»Wie teuer ist so was?«

»Um die tausend Euro.«

Ich bin erstaunt, weil ich nicht finde, dass Dominiks Verhalten in letzter Zeit irgendeinen Hinweis auf diese plötzliche Schwangerschaft gegeben hat. Er war fast so wie immer.

Wir verlassen das Schulgelände und gehen zu Toom. Dominik sagt die ganze Zeit nichts. Dann lächelt er plötzlich und stupst mich an:

»Am Mittwoch schieben sie meiner Freundin einen Staubsauger unten rein«, sagt er und kichert.

*

Wir sind auf dem Rückweg vom Media Markt, Tobi, Marko und ich, als wir Steffi begegnen. Sie hat ein schwarzes Strickjäckchen und eine helle Jeanshose an, die ihr hinten etwas zu tief gerutscht ist.

»Hallo, Steffi«, sagt Marko. »Wo willst du denn hin?«

Steffi kratzt sich verlegen an der Wange und lächelt. »Ich warte auf meinen Bruder und meine Tante.«

»Wie geht es Erik denn?«

»Gut.« Sie grinst und ihre schiefen Zähne blitzen.

»Grüß ihn mal schön von mir«, sagt Marko. »Was treibst du so die Tage?«

Steffi kratzt sich noch mal an der Wange. »Ich hab mit meiner Cousine *Spongebob* gesehen, aber meine Cousine ist schon nach Hause gefahren, und gleich geh ich mit meiner Tante zu McDonald's.«

»Guten Appetit.«

Tobi lacht und spuckt etwas von seinem Schluck Cola ins Gebüsch. Die Flüssigkeit läuft ihm das Kinn hinunter. Er fährt sich mit dem Handrücken über den Mund.

Steffi schaut verlegen und grinst. Ihre Augen schielen auseinander. Sie hat dunkelbraune Augen.

Marko betrachtet Steffi mehrmals von oben bis unten. »*Spongebob* ist schon geil«, sagt er. »Und bei McDonald's war ich vor kurzem auch.«

»Ja«, sagt Steffi und lacht.

»Mhm.«

Steffi zupft sich die Hose aus der Arschfalte. »Hallo, Paul!«, sagt sie.

»Hallo, Steffi.«

»Hallo, Tobi!«, sagt sie, und Tobi lacht wieder und grüßt sie dann zurück.

»Ja. Mhm«, sagt Marko noch mal und schaut dann die Straße hinunter. Er sagt, dass wir wieder weitermüssen, und Tobi nickt und Steffi sagt Tschüss und lacht. Dabei sabbert sie. Die Spucke kleckst ihr auf die Strickjacke.

Marko erinnert Steffi noch mal daran, dass sie ihren Bruder Erik grüßen soll, und wir gehen. Ich drehe mich ein paarmal nach Steffi um. Sie hüpft auf der Stelle und dreht sich im Kreis und lächelt. Als wir die Kreuzung überqueren, erinnert Tobi Marko daran, dass Steffi sich nie an etwas erinnern kann und dass das zu ihrer Behinderung gehört. Marko sagt, dass er das weiß.

Frau Heiz' Zimmer ist karg eingerichtet. An den weißen Wänden hängen ein paar gerahmte Bilder mit Motiven von Janosch-Figuren. Wie beim Kinderarzt. Ich habe mein Halbjahreszeugnis dabei, aber keine Bewerbung. Ich habe noch nie in meinem Leben eine Bewerbung geschrieben, geschweige denn es auch nur versucht. Frau Heiz stöhnt bereits. Sie lässt sich mein Zeugnis zeigen und verweilt für einen Augenblick auf meinen schlechten Noten und vor allem auf den vielen Fehlzeiten. Dann gibt sie mir mein Zeugnis zurück und schlägt vor, dass wir einen kleinen Test zur Berufsorientierung machen. Anhand meiner Noten finden wir heraus, dass ich weder mathematische Fächer wie Mathematik, Physik oder Technik mag noch naturwissenschaftliche wie Biologie und Chemie. In Ethik und Arbeitslehre stehe ich schlecht. Außer für Erdkunde und Geschichte kann ich mich für nichts wirklich begeistern. In Sport bin ich schlecht, obwohl ich weder unsportlich noch dick bin. Meine Rechtschreibung ist ganz gut, aber das ständige Zergliedern in Satzteile gibt mir nichts, und das spiegelt sich auch in meiner Note wider. Englisch hört man heute überall. Das zu lernen fällt mir daher nicht schwer, obwohl die Themen USA und Australien mich nicht kratzen. Musik und Kunst kommen gar nicht erst zur Sprache – die haben wir seit der siebten Klasse nicht mehr gehabt. Ich stehe in fast allen Fächern auf einer vier, außer in den beiden Kursen (Informatik für Fortgeschrittene, Klassische Musik; zusammengerechnet drei) und Englisch und Deutsch (jeweils mündlich vier, schriftlich drei). In Chemie und Mathe sind es sogar Fünfen.

Mit diesen Voraussetzungen, sagt Frau Heiz, stehe es schlecht um mich. Was ihr aber die meisten Sorgen bereitet, sind meine vielen Fehlstunden. Es sind sogar mehr unentschuldigte als entschuldigte. Sie möchte wissen, warum ich so oft gefehlt habe. Ich sage, dass ich zu Hause ein paar Probleme hatte. Frau Heiz macht nicht den Eindruck, als würde sie mir das abkaufen. Im mündlichen Lügen bin ich nicht besonders gut. Sie sagt, dass diese Fehlzeiten es mir praktisch unmöglich machen werden, eine Ausbildung zu finden, weil sie im Abschlusszeugnis verzeichnet werden.

»Was möchtest du eigentlich nach der Schule tun? Eine Ausbildung beginnen?«

»Ich weiß nicht.«

»Hast du schon mal darüber nachgedacht, auf die Höhere Handelsschule zu gehen?«

»Ich weiß nichts über die Höhere Handelsschule. Ich meine: Ich habe mir noch nie Gedanken darüber gemacht.«

Frau Heiz sagt, dass man für die Aufnahme auf der Höheren Handelsschule mindestens einen Notendurchschnitt von 3,4 braucht. Sie rechnet meinen Durchschnitt aus und kommt zu dem Schluss, dass ich mich im Abschlussjahr erheblich steigern muss, um auf die Höhere Handelsschule zu kommen, falls ich das überhaupt möchte. Das sei nach dem gegenwärtigen Stand jedoch meine einzige Chance, wenn ich nicht arbeitslos werden will. Eine Ausbildung könne ich mir mit Sicherheit aus dem Kopf schlagen. Sie benutzt genau diese Worte: *aus dem Kopf schlagen*, *schlag dir das aus dem Kopf*.

»Oder du änderst deine Einstellung und hörst mit dem Schwänzen auf.«

Wir haben nichts mehr zu besprechen. Ich verabschiede mich. Draußen im Treppenhaus krame ich mein Zeugnis noch einmal heraus, um meinen Durchschnitt selbst auszurechnen.

»Hast du das von Marko gehört?«, fragt mich Tobi am Telefon.

»Nein. Was war denn?«

»Er hat an keiner der Prüfungen teilgenommen.«

»Wirklich?«

»Er ist durchgefallen. Sechs in jeder Prüfung. Das kann er nicht mehr ausgleichen. Wusstest du das gar nicht?«

»Nein.«

»Zuerst war er am Montag bei Mathe nicht da, dann am Mittwoch nicht bei Englisch und auch nicht bei Deutsch.«

»Wieso fällt dir das erst jetzt auf? Habt ihr nicht gemeinsam geschrieben?«

»Nein, unsere Klasse wurde in zwei Gruppen aufgeteilt. Frag mich nicht, warum. Ich war in der einen Gruppe, in der frühen, und Marko in der anderen, der späten. Ich glaube nicht, dass er zu den mündlichen Prüfungen kommt. Würde sich auch gar nicht lohnen. Du wusstest wirklich nichts davon? Hat dir keiner was gesagt?«

»Nein, sag ich doch.«

»Warst du letzte Woche in der Schule?«

»Nein. Ich war doch vom Unterricht suspendiert.«

»Ach, stimmt ja. Wegen dieser Konferenz da?«

»Wegen meinem Schwänzen.«

»Aha.«

Pause.

»Was machst du morgen so?«, fragt Tobi.

»Gar nichts.«

»Wollen wir uns treffen?«

»Wann und wo?«

»Komm zu mir. Um zwölf. Oder besser elf. Ist das okay? Vielleicht kommt Ibrahim auch.«

»Ja, ist in Ordnung.«

Wir legen auf.

Ich schaue mir eine Reportage über Schönheitsoperationen bei Jugendlichen an und muss sofort an Daniela aus meiner Klasse denken, die sich die Nase hat richten lassen, als Tobi noch mal anruft.

»Wusstest du, dass Marko von zu Hause rausgeflogen ist?«

»Nee«, sage ich. »Wann denn das?«

»Letzten Freitag. Nach der Deutschprüfung. Frau Jakobs hat bei ihm zu Hause angerufen und seinen Eltern gesagt, dass Marko bei keiner einzigen Prüfung war und deshalb durchgefallen ist. Dann haben er und sein Vater sich geprügelt und Marko ist abgehauen.«

»Oha«, sage ich.

»Starkes Stück. Starkes Stück. Ich bin … sprachlos.«

»Woher weißt du das?«

»Von Dominik. Ich hab gerade mit ihm geredet.«

»Ich hab Dominik nicht so oft gesehen in letzter Zeit.«

»Ich auch nicht. Ich hab überhaupt kaum jemanden gesehen in letzter Zeit.«

»Prüfungen. Ich weiß.«

»Genau.«

Pause.

»Also dann morgen um elf, ja?«

»Klar«, sage ich.

Wir legen wieder auf.

Die Reportage über Schönheitsoperationen bei Jugendlichen ging vorbei, während ich mit Tobi telefoniert habe, aber inzwischen läuft eine andere. Es geht um Menschen, die Schulden machen, um sich neue Fernseher und Notebooks zu kaufen. Dann klingelt das Telefon erneut.

»Paul«, sagt Tobi erregt, »wusstest du, dass Dominiks Freundin schwanger war und dass er mit ihr bei der Abtreibung war und *deshalb* nicht so oft zur Schule gekommen ist in letzter Zeit?«

»Ja, wusste ich.«

»Aber wieso hast du nichts gesagt?«

»Ich dachte, du wüsstest es bereits«, sage ich.

»Stani hat es mir gerade gesagt.«

»Nicht Marko?«

»Was? Marko? Wieso denn *der*?«

»Sehen wir uns also morgen um elf?«

»Natürlich.«

Donnerstag, 23. Mai

An der Bushaltestelle beim Krankenhaus Barmbek fängt Ibrahim einen Flirt mit zwei Mädchen an. Eine ist halbschwarz, die andere weiß. Sie tragen beide Oberteile mit *Spongebob*-Motiven darauf. Die Weiße hat ziemlich dicke Titten für ihr Alter. Sie schauen zu uns herüber.

»Kuck mal die«, sagt Ibrahim zu Tobi und zwinkert ihm zu. »Ernste Sache.«

Ibrahim geht mit Tobi in eine Klasse. Ich habe vorher nicht gewusst, dass die beiden sich so gut verstehen.

Tobi winkt den Mädchen zu. Sie fangen an zu tuscheln. Ibrahim stupst Tobi an. Sie gehen zu ihnen hinüber und ich folge ihnen. Die Weiße fängt an zu lachen. Ibrahim sagt Hallo und beginnt ein Gespräch. Er stellt uns vor. Die Mädchen stellen sich uns vor. Die Halbschwarze heißt Stella und die Weiße Lea. Tobi bringt sie ein paarmal zum Lachen. Die beiden kommen hier aus der Gegend und sind gerade auf dem Weg nach Ohlsdorf.

»Tobi ist der Typ von der Zwieback-Tüte«, sagt Ibrahim.

»Klar«, sagt Stella. »Und *ich* mache bei *Pornostar* mit.«

»Nein, wirklich«, sagt Ibrahim. Er dreht sich zu Tobi. »Eigentlich wollten sie zuerst mich nehmen, aber ich sah ihnen zu sehr nach Kanake aus. Also hab ich ihnen Tobi vorgeschlagen; gutes deutsches Gesicht, jung und so.«

»Ja, ja«, sagt Stella.

»Doch«, sagt Tobi.

»Klar.«

»Nein, wirklich.«

»Echt jetzt?«

»Logo.«

»Cool«, sagt Stella und sie und Lea lachen plötzlich verschämt.

»Und ich war mal auf der Kinder-Schokolade«, sagt Ibrahim.

Lea trägt große Ohrringe, Stella gefällt mir nicht. Sie haben ihre Taschen dabei und wollen zum Freibad. Ibrahim versucht, sie zu überreden, lieber mit uns zu kommen. Die Mädchen lassen sich nicht überreden, aber Ibrahim macht mit ihnen aus, dass wir uns morgen zur selben Zeit treffen und alle zusammen schwimmen gehen.

Freitag, 21. Mai

Tobi kommt nicht. Ibrahim und ich warten vor dem Osteingang der Bahnstation Ohlsdorf auf die Mädchen und teilen uns eine Zigarette. Es ist über fünfunddreißig Grad heiß, zweite Hitzewelle des Jahres. Ich schwitze in meinem weißen Shirt. Ibrahim erklärt mir, dass Tobi ihm bloß abgesagt hat, ohne irgendwelche Gründe zu nennen. Er zeigt mir die SMS auf seinem Handy.

»Kennst du eine Stelle, wo man gut abhängen kann?«, fragt Ibrahim. »Wir sollten ganz allein mit den Mädchen sein. Ich hab Bock, sie zu vergewaltigen. Weißt du, was ich meine?« Ibrahim grinst.

Mir fällt etwas ein.

Die Mädchen verspäten sich. Lea trägt diesmal ein weißes Oberteil, durch das man ihren BH erkennen kann. Stella ist geschmackvoller gekleidet. Sie hat eine schlanke Figur. Das lässt sich leichter betonen.

Die beiden fragen nach Tobi. Ibrahim erklärt ihnen, dass Tobi später kommt. Dann überredet er sie, dass wir zuerst auf den Friedhof gehen. Er sagt, dass es dort etwas gibt, das er ihnen zeigen möchte. Die Mädchen rümpfen zuerst die Nasen, lassen sich dann jedoch überreden.

Wir haben Glück; der Bus, den wir nehmen können, steht bereit und wartet. An der Mittelallee auf dem Friedhof gibt es einen kleinen runden Platz mit einigen Sitzbänken drum herum und einem überdachten Brunnen in der Mitte, an den man sich setzen kann. Um uns ist es ruhig und nirgendwo sind Menschen zu sehen. Ibrahim zieht sein Shirt aus. Ich mache es ihm nach. Ibrahim braucht nicht lange, um die Mädchen zu überreden, es uns nachzumachen. Stella hat eine kleine Oberweite und Lea einen dicken Bauch, an dem sich rötliche Streifen abzeichnen.

»Bist du schwanger?«, fragt Ibrahim.

Stella lacht.

»Sehr witzig«, sagt Lea.

»Woher hast du die Streifen?«, fragt Ibrahim und zeigt auf Leas Bauch.

»Von dem Gürtel.«

»Quatsch!«, sagt Stella plötzlich. »Weil sie so dick ist.«

Wir lachen.

Lea schlägt nach Stella.

Ibrahim bemerkt den Wasserhahn, der aus dem Brunnen herausragt, und dreht daran.

»Gibt's hier einen Gartenschlauch?« Er schaut mich an.

»Glaub schon.«

Wir gehen zu den nahen Wiesen mit den alten Grabsteinen, barfuß. Unsere Sachen packen wir in unsere Taschen. Ein älteres Pärchen auf Fahrrädern kommt an uns vorbei. Ihnen fallen beinahe die Augen aus dem Kopf. Bei einem Teich schauen wir uns ein klotziges Denkmal an. Dann überqueren wir eine Wiese mit ganz alten Gräbern und gehen einen kleinen Erdwall hinab. Noch immer begegnen wir niemandem. Wir kommen zu einem Rasenstück, wo das Gras besonders hoch steht. Noch ein Stück weiter hinter einer schmalen Straße finden wir einen Gartenschlauch. Er ist an einem Wasserhahn befestigt. Ibrahim schraubt ihn ab und wir gehen wieder zum Brunnen zurück.

»Es ist heiß heute, nicht?«, sagt Ibrahim.

Die Mädchen stimmen ihm zu.

»Wir brauchen eine Abkühlung«, sagt Lea.

Stella lacht.

»Eine Abkühlung?« Ibrahim steckt das eine Ende des Gartenschlauches in den Hahn. »Du brauchst eine Abkühlung?« Er grinst.

Lea schüttelt den Kopf. Ihre großen Ohrringe wackeln.

»Tu nicht so, als wolltest du das nicht«, sagt Ibrahim und dreht das Wasser auf.

Die Mädchen kreischen los. Ibrahim hält einen Daumen vor die Öffnung des Schlauches und die Mädchen laufen um den Brunnen herum, während Ibrahim sie nass spritzt. Dann richtet er den Schlauch auf mich. Das Wasser klatscht mir ins Gesicht und läuft mir am Körper herunter. Die Mädchen schaffen es, Ibrahim den Schlauch wegzunehmen. Sie machen sich einen Spaß daraus, den Mund voll Wasser zu nehmen und es sich gegenseitig ins Gesicht zu spucken. Schließlich reißen sie Ibrahim die Hose am Arsch herunter und lachen. Ibrahim peitscht sie mit dem Schlauch und fasst nach ihren Bikinis. Stella zupft an Leas Oberteil und für einen Augenblick kann man eine ihrer Brustwarzen sehen. Ich bekomme einen Steifen, unweigerlich. Stella fällt es auf und sie schreit es lauthals heraus.

»Na und?«, sagt Ibrahim außer Atem. »Kuckt mal hier.« Er zieht seine Shorts herunter. Er hat keinen Steifen, aber deutlich mehr Haare am Sack als ich.

»Jetzt ihr«, sagt Ibrahim.

Die Mädchen lachen.

»So welche sind wir nicht«, sagt Lea.

»Das kauf ich euch glatt ab. Zeigt mal her jetzt!«

Stella schiebt ihr Bikinihöschen ein Stück zur Seite. Schwarze Schamhaare erscheinen.

Lea weigert sich. Ibrahim dreht das Wasser wieder auf und die Hetzjagd geht von vorne los. Die Mädchen schreien.

»Willst du Stella haben?«, fragt Ibrahim, als die Mädchen beim Brunnen im Schatten sitzen und wir auf der Sitzbank in der Sonne.

»Stella?«, sage ich.

»Du willst Stella?«

»Nein, ich weiß nicht.«

»Oder willst du Lea?«

»Lea …«

»Mir ist das eigentlich egal, welche ich nehme. Du kannst Stella haben, obwohl ich sie irgendwie besser finde.«

»Nein, nimm du sie ruhig.«

»Echt? Na gut.«

Wir entscheiden uns, nicht mehr zur Schwimmhalle zu gehen. Stattdessen ziehen wir uns wieder an und versuchen, in einem Supermarkt Bier zu kaufen. Es gelingt uns nicht, also verwenden wir unser Schwimmgeld, um bei McDonald's zu essen. Um kurz nach vier schlägt Stella vor, dass wir zu ihr fahren. Ihre Mutter sei nicht da, sagt sie. Ibrahim ist dafür.

Wir nehmen die Bahn und fahren zur Uhlandstraße. Die Wohnung, in der Stella lebt, ist ein Altbau und hat diese hohen weißen Decken, die ich nicht mag. Aber die Gegend ist sehr schön. Wir setzen uns ins Wohnzimmer und Stella bringt uns Cola und Gläser. Ibrahim und ich trinken einen Schluck, dann gehen Stella und Ibrahim im Zimmer umher und piken einander mit den Zeigefingern. Lea schnaubt. Schließlich verlassen Stella und Ibrahim nacheinander den Raum. Lea hört auf zu schnauben. Wir sitzen uns gegenüber, jeder auf einer Seite des Marmortisches.

»Möchtest du noch Cola?«, fragt Lea.

»Nein danke«, sage ich und versuche zu lächeln.

»Was? Du sprichst zu leise. Setz dich doch *hierhin*.« Sie zeigt auf den Platz neben sich.

Ich stehe auf und gehe um den Tisch herum und setze mich neben sie. Dann schweigen wir wieder.

»Also?«, sagt Lea.

»Was?«

»Na ja ...«

»Was denn?«

»Nichts.«

Schnauben.

Wieder Schweigen.

Nach einer guten Viertelstunde streckt Ibrahim seinen Kopf durch den Türspalt und schaut zu uns ins Zimmer herein.

»Was ist denn mit euch los?«, fragt er.

Ich sehe, dass er obenrum nichts anhat.

In der zweiten großen Pause kommt Stanis Freund Marek zu mir.

»Willst du 'ne Uhr?«

Er zeigt mir seine Armbanduhr.

»Im Laden kriegst du sie nicht unter hundert Euro. Ich geb sie dir für zwanzig.«

»Nein, ich mag keine Armbanduhren«, antworte ich.

»Welche Schuhgröße hast du?«

Er hebt einen Fuß und zeigt mir seine weißen Adidas. Sie sehen gut aus, aber wahrscheinlich würden sie mir nicht stehen.

»Wo kriegst du das ganze Zeug denn her?«, frage ich.

»Von 'nem Freund.«

Dann kommt er näher an mich heran und sagt leise: »Willst du Geld kaufen? Fünfziger. Einen für dreißig Euro.«

»Falschgeld?«

»Psst!« Er legt sich einen Finger auf die Lippen. »Nicht so laut, Mann.« Dann nickt er.

Ich schüttle den Kopf. »Warum verkaufst du das Zeug denn?«, frage ich. »Gib's doch aus.«

»Geht nicht. Ich kann nicht alles alleine ausgeben.«

»Danke, ich brauche nichts.«

»Ich hab auch Shirts und Lederjacken, sogar Markenware, keine Kopien, alles Originale.«

»Wie kommst du denn an Originale ran?«

»Ein Freund von mir geht in ein Geschäft rein, zieht sich 'ne Jacke an und geht dann wieder. Ich hab auch Mäntel. Schuhe?«

»Nein danke.«

»Willst du dir mal die Uhr ankucken?«, sagt er und fängt an, seine Armbanduhr loszumachen.

»Nein danke, jetzt nicht. Vielleicht brauch ich später eine als Geschenk für jemanden. Ich sprech dich an.«

»Du brauchst ein Geschenk?«

Marek fängt an, mir Pullover und Hosen für Mädchen aufzuzählen und dann ein paar Stücke für Frauen. Er erwähnt auch Goldketten und Armbänder, alles mit Karatangaben.

Ich bedanke mich noch mal und wiederhole, dass ich auf ihn zurückkommen werde.

Er gibt mir die Hand und verschwindet endlich. Beim Eingang zum Hauptgebäude spricht er zwei Jungs aus der siebten Klassenstufe an und zeigt ihnen seine Armbanduhr.

Donnerstag, 30. Mai

Es ist das erste Mal seit über zwei Wochen, dass ich Dominik sehe. Er hat sich die Haare schneiden lassen. Sie sind jetzt wieder ziemlich kurz. Er ist gekommen, weil er Gras bei meinem Nachbarn kaufen will. Ich sage ihm, dass ich nicht bei dem Albaner kaufe.

»Wieso nicht?«

»Weil meine Mutter ein Problem mit ihm hat.«

»Wieso Problem? Was für ein Problem?«

»Sie mag die Art nicht, wie er seine Söhne erzieht«, sage ich.

»Wie erzieht er sie denn?«

»Gar nicht.«

»Gar nicht? Wie geht *das* denn?«

Ich zucke mit den Schultern.

»Komisches Problem. Sie mag ihn nicht?«

Ich nicke.

»Hm. Blöd«, sagt Dominik. »Trotzdem: Irgendwo müssen wir was herbekommen. Außer deinem Nachbarn kenne ich niemanden.« Er schaut mich an. »Kennst du jemanden?«

Ich schüttle den Kopf.

Dominik versucht, mir zu erklären, dass mein Nachbar offenbar die einzige Person ist, die zurzeit noch Gras verkauft. Er erinnert mich daran, dass der Stoff vom Albaner gut ist – sehr gut sogar. Ich empfinde das nicht so. Ich sage ihm, dass er vielleicht noch nicht überall versucht hat, Gras aufzutreiben. Dominik zuckt mit den Schultern und meint, dass er es an wirklich vielen Orten und bei vielen Personen probiert hat und dass er nicht jedes Mal von Winterhude nach Harburg, Allermöhe oder Osdorf fahren möchte, vor allem dann nicht, wenn der Erfolg, etwas zu kriegen, nicht garantiert ist. Ich betone noch einmal, dass ich weder bei dem Albaner kaufen noch von dem Zeug rauchen werde, das er sich bei ihm holt.

»Ärgerlich, Mann«, sagt Dominik.

»Kommst du bald wieder zur Schule?«

Dominik lächelt. »Klar. Morgen bin ich wieder da.«

»Wie war denn die Abtreibung?«, traue ich mich zu fragen.

Dominik zuckt mit den Schultern. »Die beiden Wochen danach waren schlimmer.«

Dann geht er zu meinem Nachbarn hinauf.

Freitag, 31. Mai

Michaela steht mit einem Kinderwagen vor dem Haupteingang und raucht Kette. Seit Anfang des Jahres war sie nicht mehr hier. Sie ist von der Schule gegangen, um sich die letzten Monate ihrer Schwangerschaft auf die Geburt vorzubereiten. Einmal soll sie angeblich kurz in der Schule gewesen sein, um sich ihr Abgangszeugnis zu holen, aber ich hab sie an dem Tag nicht gesehen. Es hieß, sie soll ziemlich fertig ausgesehen haben, müde, kaputt.

Vanessa und Bahar umarmen Michaela und fangen sofort an, mit dem Baby herumzualbern. Michaela gibt es Bahar auf den Arm, um ihre Zigarette zu Ende zu rauchen. Sie sieht aus, wie das türkische Mädchen sie beschrieben hat: schlapp, blass. Und nervös. Ihre Haare sind fettig. Sie hat sie zu einem Zopf gebunden. Früher hat sie die Haare offen getragen.

»Wie geht es deinem Freund?«, fragt Vanessa. *»Nuri?«*

»Nuhr«, sagt Michaela.

»Genau. Meinte ich ja.« Vanessa lacht verlegen.

»Gut«, sagt Michaela müde. »Geht ihm gut.«

»Schön«, sagt Vanessa und streichelt dem Baby über die dicke Wange. »Connie ist doch auch bald so weit.«

»Stimmt ja«, sagt Bahar.

»In welchem Monat ist sie?«, fragt Michaela zwischen zwei Zügen.

»O Gott. Ende Juni ist es so weit, glaub ich.«

Michaela nickt.

Das Baby hat einen dunklen Teint und sehr dunkle Augen, ein paar schwarze Haare auf seinem großen Kopf. Es sabbert Bahar auf den Ärmel. Vanessa und Bahar lachen darüber.

Dann kommt Dominik aus dem Hauptgebäude. Michaela geht gleich zu ihm hin.

»Sie ist dünn geworden«, flüstert Vanessa.

»Ja.« Bahar nickt.

Ich sehe, wie Dominik mit den Armen gestikuliert und den Kopf schüttelt. Dann holt er sein Handy heraus. Michaela holt ebenfalls ihr Handy heraus und Dominik diktiert ihr eine Nummer. Zum Schluss zeigt er ihr etwas auf seinem Handy. Dann lacht er, aber Michaela dreht sich bloß weg und kommt zum Kinderwagen zurück.

»Er ist sooo süß, Ela«, sagt Bahar über das Baby.

»Jaaa«, sagt auch Vanessa und streichelt dem Baby noch mal über die Wange. »Wie heißt er?«

»Omar«, sagt Michaela und nimmt das Kind von Bahar zurück und legt es in den Wagen.

Dominik und ich gehen zusammen zur U-Bahn-Haltestelle Straßburger Straße. Auf dem Weg dorthin erzählt er mir, dass Michaela von ihm wissen wollte, ob er jetzt dealt. Sie hat auch gefragt, ob sein Freund aus Horn noch dealt. Dominik hat ihr die Nummer von Marko gegeben. Er findet, dass Michaela ziemlich scheiße aussieht, total kaputt und verbraucht, und sie habe auch nicht über das neue Video gelacht, in dem die Frau mit dem Kopftuch verprügelt wird.

Mittwoch, 5. Juni

Prügel-Videos sind gerade ziemlich viele im Umlauf. Nenad zeigt uns eines, in dem ein Schüler einen Lehrer verprügelt. Die Bildqualität und der Sound sind gut, und ein paarmal wechselt sogar die Kameraperspektive. Nenad sagt, dass er das Video aus dem Internet hat und dass sich das angeblich in einer Schule in Altona abgespielt hat.

»Die kommen ja immer näher«, bemerkt Dominik.

Nenad sagt, dass die Schüler aus der Klasse alle gewusst hätten, dass einer den Lehrer verkloppen würde, und dass sie es dann mit mehreren Handys aufgenommen hätten und hinterher am Computer geschnitten. Der Ton ist wirklich gut. Man kann den Schüler fluchen und den Lehrer keuchen hören. Das Video endet damit, dass der Lehrer aus der Klasse flüchtet und der Junge sich vorne hinstellt und Posen macht und »Wir übernehmen jetzt die Schule« brüllt.

»Ich war in der Grundschule immer einer der Kleinsten«, sagt Nenad. »Bevor ich eingeschult wurde, hatten meine Eltern ein Gespräch mit meiner zukünftigen Grundschullehrerin, und die sagte, dass ich lieber noch ein Jahr warten sollte, bevor ich in die Schule gehe, weil ich zu klein war. Mein Vater sagte, es kommt nicht darauf an, wie groß ein Mensch ist, sondern was er im Kopf hat.«

»Hure«, sagt Gökhan.

»Ich hab nicht ein Jahr gewartet, und kuckt mich jetzt an: Ich mach den scheißbesten Abschluss in unserer Klasse! Das steht fest.« Nenad klopft mit einem Finger gegen die Tischplatte. »Jetzt hätte ich gerne diese Nutte hier, Frau Schabe. Der würde ich mein Zeugnis in den Mund stopfen und ihr die Nase zuhalten, bis sie erstickt.«

»Mein älterer Bruder«, sagt Gökhan, »wollte nach der Realschule aufs Aufbaugymnasium. Sein Klassenlehrer sagte aber, er würde es auf dem Gymnasium nicht schaffen. Er sagte: ›Such dir besser eine Ausbildung.‹ Mein Bruder ist auf das Aufbaugymnasium gegangen, und jetzt studiert er.«

»Lehrer …«, sagt Nenad.

»Und meine Schwester«, erzählt Gökhan weiter, »hat ihren Hauptschulabschluss gemacht. Hier an der Schule. Vor drei Jahren. Sie hatte das beste Zeugnis in der Klasse, eins Komma zwei oder so. Sie fragt ihre Lehrerin, ob sie ihren Real auf der Schule machen kann, also im nächsten Jahr in die R10 gehen.«

»Und der Lehrer meinte: ›Keine Chance‹«, sagt Dominik.

»Er hat gesagt: ›Nein, das schaffst du nicht. Die Realschule ist viel zu anspruchsvoll.‹ Als ob das hier irgend so eine Elite wäre! Als wenn wir hier voll was lernen würden!«

»Ja, Lehrer«, sagt Nenad.

»Wir sollten auch mal so ein Video drehen, hier in der Klasse«, sagt Dominik.

Wir lachen alle.

Donnerstag, 6. Juni

Frau Treptow entzündet den Brenner und dreht an dem Gas. Ich sitze in der hintersten Reihe links. Maik sitzt auf dem Platz rechts von mir. Er kritzelt etwas in seinen Schreibblock. Wir sind elf Leute, zwei sind nicht da. Frau Treptow nimmt ein kleines Stückchen Magnesium mit einer Zange und hält es in die Flamme. Das Magnesium brennt zuerst ein bisschen an, dann glüht es auf. Maik schaut nicht von seinem Block auf. Frau Treptow fordert uns auf, unsere Beobachtungen zu notieren. Dann sollen wir in den beiden Chemiebüchern nachschlagen, was wir über das Verbrennen von Magnesium finden.

»Hey, Paul, kuck mal!«, flüstert Maik und schaut kurz nach vorne zu Frau Treptow, um sich zu vergewissern, dass sie nicht hersieht. »Willst du mal meine *Klagemauer* sehen?« Er hält mir seinen Schreibblock hin.

Ich schaue mir die aufgeschlagene Seite an. Das Blatt ist voller kleiner und großer Vierecke, in denen Sachen stehen wie »Hure!« oder »Halt's Maul!!!« und darunter Namen von Lehrern und Schülern und Unterrichtsfächern. Ich finde ein »Steck's dir in deine alte Fotze!« in einem Viereck am linken Rand und darin den Namen »Treptow« und »Freitag, Chemie« und darunter ganz klein das heutige Datum.

»Mhm«, mache ich.

Maik grinst und schaut noch mal zu Frau Treptow rüber. »Kuck mal die Seite davor.«

Ich blättere eine Seite zurück. Auf dem Blatt ist eine Zeichnung, die den Kopf einer Frau oder eines Mädchen mit einem Zopf und dicken Wangen zeigt. In dem Kopf steckt ein Schwert. Überall spritzt Blut.

»Wer ist das?«

»Daniela«, sagt Maik und grinst.

Ich nicke.

Maik nimmt den Block wieder an sich. Ich versuche, etwas in den Chemiebüchern über Magnesium zu finden. Es fällt mir schwer. Ich mag Chemie nicht.

Als wir die Aufgabe auflösen, hat Maik nichts aufgeschrieben. Er hat nur wieder in seinem Block herumgekritzelt und ein bisschen gegrinst und vor sich hin geflüstert. Frau Treptow nimmt Maik dran.

»Ich habe mich nicht gemeldet«, sagt Maik, ohne von seinem Block aufzuschauen.

»Ich nehme dich aber trotzdem dran«, sagt Frau Treptow und lächelt Silvia an. »Also, Maik?«

»Ich habe die Aufgabe nicht gemacht.«

Frau Treptows Gesicht wird ärgerlich. »Also, Maik, so geht das aber nicht!«

Sie tadelt Maik für sein Desinteresse und fragt ihn, was er eigentlich denkt, wo er hier sei. Maik zeigt keine Reaktion. Er schaut wieder auf seinen Block runter und kritzelt weiter. Frau Treptow scheint keine Antwort zu erwarten und nimmt Silvia dran, die sich bereits meldet.

Gegen Ende der zweiten Stunde zeigt mir Maik, was er zuletzt gezeichnet hat. Es ist ein Comic. In vier Bildern ist ein Pirat mit einem Messer in der Hand zu sehen. Eine Frau, die ziemlich nach Frau Treptow aussieht – Falten an den Augen, kleiner Mund, kurze Haare und Abstehohren –, steht neben dem Piraten. Im zweiten Bild packt der Pirat die Frau am Hals und sticht ihr das Messer in den Bauch.

Im dritten Bild schlitzt er der Frau den Bauch auf und im vierten zieht er ihr die Gedärme aus dem Körper. Es sieht alles sehr poppig aus und hat etwas von *Werner* oder *Kleines Arschloch*.

»Du kannst gut zeichnen«, sage ich zu Maik.

Er schaut verschämt auf den Tisch runter und sagt Danke.

Dann klingelt es zum Ende der Stunde. Maik packt den Schreibblock in seinen Rucksack und summt leise vor sich hin. Er sagt Tschüss zu mir und verlässt als Erster den Chemieraum. Sonst verabschiedet er sich von keinem.

Ich gehe zusammen mit Dominik aus der Klasse, weil wir gleich noch zu ihm wollen. Ich spreche ihn auf Maik an und Dominik erzählt mir, dass Maik okay ist. Er hätte sogar einmal mit ihm gekifft. Er soll zwar sehr still gewesen sein, sonst aber ein ganz netter Typ.

Ich erzähle Dominik von den Zeichnungen. Dominik sagt, er glaube, Maik sei bloß verwirrt und unsicher und dass er keinerlei Selbstvertrauen habe. Das sei für Dominik der Grund, warum Maik fast niemanden aus der Klasse an sich heranlässt.

Wir gehen zuerst zu Toom, weil Dominik dort hin will. Vor dem Eingang bleibt er stehen und fängt an, in einem der Aschenbecher herumzufummeln, die dort stehen.

»Was machst du da?«, sage ich.

»Hast du Zigaretten dabei?«

»Nein.«

»Siehst du. Ich auch nicht.« Er fischt ein paar halb gerauchte Kippen aus dem Sand und steckt sie sich in seine leere Zigarettenschachtel.

Dominik und ich besuchen Janny in seinem Kiosk in Langenhorn, aber Janny ist nicht erfreut, uns zu sehen. Er sagt, dass er Ärger mit seinem Chef gehabt hatte, weil dauernd irgendwelche Dreizehnjährigen im Laden auftauchen und Bier geschenkt haben wollen. Sie seien jeden Tag da gewesen, oft sogar, wenn Janny gar nicht Schicht hatte. Sein Chef konnte ihm nichts nachweisen, weil im Kiosk dauernd gestohlen wird, aber seitdem misstraut er ihm und hat ihn im Auge, und das macht Janny nervös. Er will nicht wie ein Verbrecher behandelt werden.

»Heißt das, dass du uns nichts mehr gibst?«, sagt Dominik.

»Das heißt, dass ich *niemandem* mehr was gebe. Keine Geschenke an niemanden!«

»Also Geschenke an jeden?«, sagt Marko und grinst.

»Hä?«

»Komm schon, Janny, bloß vier Flaschen. *Zwei.* Von mir aus dieses billige Scheißzeug, das ihr hier total überteuert verkauft. Wir sind bis von Dulsberg hier raufgefahren. Da kannst du uns nicht mit leeren Händen wieder wegschicken.«

»Kauft euch eine Flasche Wodka«, sagt Janny und zeigt auf die harten Spirituosen hinter der Kasse. »Oder Zigaretten. Ihr kriegt sie, aber ihr müsst sie *kaufen.* Woanders kriegt ihr auch das nicht mehr.«

»Ach, komm schon, Janny! Zwei Bier. Wir haben gar kein Geld mitgenommen, weil wir uns so darauf verlassen haben, dass du uns aushilfst.« Dominik schaut zu mir. »Sieh mal, Pauls Cousin hat morgen Geburtstag. Er wird vierzehn. Wir wollen ihm eine kleine Freude machen.«

»Mit *zwei* Bieren? Für euch drei?«, sagt Janny skeptisch.

»Du kannst uns ja auch drei geben. Sein Cousin hat noch nie Alkohol getrunken. Er wird morgen vierzehn. Vierzehn Jahre, oder, Paul?«

Ich nicke.

»Vierzehn Jahre, Mann! Wolltest du nicht auch mal was trinken, als du vierzehn warst?«

Janny schaut auf den Tresen hinunter und lacht. »Dom, du bist echt ein schlechter Lügner. Ein ganz, ganz schlechter Lügner, echt.« Er überlegt einen Augenblick. Dann sagt er: »Okay, gut, zwei Flaschen Bier. Für euren *Cousin*. Und nur das Oettinger.«

Dominik holt zwei Flaschen Oettinger aus dem Kühlschrank und Janny tut so, als scanne er sie ab.

»Danke, Janny«, sagt Dominik und gibt mir eine der beiden Flaschen.

»Schon gut. Aber das war wirklich das letzte Mal. Ab jetzt gibt es für niemanden nichts mehr. Sagt das auch diesen Scheißkindern, die hier immer aufkreuzen.«

»Kannst du uns die hier gleich aufmachen?«, sagt Dominik. »Oder kostet das auch was?«

Janny öffnet uns die Flaschen und wir verlassen den Kiosk. Das Bier schmeckt wirklich schlecht.

Samstag, 8. Juni

Als seine Mutter mit Janine und ihrem Freund aufs Land fährt, lädt Tobi mich zu sich nach Hause ein. Er sagt, seine Familie würde nicht vor morgen Nachmittag zurückkehren und wir hätten die Wohnung für uns. Tobi hat alle Prüfungen hinter sich gebracht. Er hat ein gutes Gefühl bei der Sache und jetzt möchte er ein bisschen feiern. Stani und Sina sind da und auch Sandra. Dominik kommt nicht.

Stani bringt mehrere Flaschen Bier mit. Ich kann den Flaschenöffner in der Küche nicht finden. Tobi sagt, dass der einzige Flaschenöffner im Haushalt sich meistens auf dem Schrank im Wohnzimmer befindet. Beim Stöbern in den Unterlagen seiner Mutter findet Tobi einen Brief, in dem steht, dass seine Mutter über dreitausend Euro Schulden hat. In einem anderen Umschlag findet Tobi eine Rechnung für eine monatliche Internetleistung, und in einem dritten wird seine Mutter aufgefordert, ausstehende Forderungen der Stromgesellschaft zu begleichen.

»Kacke, kein Flaschenöffner hier«, sagt Tobi.

Wir gehen zurück in Tobis Zimmer und Stani öffnet die Flaschen einfach mit einem Feuerzeug.

Einen Teil des Abends unterhalten wir uns über Marko. Tobi sagt, dass Marko auch an keiner mündlichen Prüfung teilgenommen hat. Tatsächlich sei er in den letzten Wochen keinen einzigen Tag in der Schule gewesen. Ich erinnere mich nicht, wann ich ihn zum letzten Mal gesehen habe, aber es muss Wochen her sein.

Sonntag, 9. Juni

Tobi ruft mich früh am nächsten Tag an und fragt mich, ob ich Lust habe, mit ihm, Sandra und ein paar anderen Leuten ins Tonndorfer Freibad zu gehen. Er sagt, dass er versucht habe, Dominik zu erreichen, aber der sei nicht zu Hause gewesen. Ich packe meine Badesachen zusammen und wir fahren zu Sandra nach Eilbek. Mit achtunddreißig Grad ist heute der heißeste Tag dieser zweiten Hitzewelle, der heißeste Tag des Jahres bisher.

Sandra braucht lange, um sich zu entscheiden, welchen Bikini sie anziehen möchte. Sie führt uns ein paar Modelle vor und fordert uns auf, zu jedem Teil unsere Meinung zu sagen. Während sie im Zimmer ein und aus geht, erzählt sie uns, dass zwischen Sina und Stani dicke Luft herrscht.

»Passt bloß auf, was ihr vor Sina sagt.«

Dann kommen die beiden. Sie reden nicht viel miteinander, man kann sehen, dass etwas nicht stimmt. Kurz darauf kommen auch die beiden Mädchen, Sinas Cousine Romina und eine Brünette namens Lena, die ich nicht kenne. Romina war mal für ganz kurze Zeit in Sandras Klasse, erinnere ich mich, hat aber bald wieder die Schulform gewechselt und geht nun auf ein Gymnasium in Eimsbüttel.

Auf dem Weg zum Freibad redet Romina ziemlich viel und wir anderen hören ihr nur zu. Dann kommt es zum ersten Streit zwischen Stani und Sina. Romina redet einfach weiter, als sei nichts geschehen. Es ist mir ein wenig peinlich, das alles mitzukriegen. Die Leute kucken zu uns herüber. Es sind nicht mal ernste Sachen, über die Sina und Stani sich aufregen, bloß banaler Kram, etwa die Art, wie sie einander an der Hand halten.

Das Bad ist heute gut besucht, auf der Wiese findet sich kaum noch ein geeigneter Schattenplatz. Sandra hat eine große Decke dabei und breitet sie halb in der Sonne, halb im Schatten eines Baumes aus. Eine Menge junge Leute sind im Bad. Romina fängt an, über ein paar Mädchen in unserem Alter herzuziehen. Sina steigt auf das hämische Gerede ein und bald kreischen sie beinahe die halbe Wiese zusammen. Stani schaut ziemlich genervt und wirft mir ein paar Blicke zu.

Außer Tobi und Lena tragen wir alle bereits unsere Badesachen unter unseren Klamotten. Während wir uns hinsetzen, suchen die beiden die Umkleidekabinen. Die Mädchen zünden sich Zigaretten an.

»Paul, was ist mit Marko?«, fragt Sandra.

»Keine Ahnung. Ich hab ihn seit Wochen nicht gesehen.«

»Ich hab gehört, er ist von zu Hause abgehauen«, sagt Sandra.

»Wer ist Marko?«, will Romina wissen. »Was ist das für eine Geschichte?«

Stani fasst die letzten Vorfälle für sie zusammen. Sina korrigiert ihn mehrmals und Stani stöhnt. Als Tobi und Lena von den Umkleiden zurückkommen, wechselt Sandra das Thema.

Nach einer Weile wollen die Mädchen ins Wasser. Wir Jungs erklären uns bereit, bei den Taschen zu bleiben.

»Was ist denn mit dir und Sina?«, fragt Tobi, als die Mädchen weg sind. »Gestern habt ihr euch doch noch verstanden.«

»Gestern war gestern«, sagt Stani. »Keine Ahnung, was mit der los ist. Sie zickt dauernd rum, wegen allem, was ich mache. Manchmal kann ich nicht mal fünf Minuten allein unterwegs sein, ohne dass sie mich sofort anruft und wissen will, wo ich bin und mit wem.«

Tobi lacht. »Üble Sache.«

Stani rupft ein paar Grashalme aus dem Boden. »Aber der Hammer ist, dass sie jedes Wochenende ausgehen und sich mit ihren Freundinnen besaufen will. Und wisst ihr, was sie dann macht, wenn sie besoffen ist? Sie ruft bei mir an und möchte wissen, wo ich bin. Die tickt doch nicht mehr richtig!« Stani tippt sich gegen die Schläfe. »Hier oben tickt die nicht mehr richtig.«

»Übel, übel«, sagt Tobi noch mal und lächelt.

»Dann ist sie am nächsten Tag verkatert und geht mir auf die Nerven mit ›Oooh, Schatz, ich hab Bauchschmerzen‹ und ›Oooh, Schatz, hol mir eine Aspirin‹ und solche Scheiße.«

Tobi kramt seine Zigaretten raus und wir rauchen.

»Gehst du gar nicht mit, wenn Sina und ihre Freundinnen feiern?«

»Am Anfang war ich dabei, aber jetzt langweilt mich das.«

»Du musst aufpassen«, sagt Tobi. »Wenn du sie allein losgehen lässt, lernt sie andere Typen kennen.«

»Das weiß ich. Aber irgendwie ist es mir egal. Sie nervt mich so, das glaubt ihr nicht.«

Tobi nickt mit dem Kopf. »Hey, Paul«, sagt er plötzlich. »Die eine da, diese Lena, ich glaub, die steht auf dich.«

»Was? Die?«

»Ja, Mann«, sagt Stani. »Sie kuckt dich dauernd an.«

»Quatsch, Mann!«

»Doch, echt, Alter«, sagt Tobi. »Achte mal drauf, wenn sie wieder da ist. Sie kuckt immer zu dir rüber.«

Stani stimmt ihm zu.

Ich schaue in die Sonne.

Die Mädchen kommen vom Schwimmen und wir tauschen die Rollen. Das Wasser ist mir zu kalt. Wir springen ein paarmal vom Sprungbrett und drücken uns gegenseitig die Köpfe unter Wasser, wie wir das immer tun. Tobi flirtet mit zwei Mädchen, die am Rand des Wassers sitzen.

»Paul hast du nicht Lust, nach Paris zu fahren?«, fragt Stani.

»Paris?«

»Ende der letzten Schulwoche, Anfang der Sommerferien. Frau Jakobs fährt jedes Jahr nach Paris. Ich war letztes Mal auch schon dabei. Das ist richtig geil! Du kommst morgens in Paris an und kuckst dir die Stadt einen ganzen Tag lang an. Abends fährst du dann zurück und Sonntag bist du wieder hier.«

»So was macht ihr?«

»Ich hab auch schon mit Dominik geredet. Er sagt, er kommt vielleicht mit. Komm doch auch!«

»Ich überleg's mir.«

Tobi kommt bei den Mädchen nicht über einen kurzen Plausch hinaus und wir gehen wieder zurück zur Wiese. Sina hat ihr Handy draußen und lässt Musik laufen. Sandra und Romina rauchen.

»Eben ist so ein Typ zu uns gekommen und hat gefragt, ob wir ihm den Rücken einreiben«, sagt Sandra und lacht. »Er wollte, dass wir alle vier ihn einreiben!«

»Eincremen«, sagt Sina.

»Er hatte die Arme voller Tattoos«, sagt Romina. »Eklig.«

Ich versuche, darauf zu achten, ob Lena mich ansieht. Sie schielt tatsächlich ein paarmal zu mir rüber. Dann lächelt sie mich direkt an. Ich schaue weg.

»Wer hat Hunger?«, fragt Stani. »Ich geb Pommes aus.«

Die Mädchen freuen sich. Sina gibt Stani sogar einen Kuss. Lena und Tobi gehen mit Stani zur Imbissbude bei den Umkleiden.

»Paul, was war das mit Dominik?«, fragt Sandra.

»Was denn?«

»Hat seine Freundin wirklich abtreiben lassen, weil sie von Dominik schwanger war?«

»Wer war schwanger?«, fragt Romina.

Sandra ignoriert sie. »Ein paar Leute haben so was erzählt.«

»Wieso fragst du nicht Dominik?«, sage ich.

»Komm schon.«

»Ich weiß auch nicht mehr. Ich hab bloß dasselbe über Dominik gehört.«

»Wer ist Dominik?«, will Romina wissen.

Sandra schaut mich schweigend an. »Du bist immer dabei«, sagt sie. »Ich seh dich immer. Aber du bist kein Mitläufer oder so.« Sie schaut mich noch mal lange an. »Du bist freiwillig hier.«

Mittwoch, 12. Juni

Mein Wecker klingelt um sieben Uhr. Ich mache ihn aus und lege mich wieder ins Bett. Ich versuche einzuschlafen, aber es funktioniert nicht. Also beobachte ich den Wecker eine Weile.

Der kleine rote Sekundenzeiger springt von einer Position in die nächste. Bald ist eszehn nach, dann Viertel nach sieben, dann fünf vor halb. Ich werde nervös. Einschlafen kann ich jetzt nicht mehr.

Der dünne Minutenzeiger schwebt langsam auf die Sechs zu. Ich denke nach, was wir heute in der ersten Stunde haben. Deutsch. Ich habe die Hausaufgabe in Deutsch gemacht. Wir sollten eine Argumentation zu einem beliebigen Thema schreiben. Ich habe mich mit dem Pro und dem Kontra von Rauchverbot an Schulen befasst – es gibt fast nur Pros. In der zweiten Stunde haben wir Ethik – keine Hausaufgaben. In Geschichte geht es um den Ersten Weltkrieg. Danach haben wir Englisch und zum Schluss zwei Stunden Sport. Kein Mathe, kein Chemie, kein Physik. Ich bin gut informiert; die letzten beiden Wochen – seit die Pfingstferien vorbei sind – war ich jeden Tag in der Schule.

Der große Zeiger hat die Sechs passiert. Ich presse mein Gesicht noch mal ganz tief in das Kissen. Das ist immer der schwierigste Moment. Dann stehe ich auf, gehe ins Bad und putze mir die Zähne. Ich höre, dass meine Eltern wieder streiten. Mein Vater kommt aus dem Schlafzimmer und geht in die Küche. Er wirft etwas in den Mülleimer. Dann kommt er zu mir ins Bad und stellt sich in den Türrahmen.

»Hast du verschlafen?«, fragt er. »Du bist ziemlich spät dran.«

»Ich hab verschlafen.«

Mein Vater schüttelt den Kopf. »Du kannst doch nicht

verschlafen, Junge. Wenn du jetzt zur Arbeit müsstest, würdest du sofort rausgeworfen.« Er klingt sehr vorwurfsvoll.

Dann geht er wieder ins Wohnzimmer zurück.

Als ich aus dem Bad komme, streiten meine Eltern noch immer.

Plötzlich schreit meine Mutter: »Du gibst dir keine Mühe! Keine Mühe, keine Mühe, keine Mühe!!!« Sie fängt an zu heulen.

»Okay, du hast recht, ich gebe mir keine Mühe.« Die Stimme meines Vaters ist ruhig, beinahe sanft.

»Du bist ein Versager!«, sagt meine Mutter zwischen zwei Schluchzern.

»Ich bin ein Versager.«

»Fass mich nicht an!«

»Okay, okay, gut.«

»Ich hasse dich!«

»Ja, du hasst mich, ich weiß.«

»Was weißt du schon?!«

Meine Mutter schluchzt.

Dann geht die Tür vom Wohnzimmer auf und mein Vater kommt in den Flur. Er zieht seine Schuhe und seine Jacke an und verlässt die Wohnung.

Einen Moment lang ist alles still und ich merke, dass ich ganz leicht zittere. Dann gehe auch ich.

*

In Ethik spricht unsere Lehrerin Frau Leland heute über ein Mädchen aus der siebten Klasse, das sich am Wochenende beinahe totgesoffen hätte. Sie spricht darüber, wie in manchen Kulturen über Alkohol gedacht wird. An einer Stelle sagt sie:

»Die weisen Männer werden schon gewusst haben,

warum sie ihren Töchtern nichts zu trinken gegeben haben. Mädchen betrinken sich, lassen sich von irgendeinem Typen besteigen und neun Monate später kriegen sie ein Kind, mit dem sie überhaupt nichts anfangen können.«

Es ist nicht das erste Mal, dass wir Frau Leland solche Dinge sagen hören. Ich frage mich außerdem, wen sie mit *weise Männer* meint.

In der großen Pause höre ich, wie zwei Grundschüler einen Jungen hänseln. Sie sagen zu ihm:

»Iiieh, du warst kacken?!«

Dann rufen sie ihren Freunden zu: »Pavel war kacken! Pavel war kacken!«

Dann lachen sie ihn alle aus.

Pavel läuft rot an.

Der Sportunterricht ist heute sehr merkwürdig. Die Klassenlehrerin einer niedrigen Realschulklasse vertritt Herrn Ezrin. Außerdem teilen wir uns die Halle mit der H7. Das verwirrt mich. Die Lehrerin – ich hab ihren Namen nicht mitbekommen – sagt, dass wir das Volleyballnetz aufspannen und Aufschläge üben sollen. Es dauert eine halbe Stunde, bis das Netz steht. Dann feuern alle wieder bloß ihre Bälle quer durch die Halle. Keiner nimmt die Sache ernst.

Die Siebtklässler verhalten sich der Lehrerin gegenüber ziemlich respektlos. Mit einem von ihnen bekommt sie sich in die Wolle. Die Lehrerin sagt:

»Du glaubst wohl, du hast das Leben kapiert, wie?«

»Gecheckt«, sagt der Junge mit einer unheimlichen Selbstverständlichkeit.

»Was?«, sagt die Lehrerin.

»Gediggt. Ge*blickt*.«

»Klugscheißer«, sagt die Lehrerin.

»Rapper.«

Dominik stupst mich an. Wir gehen hinunter zu den Umkleiden. Die Lehrerin hat sie nicht abgeschlossen. Als Dominik fünf Handys und mehrere Geldscheine findet, staune ich so sehr, dass ich glatt Angst bekomme. Wir schalten die Handys aus und legen sie in unsere Rucksäcke. Dann gehen wir getrennt wieder hinauf.

Die drei Handys, die wir verkaufen, bringen uns fünfzig Euro ein. Dominik schimpft über den Verkäufer, weil er der Meinung ist, dass die Handys viel mehr wert sind. Die anderen beiden Geräte behalten wir für uns. Ich nehme das neue Modell von Sharp und Dominik behält das Motorola. Wir holen die Prepaid-Karten heraus und stecken unsere eigenen hinein. Dann teilen wir das Geld auf. Für jeden von uns springen vierzig Euro raus.

Wir versuchen, etwas Gras bei dem Jungen aus Tonndorf aufzutreiben, aber zuerst kann Dominik ihn nicht erreichen und dann wird er von dem Jungen abgewimmelt. Anschließend fahren wir noch mal bei einem von Dominiks Freunden in Horn vorbei, aber der sagt wiederum, dass er nur noch genug für sich selbst hat. Inzwischen ist es nach sechzehn Uhr. Ich frage mich, wo die Zeit geblieben ist. Zum Schluss versuchen wir unser Glück noch mal am Naumannplatz in Dulsberg. Wir stehen eine Stunde im Torgang herum und müssen uns von einer dicken Frau beobachten lassen, die sich aus einem Fenster lehnt und auf einer Karotte herumkaut. Dann setzt schließlich der Regen ein und wir geben es auf. Dominik nimmt den nächsten Bus nach Barmbek und ich gehe nach Hause.

*

Am Abend kommt meine Mutter von der Arbeit nach Hause und schließt sich zuerst eine halbe Stunde im Bad ein und duscht. Anschließend geht sie in die Küche und macht sich ein Brot und eines für den nächsten Tag. Danach kommt sie in mein Zimmer und erzählt mir, dass sie sich von meinem Vater trennen wird. Sie sagt, sie hätte einfach keine Kraft mehr, mit meinem Vater zu leben. Schon die letzten fünf Jahre habe sie sich in dieser Ehe nicht mehr wohlgefühlt. Seit mein Vater arbeitslos ist.

»Es hat nichts mit dir zu tun, Paul«, sagt sie. Ich sei nicht der Grund, versichert sie mir, ich würde von beiden geliebt. »Wir sind es.« Mein Vater und sie. Das entlastet mich nicht.

Ich frage sie, wie es nun weitergehen wird.

»Ich geh noch heute zu Oma«, sagt meine Mutter. Dort wolle sie so lange bleiben, bis sie sich wieder gesammelt hat. »Im Moment bin ich total durcheinander. Ich weiß auch nicht.«

Zuerst fühle ich mich hilflos, dann spüre ich diese Wut.

Meine Mutter starrt auf den Teppichboden. Auf dem Bildschirm meines Notebooks setzt der Bildschirmschoner ein; grüne Bomben, die aus einem pechschwarzen Himmel fallen.

»Habt ihr euch das gut überlegt?«, frage ich.

Meine Mutter zuckt mit den Schultern. »Ich kann einfach nicht mehr.«

»Ich hab euren Streit heute Morgen mit angehört.«

»Wirklich?«

Früher habe ich mal mit dem Gedanken gespielt, meine Eltern zu fragen, wann sie sich endlich trennen wollen. Das war vielleicht vor zwei, drei Jahren, nachdem sie einmal sehr heftig aneinandergeraten waren. Ich wollte die beiden einfach mal so richtig schocken und verletzen.

»Meinst du, Papa spricht mit mir noch mal darüber?«

»Weiß ich nicht. Was denkst du?« Meine Mutter legt mir eine Hand auf die Stirn.

Ich wische sie weg. »Keine Ahnung. Er sollte aber. Habt ihr euch abgesprochen, wer es mir sagt? Dass *du* es mir sagst?«

»Wir haben überhaupt nichts besprochen.«

»Wie ist es denn überhaupt zu eurem Streit gekommen?«

»Ich weiß nicht. Ist das überhaupt wichtig? Es war nicht bloß dieser eine Streit«, sagt meine Mutter und schaut wieder auf den Teppich. »Ich halte es hier einfach nicht mehr aus. Ich hab diese Wohnung so satt.«

Heute ist der zwölfte Juni. Um kurz nach dreiundzwanzig Uhr flackert ein Licht über Barmbek. Es leuchtet über Ohlsdorf, über Duvenstedt, über Schleswig-Holstein, über Dänemark, über Skandinavien, über dem Nordpol, über der Erde. Und ich sehe es.

Donnerstag, 13. Juni

Während ich heute in der Schule war, ist meine Mutter nach Hause gekommen und hat einige Taschen zusammengepackt. Sie hat sich den Vormittag freigenommen. Mein Vater redet mal wieder viel. Er sitzt wie immer über seiner *Bild*. Zweimal versucht er, mich in ein Gespräch über irgendeinen Artikel zu verwickeln. Er wirkt auf mich, als wolle er den Eindruck erwecken, dass alles an ihm abprallt, dass er unbesiegbar ist. Ich fühle mich, als könnte ich sofort weinen. Das habe ich seit Jahren nicht mehr gemacht. Ich kann mich nicht daran erinnern, wann ich das letzte Mal geweint habe.

Mitten auf dem Bürgersteig bei Kaufhof an der Mönckebergstraße liegt ein Penner. Er sieht aus, als würde er schlafen. Die meisten Passanten gehen an ihm vorbei. Kleine Kinder drehen sich im Gehen nach dem Penner um, einige Jugendliche – vielleicht rumänische Zigeuner – bleiben an einer Laterne stehen und reden in einer fremden Sprache über den Mann und grinsen dabei. Der Penner hat eine Wollmütze auf dem Kopf und einen Vollbart in seinem vernarbten Gesicht. Er liegt auf der Seite, die Beine leicht angewinkelt. Normalerweise bauen Typen wie er sich ihre Lager in Seiteneingängen von Kaufhäusern und Geschäften. Dieser Penner jedoch hat weder einen Schlafsack noch eine Decke oder eine Tasche bei sich, kein Radio und auch keinen Hund. Das ist ungewöhnlich.

Ich gehe zu Karstadt Sport und steige die Rolltreppen bis ganz nach oben. Auf der Aussichtsplattform stelle ich mich ans Geländer und schaue nach unten auf die Straße. Ich kann den Penner gut erkennen. Keiner scheint ihn wirklich zu beachten. Als gehörte er zum Bild, das die Menschen von der Innenstadt haben.

Das Wetter sieht nicht gut aus. Vielleicht wird es noch regnen. Schon jetzt weht ein unangenehm kühler Wind durch die Straßen. Ich wundere mich darüber, dass die Innenstadt bereits am Vormittag dermaßen voll ist. Dann sehe ich plötzlich zwei Polizisten, die durch den Haupteingang von Saturn kommen. Sie schauen sich nach beiden Seiten um, sprechen sich ab und gehen dann über die Straße. Den Penner scheinen sie gar nicht zu bemerken. Niemand geht zu ihm hin.

Ein Stadtrundfahrtenbus kommt die Mönckebergstraße herauf. Sein Verdeck ist offen und ein paar Menschen sitzen auf dem oberen Stockwerk, die meisten auf der rechten Seite. Im Vorbeifahren bemerken sie den Penner. Eine Frau zückt ihre Kamera und macht ein Foto von ihm. Der Mann neben ihr sagt etwas zu einem Jungen, der auf der linken Seite sitzt, und deutet dabei auf den Penner. Der Junge steht auf und wechselt die Seite, um sich den Penner anzusehen. Zwei andere Touristen schütteln die Köpfe und lächeln. Eine dicke Frau hält sich die Hand vor den Mund, als ob sie ein Lachen verstecken wollte.

Montag, 17. Juni

Dominik ruft mich an, als ich bei Teufelsbrück an der Elbe stehe. Ich gehe nicht ran. Es klingelt ziemlich lange.

Nieselregen fällt aus der grauen Wolkendecke, es ist sehr windig, die See ist unruhig. Ein großes Containerschiff kommt den Fluss herauf, ein französisches.

Ich atme tief durch, dann drücke ich auf den grünen Knopf.

»Ja?«

»Hey, Paul!«, sagt Dominik. Im Hintergrund kreischt irgendjemand.

»Dominik.«

»Wo bist du, Mann?«

»Auf dem Weg zum Arzt.«

»Ja, klar«, sagt Dominik. »Hey, ich soll dir sagen, dass du bis spätestens übermorgen das Geld für den Heide-Park-Trip mitbringen sollst. Wolltest du überhaupt mitkommen?«

»Ja.«

»Wo bist du, Mann?«

»Teufelsbrück.«

»Was? Teufelsbrück? Wo ist *das* denn?«

»Pöseldorf, an der Alster.«

»Ist dort dein Arzt?«

»Ja.«

Eine kurze Pause entsteht.

»Was machst du bei Teufelsbrück, Paul?«

»Mein Arzt ist hier.«

Wieder Pause.

»Ich leg jetzt auf«, sagt Dominik schließlich. »Sehen wir uns morgen?«

»Natürlich.«

Er legt auf.

*

Im Metrobus zur U-Bahn-Station Kellinghusenstraße sind ziemlich viele Jugendliche. Sie nennen sich gegenseitig »Hurensohn« und »Missgeburt«. Dann lachen sie übereinander. Ich höre, wie ein Junge seinen Freund daran erinnert, dass heute das Halbfinale von *Pornostar* entschieden wird. Nächste Woche falle die Show aus und am Wochenende darauf ist dann das Finale.

Ein türkisch aussehender dicker Junge regelt die Lautstärke seines Handys. Er macht die Musik laut. Dann fängt er eine Unterhaltung mit seinen Freunden an. Weil die Musik bereits laut ist, reden die Jungen noch lauter. Ansonsten ist es im Bus erstaunlich ruhig. Die Musik dringt bis ganz nach vorne im Bus. Einige Fahrgäste drehen sich um und schauen, von woher die Musik kommt. Dann drehen sie sich wieder weg und starren auf ihre Schuhspitzen.

Ich sehe mir die Gesichter der Fahrgäste an. Eine schwarze Frau mit zwei weißen Einkaufstüten und irgendetwas darin, das wie Gardinen aussieht, schaut bitter aus dem Fenster. Eine junge Frau mit Brille glotzt zwischen den

Jungen hin und her. Sie sieht sie nur aus den Augenwinkeln an. Ein weißer Mann mit Stoppelbart und nur noch einem Haarkranz auf dem Kopf beobachtet den Jungen mit dem Handy aufmerksam.

»Machst du bitte mal dein Handy aus?«, sagt er zu dem dicken Jungen.

Der Junge reagiert nicht – zumindest bemerke ich keine Reaktion. Hip-Hop läuft; Kultusminister rappt darüber, wie er drei Mädchen gleichzeitig fickt.

»Hast du mich nicht gehört?«, fragt der Mann. »Hey du! *Haaallooo!*« Er stampft mit dem Fuß. »Ich hab gesagt, du sollst das Handy ausmachen.«

Der dicke Junge macht die Musik ein bisschen leiser.

»Nein, ich hab gesagt: Mach sie *aus*!« Der Mann grinst provokant.

»Was denn, Alter?! Wenn ich leiser mache, geht das doch!«, verteidigt sich der Junge. Mir kommt das alles zu bekannt vor.

»Nein. Du sollst sie ganz ausstellen.«

»Was denn, Alter?! Bist du sein Vater oder was?!«, sagt einer der Freunde des Jungen. Er hat eine Kappe auf und schon etwas Bart um das Kinn. »Was willst du denn dagegen machen, hä, Alter?«

»Was ich machen will?!?«, sagt der Mann erbost. Er dreht sich nach den anderen Fahrgästen um. »Warum sagt ihr denn nichts? Stört euch das gar nicht?« Er wendet sich hauptsächlich an deutsch aussehende Leute, die dann aber alle wegschauen. »Es muss euch doch stören! Das geht doch so nicht!«

Keiner sagt etwas, aber alle kucken. Sogar der Busfahrer schaut in den Rückspiegel. Einmal macht er sogar einen Schulterblick.

»Was denn, Olum?! Sikerim, Alter!«, sagt der Junge mit der Kappe. Die Jungs fangen an, auf Türkisch zu reden.

»Es stört euch doch!«, sagt der Mann. Er regt sich nicht ab. »Sprecht es doch aus, Herrgott! Warum lasst ihr euch das gefallen?« Er schaut wieder zu den Jungs hinüber.

»Oha!«, sagt der bärtige Türke. »Nazi oder was?«

»WAS?!?«, brüllt der Mann plötzlich. »DU NENNST MICH NAZI?!«

Er steht von seinem Platz auf, greift nach dem Kragen des Jungen und gibt ihm eine Ohrfeige. Es klatscht laut. Eine ältere Frau mischt sich ein und streckt ihre Arme nach dem Mann aus, um ihn von dem Jungen fernzuhalten. Sie drückt ihn weg. Der Mann lässt vom Jungen ab und stürmt aus dem Bus. Er rempelt ein paar Fahrgäste aus dem Weg und flüchtet über die Straße. Die Leute schauen ihm nach und blicken dann zu dem Jungen, der die Ohrfeige bekommen hat. Seine Freunde geraten in Aufregung.

»Dieser Hurensohn!«, flucht ein Junge mit Fischaugen. »Mutterficker! Hurensohn, Alter!« Er gerät völlig außer sich. »Hurensohn, HURENSOHN!!!«

Ein Hund bellt einmal und verstummt dann wieder. Es ist für kurze Zeit sehr ruhig im Bus, nur die Hip-Hop-Musik spielt. Außer dem Jungen mit den Fischaugen hört man sonst nur den Motor des Busses, wenn der Fahrer beschleunigt. Dann geht ein Raunen durch den Bus und alle schauen zu den Jungs hinüber. Da fängt der geohrfeigte Junge an zu weinen. Erst schluchzt er bloß und schnappt nach Luft. Dann lässt er es raus. Er weint aus dem Herzen, mit Tränen, und sein Gesicht läuft rot an. Sein Kollege wendet sich ab und auch die anderen Jungen schauen sich verschämt an.

Ich suche die Decke des Busses mit den Augen ab, suche nach einer Kamera, aber ich kann keine entdecken. Die Decke ist voller Löcher. Viele, viele kleine Löcher, sogar für Spinnen noch zu klein.

Donnerstag, 20. Juni

Heute wieder Schwänzen. Das ist der fünfte Tag in Folge. Aus einem Parkhaus an der Ölmühlenstraße habe ich eine gute Sicht auf das Hauptgebäude unserer Schule. Das Parkhaus hat vier Etagen, die oberen drei sind immer leer. Der Supermarkt, den es in dieser Gegend einmal gegeben hat, wurde geschlossen. Als Nächstes wurde das Fischrestaurant geräumt und das Sportgeschäft nebenan zog ebenfalls aus. Jetzt gibt es hier kaum noch Läden. Das Parkhaus ist überflüssig geworden.

Die Stockwerke sind mit Taubenscheiße verdreckt. Überall liegen Federn herum. Alles wirkt, als gebe es hier Krankheiten. Dünne Nadeln, die die Tauben davon abhalten sollten, sich auf die Querbalken zu setzen, liegen herausgebrochen im Staub. Winde blasen durch das Parkhaus, immer aus verschiedenen Richtungen. Es pfeift von allen Seiten.

Ich schaue auf die Hauptstraße hinunter, sehe die Elektrizitätsmasten im Osten, den Himmel über Rahlstedt. Alles ist trostlos. Die Sonne hängt hinter dicken Wolken versteckt. Ich schaue mir noch mal das Schulgebäude an und erkenne sogar den Unterrichtsraum, in dem meine Klasse immer Chemie hat.

Ich steige ein Stockwerk höher. Hier stinkt es nach Scheiße. In einer Ecke sehe ich etwas Sagenhaftes: Jemand hat mit Scheiße ICH WAR HIER an die weiße Wand geschrieben. Ein zermatschter Haufen liegt darunter am Boden, daneben eine leere Pfandflasche. Die Scheiße an der Wand ist noch frisch und auch am Deckel der Flasche klebt etwas davon. Ein paar Kassenzettel ragen aus dem Haufen heraus. Auf einem davon kann ich lesen, was draufsteht:

Fruchtzwerge Stä

Ein eisiger Schauer packt mich und nimmt mir die Luft.

Ich verlasse das Parkhaus augenblicklich. Über ein kaltes, gespenstisches Treppenhaus gelange ich auf den Hof hinunter. Beinahe renne ich.

*

Am Abend ruft Frau Blond wieder bei uns an. Sie fragt mich, ob meine Eltern da sind. Ich rufe meinen Vater und gebe ihm den Hörer. Dann ziehe ich mir meine Schuhe an und verlasse die Wohnung. Ich habe bloß ein einfaches Shirt und meine Trainingshose an. Beides trage ich normalerweise nie, wenn ich rausgehe. Ich habe nicht mal Socken an den Füßen.

Eine Weile streife ich ziellos durch die Gegend. Auf den Straßen sind ziemlich viele Menschen. Ein kleines Mädchen überprüft seine Frisur im Seitenspiegel eines schwarzen Autos. Sie bindet sich das lange braune Haar zu einem Pferdeschwanz und schaut noch mal in den Spiegel. Dann schüttelt sie den Kopf und öffnet den Zopf wieder.

Ein Junge mit einem Sechserpack Bier unter dem Arm und ein dünnes Mädchen mit einem kleinen Hund an der Leine gehen an mir vorbei. Ich weiß für einen kurzen Augenblick nicht, was ich machen soll und wie alt ich bin.

Als ich wieder nach Hause komme, gehe ich nicht ins Wohnzimmer. Mein Vater kommt auch nicht zu mir ins Zimmer, aber das tut er sowieso nie.

Freitag, 21. Juni

Eine Viertelstunde nach Unterrichtsbeginn, als die ganze Schule auf dem Hof steht und bereits sehnsüchtig wartet, lassen sie uns rein. Schulstreich der Abschlussklassen H9 und R10. Die Absolventen haben die Eingänge des Schulgebäudes mit Ketten verschlossen und Tische und Stühle aus den Klassenräumen auf die Flure geschoben. An den Tafeln hängen Tampons voll roter Farbe und auf den Tafeln stehen Botschaften – *Vil Spaß bein aufräumen* oder *Fiehl Spaß beim Zuchen* oder *Viel Schpas beim Fehgen*. Sie haben die Landkarten von den Wänden genommen und die Unterlagen aus den Tischfächern herausgeholt und miteinander vertauscht. Während wir unsere Tische suchen, bewerfen sie uns mit Konfetti und Bonbons. Dominik kommt zu spät und kann seinen Tisch nicht finden. Er findet ihn ein Stockwerk höher. Tobi zwinkert ihm grinsend zu. Ibrahim und ein Türke aus der Zehnten haben einen Ghettoblaster an einen Verstärker angeschlossen und spielen auf den Fluren türkische Musik. Die Jungen der Abschlussklassen tragen Anzüge mit Krawatten und dunkle Lederschuhe, die Mädchen Blusen mit Ausschnitt, enge Röcke und hochhackige Schuhe. Manchen von ihnen sind die Anzüge zu groß, bei anderen passen die Frisuren nicht. Die Mädchen haben sich die Haare hochgesteckt und zu viel Make-up aufgelegt. Aber alle strahlen sie trotzdem diese wehmütige Freude aus, ein verborgenes Glück.

Es dauert recht lange, bis der letzte Tisch vom Flur verschwunden ist. In den Klassenräumen geht das Suchen und Ordnen weiter. Jemand fegt den Boden aus und entfernt die Tampons von der Tafel. Als das Pult wieder an seiner Stelle steht, legt Frau Blond ihre Sachen darauf. Im Treppenhaus läuft noch immer Musik.

Vor dem Eingang zur Aula stehen einige Eltern und unterhalten sich miteinander. Die Aula ist noch nicht sehr voll. Dominik erspäht Tobi zwischen seinen Klassenkameraden in der ersten Reihe und pfeift auf den Fingern. Er pfeift noch ein zweites Mal und Tobi dreht sich um und winkt uns zu. Wir setzen uns neben Nenad, der neben Stani und Andrzej sitzt. Sie tuscheln miteinander, zum Teil auf Russisch. Ich beobachte ein paar Mädchen aus der Zehnten, wie sie aufgeregt miteinander plaudern, lächeln und lachen, geradezu strahlen, auf ihren Stühlen herumrutschen und sich immer wieder an den Kleidern zupfen. Die Sonne erhellt die Aula auf sehr merkwürdige Weise; die Strahlen dringen durch die Bäume und die senkrechten, in Spalten geöffneten Holzrollladen vor den Fenstern und bilden auf der Bühne und dem dunkelgrünen Vorhang schmale Lichtstreifen. Jedes Mal, wenn sich eine Wolke vor die Sonne schiebt, wandern die Strahlen den Vorhang wieder hinunter und über die Bühne zurück aus dem Fenster, um dann auf dieselbe Weise den Weg wieder zurückzukriechen, wenn die Wolke vorübergezogen ist.

Dominik tauscht den Platz mit Nenad, um sich besser mit Stani unterhalten zu können. Ich schaue zur Decke hinauf und betrachte die alten weißen Lampen. Ich schließe meine Augen und höre Stani sagen, dass Boy seinen Abschluss nicht geschafft hat und mit einem Abgangszeugnis von der Schule geht, weil er bereits zweimal sitzengeblieben ist.

Kurz nach zehn Uhr fängt die Verabschiedungszeremonie an. Frau Marieta tritt an das Mikrofon und beginnt ihre Rede. Dominik murmelt irgendetwas über ihre Aussprache und Stani lacht darüber. Einige Eltern und Schüler drehen sich nach ihnen um. Nachdem Frau Marieta mit ihrer Rede fertig ist, schauen wir uns ein kleines Theaterstück an. Der diesjährige Kurs für darstellendes Spiel führt einen einfallslosen und langweiligen Sketch auf. Ein Typ aus der R10 spielt einen Mann im Anzug, seine Klassenkameradin eine

Frau mit Bluse und Minirock, alle anderen Schüler aus den tieferen Klassen sind normal gekleidet und scheinen sich selbst zu spielen. Tobis Klasse klatscht übertrieben Beifall, als das Stück vorbei ist, vielleicht aus Erleichterung.

Nach dem Stück werden die Geschenke an die Lehrer verteilt. Zuerst überreichen die Schüler der R10 die Geschenke an ihre Fachlehrer. Zwei Mädchen aus der Klasse haben zu diesem Zweck extra eine Rede verfasst. Sie ist nicht besonders einfallsreich und es ist mir ein wenig peinlich, sie anzuhören und zu sehen, wie die Eltern gezwungen darüber lachen. Einmal muss ich selbst sogar schmunzeln und laufe rot an. Die H9 hat sich etwas Besseres einfallen lassen: Sie haben Karikaturen von ihren Lehrern angefertigt, die sie ihnen zusammen mit einem Strauß Blumen und einem kleinen Geschenk überreichen. Die Geschenke spielen immer auf irgendeine Macke oder ein äußerliches Merkmal des jeweiligen Lehrers an. Frau Doohaan mit den vorstehenden Zähnen erhält eine Klobürste, Frau Koch mit dem fetten Arsch eine Packung Slim-Fast und Herrn Dumraht, der bekanntlich eine sehr feuchte Aussprache hat, schenken sie einen Duden. Man kann den Lehrern ihre Empörung ansehen, aber sie überspielen es, indem sie lächeln. Frau Jakobs, die Klassenlehrerin, dagegen bekommt den größten und buntesten Blumenstrauß überhaupt und dazu eine große Schachtel Pralinen und ein gerahmtes Klassenfoto der H9. Sie zerdrückt sogar eine Träne.

Schließlich werden die Schüler beider Abschlussklassen nacheinander aufgerufen und bekommen ihre Zeugnisse in einer roten Mappe und eine Rose dazu. Das Publikum klatscht bei jedem Absolventen, der aufgerufen wird. Bei Tobi pfeifen und klatschen wir extra laut. Marko ist nicht da. Es ist nun offiziell, dass er das Jahr nicht geschafft hat.

Zum Schluss stellen sich alle Schüler der H9 und R10

noch einmal auf die Bühne und Frau Marieta beendet die Veranstaltung mit einer Bitte an die Schüler und ihre Eltern, Freunde und Verwandte und auch an die Lehrer, in die Klassenräume zu kommen und ein Glas Sekt zu trinken und sich noch einmal in aller Ruhe voneinander zu verabschieden.

Samstag, 22. Juni

Zum Schuljahresabschluss gibt Tobi eine Party bei sich zu Hause. Seine Mutter übernachtet an diesem Wochenende wieder bei ihrem Freund und Janine ist bei einer Bekannten. Tobi hat am Sonntag Geburtstag, also ist es auch eine Geburtstagsparty. Er möchte in seinen Geburtstag reinfeiern. Sogar Marko hat sich angekündigt. Es ist das erste Mal seit über einem Monat, dass ich etwas von ihm höre.

Tobi und ich besorgen Knabbereien und Süßigkeiten und auch Zitronen, ein ganzes Säckchen. Dann gehen wir mit Janny zu REWE und holen zwei Kästen Bier und mehrere Flaschen Wodka, Whiskey, Tequila, Orangensaft, Coca-Cola und Energydrinks. Tobi hat auf diesen Moment gespart, monatelang, wie er sagt. Er zählt mir auf, wen er alles eingeladen hat, und ist sich sicher, dass mehr Leute auftauchen, als eingeladen sind. Marko wolle ein Mädchen mitbringen und auch Dominiks Exfreundin Veronika soll dabei sein. Dominik gibt den DJ. Er will mit seinem Notebook und dem Mischpult kommen.

Die ersten Gäste werden an der Haustür begrüßt und erhalten ein kleines Gläschen mit Saurem Apfel. Dann trinkt Tobi das meiste davon selbst und bleibt von da an einfach in der Küche. Wenn es an der Tür klingelt, drückt irgendjemand, der gerade im Flur steht, auf den Summer und lässt die Tür dann einen Spalt offen. Einmal beschweren sich die Nachbarn, weil ihnen die Musik zu laut ist. Tobi klebt einen Zettel mit der Aufschrift »Tür zu!« an die Tür, aber es nützt nichts und bald steht die Tür wieder offen und die Nachbarn auf dem Plan.

Schnell wird die Wohnung ziemlich voll. Geraucht wird auf dem Balkon; im Wohnzimmer und in Tobis Zimmer, wo Dominik auflegt, läuft Musik, und in der Küche stehen die Getränke. Ein paar Mädchen haben Erdbeerwein mitgebracht und Janny bringt noch zwei Flaschen Wodka mit. Stani fällt auf, dass – im Gegensatz zum Alkohol – nicht genug Cola da ist, und er, Sina und Sandra gehen los, um noch welche bei Rewe zu kaufen. Nenad setzt sich an Tobis Notebook und chattet. Ein Junge und ein Mädchen aus Tobis Klasse spielen The New Dance Revolution on Speed auf der Playstation X und irgendwelche Leute, die ich nicht kenne, sitzen drum herum und schauen ihnen dabei zu. Marko kommt etwas später. Er hat Jessica dabei. Boy hat statt Mädchen nur Jungs mitgebracht, und auch Ibrahim und Ali haben nur ein paar Jungs dabei, die sonst keiner kennt. Einer von ihnen versteht sich auf Anhieb mit Betty. Marko fängt an, den Jungen zu provozieren. Nenad versucht Marko zu beruhigen, und der arabische Junge grinst. Er bietet Marko seine Hand an. Marko schlägt sie weg und der Junge geht mit Betty aus dem Zimmer.

»Will jemand einen Porno sehen?«, fragt Tobi und schiebt Nenad zur Seite.

»Immer«, sagt irgendjemand aus der zweiten Reihe.

Ich unterhalte mich im Wohnzimmer ein bisschen mit Jessica. Wir gehen auf den Balkon. Boy und zwei seiner Freunde rauchen einen Joint mit einem Mädchen aus der H9.

»Was machst du so?«, frage ich Jessica.

Sie lacht. »Nichts.«

»Auf welcher Schule bist du?«

»Oh, hehe, ATW.«

»Alter Teichweg. Hängst gerade viel mit Marko rum, ja?«

»Nee, nicht so viel.«

Fünf Stockwerke unter uns kommt eine Kolonne Autos den Dulsberg herauf. Auf der anderen Straßenseite betreten zwei Frauen mit Kopftüchern den Torgang zum Naumannplatz. Im Norden fahren die leuchtenden Autos die Habichtstraße hinunter. Hohe Straßenlampen werfen ihr Licht in orangefarbenen Kegeln auf den Asphalt. Menschen tauchen in die Schatten von Bäumen und Büschen.

Tobis Schwester Janine kommt für einen Augenblick vorbei und verschwindet gleich wieder.

»Sie schläft heute bei einer Freundin«, sagt Tobi zu mir.

»Wohl eher bei irgendeinem Nigger«, wirft Marko dazwischen.

Tobi schlägt Marko gegen die Schulter. Er hat das Schlafzimmer seiner Mutter abgeschlossen und sagt: »Ich hab den Schlüssel immer bei mir.« Er zeigt ihn mir.

Dann kommt Veronika auf die Party. Sie hat eine Freundin dabei. Dominik legt eine CD ein und geht mit Veronika in das Schlafzimmer von Tobis Mutter. Tobi schließt ihnen die Tür auf. Veronikas Freundin geht mit ihm in die Küche und lässt sich von Tobi einen Drink geben. Sie hat langes blondes Haar und ist ziemlich dünn. Aus ihrer Handtasche holt sie eine Schachtel Zigaretten und steckt sich eine an. Tobi sagt, dass sie nur auf dem Balkon rauchen darf. Das Mädchen legt die Zigarette weg, schaut einmal kurz zu den Leuten in der Ecke der Küche und dann den Flur hinunter zur Schlafzimmertür.

Jessica erzählt mir irgendetwas. Derweil versucht Marko, Betty zu überreden, Tequila mit ihm zu trinken. Bettys Freundin, ein Mädchen mit mittellangen braunen Haaren und einem Oberteil, bei dem die Schultern frei sind, lacht darüber.

»Ich steh nicht auf dich, Marko«, sagt Betty.

Marko legt seinen Arm um sie. »Lass mich das ändern.«

Betty schnaubt.

Marko fängt an, die kleinen Gläser zu füllen, und Betty schaut ihre Freundin an und verdreht dabei die Augen. Ihre Freundin lächelt.

»Ich muss rauchen«, sagt Betty und steht von ihrem Platz auf.

Marko seufzt. Er schaut Bettys Freundin an und deutet auf die Gläser. »Willst du dann?«

»Klar«, sagt die Freundin und setzt sich neben Marko auf die Couch.

Nenad kommt ins Wohnzimmer. »Hat einer von euch Ibrahim gesehen? Oder Janny?«

Als ihm keiner antwortet, geht er wieder.

Ein Song von Kultusminister beginnt und Jessica sagt, dass sie den Song mag.

Dann geht die Tür des Schlafzimmers wieder auf und Veronika kommt heraus. Sie kramt in ihrer Handtasche, derselben, wie sie auch ihre dünne Freundin dabeihat. Ihre Freundin kommt aus der Küche und die beiden verlassen die Party wieder. Dominik tritt aus dem Schlafzimmer und bleibt im Flur stehen. Er sieht, dass ich ihn anschaue, und starrt mich einen Moment lang an. Dann geht er in die Küche. Tobi kommt vorbei und schließt die Tür wieder ab.

Als ich das nächste Mal auf die Toilette gehe, sitzen dort zwei Jungen und schnüffeln an einer Dose Schuhcreme. Dann pissen sie ins Waschbecken. Als ich wieder ins Wohnzimmer komme, stehen dort Nenad und der Junge, der Playstation X gespielt hat, und stöbern in den Unterlagen von Tobis Mutter. Sie graben eine Mahnung nach der anderen heraus.

Gegen Mitternacht ordnet Tobi an, dass die Musik leiser gemacht wird. Ein Großteil der Gäste ist bereits gegangen. Einige wollten noch auf andere Partys, andere sprachen von irgendwelchen Clubs. Von den Mädchen sind noch Jessica, Sina und Sandra da. Kurz nach Mitternacht singen wir Tobi ein Geburtstagslied und gratulieren ihm. Dann gehen auch Stani und Sina und nehmen Sandra und Ibrahim mit. Die erste Hälfte des Abends haben sie irgendwo anders verbracht, die zweite Hälfte war ihnen zu langweilig.

Dominik legt Platten und CDs auf. Er trinkt Bier und redet nicht. Wir sind wenige genug, um in Tobis Zimmer zu sitzen.

Janny findet Gefallen an der Idee, Veronika anzurufen und sie zu bitten, wieder auf die Party zu kommen. Er und Marko rufen Veronika vom Telefon im Flur aus an und schalten den Lautsprecher an.

»Ach, bitte, Veronika, komm doch wieder«, sagt Janny.

»Bitte, bitte«, sagt Marko.

»Veronika, ich mag dich doch so.«

»Ich hab dich auch gern, Janny«, sagt Veronika. Sie klingt ein bisschen müde.

»Ecstasy«, sagt Marko.

»Habt ihr schon Ecstasy genommen?«, fragt Janny.

Marko boxt Janny in die Rippen. »Bitte, bitte, Veronika, komm doch. Wir sind alle noch hier.«

»Aber Dominik ist auch da, und ich will mit ihm nichts mehr zu tun haben.«

Als Veronika das sagt, kommt Tobi gerade aus der Küche. Er sieht, dass Dominik das Gespräch mit angehört hat. »Macht das aus!«, sagt er zu Janny. »Legt auf! Los jetzt!«

Als die beiden nicht reagieren, sagt Tobi Tschüss zu Veronika und drückt auf die rote Taste am Telefon.

»Spielverderber!«, sagt Janny.

Marko lacht.

Sie setzen sich wieder auf die Schlafcouch. Boy und sein Kumpel zünden sich einen Joint an.

»Raucht das Ding doch nicht hier!«, herrscht Tobi sie an. »Das ist doch nicht zu fassen, wie hohl ihr seid! Seit wann wird hier in der Bude geraucht?! Geht gefälligst auf den Balkon!«

Boy und seine Freunde trollen sich.

Marko scherzt mit Jessica. Sie teilen sich ein Glas Wodka.

Bald erzählt mir Tobi von dem Handy, das er sich kaufen will. Er sagt, dass Katarina, das russische Mädchen aus seiner Klasse, dasselbe Handy gehabt hat, bevor es ihr gestohlen wurde. Ich schaue zu Dominik, aber er kuckt bloß auf sein Mischpult hinunter und schiebt die Regler hin und her. Als ich das nächste Mal zu Jessica und Marko schaue, sehe ich, dass die beiden knutschen.

Boy und seine Kumpel kommen aus dem Wohnzimmer und sagen, dass ihnen der Joint vom Balkon gefallen ist.

Janny entknotet einen Gamepad von Tobis Playstation X und schaltet den Fernseher an.

»Ich hab noch ein Video«, sagt Tobi zu Janny.

Das Video ist kurz und zeigt einen Mann, der ein Mädchen schlägt und es dann in den Arsch fickt. Es dauert nur dreißig Sekunden und die meiste Zeit gibt der Mann dem Mädchen Ohrfeigen und kneift es in die Schenkel. Dann gibt er ihr eine heftige Ohrfeige, die durch die ganze Kulisse hallt. Das Mädchen geht auf die Knie und der Mann steckt ihm seinen steifen Schwanz in den Arsch.

»Das musst du mir unbedingt schicken«, sagt Janny. »Wo hast du das überhaupt her?«

Tobi lacht. »Das würdest du gerne wissen, was?«

Janny setzt sich wieder an die Playstation X.

Marko legt seine Hand auf Jessicas Brust und streichelt ihr über die Schenkel. Tobi setzt sich neben mich und stößt mir ein paarmal in die Rippen. Er schüttelt den Kopf und grinst. Dominik stellt eine Abfolge von mehreren Housetracks zusammen. Boy und seine Freunde stehen am Fenster und trinken aus ihren Bierflaschen. Alle beobachten Jessica und Marko. Er flüstert ihr etwas ins Ohr. Jessica lächelt und nickt. Marko steigt von ihr herunter. Er hockt sich neben Tobi auf das Sofa und sagt irgendwas zu ihm, das ich nicht verstehe. Tobi lacht und gibt Marko den Schlüssel zum Schlafzimmer. Marko nimmt Jessica bei der Hand und die beiden verlassen das Zimmer. Boy und seine Freunde fangen an zu tuscheln.

»Der bumst sie jetzt«, sagt Tobi in meine Richtung und prostet mir dann mit seinem Bier zu.

Ich schaue zu Dominik hinüber. Er kuckt noch immer bloß auf seine leeren Plattenteller.

»Tobi, wohin gehen die beiden?«, fragt Boy.

»Quatsch nicht, Idiot!«, sagt Tobi und zeigt Boy und seinen Freunden den Mittelfinger. »Und halt's Maul – das geht euch nichts an!«

Boy erwidert die Geste.

»Wollen wir mal nachschauen?«, schlägt Tobi nach einer Weile vor.

»Was?«

Er grinst mich an und deutet auf die Tür.

Wir stehen auf und verlassen das Zimmer. Dominik spielt einen Hardcore-Track, der an diesem Abend bereits viermal lief. Eine männliche Stimme sagt in dem Song: *Schnapp sie! Pack sie! Fick sie! Leck sie! Saug – sie – aus!!!*

Wir gehen durch den halbdunklen Flur und bleiben vor dem Schlafzimmer stehen. Die Tür ist zu. Tobi zeigt auf das Türschloss und sagt, dass Marko die Tür nicht abgeschlossen hat. Ich nicke und Tobi greift an die Türklinke und drückt sie langsam nach unten. Boy und seine Freunde kommen aus

Tobis Zimmer und wollen wissen, was los ist. Tobi wird wütend und schubst Boy. Er sagt zu ihnen, dass sie entweder zurück ins Zimmer gehen können oder gleich ganz verschwinden. Boy mault und er und seine Freunde gehen in die Küche.

Wieder greift Tobi nach der Klinke. Er öffnet die Tür ganz langsam und schiebt seinen Kopf in den Türspalt hinein. Dann bedeutet er mir mit einer Handbewegung, dass auch ich durch den Spalt schauen soll. Ich strecke meinen Kopf durch und sehe Schatten mit hellen Gliedmaßen, die sich langsam bewegen, wahrscheinlich Marko, wie er auf Jessica liegt. Die Gardinen vor den Fenstern sind zugezogen und es ist dunkel im Zimmer. Tobi zieht mich am Hosenbund und ich hole meinen Kopf wieder aus dem Spalt.

»Hast du sie gesehen?«, flüstert er und unterdrückt ein Lachen.

»Ja.«

Tobi streckt seinen Kopf wieder durch. Nach einer Weile bietet er mir an, noch mal ins Zimmer zu schauen, aber ich lehne ab. Er macht den Türspalt noch ein Stück breiter. Dann stößt er die Tür plötzlich auf und sagt:

»Was macht ihr da?!«

Er geht ins Zimmer hinein, schaltet das Licht an, und ich sehe, wie er Marko am Rücken packt und ihn vom Bett zerrt. Marko fällt rückwärts und stößt mit seinem Hinterkopf gegen den großen Kleiderschrank.

»Was machst du da?! Hast du sie angepisst?!?«, schreit Tobi und fasst sich an die Schläfen.

Ich stehe halb im Türrahmen. Tobi rennt an mir vorbei ins Badezimmer. Er kommt mit einer Rolle Klopapier zurück. Boy und seine Freunde kommen aus der Küche in den Flur gerannt.

Marko stöhnt und fasst sich an den Hinterkopf. Sein Gesicht ist etwas verzerrt.

»Du hast sie angepisst!«, schreit Tobi ihn an.

Das Bett ist unordentlich und Klamotten liegen auf dem Boden verstreut, Markos Hose und Boxershorts und Jessicas Oberteil und BH. Ich sehe, dass Jessica obenrum nackt ist. Sie hat eine flache Jungenbrust. Marko richtet sich auf und lehnt sich gegen den Schrank. Plötzlich fängt Jessica an zu lachen.

»Was lachst du so, Fotze?!?«, keift Tobi. »Hier! Überall Pisse!!!«

Er reißt Streifen von der Klopapierrolle und reibt und rubbelt damit über die Bettwäsche.

Marko fängt auch an zu lachen.

»Hör auf zu lachen!«, brüllt Tobi. Dann gibt er Jessica eine Ohrfeige.

Jessica verstummt für einen Augenblick. Sie schaut Marko an. Der reagiert nicht. Da bricht sie wieder in Gelächter aus.

»Okay, raus! Alle raus!«, sagt Tobi und zeigt auf Jessica und Marko.

Er packt Jessica am Arm und zerrt sie vom Bett. Dann geht er zu Marko und tritt ihm gegen den Schenkel. Marko lacht bloß. Tobi geht wieder zum Bett hinüber und reibt wütend über die Bettwäsche.

Ich sehe, wie Markos halb schlaffer Pimmel zwischen seinen Beinen auf den Teppich hängt.

Montag, 24. Juni

Ich begleite Tobi zum Elektriker, bei dem er sich im Februar beworben hat. Es dauert nicht lange. Wir gehen hinein, Tobi spricht mit dem Meister und gibt ihm die Kopie seines Zeugnisses. Der Meister wirft einen Blick darauf. Dann vergleicht er die Noten mit Tobis Halbjahreszeugnis.

»Alle Achtung, Tobi. Das ist allerhand! Du bist *noch* besser geworden.«

»Danke«, sagt Tobi verlegen.

»Ich werde das hier zu deinen Unterlagen legen und in den nächsten Tagen kriegst du Bescheid, ob's gereicht hat. Du weißt, wir haben noch ein paar andere Bewerber.«

»Kein Problem.«

Wir verabschieden uns und gehen dann in den McDonald's an der Steilshooper Allee. Tobi spendiert mir ein großes Menü. Auf Marko ist er nicht gut zu sprechen, also erklärt er mir lieber seine Zukunftspläne: Bis dann und dann möchte er die Ausbildung abgeschlossen haben, danach will er so und so lange Arbeitserfahrung sammeln, um wiederum dann und dann seinen Meisterbrief zu machen, und schließlich hier und dort Kontakte knüpfen, um dieses und jenes zu tun. Und die Dinge, die er sich zulegen möchte: zuerst eine neue Anlage, dann ein besseres Notebook, vielleicht auch beides miteinander kombinieren. Auch ganz viele neue Klamotten und selbstverständlich will er von dem Geld auch seinen Führerschein machen. Sofort nach seinem siebzehnten Geburtstag will er theoretischen Unterricht nehmen. Das muss zeitlich genau geplant sein, damit er im Anschluss sofort mit den Fahrstunden beginnen kann. Welche Autos er sich dann anschauen wird: diesen Golf, jenen Opel, vielleicht einen kleinen Mercedes, wer weiß. Eine Wohnung will er sich suchen. Eine Wohnung, so groß, dass er sie problemlos einrichten kann, zwei Zimmer reichen, eine »Weiberhöhle« sozusagen, am besten in der Nähe zur Innenstadt. Er ist dermaßen begeistert von seinen Ideen, dass er gar nicht mehr daran denkt, sein Menü zu essen.

*

Dann, am Nachmittag, klingelt Marko plötzlich an meiner Tür. Ich lasse ihn rein und wir setzen uns in mein Zimmer. Er holt seine Digitalkamera heraus. Das Display leuchtet bunt. Er hält mir die Kamera hin.

Ich schaue drauf. Der Menübildschirm erscheint. Ich weiß nicht, was Marko von mir möchte. Auf dem Display ist eine Fotoaufnahme zu sehen, ein blondes Mädchen in einem Zimmer. Marko stupst mich mit dem Ellbogen an.

»Na? Erkennst du sie?«

Ich zucke mit den Achseln.

»Jessica«, sagt er. »Jessica, Mann. Du kennst sie.«

Ich sage nichts.

Jessica schaut direkt in die Kamera. Die Aufnahme ist nicht gut gelungen. Sie steht zu tief im Schatten und oberhalb ihres Kopfes ist viel zu viel Platz.

»Mach mal weiter«, sagt Marko und deutet auf die Knöpfe.

Auf dem nächsten Bild ist wieder Jessica zu sehen, diesmal besser beleuchtet. Ich erkenne, dass sie ein blaues Oberteil mit goldenen Schriftzügen darauf trägt. Ihre Augen sind schwarz umrandet und die Wimpern getuscht. Sie lächelt.

»Weiter.«

Das dritte Bild zeigt erneut Jessica. Diesmal schaut sie etwas gelangweilt.

»Ach ja, die ersten Bilder sind alle scheiße«, sagt Marko und nimmt die Kamera. »Die hab ich nur so zur Probe geschossen. Damit man kapiert, worauf das hinausläuft, hehe.«

Er klickt sich durch die nächsten Aufnahmen. Als er bei einem Bild ankommt, das ihm offensichtlich zusagt, macht er »Mhm« und gibt mir die Digitalkamera wieder. Ich sehe Jessica, wie sie sich die Hände auf das Shirt legt, auf die flache Brust.

»Ab jetzt wird's gut.«

Jessica hebt den Saum ihres Oberteils an und fährt sich mit einer Hand über den Bauch. Ich drücke wieder den Knopf und nun schiebt sie sich die Hand in die Hose, dann unter das Shirt.

Marko grunzt zufrieden und flüstert »Immer weiter«.

Jessica zieht sich das Oberteil bis knapp unter das Kinn hoch und lacht dabei, dann zieht sie es sich über den Kopf. Ich bemerke, dass sie keinen BH, sondern ein Bikinioberteil trägt. Ich drücke wieder den Knopf. Marko verschränkt bloß die Arme und schaut zufrieden auf das Display.

Auf den folgenden Bildern fasst sich Jessica an die Brust, zieht den Stoff des Bikinis zur Seite und zeigt zuerst die eine Brustwarze, dann die andere und anschließend beide gleichzeitig, während sie breit in die Kamera grinst. Sie ist echt flach, kaum Tittenansatz. Sie dreht sich um und deutet auf die Schleife an ihrem Rücken. Eine Hand kommt ins Bild und öffnet die Schleife. Jessica dreht sich wieder um und lässt den Bikini fallen. Dann schaut sie mit nacktem Oberkörper in die Kamera.

»*Jetzt* wird es geil«, sagt Marko und rutscht tiefer ins Sofa.

Die nächsten Bilder sind Nahaufnahmen. Auf einer davon kneift Jessica sich in die Brustwarzen.

»Geil, was?«

Ich nicke.

Die Fotostrecke geht damit weiter, dass Jessica sich noch mal die Hand in den Hosenbund steckt, dann die Hose aufknöpft, den Reißverschluss herunterzieht und das Höschen darunter zeigt, die Hose dann in zwei Bildern von den Beinen streift und sich schließlich auf den Rand eines Bettes setzt. Im Hintergrund hängen Poster an den Wänden.

»Und *jetzt*«, sagt Marko mit sehr viel Nachdruck, »wird es *richtig* geil.«

Ich klicke langsamer durch die nächsten Bilder. Jessica lacht und zieht ihr Bikinihöschen aus. Sie sitzt zuerst mit geschlossenen Beinen da und streckt einen Mittelfinger, um anschließend ein paar Posen zu machen, bei denen sie ihren nackten Arsch in die Kamera hält. Dann spreizt sie zum ersten Mal die Beine und die Kamera zoomt mit jedem Bild näher heran, bis man erkennen kann, dass Jessica eine glatte Möse hat.

Marko deutet auf das Display und sagt, dass Jessica sich nicht mal die Muschi rasieren musste.

Von der Möse sieht man nur den Schlitz und einen Ansatz der kleinen Schamlippen. Es erinnert mich ein wenig an nackte Babys am Strand. Ich versuche, mich daran zu erinnern, wie alt Jessica eigentlich war.

Auf einigen der nächsten Bilder zieht sie ihre Schamlippen etwas auseinander. Dann dreht sie sich um, hockt sich hin und beugt sich mit dem Oberkörper vor. Sie fasst sich mit den Händen an die Arschbacken. Die nächsten Bilder zeigen Jessicas Arschloch in vier Zoom-Stufen. Dann sitzt sie wieder am Bettrand. Die Kamera hängt ein Stück über ihrem Gesicht und Jessica grinst hinauf. Jetzt rückt ein steifer Schwanz ins Bild. Man kann auch einen Bauch, eine heruntergezogene Trainingshose und Füße in Socken sehen. Jessica nimmt den Schwanz in die Hand, dann in den Mund. Sie lutscht daran herum, leckt mit der Zunge drüber und beißt auf die Eichel.

»Das alles hier ist längst nicht mehr jugendfrei«, sagt Marko und richtet sich auf.

Ich drücke wieder den rechten Knopf. Jessica liegt mit gespreizten Beinen auf dem Bett, dann Nahaufnahme vom Schwanz, wie er über einen Schenkel reibt, dann wie er in der Ritze verschwindet. Zwei ähnliche Bilder folgen, anschließend eines in der Seitenstellung und eine Großaufnahme vom Schwanz, wie er zwischen den Schamlippen steckt. Danach zwei Fotos in der Missionarsstellung und eines in der Stellung, die in Pornos oft vorkommt: Der Mann liegt auf dem Rücken und die Frau hockt sich mit gespreizten Beinen auf ihn und zeigt ihm ihren Rücken.

»Das war scheißschwer zu schießen«, sagt Marko. »Du musst den Selbstauslöser einstellen, dich danach auf das Bett legen und den Schwanz reinstecken. Alles in nur vier Sekunden. Die Kamera ist alt. Ich hab fünf Aufnahmen gemacht und nur die hier ist was geworden. Dauernd ist er mir abgeschlafft. Mach das nie nach. Sieht aber irgendwie auch ganz geil aus, oder?«

Ich antworte nicht.

Marko fickt Jessica von hinten, danach in den Arsch. Sein Schwanz geht aber nur ein kleines Stückchen rein. Marko bemerkt an dieser Stelle, dass sie das Arschficken noch üben müssen. Immerhin habe Jessica es geschafft, vorher zu scheißen und sich das Arschloch auch von innen zu waschen. Auf einem Bild sieht man noch mal Jessicas Arschloch, dann hat sie wieder Markos Schwanz in der Hand und saugt daran. Die letzten beiden Aufnahmen zeigen Jessica mit Sperma auf dem Gesicht.

»Da hab ich sie vollgespritzt«, sagt Marko abschließend und nimmt die Digitalkamera wieder an sich. »Und? Wie findest du es?« Er schaut mich an.

Ich kucke weg und blase die Backen auf.

»Gut?«

Ich nicke.

»Hab ich gut gemacht, oder?« Er verstaut die Kamera wieder in seiner Hosentasche. »Ich stell die Fotos vielleicht ins Internet. Als Werbung oder so.«

Ich weiß nicht, was Marko damit meint, aber ich frage auch nicht nach. »Seid ihr zusammen, du und Jessica?«

»Mehr oder weniger.« Er steht auf und geht ans Fenster. »Du, ich wollte dich mal um einen Gefallen bitten. Kennst du noch Dani?«

»Glaub schon.«

»Der, der nicht wollte, dass ich mich in seinem *Revier* breitmache?«

Ich zucke mit den Schultern.

»Vielleicht mach ich es …«

»Was?«

»Komm mit.«

Am Zigarettenautomaten Ecke Königshütter und Oberschlesische Straße stellen wir uns hin und warten. Von hier habe ich eine gute Sicht auf die Hausnummer 30, schräg gegenüber auf der anderen Straßenseite. Marko lehnt sich an die Wand und raucht eine Zigarette. Er steht direkt hinter dem Automaten. Als ich Dani entdecke, sage ich zu Marko, dass Dani da ist. Marko tritt hinter dem Automaten hervor und geht mit großen Schritten über die Straße. Dani stellt sich an die Dreißig und drückt auf einen der Klingelknöpfe. Er nickt mit dem Kopf zur Musik aus seinem Handy. Marko bemerkt er nicht. Auf den letzten paar Metern setzt Marko zu einem kurzen Sprint an. Er taucht hinter Dani auf und knallt dessen Kopf so hart gegen die Tür, dass die oberste Glasscheibe zerspringt. Dann packt er Dani am Rücken und reißt ihn zu Boden. Er tritt ihm in die Rippen, gegen den Oberarm und vor allem gegen den Kopf. Er nimmt seine Zigarette in die Hand und drückt sie auf Danis Gesicht aus. Dann schaut er zu mir herüber. Ich halte den Atem an. Er pfeift. Ich atme wieder aus. Marko nickt. Dann rennt er los, die Straße hinunter. Gerade will ich ihm hinterher, als ich diesen Penner mit den Einkaufstüten sehe. Er steht auf der anderen Seite der Gebäudeecke und muss alles mit angesehen haben. Aus meinem Winkel habe ich ihn total übersehen. Er schaut mich an. Ich zögere. An der Dreißig ertönt der Summer. Da renne ich los. Irgendein Mädchen ruft mir etwas aus einem offenen Fenster hinterher, aber ich bin mir gar nicht mal sicher, ob sie wirklich mich meint. Ich renne so schnell, dass der Wind in meinen Ohren pfeift und alle anderen Geräusche dahinter verschwinden wie in einer Wand aus Wasser.

Mittwoch, 26. Juni

Noch bis gestern fanden die Notenkonferenzen statt und heute hilft die ganze Schule dabei mit, die Unterrichtsräume neu zu streichen. Jede Klasse soll zunächst ihren eigenen Raum renovieren, danach, an Donnerstag und Freitag, werden alle übrigen Räume angemalt. Es ist ein großes Projekt. Eigentlich kann sich die Schule die ganze Farbe gar nicht leisten. Zusätzlich zu den Einnahmen aus einem Spendenlauf, bei dem ich nicht war, weil ich an dem Tag geschwänzt habe, musste jede Klasse noch etwas aus der eigenen Klassenkasse beisteuern.

Alle tragen alte Klamotten und halb kaputte Schuhe. Es gibt einige Jungen und Mädchen an der Schule, deren Väter von Beruf Maler sind. Ein paar davon haben sich bereit erklärt, beim Streichen zu helfen. Sogar eine Frau ist darunter. Aus unserer Klasse hilft Vanessas Vater mit. Man kann sehen, dass Vanessa das unheimlich peinlich ist.

Frau Blond hat uns in der Woche zuvor in zwei Gruppen aufgeteilt; die erste malt von acht bis elf Uhr und die zweite von elf bis zwei. Ich bin in die Elf-Uhr-Gruppe gelost worden, was ich nicht wusste, deshalb erscheine ich schon um acht. Frau Blond tut zuerst so, als bemerke sie das nicht. Als ich sie bitte, mich aus der zweiten Gruppe zu streichen, ist sie dagegen und ignoriert mich. Sie verhält sich mir gegenüber zunehmend kälter. Das war vorher nicht so.

Ich verlasse den Klassenraum und nutze die Gelegenheit, um bei Frau Jakobs das Geld für die Fahrt nach Paris abzugeben. Danach setze ich mich für eine Weile auf die runde Bank vor dem Lehrerzimmer. Ich überlege ernsthaft, ob ich wirklich noch mal um elf Uhr erscheinen will, als Dominik die Treppe herunterkommt und an der Tür des Hausmeisters klopft. Er sieht mich und kommt zu mir herüber.

»Na, sitzt du hier deine Stunden ab?«

»Ich glaub, ich hau wieder ab, Dom.«

»Dann komm ich mit.«

Wir verlassen das Schulgebäude in unseren zerfledderten Klamotten. Ich komme mir bescheuert vor.

»Ich bleib dieses Jahr sitzen«, sage ich.

Dominik schaut mich an. »Was?«

»Frau Blond hat gestern wieder bei mir angerufen. Mein Vater hat's mir erzählt.«

»Scheiße, Mann.«

»Was soll's.«

»Dann eben nächstes Jahr, was?«

Ich nicke.

»Ich bin dann aber nicht mehr hier, wenn du das Jahr wiederholst«, sagt Dominik.

»Was?«

»Ich wechsle auf eine Schule bei mir in Winterhude. Dort stehen die Fehlzeiten nicht im Abschlusszeugnis. Meine Mutter und ich haben mich schon angemeldet, letzte Woche.« Er klopft mir auf die Schulter. »Komm doch mit, Mann. Die Schule hier ist doch scheiße. Hier verschimmelst du nur.«

Ich antworte nichts darauf.

Wir betreten das Gelände von Toom.

»Was meinst du?«, hakt Dominik nach.

»Ich weiß nicht.«

»Was weißt du nicht? Hält dich hier etwas? Tobi macht seinen Abschluss und geht, Marko kommt nicht wieder, ich bin weg. Sogar Stani wechselt.«

»Echt? Wohin?«

»Er geht auf irgendeine Schule in Farmsen. Die arbeiten dort ohne Stift und Papier. Ist wohl so ein privates Ding.«

»Ich weiß nicht.«

»Alle, die sonst bleiben, sind doch Spackos. Außerdem bleibst du ja nicht mal bei Frau Blond – du kommst dann in …« Dominik denkt scharf nach. »In Herr Ezrins Klasse! Ich bitte dich. Paul, Mensch.« Er lächelt mich warm an. »Vorausgesetzt, der kommt noch mal zurück.«

»Ich weiß nicht. Noch nicht.«

»Na ja, hast ja noch Zeit. Wie sieht es eigentlich bei dir zu Hause aus? Ziehst du jetzt zu deiner Mutter oder bleibst du bei deinem Vater?«

»Zu meiner Oma.«

»Wirklich? Du gehst zu deiner Oma?«

»Ich weiß noch nicht. Meine Mutter ist bei meiner Oma. Sie ist gerade erst raus. Vor ein paar Wochen. Aber sie meldet sich nicht so oft.«

»Scheint wohl 'ne ernste Sache zu werden. Deine Mutter kommt nicht mehr zurück?«

Ich schüttle den Kopf.

»Wo wohnt deine Oma?«

»Harburg.«

»Oha …«

Pause.

»Dann wäre es wohl am sinnvollsten, wenn du gleich auf so 'ne Schule in Harburg gehst, was?«

»Vielleicht.«

»Ich meine: Für so 'ne Schule wie die Königsländer solltest du dir das nicht antun, jeden Morgen stundenlang mit der Bahn zu fahren.«

»Mal sehen.«

»Für die Schule bei mir würde es sich lohnen.« Er zwinkert mir zu.

Ich reagiere nicht darauf.

»Denk erstmal in Ruhe über alles nach. Dann mach dir einen Plan. Und einen Plan B.«

Ich grunze.

Wir betreten Toom und Dominik versucht, uns ein paar Schnäpse zu kaufen, aber die Kassiererin ist ziemlich kratzbürstig und droht uns mit dem Geschäftsführer, falls wir es noch mal versuchen sollten. Dominik sagt ihr ins Gesicht, dass sie eine miese Fotze ist, und spuckt ihr auf das Laufband.

»Gott, bin ich froh, dass ich diese Scheißgegend endlich verlasse«, sagt er und es klingt befreiend.

Wir gehen aus dem Laden und überlegen, wo wir als Nächstes hinmöchten. Eigentlich – so glaube ich – möchten wir nicht.

Donnerstag, 27. Juni

Der Krohnstiegtunnel liegt unter dem nördlichen Ende der Flughafenrollbahn. Sein rechter Ausgang führt entweder südlich zum Flughafen, nördlich nach Schleswig-Holstein oder einfach weiter gen Osten durch Langenhorn. Über ein Verkehrskreuz gelangen die Autofahrer in die verschiedenen Richtungen. Auf der Südseite des Knotens befindet sich freies Gelände, das direkt an die Rollbahn grenzt und durch einen hohen Zaun abgetrennt ist. Aus der Mitte des

Geländes erhebt sich ein Hügel und auf dem Hügel steht ein Monolith aus Stein mit einer runden Sitzbank drum herum.

Ich setze mich auf diese Bank. Im Süden sehe ich die Gebäude des Flughafens. Vor den Terminals stehen Flugzeuge, rechts ragt der Kontrollturm in die Höhe. Ich erkenne das Dach des Planetariums in der Ferne und noch weiter dahinter – fast wie im Nebel – den Fernsehturm.

Ein Flugzeug kündigt seinen Start an. Aus der Weite dröhnen seine Düsen nur schwach. Dann kommt es näher und der Lärm wird intensiver. Schließlich erscheint seine Spitze hinter den Nadelbäumen. Es ist eine Lufthansa-Maschine. Sie hebt in die Luft ab. Die Fahrgestelle lösen sich vom Boden und verschwinden unter den Klappen. Ich drehe mich nach dem Flugzeug um, verfolge es mit den Augen. Erst als es nur noch so groß wie eine Mücke ist, schwenkt das Flugzeug nach rechts und ändert seine Richtung, dreht nach Osten ab und verschwimmt mit dem blauen Himmel. Ich stelle mir vor, wohin es fliegt. Eine traurige Sehnsucht ergreift mich.

*

»Marko«, kündigt Tobi an, als er wieder ins Zimmer kommt, und legt sich auf seine Schlafcouch.

Die Haustür hat er offen gelassen. Schritte hallen im Treppenhaus. Dann reiben Schuhsohlen über den Fußabtreter. Ich höre Marko zischeln.

»Hier …«, sagt er.

Tobi schaut mich an. »Hat er jemanden mitgebracht?«

Marko kommt ins Zimmer und Steffi erscheint hinter ihm. Das behinderte Mädchen. Sie schaut zuerst unsicher, dann erhellt sich ihr Gesicht und verwandelt sich in ein Grinsen.

»Paul!«, sagt sie und winkt mir zu. Ihre schiefen Zähne springen ihr aus dem Gesicht.

Ich schaue zu Tobi, dann zu Marko.

»Was wird das?«, fragt Tobi und setzt sich auf.

»Hast du Cola da? Oder Fanta? Irgendwas?« Marko nimmt Tobis Rucksack vom Sofa und legt ihn auf den Boden. »Du kannst dich hierhin setzen, Steffi.«

Steffi setzt sich neben mich.

»Kuck mal in der Küche«, sagt Tobi und zuckt mit den Schultern.

Marko geht in die Küche.

Tobi schaut zu Steffi. Sie sitzt breitbeinig da und grinst und starrt auf den Fernsehbildschirm.

»Hast du *Spongebob*?«, sagt sie zu mir.

»Keine Ahnung.«

»Hier«, sagt Tobi und wechselt den Kanal. Er schaltet einen Zeichentrick mit fliegenden Hühnchen ein. »Kein *Spongebob*.«

»Hey! Das ist *Hellzangelz*!«, sagt Steffi, zeigt auf den Fernseher und freut sich. »Das kuck ich auch immer!«

Tobi lässt den Cartoon laufen.

Mit einer Flasche Bitter Lemon und einem Glas kommt Marko ins Zimmer zurück. In dem Glas ist bereits etwas drin, eine klare Flüssigkeit. Er öffnet die Flasche und füllt das Glas ganz auf. »Hier, Steffi, trink.«

»Ist das Fanta?«

»Nein, aber das hier schmeckt viel besser.« Marko setzt sich auf die Sofalehne.

Steffi trinkt einen Schluck und verzieht das Gesicht. »Ui!«

»Trink noch mal«, sagt Marko.

Steffi nimmt noch einen Schluck. »Ui!«

»Was soll denn das?«, fragt Tobi wieder.

Marko schaut zum Fernseher. Dann lacht er und schaut auf den Boden. »Was hast du zum Geburtstag bekommen, Tobi?«

»Nichts. Oder doch: ein Buch von Paul.«

»Sonst nichts?«

»Neue Kissenbezüge von Janine.«

»Mehr nicht?«

»Nein.«

»Nicht mal von deiner Mutter?«

»Nein, nichts.«

»Hat sie dir wenigstens gratuliert?«

Tobi schaut weg.

»Wo ist sie überhaupt? Wo ist deine Schwester? Wieso ist es hier so leer?«

»Warum hast du sie mitgebracht, Marko?«, fragt Tobi und zeigt auf Steffi.

Marko zuckt mit den Schultern. Er lehnt sich zurück. »Ich hab ihr ein Spiel versprochen«, sagt er. »Wollt ihr beiden zuschauen oder mitmachen? Wir spielen ein *Spiel.*«

»Ach«, sagt Tobi. »Ein Spiel, was? So, so. Ich verstehe.«

»Genau.« Marko schiebt den Tisch zur Seite und macht den Fernseher aus. »Trink noch mehr«, drängt er Steffi.

Sie streckt angeekelt die Zunge raus.

Marko lacht. »Wir wollen jetzt das Spiel spielen. Dazu musst du erst mal dein Glas austrinken.«

»Mach aber nicht wieder so eine Schweinerei wie beim letzten Mal«, sagt Tobi.

Marko wirft ihm eine Kusshand zu und fängt an, die Schlafcouch aufzuklappen. »Wir spielen das Spiel, Steffi.«

»Welches Spiel?«

»Das tollste Spiel der Welt! Erinnerst du dich? Spielst du gerne, Steffi?«

Steffi nickt. »Am liebsten spiele ich Fangen.«

»Gut. Das hier ist so ähnlich wie Fangen. Es gibt auch nur eine einzige Regel bei dem Spiel: Du darfst niemandem davon erzählen, sonst verlierst du. Das ist die Regel. Brech sie nicht.« Er spricht sehr ruhig und konzentriert. »Das tollste Spiel der Welt!«, sagt er begeistert. »Brech die Regel nicht.«

Steffi schüttelt den Kopf.

Tobi geht zum Fenster hinüber und zieht die weißen Vorhänge zu.

»Zuerst musst du noch das Glas austrinken.«

»Schmeckt aber nicht!«, sagt Steffi.

»Ich weiß«, sagt Marko und deutet auf das Glas in ihrer Hand. »Trink.«

Steffi nimmt noch einen Schluck, dann ist das Glas leer.

»Sollen wir Tobi mitspielen lassen?«

Steffi nickt und lacht. »Ja.«

»Und Paul? Soll Paul auch mitspielen?«

»Ja«, sagt Steffi wieder und schaut mich von der Seite an. Ihr breiiges Grinsen zerfließt in ein nachdenkliches Starren, dann in ein stumpfsinniges Glotzen.

»Willst du mitspielen?«, sagt Marko zu mir. »Steffi möchte, dass du mitspielst. Du kannst auch die Kamera halten, wenn du willst.« Er hält mir sein Handy hin. Es ist ein ganz neues Gerät, wie ich sehe.

»Kann ich machen«, sage ich und schaue auf den Boden.

Marko stellt das leere Glas auf den Tisch. »Gleich können wir anfangen.«

Steffi grinst.

»Aber bevor wir anfangen«, sagt Marko, »müssen wir erst noch was machen. Leg dich hin. Das gehört zum Spiel. Leg dich einfach auf die Couch. Kuck mal, wie lieb ich sie für uns aufgeklappt hab.«

Steffi folgt seiner Anweisung.

Marko knöpft sich die Hose auf. »Jungs müssen die Hose ausziehen. Und Mädchen auch. Alle müssen die Hosen ausziehen.« Er zieht den Reißverschluss runter und streift sich die Hose von den Beinen.

»Marko?«, sagt Steffi leise. »Wie heißt das Spiel?«

»Oh, es heißt … Ich weiß nicht mehr.« Er schaut zu Tobi hoch. »Tobi, wie heißt das Spiel?«

Tobi bläst die Backen auf und zuckt mit den Schultern. »Keine Ahnung.«

»Ficken«, sagt Marko. »Es heißt *Ficken*. Es geht darum, den anderen zu *ficken*.«

Steffi lacht.

Marko schleudert seine Hose auf den Boden. »Im ersten Teil des Spiels geht es darum, Schwanz und Fotze frei zu machen.« Er fasst nach Steffis Hosenknopf.

Plötzlich schaut Steffi verwirrt.

Marko sieht es. »Das gehört alles zum Spiel, Steffi. Willst du das Spiel gewinnen?«

»Ja …«

»Super! Dann hilf mir aber auch ein bisschen. Mach die Beine hoch. Streck sie aus.«

Steffis Hose hat keinen Reißverschluss, sondern bloß zwei kleine Knöpfe. Marko öffnet sie und fängt an, Steffi die Hose von den Hüften zu ziehen. Ein helles Höschen erscheint unter dem Bund. Es sieht alt aus und ein bisschen grau.

»Nimmst du schon auf?«, fragt mich Marko, deutlich erregt.

Ich hebe das Handy hoch und nicke.

Marko fasst Steffi an die Hüften und zieht ihr das Höschen aus. Er spreizt ihre Beine und streichelt ihr mit einem Finger über ihren milchigen Bauch. Steffi hat sehr dichtes Schamhaar. Marko richtet sich auf und zieht seine Boxershorts aus. Sein Schwanz ist steif.

Steffi schaut Marko dabei zu, wie er sich vorbeugt und sich vor ihr hinkniet. Sie hat den Mund zugemacht, aber die vorderen Zähne ihrer oberen Zahnreihe stehen trotzdem unter der Oberlippe hervor.

Ich schaue auf das Display. Steffi hat noch ihre schwarze Strickjacke an und Marko trägt sein langes schwarzes Muskelshirt. Seine Boxershorts hängen ihm um die Knöchel.

Ich filme, wie Steffi Marko anschaut. Mit ihren auseinanderschielenden Augen sieht sie aus wie ein Insekt. Ich fahre mit dem Objektiv nach rechts. Marko hebt Steffis Beine hoch. Dann beugt er sich ein Stück vor. Ich zoome näher heran.

»Warte!«, sagt Tobi und nimmt mir das Handy weg. Er schiebt mich zur Seite, hockt sich vor die Schlafcouch und filmt Markos Schwanz aus der Nähe.

Ich setze mich auf das Sofa.

»Jetzt spielen wir *Ficken*«, sagt Marko. »Wir *ficken*. Wer von uns beiden den anderen besser *fickt*, gewinnt das Spiel.«

Steffi stöhnt auf, als Marko sich auf sie legt. Er fängt langsam an zu stoßen. Dann wird er schneller. Die Couch quietscht leise.

»Boah, ist die eng!«, sagt Marko und schnaubt.

Tobi richtet sich auf und tritt einen Schritt zurück.

Ich schaue in Steffis Gesicht und sehe, dass es verzerrt ist und dass sie grinst.

Sie stöhnt und versucht, sich an der Schlafcouch festzuklammern. Ihre langen roten Haare liegen wirr über der Couchlehne. Das Fett an ihren Schenkeln zuckt. Marko legt sein Gesicht auf ihre Brust und atmet schwer. Dann keucht er plötzlich und hört mit einem Schlag auf. Er bleibt reglos liegen.

Tobi jubelt und tritt gegen die Schlafcouch.

Steffi schaut verwirrt.

Es ist nicht sehr hell im Zimmer.

Tobi stoppt das Video.

Einen Augenblick geschieht nichts und keiner sagt etwas. Steffi schluckt einige Male.

Dann richtet sich Marko auf und setzt sich neben Steffi auf die Couch. Er atmet tief durch. »Das Spiel ist noch nicht vorbei, Steffi. Tobi spielt ja noch mit.«

Tobi lacht. »Ist schon okay. Steffi hat gewonnen.«

Steffi reagiert nicht. Sie starrt bloß. Eines ihrer Augen blickt in meine Richtung. Ich bin mir nicht sicher, ob sie mich wirklich ansieht. Ihr anderes Auge kuckt in Markos Richtung, und zwischen uns steht Tobi. Ich weiß nicht, wen sie anschaut. Sie fängt an, auf ihrer Unterlippe herumzukauen.

Marko zieht seine Boxershorts wieder hoch. »Du hast gewonnen, Steffi. Gott, ist mir warm.« Dann kuckt er auf Steffis Möse hinunter. »Oh, es läuft ihr aus der Muschi.«

»Deine Spratze, Mann!!!«, fährt Tobi ihn an. Er rennt ins Bad und kommt mit einer Rolle Klopapier zurück, reißt Streifen davon ab und legt sie Steffi zwischen die Beine. »Deine Scheißspratze versaut mir meine Couch! Schon wieder, Marko! Mann!«

Steffi schaut noch immer verwirrt.

»Steffi«, sagt Marko.

Steffi reagiert nicht.

»Steffi?«

Steffi schaut zu ihm hoch, während Tobi immer mehr Streifen zwischen ihre Schenkel steckt.

»Du hast gewonnen. Freust du dich nicht?«

Steffi antwortet nicht.

Als wir am Nachmittag telefonieren, bittet mich Dominik, ihn am Abend in einen Technoclub in Buxtehude zu begleiten. Wir verabreden uns für zehn Uhr auf dem S-Bahn-Steig im Hauptbahnhof. Er sagt, dass ich meinen Reisepass und Geld mitbringen soll, zwanzig Euro mindestens.

Zuerst kommt Dominik nicht. Ziemlich schnell fühle ich mich beobachtet. Die vielen Menschen am Bahnsteig und das Warten machen mich derart nervös, dass ich mich wirklich zusammenreißen muss, um mir nicht eine Zigarette anzuzünden. Ich denke mir, vielleicht sieht es ja keiner. Aber dann kommt Dominik und ich kann ihn überreden, dass wir zuerst nach draußen gehen und rauchen. Danach nehmen wir die S-Bahn und steigen in Harburg in den Zug nach Buxtehude um. Dominik trägt eine gelbe Technohose und hat eine Flasche Orangensaft dabei. In die Flasche hat er Wodka gemischt und davon trinken wir.

»Ich hab auch noch was anderes dabei«, sagt er.

Ich erwähne den Vorfall auf Tobis Geburtstagsfeier, als Marko Jessica angepisst hat. Dominik sagt, dass er sich kaum noch an den Abend erinnern kann. Er gibt mir einen Zettel zum Ausfüllen. Es ist ein Formular, eine Einverständniserklärung.

»Füll das aus und trag auch den Namen deiner Mutter ein.«

Ich trage meinen Namen und den meiner Mutter ein, darunter setze ich ihre Unterschrift.

»Ach, und Tobi hat die Ausbildung bekommen«, sagt Dominik.

»Wirklich?«

Er nickt. »Gestern. Wir haben telefoniert.«

Ich freue mich für Tobi.

In einem Kaff steigen einige Raver ein. Kaum Ausländer in dem Zug.

Von der Bahnstation Buxtehude bis zum Club sind es ein paar Kilometer. Ein Bus fährt an uns vorbei.

»Ach, stimmt ja; wir hätten auch den Bus nehmen können«, sagt Dominik. »Das hab ich total vergessen.«

Wir gehen zu Fuß weiter und kommen an Einfamilienhäusern und Garagen vorbei, an Vorgärten mit Schildern an den Zäunen, die vor Hunden warnen, und an dunklen, schmalen Einbahnstraßen, die zu Sackgassen werden. In der Ferne strahlen zwei Lichtsäulen in den dunklen Himmel hinauf.

»Das ist das *Haus*«, sagt Dominik.

Ein Stück weiter die Straße hinunter liegt eine Aral-Tankstelle. Ein Mädchen mit Zöpfen kommt aus dem Shop und stellt sich an die Straße, um zu telefonieren. Das Mädchen ist stark geschminkt und hat dieselbe Technohose wie Dominik, nur in einem noch grelleren Gelbton.

Dominik ruft »Lissi«, aber sie dreht sich nicht nach uns um. Dominik ruft sie noch mal und läuft dann zu ihr hin. Ein paar Autos fahren an uns vorbei, die ersten seit langer Zeit. Dominik bittet Lissi, uns in den Club zu bringen. Lissi stöhnt und schnaubt und verdreht die Augen und sagt uns schließlich zu. Wir gehen weiter. Dominik flüstert mir zu, dass Lissi meistens nur Typen über vierzig fickt.

Das *Haus* heißt eigentlich *Irrenhaus* und ist eine große Lagerhalle. Leuchtstäbe in verschiedenen Neonfarben zieren die Außenwände. An der Straße stehen die beiden Scheinwerfer, aus denen die Lichtsäulen kommen. Sie drehen sich und kreuzen ihre Strahlen. Eine kleine Treppe mit einem schmutzigen roten Teppich und Absperrungen aus Samtschnüren an den Seiten führt zum Eingang hinauf, wo zwei breite, braun gebrannte Männer in dunklen Bomberjacken stehen und Zigaretten rauchen. Der eine sitzt auf einem Hocker. Sie beäugen uns schon von weitem.

»Hallo, Jungs!«, sagt Lissi zu den beiden Männern.

»Na, Lissi, wie geht's?«, sagt der eine Mann. Er hat kurze dunkle Haare mit Geheimratsecken und einen Kinnbart.

»Ja, gut«, sagt Lissi müde. »Hi, Jörg.« Sie stellt sich auf die Zehenspitzen und gibt dem Mann auf dem Stuhl einen Kuss auf die Wange. »Die beiden sind mit mir hier. Dominik kennst du doch, oder?«

Jörg verzieht keine Miene. Er hat kurze blonde Haare und ein eckiges Gesicht mit Falten an den Augen. »Ausweise dabei?«

Wir holen unsere Pässe und die weißen Zettel heraus. Jörg schaut sie sich an und lässt uns rein. Der andere Typ durchsucht uns.

»Um Mitternacht seid ihr wieder raus«, sagt Jörg. Es klingt wie ein Befehl.

Nachdem wir drinnen sind, verschwindet Lissi in einem dunklen Gang. Wir gehen an die Kasse und bezahlen, jeder zehn Euro.

An der Bar erklärt mir Dominik, dass das *Haus* früher eine Spedition war. Der Club hat eine große Tanzfläche. Tische mit Metallhockern stehen an den Rändern, Sitznischen liegen im Schatten verborgen. Getränkebars gibt es an mehreren Stellen. Der DJ hat sein Mischpult auf einer abgetrennten Bühne, von der er die gesamte Tanzfläche überblicken kann. An den Seiten der Tanzfläche gibt es Stangen und an zwei Stellen, links und rechts vom DJ, sind Käfige. Die Tanzfläche ist sehr voll, als wir hereinkommen. Dicke Mädchen schwingen an den Stangen, ein Pärchen tanzt in einem der Käfige und zwei dünne Mädchen in dem anderen. Bunte Scheinwerfer strahlen auf die Tanzenden nieder, ein Strobo-

Licht setzt mehrmals hintereinander ein. Heute Nacht läuft nur Hardcore. Dominik erzählt mir, dass jeden Samstagabend Hardcore-Abend ist und dass fast jeder Samstagabend gleich ist. Er bestellt uns zwei Cola und wir trinken sie an der Bar.

Auf dem Weg zur Toilette begegnen wir Mädchen, die wie Lissi aussehen: sehr jung, in ärmellosen Oberteilen und denselben luftigen Hosen, mit müdem, desinteressiertem, abweisendem Ausdruck in ihren deutschen Gesichtern. Dominik geht in eine Kabine und ich in die Kabine daneben. Über der Trennwand schiebt er mir eine Pille zu. Wir gehen wieder nach oben.

Etwas später am Abend fühlt sich mein Skelett wie Gummi an. Ich spüre die Wärme meinen Körper fluten. Mein Kopf nickt ganz automatisch, von alleine, ohne dass ich wirklich was dazu tun muss. Ich fühle mich begehrenswert und attraktiv, ein komisches Gefühl, aber ein gutes. Dominik sagt, dass wir tanzen gehen sollten. Wir rauchen Zigaretten und tanzen. Ich schließe bloß die Augen und wippe meinen Körper zur Musik, was ganz leicht geht. Dominik bestellt uns noch zwei Cola. Er sagt, Alkohol käme jetzt nicht so gut. Wir setzen uns an einen der Stehtische und rauchen. Ich gebe Dominik einen Kaugummi ab und wir kauen Kaugummi und rauchen und nicken. Ich ziehe mein Sweatshirt aus und binde es mir um die Hüften.

»Erzähl mir ein Geheimnis«, sagt Dominik.

»Meine Eltern lassen sich scheiden.«

»Das weiß ich doch bereits. Aber wie ist das für dich?«

»Schon scheiße. Ich meine: Vielleicht habe ich noch nicht richtig verstanden, was das für mich bedeutet, aber eigentlich kommt mir das nicht so schlimm vor, wie andere Menschen eventuell denken würden.«

Dominik nickt.

»Es ist aber auch ganz cool«, sage ich. »Verstehst du, was ich meine? Die ganze Sache hat auch seine kleinen Vorteile. Ich meine die Freiheit und so.«

»Ich weiß, was du meinst.«

»Deine Eltern sind doch auch geschieden.«

»Ja, aber da war ich noch klein«, sagt Dominik und nimmt noch einen Zug. »Erst sechs oder so.«

»Erzähl du doch mal ein Geheimnis.«

»Ich liebe Veronika immer noch.«

»Sind wir deshalb hier?«

»Was?«

»Warum gehst du neuerdings in diesen Club? Weil Veronika hierherkommt?«

»Wer hat dir das denn erzählt?«

»Stimmt es?«

Dominik drückt seine Zigarette im Aschenbecher aus. »Veronika kommt jedes Wochenende hierher. Nach der Abtreibung ist sie depressiv geworden. Sie schmeißt Ecstasy und nimmt Speed.«

»Ja?«

Wir zünden uns jeder noch eine Zigarette an.

»Aber ich will sie zurück«, sagt Dominik wieder. »Ich liebe sie wirklich.«

»Alles wird gut«, sage ich.

Dominik schaut bloß.

Ich lächle und nicke und glaube wirklich daran, dass alles gut wird. Alles ist möglich.

Auf der Toilette schaue ich mir meine Augen im Spiegel an. Die Pupillen haben sich geweitet. Unfassbar. Sie überdecken fast die gesamte Netzhaut. Ich bin schwer beeindruckt.

»Pupillenvergleich?«, sagt ein Junge, der auch auf der Toilette ist, und lächelt mich an.

Ich fühle mich, als würde ich mit warmem Wasser überschüttet.

Dominik macht sich seine Haare zurecht und sagt dann zu mir, dass wir wieder hochgehen sollten, weil uns sonst der Klomann anschnauzt. Er steckt mir noch eine Pille zu.

»Warst du schon da drüben?« Dominik zeigt auf einen dunklen Bereich hinter der Tanzfläche.

Ich schüttle den Kopf.

Auf den Tischen liegen Schwarzlichtlampen. Als wir uns den Sitzen nähern, sehe ich, dass dort in der Dunkelheit bereits einige Leute sind. Wir suchen uns einen Platz aus. Dominik holt ein kleines Tütchen mit weißem Pulver heraus. Er öffnet es und streut etwas davon auf die Tischplatte. Das Pulver strahlt violett.

»Koks?«, flüstere ich ihm zu.

»Nein, Speed«, sagt er und grinst.

Er holt einen Geldschein aus seinem Portemonnaie, rollt ihn zusammen und schnupft eines der Häufchen. Dann gibt er mir die Rolle und ich schnupfe das andere Häufchen. Wir sitzen eine Weile so da und sagen nichts. Dann holt Dominik das Tütchen wieder heraus und streut uns zwei weitere Häufchen.

Bald ist es nach drei Uhr. Der Club leert sich. Wir tanzen noch einmal, dann rauchen wir unsere letzten Zigaretten. Ich habe quasi den ganzen Abend ununterbrochen geraucht, nur auf der Toilette nicht. Für eine Weile setze ich mich wieder an einen der hohen Tische und beobachte Dominik, wie er auf der Tanzfläche die Handgelenke aneinanderlegt und mit den Händen kreist. Am Nebentisch sitzen ein dicker Asiate und ein blondes Mädchen mit Brille und tiefem Ausschnitt. Sie sind mir bereits vorher aufgefallen.

Die Blondine sieht ungeduldig aus. Ein paarmal steht sie von ihrem Hocker auf und führt einen wilden Regentanz auf. Dann setzt sie sich wieder hin und trinkt einen Schluck von ihrem Energydrink. Der dicke Asiate lacht über einen Witz, den ihm niemand erzählt hat.

Dann sehe ich Veronika. Sie ist mit diesem dürren Mädchen da, das auch auf Tobis Geburtstagsparty war. Die beiden stellen sich an einen Tisch abseits der Tanzfläche und rauchen. Ich schaue zu Dominik rüber. Er tanzt noch immer. Ich schaue wieder zu Veronika. Sie trinkt einen Schluck von ihrer Cola, dann legt sie ihr Kinn auf ihre gefalteten Hände und bewegt die Schultern im Rhythmus der Musik.

Eine Blauhaarige kommt zu mir an den Tisch. Sie hat ein eingefallenes Gesicht und kann nur schwer die Augen offen halten.

»Hast du *Duweißtschon*?«, fragt sie mich.

Ich schüttle den Kopf.

»Hast du *Dasandere*?«

Ich schüttle wieder den Kopf.

Sie schaut auf den Boden.

Ich kann nicht sagen, ob sie enttäuscht ist; ihr Gesichtsausdruck verändert sich nicht.

»Hast du eine Zigarette?«, fragt sie schließlich.

Ich zucke mit den Schultern. »Die letzte gerade geraucht.«

»Was?«

Ich zeige auf die leere Schachtel.

Sie verlässt meinen Tisch wieder und wirft einen müden Blick über die Tanzfläche. Dann geht sie in die entgegengesetzte Richtung. Sie sieht aus, als würde sie gleich umfallen und sterben.

Ich schaue wieder zum Tisch, wo Veronika stand, aber jetzt steht dort nur noch die dünne Freundin.

Dominik kommt von der Tanzfläche.

»Ich hab eben Veronika gesehen.«

»Echt? Wo?«

Ich zeige auf den Tisch, an dem sie eben noch gestanden hat.

Dominik geht zu Veronikas Freundin hinüber und sagt etwas zu ihr. Das Mädchen deutet in Richtung der Ecke mit dem Schwarzlicht.

Wir entschließen uns zu gehen, als ich außer einer aufkommenden Niedergeschlagenheit nicht mehr viel spüre. Mir ist plötzlich so kalt und ich habe auch keine Lust mehr, mich zu unterhalten. Stille ist jetzt das Einzige, das ich hören möchte. Das spüre ich. Dominik bemerkt meine Schweigsamkeit.

»Abturn«, sagt er.

Ich weiß nicht. Ich hab so ein Gefühl vorher noch nie gehabt. Zumindest noch nie so heftig. Es ist ein bisschen, als könnte mir jederzeit der Angstschweiß ausbrechen.

Dominik erklärt mir, dass das ganz normal ist. »Bei jedem liegt die Grenze zwischen Freude und Trauer woanders.«

Bevor wir gehen, nehmen wir noch etwas Speed. Ich habe den Eindruck, dass es nicht wirkt, aber Dominik erzählt mir, dass man nie mehr den Höhepunkt erreicht, wenn man ihn erst mal hinter sich hat. Die Laune bleibe für kurze Zeit auf demselben gemäßigten Level und man könne damit bloß das Runterkommen noch ein bisschen verzögern. »Aber runter kommen sie alle.« Er sagt, dass er bei sich zu Hause noch Gras hat und dass wir das rauchen können, bevor ich endgültig in meinem Loch versinke.

Wir kaufen uns eine Schachtel Zigaretten an der Tankstelle und rauchen sie auf dem Weg zur Bahnstation und während wir auf den Zug warten.

»Veronika will mich wirklich nicht mehr zurück, Paul«, sagt Dominik.

Ich schüttle mich. »Dom, ich hab ehrlich keinen Bock, mich jetzt zu unterhalten.«

»Bitte, Paul, ich muss einfach reden. Ich brauch das jetzt. Du musst auch nicht antworten. Tu einfach so, als würdest du zuhören, ja? Bitte, Paul.«

Ich nicke.

»Danke. Bist ein echter Freund.«

Ich schließe meine Augen.

Er sagt, dass ihn die Sache mit Veronika fertigmacht, auch wenn man es ihm vielleicht nicht ansieht. Er sagt, dass Veronika ihn hasst und dass sie sich manchmal sogar wünscht, er sei tot.

»Erwachsen zu sein heißt auch, sich Sorgen zu machen«, sagt er und schließt die Augen und sagt eine ganze Weile nichts mehr.

Ich fühle mich nun sehr niedergeschlagen. Alles ist sinnlos. Ich will nirgendwo sein. Alles ist sinnlos. »Alles, Paul«, höre ich meinen Vater sagen.

Sonntag, 30. Juni

Am Abend stehen Tobi und seine Schwester Janine plötzlich vor meiner Tür.

»Sorry, dass wir dich stören, Paul«, sagt Tobi. »Können wir kurz rein?«

»Klar doch.«

Wir gehen auf mein Zimmer. Tobi und Janine setzen sich auf mein Bett.

»Wollt ihr was trinken?«, frage ich.

»Nein danke, für mich nichts.« Tobi dreht sich zu Janine. »Jeanny, willst du was?«

Janine schüttelt den Kopf.

»Wir wollen dich wirklich nicht stören«, sagt Tobi.

»Tut ihr nicht.«

»Eigentlich müssen wir nur mit Dominik sprechen, aber ich hab seine neue Nummer nicht und bei uns zu Hause herrscht das totale Chaos.«

»Was ist denn los?«

»Ach, wir hatten Stress mit unserer Mutter. Sie hat uns rausgeschmissen.«

»Was?«

»Ja, es gab Stress. Ich hab mich mit Michael angelegt, ihrem Freund, und dann kam Janine dazu und plötzlich auch unsere Mutter und alles war ein Riesenchaos. Alles eine riesige Scheiße.« Er versucht zu lächeln.

»Willst du mit Dominik sprechen? Ich hab seine Nummer. Du kannst ihn anrufen.«

»Das wäre wirklich cool, Paul.«

Janine schaut die ganze Zeit bloß auf den Boden. Tobi legt ihr einen Arm um die Schultern und flüstert ihr etwas zu. Ich gehe in den Flur und hole das Telefon. Dann wähle ich Dominiks Festnetznummer und gebe Tobi den Hörer. Tobi erklärt Dominik, dass er Ärger mit seiner Mutter hatte und gerne mit Janine bei ihm in Winterhude vorbeikommen möchte. Sie machen einen Treffpunkt aus, dann legt Tobi auf.

»Wir müssen jetzt zu Dominik, Jeanny.«

Janine nickt kaum merklich.

»Soll ich euch hinbringen?«, frage ich.

»Nein, geht schon, Paul, danke.«

Ich bringe die beiden zur Tür. Als sie weg sind, kommt mein Vater aus dem Wohnzimmer.

»Wer war denn das?«

»Tobi und seine Schwester.«

»Das war Tobis Schwester? Wie heißt sie denn?«

»Janine.«

»Und wie alt ist sie?«

»So alt wie Tobi. Sie sind Zwillinge.«

»Sieh einer an. Die beiden ähneln sich überhaupt nicht.«

»Tobi ähnelt eher seinem Vater.«

»Verstehe.«

Mein Vater lädt mich zu sich ins Zimmer ein, aber ich habe keine Lust. Ich gehe in mein Zimmer zurück und mache Musik an.

Montag, 1. Juli

Frau Blond ist nicht dabei, als wir den Ausflug ins Hallenbad bei Barsbüttel machen. Herr Kalt, ein neuer Lehrer, begleitet uns an ihrer Stelle. Wir verstehen uns gut mit ihm. Während der letzten Wochen hat er Herrn Ezrin in Sport und Mathe vertreten.

Das Bad ist ziemlich groß und es gibt eine Tunnelrutsche, ein Wellenbad, einen Pool im Freien und ein Fünfmeterbrett. Vanessa hat sich ihr Schamhaar nicht rasiert. Als dünne Linie aus rotblondem Haar wächst es ihr bis knapp unter den Bauchnabel hinauf. Ich frage mich, wie das sein kann, und muss einmal sogar meine Erektion unterdrücken. Der Anblick macht mich unheimlich scharf. Benny und Robin trauen sich, Salti vom Einer zu machen.

Dominik kauft sich etwas am Kiosk und wir setzen uns an einen Plastiktisch oberhalb einer Treppe. Wir haben eine gute Sicht über das Bad.

»Willst du auch was?«, fragt Dominik und bietet mir seine Tüte mit den gemischten Haribos an.

Ich nehme mir ein paar Schaumzuckerpilze.

»Was war denn mit Tobi?«, frage ich nach einer Weile.

»Ach, Tobi, ja. Er war gestern bei mir. Mit seiner Schwester. Wie es aussieht, haben sie sich mit ihrer Mutter gestritten und wurden dann vor die Tür gesetzt.« Dominik unterdrückt ein Kichern. »Ich hab's mir immer gedacht. Tobis Mutter taugt nichts.«

»Was war denn? Mir wollte er nichts erzählen.«

»Tobis Mutter hat mal wieder bei ihrem Freund übernachtet, und als sie am Sonntag zurück war, hat Tobi ihr gesagt, dass er die Ausbildung bekommen hat. Da ist sie wohl ausgeflippt.«

»Und dann?«

»Sie haben bei mir geschlafen. Heute Morgen sind wir dann zum Jugendamt gegangen und dort haben die beiden sich mit einer Frau unterhalten. Die wird noch mal mit Tobis Mutter sprechen.«

»Ihr seid zum Jugendamt gegangen?«

»Ja. Ich kenn die von damals, als Veronika Ärger mit ihrer Mutter hatte.«

»Das haben die beiden mitgemacht?«

»Ich hab's ihnen zuerst nur vorgeschlagen. Aber Tobi fand die Idee gut. Was bleibt ihm auch anderes übrig?«

Wir essen die Süßigkeiten auf. Herr Kalt kommt vorbei und kauft sich eine Cola. Er sagt etwas zu Dominik und Dominik lacht. Dann schaut Herr Kalt mich an und sagt:

»Na, Paul? Redest wohl nicht viel, was?«

»Nein.«

»Hast Angst, was Falsches zu sagen und dich lächerlich zu machen?«

Ich denke über diese Möglichkeit nach.

Auf dem Rückweg steigt ein Mann in die S-Bahn und outet sich als Bettler. Ertan fällt etwas ein. Er kramt sein Handy heraus und zeigt uns ein Video, in dem ein Mann in einem Waggon bettelt. Eine Weile steht er auf dem Gang und redet. Man kann ihn gut verstehen. Er sagt:

»… und ich wäre Ihnen sehr dankbar, wenn Sie mir mit einer kleinen Spende oder vielleicht etwas zu essen weiterhelfen könnten …«

Wie aus dem Nichts springt plötzlich ein Junge ins Bild und haut dem Bettler die Faust ins Gesicht. Der Mann kippt nach hinten um und der Junge versetzt ihm einen Tritt. Eine alte Oma steht von ihrem Platz auf und protestiert. Der Junge hinter der Kamera beschimpft die Frau als Nazi-Schlampe und der Junge, der den Bettler niedergeschlagen hat, baut sich vor der Oma auf und wedelt aggressiv mit den Armen. Dann ist das Video zu Ende.

Ertan schlägt vor, dass wir das Video dem Bettler zeigen.

Ein paar Sitze weiter vorne höre ich, wie sich Stani mit Silvia darüber unterhält, dass er sich von Sina getrennt hat. Das wusste ich gar nicht. Es überrascht mich aber auch nicht wirklich.

*

Marko hat mich angerufen, weil er möchte, dass ich ihn zu einem Bekannten begleite. Wir treffen uns auf dem Spielplatz an der Tiroler Straße und gehen dann zu diesem Typen. Er ist über dreißig und lebt in dem hohen Wohngebäude bei der Lengerckestraße. Aus seinem Wohnzimmer hat man eine gute Sicht auf den Friedhof. Ich schaue auf die Straßenkreuzung hinunter, während Marko sich mit dem Mann unterhält. Marko erwähnt Jessica einige Male. Der Typ gibt Marko Geldscheine. Wir trinken noch eine

Cola zusammen, dann gehen wir wieder. Über Dani sprechen Marko und ich kein Wort.

Als wir auf den Spielplatz zurückkommen, steht Markos Schwester Manuela dort und unterhält sich mit zwei Jungen in ihrem Alter. Sie hat eine Tüte Campino-Bonbons dabei und bietet ihnen welche an. Dann kommt sie zu uns. Wir sitzen auf einer Bank und rauchen Zigaretten. Manuela bietet mir Bonbons an, und ich nehme welche. Marko bietet sie keine an.

»Kennst du schon das hier?«, fragt mich Marko. Er holt sein Handy heraus und zeigt mir ein Video. Es handelt von einem Mann, der einen Delfin fickt, und zwar durch das Loch in dessen Kopf.

»Willst du noch welche?«, fragt Manuela und hält mir die Tüte hin.

»Danke.«

Sie reißt die Tüte weiter auf. »Wer als Erster zehn Stück essen kann«, sagt sie.

»Da sind gar nicht mehr so viele drin, du dumme Kuh!«, sagt Marko.

Manuela ignoriert ihn.

»Wollen wir?«, fragt sie lächelnd.

»Aber *sind* es auch zehn für jeden?«, frage ich.

»Es *müssen* nicht zehn sein. Wir teilen sie durch zwei, und wer dann von seinem Teil zuerst alle aufgegessen hat, hat gewonnen.«

»Okay.«

Manuela schiebt einen Bonbon von einer Seite ihres Mundes auf die andere. Dann nimmt sie ihn zwischen die Lippen.

»Igitt! Du bist so eklig!«, sagt Marko. »Und du hast nicht mal Schuhe an. Nutte, Alter!«

Manuela ist barfuß. Sie trägt Hotpants über ihren blassen

Schenkeln. Ihre Zehennägel sind rosa lackiert, aber vorne ist der Lack bereits stark abgeblättert.

»Und was kriegt der Gewinner?«, fragt sie.

»Keine Ahnung«, sage ich. »Geld? Oder einfach gar nichts?«

»Nein, das ist scheiße. Der Gewinner muss was kriegen. Ich mach das doch nicht zum Spaß.«

»Wie aus dem Munde einer Nutte«, sagt Marko abfällig.

Manuela denkt einen Moment lang nach.

»Haut euch doch eine in die Fresse. Ihr seid beide so blöd!«

»Der Gewinner darf sich was wünschen«, sagt Manuela.

»Von mir aus«, sage ich.

»Aber immer nur ein Bonbon. Nicht alle gleichzeitig in den Mund schieben, das gilt nicht.«

Ich nicke.

Wir legen unsere Bonbons in zwei Reihen auf unseren Schenkeln aus. Es sind sechs für jeden.

»Wer gibt den Startschuss?«, frage ich.

»Ich werf einen Stock in die Luft. Wenn er auf den Boden fällt, fangen wir an. Nicht früher!«

»Ihr seid sooo bescheuert«, sagt Marko. »Fick ihn doch gleich, du Nutte!«

Manuela hebt einen Stock vom Boden auf.

»Paul gewinnt«, sagt Marko.

Manuela wirft den Stock hoch.

Der Stock fällt in den Staub.

Ich nehme den ersten Bonbon, drehe ihn aus der Verpackung und stecke ihn mir in den Mund, kaue ihn mehr schlecht als recht und schlucke ihn hinunter. Dann grapsche ich nach dem zweiten.

»Paul gewinnt! Locker!«

Als ich auf den vierten Bonbon beiße, kracht etwas auf

der rechten Seite meines Gebisses, aber es ist nicht der Bonbon. Ich kaue weiter, und es fühlt sich komisch an. Ich schlucke.

»Paul haut dich weg!«, sagt Marko zu seiner Schwester.

Ich höre auf zu kauen.

Manuela steckt sich den letzten Bonbon in den Mund, kaut und schluckt und streckt dann die Zunge raus. Sie sieht, wie ich schaue.

»Hast du aufgegeben?«

Ich spucke in den Sand. »Nein, warte, ich hab da was am Zahn.«

»Von wegen! Loser!« Sie lacht.

Ich lege die restlichen Bonbons weg und gehe zur Straße hinunter. Im Seitenspiegel eines Autos versuche ich, meine Zähne anzukucken. Ich spüre, dass ein Stück fehlt. An einem Zahn unten rechts. Die Kante des Zahns fühlt sich scharf an, wenn ich mit der Zunge drüber fahre.

Marko erscheint hinter mir im Spiegel. »Was ist denn, du Flasche?«

»Ich hab mir ein Stück von meinem Zahn abgebrochen.« Ich streiche mir mit dem Zeigefinger über die abgebrochene Stelle, um die Schärfe der Kante zu prüfen.

»Quatsch! Du hast nur meine Schwester gewinnen lassen, weil du auf sie stehst!« Marko grinst und haut mir gegen die Schulter. »Dreißig Euro für dich.«

»Hör auf, ich hab sie nicht gewinnen lassen. Mein Zahn ist im Arsch.«

»Jaja«, sagt Marko. »Alter Schwesternficker! Willst du sie bumsen? Dreißig Euro.«

»Hör auf damit. Sie ist deine Schwester.«

Wir gehen zurück auf den Spielplatz.

»Was hast du denn?«, fragt Manuela. »Wolltest du nicht gewinnen?«

»Der Arsch hat dich gewinnen lassen, weil er dich küssen will«, sagt Marko.

»Na und? Soll er doch.«

»Mein Zahn ist abgebrochen«, sage ich dazwischen.

»Ach was! Du hast verloren. Ich hab gewonnen.«

Ich nicke.

»Du kannst dir ja von ihm wünschen, dass er dich fickt.«

»Willst du wenigstens deine Verlierer-Bonbons noch aufessen?«, fragt Manuela.

Ich schüttle den Kopf.

Marko schnappt sie seiner Schwester weg. »Du Flasche!«, sagt er zu mir und stupst mich von der Seite an. »Willst du sie nicht ficken?«

Ich antworte nicht.

»Dann fick ich sie eben.« Marko steht von der Bank auf. »Ich fick dich durch!«

»Verpiss dich, Marko!«, sagt Manuela.

Sie fangen an zu rangeln. Marko greift ihr an den Schritt und Manuela schlägt ihm mit dem Ellbogen gegen die Rippen, dann schreit sie auf und flucht. Marko packt sie von hinten. Als er seine Hand in ihrem Hosenbund hat, prustet Manuela los und bricht dann in Gelächter aus.

Mittwoch, 3. Juli

Die ersten beiden Unterrichtsstunden des letzten Schultages frühstücken wir in unserem Klassenraum. Eigentlich sollte heute jeder etwas mitbringen. Ich habe zwei Pack Milch dabei, die aber keiner anrührt, deshalb überlege ich, ob ich sie nach Schulschluss wieder mit nach Hause nehme. Ich esse zwei Brötchen. Frau Blond isst Käse und erzählt uns von ihren Plänen für die Sommerferien. Die Mädchen stellen ihr Fragen über ihren Freund. Jemand erwähnt Connie und das Baby, das sie bald kriegen soll. Bahar bringt das Gespräch auf Michaela, dann auf die Verabschiedung der Abschlussklassen.

Nach der Pause herrscht Aufregung in der Klasse; Danielas Handy wurde gestohlen. Die ganze Klasse weiß es bereits. Eine kleine Gruppe bildet sich um Daniela. Ich schaue unauffällig zu Dominik rüber. Er, Nenad und Stani reißen Witze übereinander. Als Frau Blond in die Klasse kommt, scheint sie Bescheid zu wissen.

»Setzt euch bitte hin!«, ruft sie. »Daniela hat mir eben gesagt, dass ihr Handy nicht mehr in ihrer Tasche war, als sie vorhin nachgesehen hat. Ich weiß nicht, wer das Handy aus Danielas Tasche genommen hat, aber ich finde das nicht in Ordnung. Das ist gemein und äußerst feige.«

Sie schlägt vor, dass der Dieb das Handy nach dem Unterricht im Sekretariat abgibt. Sie sagt, sie würde sich nicht nach der Person erkundigen, aber sie hofft, dass die Person das Handy wieder zurückgibt.

Ein paar sind mit dem Vorschlag nicht einverstanden. Sie protestieren und verlangen, dass alle ihre Rucksäcke und Jackentaschen leeren. Frau Blond bezweifelt, dass das zu was führt, und weist darauf hin, dass sie niemandes Privatsphäre verletzen will. Vanessa und Julia sagen, dass sie es noch weit schlimmer finden, wenn jemand seine Klassenkameraden bestiehlt. Tim schlägt eine Abstimmung vor und alle sprechen sich dafür aus. Ich schaue wieder zu Dominik. Auch er hebt seinen Arm. Frau Blond gibt sich geschlagen. Wir leeren unsere Taschen und Jacken auf die Tische. Dann geht Frau Blond durch die Reihen und schaut unter den Heften und Mappen, ob irgendwo das Handy liegt. Sie findet es aber nicht. Die Mädchen sind enttäuscht. Frau Blond sagt, dass sie von Anfang an bezweifelt hat, dass diese Aktion etwas bringt. Sie wiederholt noch mal, dass der Dieb das Handy im Sekretariat abgeben soll.

»Mehr kann ich nicht machen«, sagt sie zu Daniela. »Tut mir leid.« Sie sieht verärgert aus.

Nenad meint, dass der Dieb nicht zwangsläufig aus unserer Klasse kommen muss, schließlich sei die Klasse die ganze Pause über offen gewesen. Frau Blond murmelt etwas, dass sie die Klasse von nun an immer abschließen wird.

Schließlich gibt es die Zeugnisse. Frau Blond ruft uns wieder einzeln nach vorne. Sie schaut mir auch diesmal wieder sehr lange in die Augen, sagt aber noch immer nichts. Jetzt ist mir egal, was sie denkt. Ich nehme mein Zeugnis und gehe zu meinem Platz zurück. Dann zähle ich die Vieren und Fünfen. Sitzengeblieben. Jetzt ist es offiziell. Ich spreche es nicht aus, aber in meinen Gedanken kläre ich es mit mir ab. Das Schuljahr ist vorbei. Nichts kann mehr rückgängig gemacht werden.

»Hast du Danielas Handy geklaut?«, frage ich Dominik auf dem Heimweg.

»Nein«, sagt er. »Komischerweise nicht.«

Donnerstag, 4. Juli

Am ersten Ferientag treffe ich mich mit Dominik, um Gras für unseren Ausflug nach Paris zu besorgen, dieses Wochenende. Dominik schlägt vor, dass wir uns auf dem Naumannplatz umschauen.

Wir setzen uns auf eine Bank vor dem Torgang und warten, bis sich jemand blicken lässt, den Dominik kennt. Heinzi kommt nach einer Weile die Straße hoch. Dominik spricht ihn an und die beiden gehen in den Torgang und Dominik kehrt nach zwei Minuten wieder zurück und wir gehen.

Dominik baut uns genau zehn Joints von dem Gras. Er sagt, dass man immer weniger für sein Geld kriegt.

»Es ist komisch, aber ich muss die ganze Zeit an Tobi denken«, sagt Dominik.

»Echt?«

»Das ist verwirrend.«

»Ja? Wieso?«

»Einmal hat er zu mir gesagt: ›Ich halt mich raus, ich bin hier sowieso bald weg.‹ Über seine Familie, klar?«

»Jetzt ist er wirklich weg.«

»Ich hab mich immer gefragt, warum er sich das alles von seiner Mutter gefallen lässt. Weißt du, was ich meine?«

»Die ganzen Sachen.«

»Genau. Zum Beispiel das eine Mal, als die Mutter ihm Geld geklaut hat und Tobi sie einfach gelassen hat. Oder immer, wenn sie ins Zimmer gekommen ist und ihn provoziert hat. ›Bald fliegst du hier raus‹ und solche Scheiße. Wie gestört! Was soll das? Erinnerst du dich überhaupt daran?«

»Klar.«

»Ich hab Probleme mit so was. Diese Ungerechtigkeit. Hat dich das nie aufgeregt?«

»Doch, schon.«

»Aber?«

»Sie wird einen Grund dafür gehabt haben.«

Dominik ignoriert das. »Ich hab Probleme mit so 'nem Scheißverhalten, weiß nicht, warum. Vielleicht, weil ich immer ein gutes Verhältnis zu meiner Mutter hatte und immer sagen konnte, was ich denke. Dann fällt es mir natürlich schwer, das hinzunehmen, wenn es bei anderen nicht so ist.«

»Du wirst dich damit abfinden müssen.«

Samstag, 6. Juli

Zuerst fahren wir unter dem Pariser Flughafen durch. Dann erscheint auf der linken Seite das große Fußballstadion. Auf der rechten stehen einige ziemlich heruntergekommene Wohnhäuser, die aussehen, als seien sie aus Holz. Stani schießt Fotos vom Stadion. Der Blick über die Stadt ist schon beeindruckend. In der Ferne erkenne ich etwas, das aussieht wie eine Moschee ohne Minarette. Sie liegt auf einer Anhöhe. Stani sagt, dass das *Montmartre* sei. Über der Stadt hängt Smog.

Wir steigen hinter einem Flohmarkt aus. In einem Imbiss sehe ich einen riesigen gefrorenen Fleischspieß an einem Grill. Kein Dönerspieß, den ich jemals in Hamburg gesehen habe, war auch nur halb so groß. Eine alte Frau kommt mir mit gebeugtem Rücken entgegen. Sie schaut mich an und hält mir ihre Hand hin. Ich gebe ihr eine Zigarette ab.

»Pass immer auf deinen Rucksack auf«, warnt mich Stani.

In der Métro-Station beobachte ich junge schwarze Männer und Araber, wie sie sich hinter Passanten klemmen, wenn diese durch die Klapptüren gehen, durch die man nur kommt, wenn man eine Fahrkarte hat. Die Klappen gehen auf und die Schwarzen quetschen sich durch, manchmal zu dritt oder gar zu viert.

»Zieh dir rein, wie die Typen in dieser Stadt drauf sind!«, sagt Stani zu mir und lacht.

»Und die Franzosen sagen nichts«, sagt Nenad, der auf der Fahrt ebenfalls dabei ist. »Wie in Deutschland die Deutschen.«

Die Türen der Métro gehen mit einem lauten Hupen zu. Stani äfft die Hupe nach und wir lachen. Die Waggons sind kurz und eng. Auf einem Sitz ist eine Zeichnung von einem riesigen steifen Schwanz. Stani fotografiert ihn.

Dominik sagt: »Palast der Fetten, Abszesse, St. Pauli, Ravioli, Argentinien.«

Ich drehe mich zu ihm um. Er schaut sich die Karte mit dem Streckennetz an.

Wir gehen die Treppen hinauf, wo auf Schildern *Sortie* steht. Musikanten spielen in den Tunnels auf vorsintflutlichen Instrumenten. In ihren Koffern liegen Geldstücke. Frauen mit Kopftüchern und schlafenden Babys in den Armen sitzen an den Wänden und halten den Leuten ihre Hände hin. Frau Jakobs wirft einem Mann mit einer Ziehharmonika etwas in den Hut.

»Betteln hat hier Tradition«, sagt Stani.

Vor der Kathedrale Notre-Dame überwältigen zwei Zivilpolizisten einen Jungen. Sie drehen ihm einen Arm auf den Rücken, drücken ihn zu Boden und legen ihm Handschellen an. Stani vermutet einen Antiterroreinsatz, Frau Jakobs hingegen einen Taschendieb, Nenad bloß »Repression oder so«.

Touristen schießen Fotos von dem Jungen. Seine rechte Gesichtshälfte reibt über den Boden, als er sich zu wehren versucht. Er windet sich im Schmutz und schreit.

»Wie peinlich«, sagt Dominik.

Obwohl der Eintritt in den Invalidendom heute frei ist, interessieren Dominik und ich uns nicht dafür. Ich möchte mich unbedingt mal für eine Weile hinsetzen. Wir machen mit Frau Jakobs ab, dass wir beide vor dem Dom auf die Gruppe warten. Sie wollen eine halbe Stunde drinbleiben und sich das Teil anschauen, in dem die Überreste von Napoleon liegen.

Nachdem die Gruppe im Eingang verschwunden ist, verlassen Dominik und ich den Hof und suchen uns unten an der Straße eine Sitzgelegenheit. Wir finden Platz auf einer alten Holzbank mit Metallgestell. Sie steht im Schatten eines Baumes. Passanten, wahrscheinlich Touristen, gehen an uns vorbei und Dominik zündet den Joint an, als müsse er es ganz demonstrativ tun. Von der nächsten Bank grinst uns ein grauhaariger Mann an. Sein Grinsen wirkt auf mich, als sei es Teil einer Krankheit, einer Gesichtslähmung.

Dominik gibt mir den Joint.

»Wie war das damals für dich, als sich deine Eltern getrennt haben?«, frage ich ihn.

»Trennen sich deine Eltern?«

»Ja. Erinnerst du dich nicht? Ich hab's dir schon mal erzählt.«

Er nimmt den Joint und spuckt an den Baum.

»Ich weiß es nicht mehr. Das ist alles schon zu lange her. Ich war damals erst vier oder fünf. Wenn du wissen willst, wie ich es heute einschätze«, sagt er, »wie ich mich damals gefühlt habe, dann sage ich, dass ich es wahrscheinlich gar nicht richtig wahrgenommen habe. Mein Vater war eh nie zu Hause, und wenn, dann hatte ich kaum Kontakt zu ihm. Ich kenne ihn eigentlich gar nicht. Und er mich wohl auch nicht.«

»Du hast gar keinen Kontakt zu ihm?«

»Nicht wirklich. Er hat 'ne Zeitlang Unterhalt gezahlt und sich dafür aus allem rausgehalten, Erziehung und so. Aber seit ein paar Monaten zahlt er nicht mehr. Ich werde deshalb auch eine Unterhaltsklage einreichen.«

»Du willst deinen Vater verklagen?«

»Ja.«

Die Sonne ist stark und frisch.

Der Eiffelturm hat eine hässliche braune Farbe. Frau Jakobs sagt »Kupfer« und »rostig«. Wenn man raufschaut, erkennt man nicht, wie hoch der Turm wirklich ist.

»Warte, bis du oben bist«, sagt Stani.

Alte Menschen fahren mit dem Aufzug hinauf. Wir nehmen die Treppe. Es dauert eine Weile, bis wir oben sind. Ich erleide einen schwachen Anfall von Hysterie; werde leicht paranoid und stelle mir vor, wie der Turm in sich zusammenstürzt. Ich klammere mich an dem Geländer fest und wundere mich, denn eigentlich habe ich gar keine Höhenangst.

Wir umrunden die erste Aussichtsplattform. Dann steigen wir auf die zweite. Meine Höhenangst ist zum Glück schnell wieder verflogen. Wir rauchen alle und lassen uns dann gemeinsam von einem dänischen Mann fotografieren. Ich fühle mich gut. Paris ist riesig. Die Stadt reicht beinahe bis ganz an den Horizont, egal in welche Himmelsrichtung man schaut. Ich sehe den Triumphbogen und ein paar andere Monumente. Man muss die Augen anstrengen und ganz genau hinschauen. Ich erkenne Parkplätze, blicke zur Sonne hinauf. Dominik möchte, dass wir noch einen rauchen.

Ich sehe, wohin die Wolken ihre Schatten werfen und wohin nicht.

Wir verlieren Stani und Nenad aus den Augen. Ich schlage vor, dass wir ganz bis zur Spitze hinauffahren. Der Aufzug wartet. Wir haben Glück. Aber ich werde enttäuscht; an der Spitze ist die Aussicht nicht besser, nein, sogar schlechter. Wir sind zu nah an den Wolken. Es ist, als steckten wir im Smog. Über uns ist nur noch die Antenne.

Auf der untersten Plattform treffen wir Stani und Nenad wieder. Stani unterhält sich mit einer Polin aus Österreich. Stani ist selbst Pole.

»Wie nennt ihr die Deutschen?«, fragt er sie.

»Piefke.«

Wir lachen.

»Und wie nennt ihr die Österreicher?«, fragt sie.
»Schluchtenscheißer.«

Wir fahren nach *Nirgendwo*. Stani nennt unser nächstes Ziel *Nirgendwo*.

Dominik sagt: »Ekelmann, Mischung aus Mutter und Nutte, Busenwahl. Europa, Hausmann. Oberkampf, Örks.«

Wir fahren lange und steigen einmal um. Frau Jakobs herrscht Dominik und mich an, von den Behindertensitzen aufzustehen und Platz zu machen. Die Türen hupen, aber wir kichern nicht mehr darüber.

Dominik sagt: »Straßburger Straße, Simpsons. Kleber, pasteurisierte Milch, Prinz von Bel-Air.«

Die Métro verlässt den Tunnel und gleitet ans Tageslicht. Wir steigen am Montmartre aus.

Bei den Ausgängen der Station stehen einige schwarze Jungen und verteilen bunte Zettel an die Passanten. Der ganze Bürgersteig ist voll mit diesen kleinen Zetteln. Die Menschen werfen sie einfach weg, schauen nicht mal drauf. Die Zettel sammeln sich an den Straßenrändern, unter den Drehkreuzen, in den Ecken. Ich stelle mir vor, dass niemand sie jemals wegfegt, dass der Wind sie umherweht, dass der Regen sie aufweicht und die Gullydeckel mit ihnen verstopfen. Ich werfe meine Zettel nicht weg. Eine Menge Text steht drauf, Schlagwörter sind kursiv oder in Fettschrift hervorgehoben. Alles auf Französisch. Stani zeigt mir seine. Wir vergleichen sie miteinander. Sie sind von Männern, die sich als Ärzte ausgeben und ihre Dienste für arme Leute anbieten. Stani hat einen Zettel von *Professeur Pascal* und einen von *Doctor Moto*, ich besitze gleich zwei von *Sheikh Mamadou*.

»Alles dasselbe«, sagt Stani. »Nur die Namen und die Fotos unterscheiden sich. *Seriös und diskret*«, liest er laut vor, weil er im Französischkurs ist, und wir lachen. *»Haben Sie ein Problem? Ich kann Ihnen helfen.«* Dann schaut er zur Seite und wird plötzlich ernst. »Halt jetzt besser deine Tasche fest, Paul.«

Er deutet auf einige junge Araber und Pakistaner, die an den Straßenrändern stehen und Passanten gefälschte Armbanduhren und Parfums anbieten. Einer stößt mich an, als ich ihn ignoriere.

An den Straßenkreuzungen rösten Männer mit langen Bärten Maiskolben über offenem Feuer in Einkaufskarren. Zuerst bekomme ich Appetit auf einen solchen Maiskolben. Dann sehe ich, dass die meisten bereits verbrannt sind. Jedes zweite Geschäft verkauft gefälschte Fußballtrikots. Alles ist voller Menschen. Viel zu viele Menschen, überall. Wir steigen eine Straße hinauf, dann noch eine, biegen um Ecken. Dann sehe ich die Kirche, die mir am Morgen aufgefallen ist.

»Sacré-Cœur«, sagt Stani.

Wir suchen nach einer Stelle, wo wir pissen können. Hinter einem Gebüsch, aus dem bereits Rinnsale zu Pfützen zusammenfließen, werden wir fündig.

Auf einer hohen und steilen Treppe sitzen Menschen und schauen über die Stadt und ihren milchigen Dunst. Ich gerate ins Schwitzen. Frau Jakobs erklärt uns, dass der Eintritt zur Kirche frei ist, dass wir aber leise sein müssen, weil gerade eine Messe stattfindet. Wir gehen hinein und drehen eine Runde um die Holzbänke. Dominik schmeißt Geld in einen Automaten, der Gedenkmünzen druckt. Stani sagt, dass es diese Automaten auch beim Eiffelturm gab. Nenad ergänzt, dass es sie überall gibt, wo Touristen sind.

»Sacré-Cœur«, sagt Stani, »Geheiligtes Herz.«

Wir bilden Gruppen. Frau Jakobs schlägt vor, dass wir die Stadt auf eigene Faust erkunden.

»Weißt du schon, was du nach der Schule machen willst?«, fragt Dominik.

Ich schüttle den Kopf. »Du?«

»Ich will eine Ausbildung bei Sinas Vater machen. Kennst du noch Sina? Stani ist mit ihr zusammen. Oder war.«

»Ihr Vater hat dir eine Ausbildung angeboten?«

»Ich hab in den Ferien doch das Praktikum bei ihm gemacht. Ich muss zuerst noch ein zweites Praktikum machen. Bis zur Ausbildung werde ich Volontär. Das Geile daran ist, dass ich dort NLP lerne. Weißt du, was das ist, NLP?«

»Nee.«

»Neurolinguistisches Programmieren. Das ist so ähnlich wie Marktforschung, nur dass es nicht um Statistiken geht, sondern um das Kaufverhalten der Menschen. Es gibt haufenweise Kurse und Seminare über NLP. Die kosten teilweise über fünftausend Euro, obwohl sie nur zwei, drei Wochen dauern. Wenn du das gelernt hast, kannst du entweder selber Seminare geben oder du lässt dich von Daimler-Benz oder Saturn buchen und klärst deren Manager darüber auf, wie sie ihre neuesten Autos und Handys besser an den Mann bringen. Verkaufsförderung und so, weißt du?«

»Hört sich doch ganz gut an.« Ich huste.

»Absolut. Du kannst damit reich werden. In ganz kurzer Zeit. Die Leute zahlen viel Geld dafür. Und das Allerbeste an der Ausbildung: Sinas Vater bringt mir das umsonst bei! Als Teil der Ausbildung. Sonst müsste ich da richtig Kohle reinstecken. Aber als Teil der Ausbildung kriegst du es bei ihm gratis.«

Ich nicke.

»Komm doch auch mit. Wir machen das zusammen.«

»Nein, ich weiß nicht.« Ich schüttle noch mal den Kopf. »Ich interessier mich nicht für so was.«

»Das hat doch nichts mit Interesse zu tun. Interessierst du dich für Geld?«

»Na ja, schon. Aber ich bin nicht wild danach.«

»Ich doch auch nicht. Glaubst du, ich mach das, um reich zu werden? Ich will nur einfach leben können, ohne Stress. Du kriegst doch heute mit so einem scheiß Realschulabschluss keine richtige Ausbildung mehr. Selbst die Klempner brauchen heute Abi. Entweder das oder du hast Kontakte. Tobi ist der Einzige in seiner Klasse, der eine Ausbildung bekommen hat, wusstest du das? Die Mädchen gehen auf die Handelsschule oder machen so ein Kindererzieherdings und alle anderen werden nur noch zu Hause rumsitzen und dealen. Ich hab Karol gefragt: ›Was hast du vor?‹ Er sagt: ›Ich fang an zu dealen.‹ Oder ›Hartz IV‹. Das ist doch beschissen!«

»Du hast recht«, sage ich. »Aber dieses MIB …«

»NLP – Neurolinguistisches Programmieren.«

»Das ist nichts für mich. Ich hab noch ein bisschen Zeit, um nachzudenken. Ich brauch auch noch Zeit. Ich kann so was nicht so schnell entscheiden.«

»Pass nur auf, dass dir die Zeit nicht davonläuft.«

Charles de Gaulle-Étoile. Wir folgen den Menschen. Vor uns erscheint der Triumphbogen. Auf den Champs-Élysées kaufen wir uns in einem Burgerladen eine Cola. Nirgendwo gibt es Mülleimer.

»Ich will mal in so ein französisches Geschäft, wo sie Schminke und Parfums verkaufen«, sagt Dominik. »Ich wette, das sieht hier auch nicht besser aus als bei Karstadt oder Woolworth.«

Wir suchen so ein Geschäft und Dominik kauft zwei Lippenstifte. Am Ende einer schmalen Treppe finden wir außerdem einen kleinen Supermarkt. Wir nehmen uns einige

Flaschen Fanta in Geschmacksrichtungen, die es in Hamburg nicht gibt, und Dominik macht die Ecke mit dem Alkohol aus. An der Kasse verlangt niemand einen Ausweis. Von dem Geld, das ich von meiner Mutter bekommen habe, ist nicht mehr viel übrig.

An einem Kiosk am Straßenrand schauen wir uns französische Zeitschriften an. Dominik findet einen mehrseitigen Artikel über die französische Version von *Pornostar*. Die Show heißt hier *L'amour rouge*, ansonsten scheint alles so zu sein wie in jedem anderen Land, in dem die Show läuft. Wir schauen uns Fotos der Teilnehmer und Jurymitglieder an. Der Verkäufer sagt einmal etwas zu uns auf Französisch, aber wir verstehen ihn nicht.

»Habla Alemán?«, fragt Dominik ihn und lacht dann.

Den Straßenkreisel um den Triumphbogen zu überqueren ist schwer. Fünf Minuten stehen wir am Straßenrand. Unter dem Triumphbogen brennt ein Feuer. Touristen schießen Fotos davon und von den Verzierungen an der Innenseite des Bogens. Wir setzen uns bei einer der vier großen Säulen hin und rauchen den nächsten Joint. Dominik bemerkt, dass wir nicht mehr viele haben. Ich spüre fast nichts mehr. Wir essen unsere Chips und beobachten die Autos, wie sie im Kreis fahren. Ich wünsche mir, dass ein Unfall geschieht.

»Warum hast du eigentlich immer so viel geschwänzt?«, fragt Dominik.

»Was?«

»Warum hast du so viel geschwänzt? Das würde mich wirklich mal interessieren.«

»Ich weiß nicht.«

»Bist du bei irgendwelchen Freunden abgestiegen und hast dort gekokst oder was hast du gemacht?«

»Ich bin rumgelaufen.«

»Rumgelaufen? Wo?«

»In der Innenstadt, in Parkhäusern, Bücherhallen. In Bücherhallen war ich oft. Und auf dem Friedhof.«

»Um die Zeit totzuschlagen oder was?«

»Ja«, sage ich. »Ganz genau. Zeit totschlagen.«

»Um ehrlich zu sein: Das überrascht mich.«

»Wieso?«

»Weil ich so was nicht erwartet hätte. Wenn du Tobi wärst, vielleicht. Oder Marko. Dann auf jeden Fall.«

»Was ist denn so besonders an mir? Oder was stimmt nicht mit den beiden?«

»Alles. Einfach alles. Du hast doch anständige Eltern. Dein Vater ist cool. Und deine Mutter ist nett.«

»Das täuscht.«

»Warum bist du rumgelaufen? Warum bist du nicht einfach zu Hause geblieben?«

»Mein Vater war dauernd da.«

»Ah, okay.«

»Bei mir ist nichts anders«, sage ich. »Meine Eltern schreien auch herum und hauen ab, wenn es ihnen zu viel wird.«

»Willkommen im Club«, sagt Dominik.

»Ich brauchte …«, ich suche nach dem passenden Wort, »Freiheit. Schwänzen war Freiheit.«

»Warum *war*? Ist es das jetzt nicht mehr?«

»Ich weiß nicht.«

»*Noch* nicht.«

Paris erinnert mich an Dulsberg. Der Sonnenuntergang ist hier auch so schön.

Montag, 8. Juli

Meine Mutter macht den Abwasch. Ich sitze mit ihr in der Küche meiner Oma. Ich bin nur zu Besuch da. Meine Mutter hat mir ein Glas Cola hingestellt. Ich rauche eine Zigarette.

»Wie geht es deinem Freund Dominik?«

»Okay, schätze ich.«

»Wieso?«

»Seine Freundin hat sich von ihm getrennt.«

»Wirklich?«

»Ist aber schon eine Weile her. Sie war von ihm schwanger geworden und hat abgetrieben.«

Meine Mutter hält sich eine Hand vor den Mund. »O Gott!«

»Jetzt geht sie in Technoclubs.«

»Und du? Gehst du auch in Technoclubs?«

»Nee«, sage ich, ein bisschen verwirrt. »Was soll ich denn da?«

»Was du da sollst? Erzähl *du* es mir! Wahrscheinlich irgendwelche Dinge treiben, so wie du die ganzen Entschuldigungen gefälscht hast. Warum hast du so viel geschwänzt? Das hast du mir noch immer nicht beantwortet! Auf irgendwelche Friedhöfe gehen und Grabsteine zählen, anstatt in der Schule zu sein. Was *sollst* du denn *dort*? Erklär es mir!« Sie klingt verletzt.

Ich sage nichts.

»Warum solltest du dann nicht auch in irgendwelche Technoclubs gehen? Wenn du die ganzen anderen Dinge anstellst, wie kann ich mir da sicher sein, dass du nicht noch viel schlimmere Sachen machst? Drogen verkaufen? Mit Waffen handeln? Mädchen vergewaltigen? Jemanden zusammenschlagen?«

Ich sage noch immer nichts. Ich schaue auf die Tischplatte. Dasselbe Gefühl wie damals beim Elterngespräch in der Schule.

Meine Mutter schweigt.

Mittwoch, 10. Juli

Es ist heiß heute Nacht, über fünfundzwanzig Grad, und ich kann nicht einschlafen. Ich gehe immer sehr spät ins Bett während der Ferien, und am folgenden Tag stehe ich meistens erst mittags auf. Mein Rhythmus ist total verschoben. Im Fernsehen läuft ein alter Film mit Gérard Depardieu, in dem er eine halbwegs ernste Rolle spielt. Dauernd sieht man seinen steifen Schwanz. Mein albanischer Nachbar steht an der Straße und unterhält sich mit einem Bekannten, der auch wie ein Albaner aussieht – große Nase, helle Haut, Locken auf dem Kopf. Ich schalte den Fernseher aus und wälze mich eine Stunde lang hin und her. Mein Bettlaken ist verschwitzt und zerknittert. Ich mache das Licht wieder an und schaue mir einen Porno auf meinem Notebook an. In dem Film wird eine weiße Frau mit einem riesigen Hintern von einem schwarzen Mann mit einem riesigen Schwanz gefickt. Bei jedem Stoß schwabbeln ihre Arschbacken wie zwei Quallen im Wasser. Danach fühle ich mich einen Moment lang besser, aber es hält nicht lange an und bald krieche ich auf dem Boden herum und durchsuche meinen Teppich nach Silberfischchen, die ich mit meiner Fliegenklatsche umbringen könnte. Als ich keine finde, stelle ich mich an mein Fenster und beobachte eine dicke Spinne, die an der Außenseite der Glasscheibe ihr Netz spinnt. Eine weiße Katze erscheint aus dem Schatten eines Baumes und schleicht über die leere Straße. Ich schaue mir noch einen Film an. Ich würde den Ton gerne aufdrehen und die Frau stöhnen hören, aber vielleicht hört das mein Vater, also lasse ich es sein. Dann versuche ich es noch mal mit Schlafen. Meine Unterhose klebt wieder an mir. Ich habe sonst nichts an.

Die Zeit vergeht wie im Flug. Mit jedem Blick auf den Digitalwecker rückt das Tageslicht ein kleines Stückchen näher; ein Uhr sechs, dann ein Uhr siebenunddreißig, vier vor zwei, zwei Uhr vierzehn, neun nach halb, drei Uhr eins. Ich schaue mir einen Film mit zwei Blondinen an, die sich gegenseitig in den Mund pissen. Ich fühle mich schlapp und ausgelaugt und wälze mich nackt auf dem Boden. Anschließend versuche ich, Liegestütze zu machen, weil ich das nie tue. Ein Bus fährt den Alten Teichweg hinauf. Ich schalte das Licht aus und gehe ein paar Schritte mit geschlossenen Augen durch das Dunkel meines Zimmers. Als ich über den Rand meines Läufers stolpere, schlage ich mir an der Ecke meines Bettes das Knie auf. Meine Fußsohlen kleben am Teppich fest. Das Knie tut für einen Moment ziemlich weh, danach brennt es nur noch.

Als ich irgendwann einschlafe, träume ich, dass ich meinen Namen vergesse. Jemand fragt mich, wie ich heiße, aber ich bleibe stumm. Ich begegne meinen Eltern, meinen Freunden, Mitschülern, Lehrern, Bekannten, und ich kann jeden von ihnen benennen, aber mein eigener Name fällt mir nicht ein. Er steckt tief hinten in meinem Kopf vergraben und gleichzeitig liegt er mir auf dem vordersten Punkt meiner Zungenspitze. Ich kriege ihn nicht raus. Es ist, als wollte ich mit trockener Kehle schlucken oder unter Wasser atmen, mich an etwas festhalten, während ich falle. Das macht mir Angst.

Donnerstag, 11. Juli

Gestern hat ein Kampfhund ein kleines Kind in einem Duisburger Park angefallen und halb totgebissen. Mein Vater erzählt mir die Geschichte, als ich am Mittag aufstehe und zu ihm ins Wohnzimmer gehe. Die ausländische Mutter, eine Palästinenserin, hat mit ihrem dreijährigen Sohn auf der Wiese gesessen, als dieser Hund – ein Rottweiler oder so – angerannt kam und das Kind in den Kopf biss. Eine Spaziergängerin konnte den Hund vertreiben, indem sie ihm Pfefferspray in die Augen sprühte. Das Kind wurde in die Notaufnahme gebracht, die Mutter steht seitdem unter Schock. Nachdem der Hund das Kind angefallen hatte, war der Besitzer weggelaufen und konnte auch von der Polizei noch nicht gefunden werden. Der Hund wurde mit einigen Schlingen und Netzen eingefangen. An seinem Halsband hing eine Marke mit dem Namen *Rocky*.

Mein Vater hält mir die *Bild* hin und sagt, dass ich den Bericht lesen soll. Ich lasse die *Bild* liegen und gehe wieder auf mein Zimmer.

Samstag, 13. Juli

Ein Bettler betritt den U-Bahn-Waggon, in dem ich sitze. Er trägt eine helle Jeansjacke und eine enge dunkle Hose und hat weiße Turnschuhe an. Er sagt seinen Spruch auf und geht dann durch die Reihen. Keiner gibt ihm etwas. Einige Fahrgäste ignorieren ihn, ein Mann hebt seinen Blick nicht von seiner Zeitung. Eine Frau mittleren Alters schaut zuerst zu ihm auf und schüttelt dann den Kopf. Ich sage »Sorry«.

Die nächste Station ist Berliner Tor. Bevor der Bettler

aussteigt, sagt irgendein Fahrgast etwas zu ihm. Dann öffnet der Bettler die Tür und sagt:

»Entschuldigung. Entschuldigung, dass ich lebe.«

Ich folge ihm mit den Augen. Er geht auf den gegenüberliegenden Steig und betritt die Bahn, die dort steht.

Dann betritt ein Mädchen mit hochgequetschten, wippenden Titten unseren Waggon. Sie hat Kopfhörer in den Ohren, die sie in ihr Handy gestöpselt hat, und ihre Absätze klacken bei jedem Schritt. Sie hat diesen unbeeindruckten Gesichtsausdruck. Fertig zum Ausgehen und Feiern, denke ich. Fertig.

Montag, 15. Juli

Heute Morgen erzählt mir mein Vater in der Küche, dass der kleine palästinensische Junge verstorben ist. Mein Vater deutet auf die aktuelle *Bild*, die er in der Hand hält. Darin stehe auch, dass der Junge und seine Eltern erst vor acht Monaten nach Deutschland gekommen seien, offenbar als Flüchtlinge. Vom Besitzer des Hundes fehle weiter jede Spur. Die Polizei bitte um Hinweise aus der Bevölkerung. Komischerweise wurde der Hund noch immer nicht eingeschläfert.

Mein Vater entdeckt den Schokohasen von Lindt, der schon seit Jahren auf dem Küchenregal steht.

»Was ist damit?«, fragt er. »Isst den keiner?«

»Der ist abgelaufen«, sage ich und deute auf die Unterseite.

Mein Vater dreht den Hasen um und liest das Verfallsdatum. »Tatsächlich. Seit zwei Jahren.« Er schüttelt den Kopf. »Schande. Dass den keiner aufgegessen hat.« Er schaut mich an. »Wer hat den hier hingelegt? Mama?«

Ich zucke mit den Schultern. »Dekoration.«

»Schande«, sagt mein Vater wieder. Nach einer längeren Pause, in der er den Schokohasen in seiner Hand hin und her wiegt, sagt er: »Ich werde ihn essen. Mal sehen, ob der wirklich abgelaufen ist. Ich wette, dass nicht.«

Ich schaue ihn nur an. »Bist du noch normal?«

»Was?«

»Ob du normal bist«, sage ich noch mal, dann: »Du bist nicht normal.«

»Das ist doch viel zu schade, um es hier stehen zu lassen.«

»Du hast mich früher immer gefragt, ob ich normal bin, wenn ich etwas falsch gemacht habe. Und wenn ich ›Ja‹ gesagt habe, hast du gesagt: ›Nein, bist du nicht.‹«

»Wirklich?«, sagt mein Vater überrascht. »Das habe ich gesagt?« Er lächelt ein bisschen.

Ich glaube ihm nicht, dass er sich nicht daran erinnert.

»Ja.«

»Hm«, macht mein Vater und schiebt den Hasen wieder von einer Hand in die andere. »Kann mich nicht erinnern. So ein teurer Hase. Schande.«

Mittwoch, 17. Juli

Eine Frau steigt an der Ritterstraße in die Bahn und setzt sich auf den Platz hinter mir. Sie telefoniert auf ihrem Handy. Ich versuche, mich auf die Bildschirme im vorderen Waggon zu konzentrieren, aber sie sind zu weit weg. Ich erkenne bloß Farben und kleine undeutliche weiße Schrift. Mir fällt auch dieser ausländisch aussehende Mann auf, der den vorderen Waggon durchstreift und die anderen Passagiere anspricht. Die Frau hinter mir telefoniert ziemlich laut. Der Mann im vorderen Waggon stellt sich immer neben die Fahrgäste und fragt sie etwas, lächelt und geht dann weiter. Ich konzentriere mich wieder auf die Bildschirme. Mal taucht ein Bild auf, mal ein kurzer Clip, meistens aber nur Texte.

»Ja, ich bin jetzt direkt hinter ihm«, flüstert die Frau.

Ich horche auf.

»Er trägt dunkle Klamotten, braune Haare, jung.«

Ich schlucke, halte die Luft an.

Die Bahn fährt in die nächste Station ein, Lübecker Straße, und die Frau steht auf. Ich sehe sie nicht, aber ich höre ihre Stimme. Sie macht ein paar Schritte und stellt sich wahrscheinlich vor die Tür.

»Ja, er steigt jetzt aus«, sagt sie.

Ich schaue zu dem Typen im vorderen Waggon. Er hält sich an den Haltegurten fest und schaukelt hin und her. Dann drehe ich mich nach der Frau um. Sie ist blond und hat eine schwarze Lederjacke an und blaue Jeans. Schweigend hält sie ihr Handy am Ohr und schaut lange und konzentriert in den vorderen Waggon.

»Ich steige aus«, sagt sie. »Versuch du ihn … warte erst mal … Ja, er steigt aus. JETZT!«

Die Bahn kommt zum Stehen und die Türen schnappen auseinander. Ich schaue auf den Bahnsteig raus. Eine ganze Menge Leute steigt aus. Zuerst sehe ich die Frau nicht. Ich schaue nach vorne. Der Mann ist weg. Ich schaue wieder nach links. Ein Mann in einem langen hellen Mantel geht an meinem Fenster vorbei, danach ein Junge mit Brille. Und dann die Frau. Sie geht langsam, das Handy ist weg. Dann verliere ich sie aus den Augen. Auch der Mann ist weg. Die Türen piepsen und schlagen aneinander. Der vordere Waggon ist jetzt fast leer, nur eine kleine Person mit dunklen Haaren sitzt in der Mitte auf einem Platz und schaut zum Bildschirm hoch. Die Bahn fährt wieder an.

Donnerstag, 18. Juli

Als ich mein Zimmer verlasse, kommt mein Vater in den Flur und fängt sofort an, sich darüber aufzuregen, dass in der *Bild* Leserbriefe von Menschen veröffentlicht werden, die dagegen sind, dass der Hund, der den kleinen palästinensischen Jungen angefallen hat, eingeschläfert wird. Mein Vater flucht auf die Demokratie und die Politiker und sagt, dass man den Hund, seinen Besitzer, die Polizei und die Verfasser der Leserbriefe alle einschläfern sollte.

Freitag, 19. Juli

Ein Reisebus parkt in unserer Straße. Er ist groß und weiß, seine Scheiben sind dunkel getönt und auf einer Seite steht in geschwungener roter Schrift *Kruschen-Fahrten*. Dass ein Reisebus in unserer Straße steht, ist ungewöhnlich – unsere Straße ist viel zu schmal für so was, und Busse haben hier noch nie gestanden. Ich bin kurz davor, die Polizei zu rufen.

Ich beobachte die Scheiben des Busses und versuche zu erkennen, ob sich irgendetwas darin bewegt. In meiner Vorstellung sehe ich, wie ich erschrecke, als plötzlich der Motor anspringt und die Lichter aufleuchten. Ich fühle mich ängstlich und bin angespannt. Ich bin mir nicht sicher, ob mein Vater im Wohnzimmer liegt und schläft. Er gibt keine Geräusche von sich. Er könnte ebenso gut gar nicht da sein. Die Türen sind alle zu. Draußen weht ein kräftiger Wind. Er pfeift zwischen den Ästen und schüttelt die Blätter auf.

Der Bus ist immer noch da, als ich das nächste Mal aus dem Fenster sehe. Irgendwie glaube ich, dass ich verwirrt bin. Vorhin habe ich mich ungeheuer erschreckt. Das Fenster in meinem Zimmer stand eine Weile offen, aber ich konnte mich gar nicht daran erinnern, es überhaupt geöffnet zu haben. Das Licht hat einige Mücken und sogar einen Nachtfalter angelockt.

Der Nachtfalter wird ganz hysterisch, als ich aus Versehen mit einer Hand gegen die Lampe schlage, an der er hängt. Mit einem Ruck braust er durch das Zimmer und ich zucke zusammen. Seine wilden Flügel schaben die Wand entlang. Ich bekomme eine Gänsehaut. Einmal fliegt er tief und verfängt sich in meinen Haaren. Es ist beinahe wie ein Angriff. Ich schüttle mich vor Schreck. Dann hängt der Nachtfalter plötzlich über der Tür. Ich schaue zwischen dem Falter und dem Fenster hin und her, versuche dahinterzukommen, ob ein Zusammenhang besteht.

Nachdem ich mich hinlege und das Licht ausmache, dreht der Nachtfalter wieder seine Runden. Ich nehme meine kleine Leselampe, knipse sie an und richte den Lichtstrahl auf das Tier. Ich folge ihm mit der Leuchte und hoffe, dass es mich nicht noch einmal angreift oder gar auf meinem Gesicht landet. Irgendwann knipse ich das Licht wieder aus, und dann höre ich nur noch die Geräusche des Falters, sein Rascheln und Knacken, die Schläge seiner Flügel gegen die Decke.

Vielleicht bin ich bloß paranoid. Vielleicht kommt es ja von dem vielen Kiffen. Vielleicht waren die letzten Wochen auch einfach zu viel.

Samstag, 20. Juli

Heute steht in der *Bild*, dass die Polizei den Besitzer des Kampfhundes gefunden hat. Er sei verhört worden und inzwischen wieder auf freiem Fuß, weil keine Fluchtgefahr bestehe. Laut des Berichts ist der Mann 38 Jahre alt, dick, arbeitslos und Alkoholiker und leidet unter Depressionen; in der *Bild* ist ein Foto von ihm. Experten bezweifeln, dass man ihn für voll schuldfähig befinden kann – aller Voraussicht nach war er betrunken, als sein Hund den Jungen anfiel. Inzwischen häufen sich bei der Polizei Vermutungen, denen zufolge die Mutter des getöteten Kindes ihre Aufsichtspflicht vernachlässigt haben soll, als es zu dem tragischen Vorfall kam.

Danach lese ich von zwei jungen Eltern in einer Münchner Sozialbausiedlung, die ihr Kind verhungern ließen, weil sie das Pflanzenöl aus ihrer Küche lieber zur Tankfüllung für ihr Auto statt zum Kochen verwenden wollten.

Montag, 22. Juli

Als ich am Mittag aus dem Bett steige und ein bisschen durch die Wohnung gehe, entdecke ich im Flur eine Postkarte neben dem Telefon. Mein Vater ist nicht zu Hause. Ich hebe die Postkarte auf und schaue mir das Motiv an. Es zeigt eine Luftaufnahme von einer Stadt bei Nacht. Darunter steht in großen weißen Buchstaben HONG KONG. Ich drehe die Karte um und lese den Text auf der Rückseite:

Hallo Paul!
Ich grüsse dich! Auch du mein Freund sollst eine Postkarte von mir bekommen. Hongkong ist eine ziemlich große Statt. Und sehr amerikanisch. Morgen fahren wir nach Shanghai und dann nach Peking. Ich schick dir von dort eine Karte.
Dominik

Ich drehe die Postkarte noch mal um und schaue mir das Motiv etwas genauer an. Es zeigt eigentlich nur Hochhäuser und Lichter. In der Mitte des Bildes erstreckt sich eine breite Wasserfläche mit Schiffen darauf, und ganz im Hintergrund liegen einige dunkle Berge mit rosigen Wolken darüber.

Dienstag, 23. Juli

In der heutigen *Bild* wird der Besitzer des Kampfhundes plötzlich als Missbrauchsopfer bezeichnet. Ein psychologisches Gutachten deute darauf hin. Die Mutter des toten Kindes hingegen wird nun als Rabenmutter hingestellt, weil sie sich nicht um ihr Kind gekümmert, sondern lieber in ihrem Koran gelesen haben soll. Der Ermittlungsrichter kündigt einen Haftbefehl gegen die Mutter an. Auch gegen die Passantin, die den Hund mit Pfefferspray angegriffen hat, würde demnächst ermittelt, und zwar wegen unerlaubten Besitzes illegaler Waffen oder so. Irgendein verkalkter Schlagersänger, dessen CDs keiner mehr kauft, treibt derweil eine neue Diskussion über die Ausländer in Deutschland an und fordert die Ausweisung krimineller und illegaler Ausländer oder ihre Unterbringung in Zwangserziehungsstätten. Von Seiten der CDU werden ähnliche Forderungen laut. Angeblich habe eine Gruppe der Jungen Union bereits einen neuen Gesetzentwurf vorbereitet. Die SPD hingegen lehnt derartige Lager ab und verweist dabei auf die ungeheuren Kosten, die bei der Einrichtung solcher Camps entstünden.

Mein Vater erzählt mir von einem Vorfall, der sich einige Jahre nach meiner Geburt in Harburg ereignet hatte: Eine Frau wurde von einem Mann angegriffen, als sie nachts durch einen Park ging. Er hatte sich hinter dem Gebüsch versteckt und sie überwältigt. Während der Mann sie vergewaltigte, schrie die Frau *Feuer*. Ein Passant hörte ihre Rufe und schlug dem Vergewaltiger einen Stein über den Kopf. Die Polizei nahm den Vergewaltiger fest. Tage später erstattete der Vergewaltiger Anzeige gegen den Passanten, der ihn mit dem Stein k.o. geschlagen hatte, und bezichtigte ihn des versuchten Mordes. Sie kamen beide vor den Richter. Der Vergewaltiger wurde zu anderthalb Jahren Gefängnis verurteilt und der Passant bekam zwei Jahre auf Bewährung. Ein Schrei der Empörung ging durch die Medien. Das Gericht räumte daraufhin Fehler in einem früheren Verfahren gegen den Vergewaltiger ein; der Mann hatte sich an einem kleinen Mädchen vergangen und bekam – da er bis dahin noch nicht vorbestraft gewesen war – nur eine Bewährungsstrafe von einigen Monaten. Er nahm an einer Therapie teil und konnte so seine Strafe um die Hälfte der Zeit verkürzen. In der ersten Woche nach Ablauf seiner Bewährungszeit vergewaltigte er die Frau im Park.

Mein Vater sagt, dass man das Gesetz kennen muss, um »nicht in der Scheiße des Gesetzes zu versacken«. Er sagt, dass ich Jura studieren und Anwalt werden sollte.

»Alles wird nur noch schlechter«, sagt mein Vater. »Augen auf, Paul.«

Mittwoch, 24. Juli

Es ist eine ganze Weile her, seit ich Marko zum letzten Mal gesehen habe. Über drei Wochen sind es bestimmt, vielleicht auch vier. In den Sommerferien sind wir uns noch nicht begegnet. Er ruft mich am Nachmittag an und sagt, dass er sich mit mir treffen möchte. Ich frage, ob es irgendwas mit Dani zu tun hat, aber Marko sagt ›Nein‹ und ›Du spinnst‹«.

Wir treffen uns an der Kreuzung und gehen dann auf den Spielplatz an der Tiroler Straße. Marko hat seinen Kleidungsstil verändert. Er trägt eine teure Lederjacke und Stiefel. Auch seine Frisur ist anders; er hat jetzt kurze Stoppeln. Ich komme mir neben ihm irgendwie gewöhnlich vor. Außerdem hat er einen Hund dabei, einen Pitbull. Der Hund scheint noch jung zu sein.

Nur zwei Grundschüler sind auf dem Spielplatz. Sie stochern mit einem großen Stock im Staub herum und lachen dabei. Wir setzen uns auf eine Bank und schauen ihnen eine Weile zu. Marko macht den Hund von der Leine los.

»Lauf!«, sagt er. »Geh spazieren!«

Der Hund kuckt ihn bloß an.

Marko macht Faxen und zischt ihn an, aber der Hund rührt sich nicht. Dann gibt er ihm einen Klaps auf den Hinterkopf. Der Hund winselt.

»Dummes Tier«, sagt Marko. »Hau ab!«

Der Hund setzt sich auf sein Hinterteil.

»Was gibt's Neues?«, sagt Marko zu mir.

»Nichts.«

»Mit Dominik was los?«

»Er ist weggeflogen«, sage ich. »Mit seiner Mutter. Nach China.«

»Ah, China! Und Tobi?« Er holt eine Schachtel Zigaretten heraus. Wir stecken uns jeder eine an. Der Hund schaut zu Marko hinauf und beobachtet ihn, wie er sich die Zigarette anzündet.

»Keine Ahnung.«

Wir schweigen.

»Paul«, sagt Marko, »erinnerst du dich noch daran, wie wir auf Dani gewartet haben?«

Ich nicke.

»Ich hab mich noch gar nicht dafür bedankt, dass du mitgekommen bist.«

»Schon gut.«

»Nein, nein, das brauchst du nicht wegwischen. Es hätte gefährlich werden können. Wenn dich einer gesehen hätte …« Marko spuckt ins Gebüsch. »Zuerst wollte ich dir sagen: Danke.«

»Okay.«

»Und dann wollte ich mich noch mal richtig bei dir bedanken.« Er streichelt seinem Hund über den Rücken. Der Pitbull hechelt. »Kennst du noch Jessica?«

Ich schüttle den Kopf.

»Doch, du kennst sie. Jessica, Mann. Blond, klein, so groß.« Er hält eine Hand hoch. »Sie war auf Tobis Party. Ich hab dir Fotos von ihr gezeigt.«

»Ah ja, stimmt.«

»So groß. Blond.«

»Genau.«

»Würdest du sie bumsen?«

»Was? Bumsen? Keine Ahnung.«

»Nicht?«

Ich zucke mit den Schultern.

»Du willst nicht?«

»Keine Ahnung. Ich weiß nicht.«

»Hast du Angst?«

»Quatsch!«

»Ich kann sie dir klarmachen.«

»Ach?«

Marko grinst. »Sie arbeitet für mich.«

»Sie *arbeitet* für dich?«

»Ja, du weißt schon. Ich *manage* sie.« Er nimmt einen Zug von seiner Zigarette.

»Als Nutte?«

Marko nickt, bläst Rauch aus.

Zwei kleine Mädchen kommen auf den Spielplatz und setzen sich auf die Schaukel. Der Hund schaut zu ihnen hinüber.

»Versteh ich nicht«, sage ich.

»Ganz normal eben.«

»Wie läuft das ab? Du bist ihr Zuhälter? Bumst sie Kerle für dich?«

»Ja«, sagt Marko. »Genau so, Alter.«

»Wie viel nimmt sie dafür?«

»Ich. *Ich* nehme was dafür, klar?« Er spuckt noch mal in den Sand. »Zweihundert mit Gummi, fünfhundert ohne. Blasen hundert, Hand fünfzig. Rest nach Absprache.«

»Sie bumst ohne Gummi?«

»Manchmal.«

»Wie lange macht ihr das schon?«

»Seit 'ner Weile.«

»Du laberst nur Scheiße«, sage ich, schaue weg. »Alles Scheiße.«

»Ich lüge nicht.«

Der Hund legt sich in den Sand.

»Du kannst sie haben, wenn du willst. Ich geb sie dir für 'ne Stunde. Du hast mir damals geholfen. Ich will mich revanchieren. *Freistoß*, Alter. Du kannst alles mit ihr machen. Außer Schlagen natürlich.«

»Nee danke.«

Marko zuckt mit den Schultern. »Andere zahlen dafür 'ne Menge Geld. Ich biete sie dir an. Du kannst mein Angebot annehmen.«

»Wieso macht Jessica das?«

»Was?«

»Wieso tut sie das?«

»Wieso? Keine Ahnung, wieso. Sie macht es eben.«

»Einfach so?«

Marko denkt einen Moment nach. »Ja. Einfach so. Es stört sie nicht. Das reicht doch als Grund, oder? Es *stört* sie nicht. Sie kann es ab.«

»Ist sie in dich verliebt?«

»Weiß nicht. Glaub schon. Ihre Familie hat sie immer wie Scheiße behandelt. Da hält sie mich für einen Engel.« Er lacht. »Sie vergöttert mich. Ich kauf ihr Kleider, schenk ihr Schmuck, ist alles in ihrem Lohn mit drin.«

»Wie macht ihr das? Schickst du sie in den Puff?«

»Nein, nicht in den Puff. Die Typen holen sie ab. Ich hab Anzeigen im Internet. So wie diese Nutte in der Fernsehsendung, die wir mal zusammen gesehen haben. Erinnerst du dich? Daher hab ich auch die Idee. Typen melden sich und ich sag ihnen, wo und wann. Die kommen dann mit dem Auto. Ich kenn einen, der hat ihr eine Zahnspange gebastelt. Die steckt sie sich immer in den Mund, wenn die Typen das wollen. Geht unter Extrawünsche. Alles gratis. Die alten Säcke stehen drauf.«

»Und Aids?«

»Aids? Was ist damit?« Marko klingt plötzlich verärgert. »Was *ist* damit? Aids ist gar nichts, Mann. Jessica kriegt kein Aids. Außerdem: Aids, Herpes – alles dasselbe. Krebs vom Rauchen.« Er nimmt noch einen Zug von seiner Zigarette und wirft sie dann weg. »Aids«, sagt er noch mal verächtlich. »Husten. Pickel. Was *ist* mit Aids?«

»Und wenn sie schwanger wird?«

»Gar nichts, Digger. *Sie* wird schwanger.«

Wieder Pause.

Die beiden Mädchen steigen von der Schaukel und gehen zum Sandkasten hinüber. Sie sind noch ganz jung, vielleicht erst in der zweiten Klasse. Der Hund richtet sich auf.

»Diese Typen zahlen sehr gut«, sagt Marko. »Das sind

alles Kinderficker. Die stehen auf junge Mädchen. Du musst dir nur ihre Autos ansehen: Mercedes, BMW, sogar Lexus. Die haben das Geld. Sie wollen Mädchen wie Jessica. Und solche da.« Er zeigt auf die beiden Mädchen.

»Wie alt ist sie?«

»Wer? Jessica? Dreizehn. Aber sie sieht jünger aus, wenn sie sich nicht schminkt. Oder wenn sie sich *richtig* schminkt, kommt drauf an. Ich sag zu den alten Wichsern: ›Jessy ist erst zehn.‹ Da läuft denen der Sabber aus dem Mund.«

Ich nicke schwach.

»Kuck mal meine Uhr.« Marko zeigt mir seine Armbanduhr. »Keinen Schulabschluss, keine Ausbildung, aber eine Rolex. Original. Keine polnische Fälschung.« Er lacht.

Ich nicke noch mal.

»Du musst das nicht so hart sehen«, sagt Marko.

»Tu ich nicht.«

»Sieh das nicht von *der* Seite, Paul. So was passiert. Das ist die Entwicklung. Das war schon immer so. Die Welt ist einfacher, als du dir das vorstellst. Alles ist ausgetüftelt. Jeder macht seine Geschäfte und ich mache eben meine. Da ist nichts falsch dran.«

»Ich seh es gar nicht so eng«, sage ich.

»Zuerst werden sie von Papi verprügelt, danach vergewaltigt sie Mamis neuer Freund. Das ist normal. *Stink*normal.«

Lange Pause.

»Wer hat eigentlich bei *Pornostar* gewonnen?«, fragt Marko.

»Keine Ahnung. Ich hab irgendwann den Draht verloren, zu viel anderen Wirbel gehabt …«

»Darf ich dich was fragen?«, sage ich.

»Klar.«

»Ist was Persönliches.«

»Was denn?«

»Bis wann hat dich dein Vater noch geschlagen? Wie alt warst du da?«

»Willst du das wirklich wissen?«

»Ja.«

Marko schaut auf den Boden, spuckt aus. »Ich glaube, er hat damit aufgehört, als ich zwölf war.«

Ich nicke.

»Hat dein Vater dich verprügelt?«

Ich schüttle den Kopf. »Nein, nie. Ein paar Ohrfeigen, als ich klein war.«

»Mich hat mein Vater jeden Tag verkloppt. Meistens mit dem Gürtel. Wenn er nach Hause kam, besoffen oder einfach nur schlecht drauf, dann hat er mich verprügelt. Ein paarmal hat er mich mit dem Gürtel auch ins Gesicht geschlagen. Ich hab irgendwann rausgefunden, dass es nicht so doll wehtut, wenn du die Beine anziehst. Dann trifft er dich nicht richtig, nur die Knie. Ich wollte ihn dabei auslachen, aber das hab ich mich dann doch nicht getraut, verstehst du? Stell dir das mal vor: Du hast ein Kind und schlägst es mit dem Gürtel. Dein Kind hockt auf dem Boden und schaut zu dir hinauf und du knallst ihm den Gürtel rein.«

»Früher hatte ich Angst vor deinem Vater«, sage ich.

»Echt?« Marko spuckt noch mal aus. »Der hätte dir nichts getan. Niemandem. Außer mir hat er nie jemandem was getan. Dazu war er zu feige.« Er zieht lange an seiner nächsten Zigarette. »Manchmal hat er unsere Mutter verkloppt und wir durften uns das ansehen, aber das war mir ehrlich scheißegal, weil sie nie was gesagt hat, wenn er auf mich losgegangen ist. Einmal hat sie sogar den Fernseher angemacht und den Ton aufgedreht, damit sie nicht hören muss, wie ich heule. Ich erinnere mich noch richtig gut daran. Da war ich acht oder so. Aber danach hab ich auch aufgehört zu heulen. Ich hasse die beiden. Meine Mutter ist von ihm abhängig. Schwache Frau. Einmal – das finde ich heute noch richtig lustig –, da hat mein Vater zu meiner Mutter gesagt: ›Du brauchst mich doch. Du bist mit deinem Leben überfordert.‹ Da hatten sie sich gerade gestritten. Ein Traumpaar, echt. Wie füreinander geschaffen. Ich war damals noch ganz klein, aber daran erinnere ich mich.«

»Hast du deshalb immer die Scheiben eingeschlagen?«

»Was? Welche Scheiben?«

»In den Türen. Bei dir zu Hause.«

»Ach das. Die hab ich eigentlich immer eingeworfen, weil mein Vater sie dann auswechseln musste. Du weißt doch, er ist Hausmeister.«

Ich nicke.

»*Er* muss sie nicht auswechseln, das macht der Glaser, aber er muss ihn anrufen und einen Termin vereinbaren und so. Das hat meinen Vater rasend gemacht. Er hat mich nie dabei erwischt, aber er hat oft geschimpft deswegen: ›Irgendein Stück Scheiße schlägt immer alle Scheiben ein! Wenn ich den erwische!‹ Und dann hat er mich verprügelt.«

»So lange machst du das schon?«

Marko zuckt mit den Schultern.

»Vielleicht wusste er es doch.«

»Glaub ich nicht. So schlau ist er nicht. War er nie. Er ist bloß Hausmeister. Und ein Säufer. Nach der Arbeit zieht er los und betrinkt sich. Dann prahlt er, welchen BMW er sich kaufen will. Einmal sagte er: ›Okay, jetzt steht es fest; wir kaufen einen BMW.‹ Aber gekauft hat er bis heute keinen, weil er ein Versager ist. Kaum zu glauben, dass ich sein Sohn bin.« Marko fängt an zu lachen. Dann schaut er mich an. »Hast du noch mehr Fragen?«

»Nein. Ich fand das bloß interessant, du weißt schon …«

»*Interessant*. So, so.«

Ich werde verlegen und schaue zur Seite.

»Was hast du denn?«, fragt Marko.

»Was?«

»Was *hast* du?«

»Was hast *du*?«, sage ich etwas defensiv.

»Nee, nee, Paul. Über *mich* haben wir gerade geredet. Was ist mit *dir*?«

Ich sage nichts.

»Na ja, was soll's!«, sagt Marko. »Hast du Lust, dass wir heute Abend was machen? Einen trinken? Kiez? Ich lad dich ein.«

*

Ich gehe, aber irgendwie ist es nicht so, als würde ich wirklich gehen. Meine Füße stolpern und mein Kopf schwebt dahin. Linken Fuß links aufsetzen, rechten Fuß rechts. Zwei Mädchen betreten den Eingangsbereich der S-Bahn-Station. Die eine ist blond, die andere brünett. Sie sehen billig aus, aber das tun viele. Die Brünette sagt:

»Boah, ich bin so breit!«

Die Blonde fällt ihr um den Hals und fasst ihr zwischen die Beine.

»So breit nun auch nicht.«

Marko grölt, macht ein paar Schritte zur Seite und schlägt der Brünetten mit der Faust ins Gesicht. Ich laufe los. Wir rennen durch den Eingang. Links an der Straße steht eine Gruppe Jugendlicher. Ich denke: Das sind die Freunde der Mädchen.

»Komm!«, ruft Marko.

Wir laufen über die S-Bahn-Brücke und überqueren die leere Kreuzung bei Rot. Kein Auto weit und breit. Es ist, als liefen nur meine Beine; der Oberkörper mit den Armen und dem Kopf baumelt bloß an meinen Hüften. Auf der Brauhausstraße fängt Marko plötzlich zu lachen an.

»Hier gibt es zwei Spielhallen, Paul.« Er zeigt auf die andere Straßenseite. »In dieser einen Straße! Zwei Spielhallen!«

Wir laufen am C & A-Gebäude vorbei, an den Gittern im Boden, dann sind wir am Brauhausstieg. Ich renne, als könnte ich nicht hinfallen. Die Brauhausstraße geht an dieser Stelle bergab. Früher sind wir hier immer mit unseren Fahrrädern hinuntergerast. Man musste nie in die Pedale treten.

»Warum machst du das?«, frage ich Marko und atme heftig.

»Warum ich das *mache*?«, sagt Marko und lacht noch mal.

»Warum tust du das?«

»Warum tu ich *was*?«

»Warum bist du so?«

»Warum ich so *bin*?«

Auf der linken Straßenseite zieht die erste Spielhalle vorbei, dann Lidl. Alles schaukelt und wackelt.

»Warte!«, sagt Marko.

Wir bleiben vor einem Postkasten stehen. Marko geht einen Schritt zurück, nimmt Anlauf und tritt mit der Sohle seines rechten Fußes gegen den Kasten.

»Scheiße!« Er stellt sich in Positur und tritt ein zweites Mal zu.

Jetzt hat der Kasten an der Vorderseite eine Delle.

»Scheiße! Ich krieg dich!«, sagt Marko.

»Was soll denn das?«, sage ich. »Was bringt dir das?«

»Ich hab so viel Energie. Ich muss sie rauslassen!«

»Vielleicht solltest du nicht so viel trinken.«

Marko macht noch einen Tritt. Jetzt ist das Plastikschild mit den Zeitangaben zu den Leerungen zersprungen und der Kasten hängt etwas schief an der Metallstange.

»Vielleicht sollte ich noch *mehr* trinken. Scheiße!«

»Dein Vater ist da nicht drin«, sage ich.

Jeder Tritt erzeugt ein Geräusch wie von raschelndem Papier in knackendem Blech.

»Marko, dein Vater ist da nicht drin«, sage ich noch mal.

»Halt's Maul!«

Die Tritte bewirken nicht mehr viel. Einmal rutscht Marko sogar aus und landet auf seiner Hand. Nach einem weiteren Tritt packt er den Kasten an den Seitenschlitzen und versucht, ihn von der Stange zu reißen.

»Wollen wir ein paar Reifen aufschlitzen?«, fragt Marko, während er noch am Kasten zieht und rüttelt. »Oder einen Stein von der Autobahnbrücke schmeißen?« Dann lacht er laut und schallend.

Nicht weit vom Postkasten schlägt Marko mit der nackten Hand gegen die Glasscheibe einer Haustür. Das Glas splittert, aber Markos Hand bleibt heil. Eine Tür weiter rammt Marko seine Stirn durch das Glas und reißt sich dabei die Augenbraue auf. Das Blut läuft ihm über die Wange zum Kinn hinunter und sammelt sich in seinem Kinnbart. Bald ist der Kragen seines Shirts befleckt, dann die halbe Brust. Ich packe Marko am Oberarm und ziehe ihn weg. Zuerst kommt er nur widerwillig mit, dann rennt er mir davon. Ich hole ihn ein und wir biegen rechts in die nächste Straße, dann laufen wir drei Häuserblocks weiter und machen an einer Ecke halt, um zu verschnaufen. Marko fährt sich mit einer Hand über die Wange, sieht das Blut und fängt an, sich darüber aufzuregen, dass er blutet. Dann fällt ihm auf, dass sein halbes Shirt mit Blut verschmiert ist, und das treibt ihn an, gegen eine Wand zu boxen. Die Haut an seiner rechten Hand reißt unter den Schlägen auf und fängt auch an zu bluten. Ich kann nichts machen.

Nachdem er sich abgeregt hat, kostet es mich sehr viel Mühe und Geduld, Marko zu überreden, mit mir ins Krankenhaus zu gehen. Marko spricht lange kein Wort.

Frühmorgens um vier Uhr dreißig hört man auf den Straßen nur Vögel. Sie zwitschern. Einer lauter als der andere. So viele, dass man sie weder zählen noch auseinanderhalten kann.

Sonntag, 28. Juli

Ich sitze in der U-Bahn, als an der Saarlandstraße ein Mann einsteigt und die Fahrgäste um etwas zu essen oder um Arbeit bittet. Er sagt, er würde alle Arbeiten machen, vom Hausputz bis zur Gartenarbeit. Als Lohn reiche ihm eine Tüte voll Lebensmitteln. Ich sitze mit dem Rücken zu ihm und drehe mich nicht um, weil ich erwarte, dass er bald bei mir erscheint und mich anspricht. Stattdessen erzählt er, dass er schon seit drei Wochen auf der Straße lebt. Sein Bankkonto wurde angeblich gesperrt und man hätte ihn aus seiner Wohnung geworfen. Er bittet uns, ihm Geld zu leihen, mit dem er dann seine Schulden begleichen und sein Konto entsperren lassen könnte. Dadurch käme er wiederum an sein Sparbuch ran, und damit würde er dann seine Schulden bei *uns* begleichen.

Die Bahn fährt bei Barmbek ein. Über die Sprechanlage teilt uns der Fahrer mit, dass wir alle aussteigen sollen. Als ich mich langsam erhebe, sehe ich den Bettler. Er ist jung und hat blonde Haare und ist ganz anständig gekleidet, nur etwas unrasiert. Ich wundere mich, dass er gar nicht versucht, Geld einzusammeln. Er steht bloß in der Mitte des Waggons und hält sich an einer der Stangen fest. Ich gehe zur Tür hinüber. Der Bettler bewegt die Lippen und schließt langsam seine Augen. Die Bahn kommt zum Stehen. Ich höre, wie er vor sich hin flüstert:

»… verlange auch nicht viel, nur etwas zu essen … habe so einen Hunger …«

Er klammert sich an der Stange fest, als würde er fallen, wenn er sie losließe.

Montag, 29. Juli

»Paul«, sagt mein Vater.

Ich schaue auf. »Ja?«

»Wie geht es dir so in letzter Zeit?«

»Okay. Wie geht es *dir*?«

»Na ja, wie geht es mir …« Mein Vater kratzt sich am Nacken. »Wie soll es mir schon gehen? Ich fühle mich nutzlos.«

Im Fernseher kommt eine Reportage über Skilaufen. Mein Vater nimmt die Fernbedienung und schaltet den Fernseher aus.

»*Nutzlos*, das ist das Wort. So fühle ich mich. Und jeden Tag mehr. Verstehst du? Denkst du manchmal darüber nach, wie es in so einer Situation ist, wenn man nichts machen kann?«

»Kannst du wirklich *nichts* machen?«, frage ich. »Gar nichts? Wirklich *gar nichts*?«

Eine Pause entsteht.

»Vielleicht kann ich«, sagt mein Vater. »Aber das ist nicht so einfach.«

»Was ist schon einfach?«

»Gar nichts. Nichts ist einfach.«

Ich antworte nicht.

»Was sagst du dazu, dass deine Mutter und ich uns trennen?«

»Ich weiß nicht. Ihr beiden … das passt irgendwie nicht. Ihr seid so anders geworden. Ihr macht gar nichts mehr miteinander. Mama hackt auf dir rum und du lässt sie. Und warum hackt sie auf dir herum? Weil du nichts machst. Du tust immer so, als wüsstest du alles, über die ganze Welt weißt du Bescheid. Aber über deine eigene Frau weißt du scheinbar gar nichts. Wie so ein Klugscheißer. Oder du weißt es, willst es dir aber nicht eingestehen. Diesen Eindruck hab ich von dir. Seit Jahren schon.«

»Hast du den, ja? Sieh an. Seit Jahren. Mein Gott …«

»Seh ich das alles etwa komplett falsch?«

»Nein, nicht komplett falsch. Was heißt schon ›falsch‹?«

Noch eine Pause.

»Ich denke bei der ganzen Sache an dich. Ich finde, es ist nicht richtig … dir gegenüber.«

»Dafür ist es jetzt zu spät«, finde ich.

Im Zimmer wird es unheimlich still.

Ich erwarte noch mehr von meinem Vater. Ich will mehr hören. »Sag doch was!«

»Wir haben uns nicht richtig verhalten, das stimmt. Deine Mutter und ich …«

»Warum sagst du immer nur, was ihr falsch gemacht habt? Sag doch mal, was ihr noch richtig machen könnt.«

»Ja, das …«

Jemand kommt die Stufen im Treppenhaus herauf. Die Schritte hallen durch das Gebäude. Es hört sich fast so an, als käme meine Mutter gerade nach Hause.

»Das ist wahr. Du hast recht.«

»Aber irgendwie verstehst du es trotzdem nicht, oder?«

»Nein.«

»Du solltest dich vielleicht damit abfinden. Vielleicht war es von Anfang an nicht richtig.«

»Was war nicht richtig?«, sagt mein Vater.

»Alles. Du und Mama.«

»Nein, dann wärst du auch nicht richtig gewesen.«

»Ja. Aber so dramatisch meine ich das nicht.«

Ich schalte den Fernseher wieder an. Ein Kloß steckt in meinem Hals. Ich kann nicht reden.

In der Wohnung halte ich es nicht aus, also gehe ich nach draußen. Es ist warm, aber das tröstet mich nicht. Bei der Shell-Tankstelle entdecke ich zufällig eine zerbrochene Flasche Bier in einer Ecke hinter der Waschstraße. Der abgeschlagene Hals liegt daneben. Er hat scharfe Zacken. Die Scherben haben sich am Boden der Flasche gesammelt, man kann sie zählen, und auf dem Bier schwimmen kleine Splitter. Irgendjemand wird versucht haben, den Kronkorken an einer Kante zu öffnen. Es sieht aus wie sehr klare Pisse. So etwas habe ich noch nie gesehen. Mit den Scherben in seinem Inneren sieht es wie etwas ganz Besonderes aus. Der Hals ist unglücklich abgeschlagen, am unteren Rand stehen sechs große Zacken ab und am oberen steckt noch immer der Deckel.

Ich nehme den Boden und betrachte das Etikett. Es ist ein Beck's. Ich hebe die Flasche an meinen Mund und lege die Lippen an die Lücke zwischen zwei Zacken. Die kleinen Splitter an der Oberfläche tanzen mit der Bewegung des Bieres. Sie funkeln im Abendlicht. Ich schiebe meine Lippen vorsichtig über den Rand. Mit der Hand kippe ich den Boden, bis das Bier meine Oberlippe berührt. Ein paar Tropfen drängen an meine Lippen. Es ist warm. Die Splitter schaukeln auf dem Bier. Ich sauge nur ganz schwach an der Flüssigkeit und kippe den Boden noch ein Stück. Die Scherben rutschen übereinander und dann zu einem Haufen zusammen. Ich spitze die Lippen und nippe ganz leicht. Die glitzernden Splitter fangen an, mit der Oberfläche zu schwappen, lösen sich voneinander und schwimmen auf meinen Mund zu. Sie berühren meine Oberlippe und kleben daran fest wie Sand am Handrücken eines Kindes, das am Strand spielt. Ich lege meinen Kopf langsam zurück und hebe die Flasche noch ein Stück an. Jetzt rinnt mir das Bier in den Mund. Ich denke für einen kurzen Augenblick an meine Mutter. Dann nehme ich den Flaschenboden wieder weg. Ich richte mich auf und halte den Boden gegen die untergehende Sonne. Die Scherben glitzern goldrot. Ich habe nicht viel getrunken. Ich atme durch.

Ein Junge kommt aus dem Wettbüro an der Seite. Ich stelle die Flasche zum abgebrochenen Hals zurück und schaue mich um. Der Junge geht im Kreis und gestikuliert wild mit dem rechten Arm, die Stirn in Falten gelegt, rauchend. Er telefoniert. Immer nimmt er einen Zug, hält den Rauch in den Lungen, verzieht das Gesicht, spricht in sein Handy und schaut zur Auffahrt hinüber. Dann bläst er den Rauch wieder aus, richtet seinen Blick auf den Boden und spricht weiter.

Wenn die Supermärkte bereits geschlossen haben, kommen die Jugendlichen aus der Gegend immer zu dieser Tankstelle und kaufen hier Bier, starken Alkohol und Zigaretten. Manchmal ist die Vorfreude auf den Abend dermaßen groß, dass sie sich bereits vor Sonnenuntergang betrinken. Dann rasen sie den Alten Teichweg hinunter, die Musik laut aufgedreht, nach Barmbek oder Wandsbek, eigentlich in alle Richtungen, bloß weg von hier.

Der Junge wirft seine Kippe auf den Boden und tritt drauf. Er geht ins Wettbüro zurück. Ich vergewissere mich, dass die abgebrochene Flasche noch neben mir steht. Dann stehe ich auf und gehe auch.

*

Nachts. Betrunkene Jugendliche, die aus irgendwelchen Schatten erscheinen, sich in Gruppen auf die Straße stellen und Autos behindern, ihnen hinterherfluchen. Jungen, die gegen Mülleimer treten, weil sie zu viel Energie haben. Bald werden sie kotzen. Mädchen, die sich aneinanderklammern müssen, um nicht zu stolpern und hinzufallen. Schwankender Gang, aufgeregtes Gebrüll, lautes hämisches Mädchenlachen, Rangeleien, Beleidigtsein, Flaschen auf den Boden schmettern. Eine Polizeistreife, die nicht hält, nur vorbeifährt. Naive Mädchen in Miniröcken, aggressive Jungen mit jungen, rauen Stimmen. Dann auflösen, schließlich leise werden, plötzlich verschwunden.

Donnerstag, 1. August

Dominik ist wieder aus China zurück. Wir sitzen im McDonald's am Wandsbeker Markt und ich esse Pommes und Hamburger. Seit gestern ist er wieder in Hamburg. Dominik hat sich drei Cheeseburger bestellt. An dem Tisch gegenüber sitzen zwei Mädchen und trinken Cola. Ich schaue ein paarmal zu ihnen rüber. Vorhin, als wir gekommen sind, hat eines der Mädchen mich angeschaut. Sie sind beide in unserem Alter.

»In China«, sagt Dominik, »funktioniert das Scheißen auf öffentlichen Toiletten so: Ein Chinese setzt sich auf die Schüssel und kackt. Danach steht er auf und geht, ohne zu spülen. Wenn dann der nächste Chinese kommt, spült er die Scheiße seines Vorgängers weg und setzt sich dann selber hin, um seinen Haufen zu setzen. Und weißt du, was er *dann* macht?«

Ich schüttle den Kopf.

»Er steht auf und geht, ohne zu spülen.«

Das blonde Mädchen mit dem Pferdeschwanz kuckt nicht mehr zu mir herüber. Seit unsere Blicke sich zum ersten Mal trafen, schaut sie demonstrativ weg.

»Ich hab das meiner Mutter erzählt und sie hat eine befreundete Chinesin gefragt, was das soll, warum die nie spülen. Die Chinesin sagte, das sei bei ihnen Brauch, die Kacke vom Vormann wegzumachen. Paul, für die ist das selbstverständlich. Dass es dadurch in der Toilette nach Scheiße stinkt, bedenken die gar nicht.«

Ich nehme einen Bissen von meinem Hamburger. Als ich vorhin von der Kasse kam, hatte die Blonde mich noch lange angeschaut. Als ob sie mit ihren Gedanken irgendwo anders gewesen wäre. Dann bemerkte sie, dass ich ihren Blick erwiderte, und kuckte wieder weg.

»Willst du noch was trinken?«, fragt Dominik. »Was hattest du? Cola?«

»Fanta.«

»Ich mach schon.« Dominik steht auf, nimmt unsere Becher und füllt sie am Tresen wieder auf.

Ich schaue wieder zu den Mädchen rüber, aber ein dicker Junge, der zwischen uns steht, nimmt mir die Sicht.

»In China düngen sie ihre Felder mit Menschenscheiße. Wusstest du das? Dort leben über eine Milliarde Menschen. Die machen alle ziemlich viel Kacke, und irgendwo muss die ja hin. Auf dem Dorf haben die keine Kanalisation und so, also schaufeln sie die Scheiße aus der Grube und bespritzen ihr Gemüse damit.«

Ich muss lachen. Dominik bleibt ganz gelassen.

»In Shanghai«, sagt er, »haben die Leute einen Eimer

vor ihrer Haustür, wo sie den ganzen Tag über reinmachen. Am Morgen kommt dann immer ein alter Mann mit einem Schiebewagen vorbei und kippt die Scheiße und Pisse in einen großen Bottich. Gott weiß, was die mit all der Jauche machen! Ich hab das selber mit angesehen. Ist alles wahr!«

Die beiden Mädchen scheinen Interesse an zwei ausländischen Jungs zu haben, die an der Kasse warten.

»Willst du ein paar Fotos sehen? Die hab ich in Peking geschossen.« Dominik holt sein Fotohandy heraus und zeigt mir ein Bild, auf dem mehrere Skorpione an Holzspießen zu sehen sind. Auf einem anderen Foto sind es Seepferdchen. »Die essen diesen Kram dort. Chinesen essen alles! Wirklich *alles*! Hunde, Raupen, vergammeltes Fleisch. Für die ist es ganz normal, dass sie Durchfall haben. Die glauben tatsächlich, dass alle Menschen auf der Welt ständig Durchfall haben. Ich hab hier aber noch was anderes.« Er klickt ein paar Fotos weg und zeigt mir dann eine Aufnahme von einem heruntergekommenen zweigeschossigen Häuschen. »Das ist ein Hotel. Hier kann man spottbillig übernachten, kostet kaum was. Aber nur, wenn man Einheimischer ist. Ausländern ist es nicht erlaubt, da einzuchecken. Dort herrscht Einsturzgefahr.« Er tippt auf das Display. »Weil die Bruchbude jeden Moment zusammenbrechen kann, dürfen da nur Chinesen rein. Geil, was? China ist das totale Chaos.«

Die Mädchen stehen auf und gehen. Die Blonde wirft mir im Vorbeigehen einen Blick zu.

Mir wird warm an den Schläfen.

»Und McDreck gibt's in China auch. Willst du wissen, wie teuer dort ein Hamburger ist?«

Ich zucke mit den Schultern.

»Zwanzig Cent! Kein Witz! Bloß zwanzig Cent. Und die Chinesen verdienen so wenig, dass zwanzig Cent für sie noch immer eine Menge Geld sind. McDreck ist bei denen so was wie hier ein Restaurant, und zwar ein teures. Nur die Geschäftsleute essen bei McDreck. Hier kommt jeder Penner rein.« Er packt sein Handy wieder weg. »Stell dir das mal vor: zwanzig Cent für einen Burger!«

Ich lehne mich zurück.

*

Später, als wir durch das Quarree gehen, trifft Dominik einen Jungen, den er aus einem Kurs an der Hinschenfelde-Schule kennt. Es stellt sich heraus, dass der Typ ein Freund von Boy ist. Der Junge erzählt Dominik, dass Boy sich beim Ficken mit einem Mann Aids geholt hat.

»Was?!«, sagt Dominik irgendwie erschrocken. »Wie ist *das* denn passiert? Du laberst doch nur Scheiße!«

»Ich weiß nicht. Alle sagen, er hat Schwulenpornos mit Nazis gemacht. Dabei hat er sich das wohl geholt.«

»Nazi-Schwulenpornos?«

Der Junge holt sein Handy heraus und zeigt uns einen Film, in dem ein muskelbepackter Mann mit Glatze einen schmächtigen Jungen fickt.

»Ist das … *Boy*?«, fragt Dominik verwirrt.

»Quatsch!«, sagt der Junge. »Das ist irgendein Kerl. Aber Boy hat auch solche Filme gemacht.«

»Ach was, jetzt *hat* er sie plötzlich gemacht. Eben hast du noch gesagt, alle *sagen*, dass er solche Filme gemacht hat.«

»Mann, du weißt doch, wie ich das meine. Komm mal wieder runter, Domi.«

»Lasst uns mal eine rauchen gehen. Ich hab meinen Schmachter.«

Wir stellen uns vor den Hintereingang. Dominik kramt seine Zigaretten heraus. Er hält zuerst mir die Schachtel hin, dann seinem Freund. Ich gebe allen Feuer.

»Also hat er sich bei einem Porno angesteckt«, sagt Dominik. »Oder hat er das woanders gekriegt und dann an die Nazis weitergegeben?«

Sein Freund bläst die Backen auf.

»Hat er gefixt oder was?«

»Keine Ahnung«, sagt der Junge.

»Er hat es wahrscheinlich von irgendeinem Nazi beim Arschficken bekommen. Das geht ja immer ganz schnell. Der Typ mit dem Schwanz im Arsch kriegt einen winzigen Riss in der Darmhaut und der Infizierte reibt mit seiner Spratze drüber. Ruck, zuck gibt's einen Infizierten mehr.«

Dominiks Freund nickt.

Wir rauchen schweigend unsere Zigaretten.

»Warum hast du eigentlich einen Schwulenporno auf deinem Handy?«, fragt Dominik den Jungen.

»Ach, das ... Einfach so. Ich hab den von irgendwem zugeschickt bekommen. Kein Plan, von wem. Aber ich lösch ihn sowieso bald wieder.«

»Lösch ihn mal jetzt«, sagt Dominik.

»Was?«

»Lösch ihn jetzt.«

»Nein, Mann ... Noch nicht. Besser nicht.«

Nachdem wir aufgeraucht haben, verabschiedet sich Dominiks Freund von uns.

»Kennst du das Video hier schon?« Dominik holt sein Handy heraus. »Das ist ein Klassiker. Boy in voller Fahrt, wie er zu seiner Höchstzeit war.« Er denkt einen Augenblick nach. »Na ja, ich denke, das kann man so stehen lassen. Zu neuen Höchstformen wird er kaum auflaufen. Der hat ja jetzt ganz andere Sorgen.«

Er zeigt mir eine Videoaufnahme, in der Boy versucht, eine dicke Frau zu küssen und ihr zwischen die Beine zu fassen. Sie sitzen beide auf einer Couch und die Frau lacht, als er seine Hände plump über ihren Körper reibt, aber sie wehrt seine Versuche ab. Boy ist eindeutig betrunken. Dominik weiß nicht mehr, wer die Frau ist und wer die beiden aufgenommen hat, aber er sagt, dass er noch immer darüber lachen kann, was er wichtig und richtig findet.

Freitag, 2. August

Am nächsten Tag klingelt Dominik bei uns an der Tür. Wir sind nicht verabredet. Er sagt, dass wir Tobi besuchen sollten. Ich ziehe mich um und wir fahren mit der Bahn nach Poppenbüttel und nehmen dann den Bus. Dominik erzählt mir, dass Tobi nun seit einigen Wochen schon in einer Jugendeinrichtung wohnt, die nach dem Konzept des betreuten Wohnens funktioniert. Ich habe seit mehr als einem Monat weder mit Tobi gesprochen noch etwas von ihm gehört. Dominik sagt, dass er gestern ganz überraschend einen Anruf von ihm bekommen habe. Er weiß auch, wo sich die Einrichtung befindet, weil Veronika einige Zeit überlegt hatte, dort einzuziehen. Es sei ganz anständig dort. Jeder hätte sein eigenes Zimmer und genug Freiraum. Ein paarmal die Woche kämen irgendwelche Sozialarbeiter vorbei.

Die Jugendeinrichtung ist ein zweistöckiges Wohnhaus und liegt am Ende einer Straße voller Reihenhäuser. Eine Punkerin öffnet uns die Tür und geht dann einfach weg, ohne ein Wort zu sagen. Dominik ruft nach Tobi. Er kommt die Treppe herunter.

»Paul! Dom!«, sagt er und lächelt. Wir geben uns die Hände. »Lasst uns mal in den Garten gehen. Ist schön sonnig heute.«

Wir gehen in den Garten.

Tobi zeigt auf eine Sitzbank. »Setzt euch.« Er holt eine Schachtel Marlboro heraus und bietet uns eine an. Dann setzt er sich zu uns. »Paul, wie geht's dir?«

»Gut. Danke.«

»Sehr schön. Freut mich, dass du mal vorbeikommst. Ich wollte dich eigentlich schon längst anrufen, aber es hat sich nicht ergeben.« Er zuckt mit den Schultern.

»Ist schon okay.«

»Affenstark!«, sagt Tobi und zieht an seiner Zigarette. »Wo habt ihr Marko gelassen? Ich hab ihn ganz zufällig getroffen, als ich wegen meinem Kram noch mal in Dulsberg war.« Er kratzt sich an der Stirn. »Hab ihn auf der Straße gesehen. Macht er jetzt auf Zuhälter? Er hatte diese Kleine dabei, diese Fotze ... Jessica. Wisst ihr was darüber? Sie sind in so einen Wagen gestiegen und weggefahren.«

»Nee, keine Ahnung«, sagt Dominik. Er schaut sich einmal im Garten um. »Tobi, hier ist es richtig geil. Schön ruhig und so.«

»Nicht wahr? Wir haben es ganz gut hier. Abends können wir lange ausbleiben, manchmal sogar bis spät in die Nacht. Das überprüft keiner. Zweimal kommen die Sozialarbeiter vorbei. Einer hat voll die Rastazöpfe, der andere ist schwul.«

Ein Junge kommt auf die Veranda. Er hat sehr kurze Haare und schielt.

»Hey, Rolando«, sagt Tobi. »Was gibt's?«

Rolando reibt mit einem Fuß über die Bodenplatten. »Hast du Bert gesehen?«

»Nein. Suchst du ihn?«

»Nein.« Rolando geht wieder ins Haus zurück.

»Rolando?«, sagt Dominik.

Tobi schnippt die Asche von seiner Zigarette. »Der Typ ist durchgeknallt. Hat schon alles hinter sich, was du dir vorstellen kannst. Er war im Irrenhaus in Ochsenzoll.«

»Was hatte er denn?«

»Keine Ahnung. Zu viele Drogen genommen. Hat gekifft, seit er acht war. Das reicht ja auch schon. Muss nicht immer der starke Stoff sein.« Tobi tippt sich mit einem Finger gegen die Stirn. »Total kaputt. Wir haben hier noch eine Verrückte, Yvonne.« Er zeigt auf seine Unterarme. »Alles zerschnitten.«

»Depressiv oder was?«, sagt Dominik.

»Keine Ahnung. Die sind durchgeknallt.«

»Du auch?« Dominik lacht.

»Nicht alle. Nur die beiden.« Tobi schaut zur Seite. »Wollt ihr was trinken?«

Er geht ins Haus und kommt mit drei Plastikbechern und einer halb vollen Flasche Cola zurück.

»Rolando und Yvonne sind Extremfälle. Eigentlich gehören hier gar keine Süchtigen hin, aber die haben nirgendwo einen Platz bekommen. Alle Einrichtungen für Drogis sind voll. Ich weiß auch nicht, wie lange sie noch bleiben. Wenn irgendwo ein Platz frei wird, sind sie weg.«

Dominik schenkt uns die Becher voll. Wir stoßen auf Tobi an. Tobi lächelt verlegen. Er und Dominik zünden sich noch eine Zigarette an.

»Das eine Mädchen, Yvonne, die kommt gestern zu mir und sagt: ›Ich kann nicht schlafen, wenn es dunkel ist. Ich hab Angst vor der Dunkelheit.‹ Sie wollte zu mir ins Bett.«

»Und hast du sie?«, fragt Dominik und grinst.

»Quatsch! Weißt du, wie fett die ist?«

»Ich dachte früher immer, Ritzer sind alle dürr.«

»*Bevor* sie mit ihrer Therapie beginnen. Dann entdecken sie das Essen. Fressen ist bei denen Therapie.«

»Therapeutisch«, sagt Dominik und die beiden lachen. »Was ist mit dieser Punkerin?«

Tobi schüttelt den Kopf. »Du spinnst wohl.«

»Nein, ich meine: Wie ist die so drauf?«

»Scheiße. Zersticht sich das Gesicht mit Piercings.«

Wir trinken noch einen Schluck.

»Mittwochs haben wir immer Besprechung. Dann kommen die beiden Sozialarbeiter vorbei und wir setzen uns an einen großen Tisch und besprechen die nächste Woche. Und Rolando steht nach ein paar Minuten plötzlich auf und sagt, dass er wegmuss. Er kann sich keine fünf Minuten lang konzentrieren. Hat ADS oder so. Der eine Sozialarbeiter, Bert, sagt zu ihm: ›Rolando, wir sind noch nicht fertig. Setzt du dich bitte wieder hin?‹ Rolando geht ins Bad und zündet sich 'nen Joint an. Die Sozialarbeiter sagen zu ihm: ›Rolando, du darfst hier doch nicht kiffen. Drogen sind hier verboten.‹ Und Rolando sagt: ›Ach? Echt? Das hat mir keiner gesagt.‹ Dabei ist er schon seit drei Monaten hier!«

Dominik lacht.

»Und diese Yvonne, die ist total bescheuert. Ich komm vom Lottoladen und sie sieht mich und rennt über die Straße. ›Tobi, Tobi, da bist du ja wieder!‹ Sie läuft über eine volle Straße, ohne nach links und rechts zu kucken. Beinahe hätte sie so ein Mercedes überrollt.«

Wir lachen. Rolando kommt wieder auf die Veranda.

»Was macht ihr hier?«, fragt er.

»Rolando«, sagt Tobi, »setz dich doch mal zu uns und erzähl uns die Geschichte, als du in der Anstalt warst.«

»Gibst du mir eine ab?«

Tobi reicht Rolando eine Zigarette. Rolando stellt sich zu uns. Er raucht die Zigarette bis zur Hälfte, dann fordert ihn Tobi noch mal auf, die Geschichte zu erzählen.

»Meine Eltern haben mich in die Anstalt gesteckt, weil sie meinten, ich bin verrückt. Die haben mir da jeden Tag Medikamente gegeben und gesagt, dass die gegen Psychosen sind. Ich hab dann keinen mehr hochbekommen.«

Tobi nickt.

»Was habt ihr da drin?«, fragt Rolando und zeigt auf meinen Becher. »Ist da Whisky drin? Gebt mir auch was ab!«

»Nein, ist nur Cola«, sagt Dominik.

»Aha.« Rolando raucht seine Zigarette zu Ende. Dann geht er wieder ins Haus.

»Seht ihr?«, sagt Tobi und schaut uns beide an.

»Veronika hat auch mal überlegt, hierherzukommen«, sagt Dominik. »Letztes Jahr. Was für ein Zufall!«

»Hast du mal wieder mit ihr gesprochen?«

»Nee. Das letzte Mal, bevor ich mit meiner Mutter in Urlaub geflogen bin. Meine Mutter hat ihr sogar angeboten, dass sie mitkommen kann.«

»Wo wart ihr noch gleich?«

»China.«

»Geil. Da würde ich auch gerne mal hin.«

»Ist auch geil dort.«

»Hat einer von euch beiden mal meine Mutter gesehen in letzter Zeit?«, fragt Tobi.

Ich schüttle den Kopf.

»Warum seid ihr beiden eigentlich ausgezogen?«, fragt Dominik. »Nur wegen eurer Mutter? Weil ihr euch nicht verstanden habt, du und sie?«

»Das auch. Eigentlich nur deswegen«, sagt Tobi und schüttet den Rest Cola aus seinem Becher. »Nachdem sie ihren neuen Freund kennengelernt hat, hat sie sich endgültig gehenlassen. Vorher hat sie noch den ganzen Tag vor dem Fernseher gesessen und dann am Abend hin und wieder was zu essen gemacht. Mit ihrem neuen Freund war das vorbei. Da hat sie uns nur noch ignoriert.«

»Du warst ihr egal?«

»Ich war ihr *scheiß*egal. Eigentlich immer schon. Aber danach habe ich es erst richtig gespürt. Sie hat ihre ganze

Kohle für den Typen ausgegeben, hat ein neues Bett gekauft, neue Klamotten und so. Und dann ist sie jedes Wochenende zu ihm gefahren und hat sich nicht mehr blicken lassen. Und das Schärfste: Sie hat Geld von *mir* verlangt! Sie sagte: ›Wenn du dir einen Nebenjob anschaffst, musst du mir was von dem Geld abgeben.‹ Deshalb hab ich ja nie gearbeitet.«

Dominik nickt. »Ich erinnere mich.« Wir schauen uns an.

»Du weißt das noch. Deshalb hab ich doch mit Marko gedealt. Damit ich was ausgeben kann. Man braucht doch Geld. Aber meine Mutter ist gierig und total geizig. In der zweiten Klasse wollte ich in einen Fußballverein. Ein paarmal konnte ich mittrainieren, aber dann war's das auch schon, weil meine Mutter sagte, sie hätte kein Geld für einen Fußballverein. Dabei hat das nicht viel gekostet. Was kostet so ein Monatsbeitrag heute? Fünfzehn, zwanzig Euro? Früher war das noch billiger. Ich wollte ja auch nicht gleich beim HSV anfangen.«

»Das Geld hätte sie sich von ihren Zigaretten absparen können«, sagt Dominik.

»Schön gesagt. Eigentlich war es mir egal. Irgendwie auch nicht, aber ich kann damit umgehen. Aber wie sie mit Janine umgegangen ist, das war scheiße. Richtig scheiße. Sie hat ihr Versprechungen gemacht: ›Lass uns in den Heide-Park fahren. Lass uns an den Strand fahren. Lass uns grillen gehen.‹ Sie hat Janine auch ein paarmal zu ihrem Freund mitgenommen. Da haben die dann den ganzen Abend rumgefickt und Janine durfte sich ihr Gestöhne anhören. Von dem ganzen Scheiß, den sie ihr immer versprochen hat, haben sie nichts gemacht. ›Ich bin pleite‹, sagte sie. ›Ihr beiden kostet mich zu viel.‹ Aber ihrem Freund ein neues Handy schenken. Von wegen pleite! Zwei Tage später hatte der ein neues Handy. Einmal ist sie sogar mit ihm übers Wochenende an die Ostsee gefahren. Und uns sagte sie, dass sie kein Geld hat. Aber Geld von *mir* verlangen! Janine hat versucht, an die beiden ranzukommen, sich anzufreunden. Aber Mutti wollte ihren Freund nur für sich. Und ihre Ruhe wollte sie. Das hat Janine verletzt. Sie ist nicht so wie ich; sie hat den Kontakt zu unserer Mutter gesucht.« Er macht eine wütende Schlagbewegung.

Ein dickes Mädchen kommt auf die Veranda und sagt zu Tobi, dass er noch das Geschirr einräumen muss. Tobi nickt bloß. Die Dicke geht wieder ins Haus zurück.

»Ist das … Yvonne?«, fragt Dominik.

»Ja«, sagt Tobi. »Wenn ich ganz ehrlich bin, kann ich meiner Mutter gar nicht böse sein. Das war ich sowieso nie. Und sie hatte es auch nie leicht. Zuerst heiratet sie dieses Arschloch, das sie verprügelt, und kriegt viel zu früh Kinder. Dann ist sie über zehn Jahre arbeitslos. Mich kotzt nur an, dass sie sich nie angestrengt hat. Sie wusste es besser, sie hat immer einen auf schlau gemacht, hat mich niedergemacht und an mir herumkritisiert: ›Du Versager! Du bist einfach dumm! Du schaffst nie was!‹ Aber sie hat mir nie gezeigt, wie man es richtig macht. Und dann kommt dieser Typ und sie macht sich endgültig vom Acker.«

Dominik nickt wieder. »Wie heißt er noch mal?«

»Michael. Aber eigentlich ist er okay. Besser als meine Mutter jedenfalls.« Tobi beruhigt sich wieder. Dann sagt er: »An unserem Geburtstag hatte unsere Mutter kein Geschenk, weil sie alles für ihren Freund ausgegeben hat.« Er klingt jetzt nicht mehr wütend. Nur verbittert. Ich habe den Eindruck, dass das von beiden Alternativen die schlimmere ist.

»Will wohl ihre vergeudete Jugend nachholen«, sagt Dominik.

Wir sitzen noch eine Weile. Dann vereinbaren wir mit Tobi, dass wir in nächster Zeit mal wieder was zusammen machen. Wenn es klappt, will Dominik auch Marko organisieren. Tobi bringt uns zur Bushaltestelle.

»Wie läuft eigentlich deine Ausbildung?«, fragt Dominik. »Wann hast du angefangen?«

»Gestern.«

»Und? Gut?«

»Musste gleich mit anpacken. Kabel verlegen in so einem Mehrfamilienhaus.«

»Na, ist doch schön«, sagt Dominik. »Bald bist du hier weg.«

Tobi lächelt. »Ist gar nicht so schlecht hier.«

Als der Bus am anderen Ende der Straße erscheint, fällt Tobi etwas ein: »Noch was. Ich wollte euch bitten, mir und Janine dabei zu helfen, unsere restlichen Sachen aus unserer alten Wohnung zu holen. Wir haben in den letzten Wochen keine Gelegenheit dazu gehabt, weil unsere Mutter sich quergestellt hat, aber nächste Woche dürfen wir vorbeikommen. Das Jugendamt hat das geklärt. Kann ich auf euch zählen?«

»Klar doch«, sagt Dominik. »Es sind Ferien. Wir sind dabei.«

Samstag, 3. August

Am nächsten Tag treffen Dominik und ich uns bei Wandsbek-Gartenstadt, um Gras zu besorgen. Dominiks Bekannte heißt Patty. Sie hat langes rotbraunes Haar mit einigen violetten Strähnen darin und ein überhebliches Gesicht mit leeren Augen und einem beleidigten Mund. Sie sagt nur zu Dominik Hallo und beachtet mich gar nicht. Wir setzen uns im Wohnzimmer auf eine Couch aus falschem Leder. Die Wohnung ist karg eingerichtet und hat einen zu glatten Laminatfußboden. Es ist ziemlich unordentlich hier;

Klamotten liegen auf dem Boden verstreut, der Tisch quillt über vor Zigarettenschachteln und leeren Bierflaschen. Ich muss automatisch an das Wohnzimmer von Tobis Mutter denken.

»Na, Patty, wie geht's dir?«, fragt Dominik.

Patty setzt sich auf den Boden und fängt an, irgendetwas in ein kariertes Heft zu schreiben. »Gut«, sagt sie, ohne von ihrem Heft aufzuschauen.

Ein anderes Mädchen kommt aus dem Nebenzimmer, eine Blondine. »Hallo«, sagt sie zu uns.

»Hallo«, sagen wir gleichzeitig.

Das Mädchen hat ein langes Gesicht und scheint in unserem Alter zu sein.

Patty und das Mädchen fangen an, sich über irgendeinen *Willi* zu unterhalten. Patty sagt, dass sie den Typen eifersüchtig machen will, wenn sie ihm an diesem Abend im *Haus* begegnet. Das blonde Mädchen sagt, dass Patty einfach bloß mit irgendeinem anderen Jungen rummachen braucht, und Patty scheint von diesem Vorschlag begeistert und erweitert die Idee, indem sie sagt, dass sie gleich den erstbesten Jungen »ficken« wird. Sie macht einen recht entschlossenen Eindruck auf mich.

Dominik entdeckt eine ungeöffnete Flasche Bier zwischen dem ganzen Müll auf dem Tisch. »Patty? Kann ich dieses Bier hier haben?«

Patty schaut auf. »Nimm doch. Gehört sowieso Willi.« Sie überblickt einmal den ganzen Tisch. »Du kannst alles haben, was ihm gehört.« Sie stochert mit einer Hand im Müll und findet eine Schachtel Marlboro mit Menthol. »Hier, die kannst du haben. So was raucht der Wichser.« Sie wirft Dominik die Schachtel zu.

Dominik holt zwei Zigaretten heraus und gibt mir eine ab. Ich habe kein Feuer. Dominik auch nicht.

Die Blondine kommt ins Zimmer zurück. Sie bürstet sich die Haare. »Warum seid ihr überhaupt hier?«

Dominik findet nur ein Streichholz ohne Schachtel. Er hebt die Arme in die Luft. »Hat eine von euch Feuer?«

Die Blondine schüttelt den Kopf. Patty reagiert nicht.

Dominik seufzt und fängt an, den Tisch abzusuchen. Die Blondine verlässt wieder das Zimmer. Als Dominik nach einer Weile weder die Streichholzschachtel noch ein Feuerzeug findet, legt er die Zigarette wieder in die Schachtel zurück und fragt Patty, ob sie den neuesten Witz kennt:

»Drei Omas unterhalten sich. Die eine sagt, dass in letzter Zeit immer wieder Frauen nachts im Stadtpark bestohlen und vergewaltigt wurden. Am nächsten Abend geht eine der drei Omas durch den Stadtpark. Es ist Nacht. Plötzlich springt ein maskierter Mann aus dem Gebüsch, stiehlt der Oma die Handtasche und läuft weg. Da ruft die Oma ihm hinterher: ›Und die Vergewaltigung, Söhnchen? Und die Vergewaltigung?‹«

Dominik bricht in Gelächter aus. Patty zeigt keine Regung. Dominik wiederholt den Witz noch mal für die Blonde, doch auch sie lacht nicht.

»Das ist total unlogisch!«, sagt sie.

»Patty«, sagt Dominik nach einer Weile. »Wir würden ja gerne länger bleiben, aber wir müssen langsam los. Hast du was da?«

Eine Pause entsteht.

»Er will was kaufen, Patty«, sagt die Blondine schließlich.

Noch eine Pause entsteht. Dann erhebt sich Patty langsam und verlässt den Raum. Sie kommt mit einer kleinen Waage zurück und kramt eine Tüte aus einer Schublade. In der Tüte sind ein paar Klümpchen Gras drin.

»Wie viel?«, fragt sie.

»Zwanzig«, sagt Dominik, dann: »Oder doch für dreißig?« Er dreht sich zu mir und schaut mich an.

Ich blase die Backen auf.

»Für zwanzig«, sagt Dominik entschlossener, dann, nachdenklich: »Obwohl … für *dreißig*?«

Patty friert augenblicklich ein. Wie eine Eidechse sieht sie aus. Oder wie eine regungslose Spinne bei Kälte.

»Wie viel haben wir denn dabei?«, fragt sich Dominik und steckt eine Hand in seine Hosentasche. Er holt einen Zehneuroschein heraus. »Also auf jeden Fall für zehn.« Er schaut mich noch mal an. »Was hältst du von dreißig?«

Er kramt noch einen Zehner heraus. Dann überprüft er seine andere Hosentasche. Als er nichts mehr findet, sagt er schließlich: »Nein, wir haben nur zwanzig. Also für zwanzig.«

Patty wacht aus ihrer Starre wieder auf. Sie fängt an, kleine Knollen von den Klümpchen zu rupfen und sie auf die Waage zu legen.

Dominik glättet die beiden Zehneuroscheine und legt sie neben sich auf die Armlehne.

Wir schauen Patty dabei zu, wie sie das Gras für uns abwiegt.

»Na«, sagt Dominik, »du nimmst es aber sehr ernst mit der Genauigkeit, was? Kein Krümel zu viel.« Dann fängt er an, nach einem Flaschenöffner zu suchen.

Sonntag, 4. August

Bei Dominik gibt es zum Frühstück Pizza und gekochte Eier. Das Frühstück findet um kurz nach zwölf statt. Dominik schiebt eine Tiefkühlpizza in den Ofen und legt vier Eier in einen kleinen Topf. Ich esse ein Eis am Stiel. Mir tut der Nacken weh, wenn ich mich strecke. Letzte Nacht habe ich auf dem Sofa im Wohnzimmer geschlafen. Das Sofa hat einen sehr weichen Bezug, ist aber darunter viel zu hart. Außerdem zwickt es unangenehm in meiner rechten Schulter, wenn ich meinen Kopf zur linken Seite drehe. Es regt mich auf. Keine Kontrolle über meinen Körper zu haben macht mich fertig. Auf dem Küchentisch sehe ich einen halben Block Butter in einer Schale ohne Deckel. Auf der Oberfläche der Butter liegt eine dicke Staubschicht.

Dominik gähnt. Wir reden kaum. Draußen ist es hell und frisch. Der Himmel steht voller strahlend weißer Wolken. Ab und an rieseln kurze Schauer aus ihnen. Autos fahren durch die schmale Straße und Menschen kommen mit vollen oder leeren Tragetaschen den Bürgersteig entlang. Ich spüre, dass mir das alles sehr unangenehm ist. Früher habe ich manchmal bei Dominik übernachtet. Das war meistens in Ordnung, weil Dominik auf der Barmbeker Seite des Osterbekkanals gewohnt hat. In einer Minute konnte ich bei mir zu Hause sein. Außerdem kannte ich die Gegend in- und auswendig. Das gab mir ein Gefühl von Geborgenheit. In diesem Teil von Winterhude war ich vorher noch nie. Einmal bin ich hier mit dem Bus durchgefahren, als ich die Schule geschwänzt habe. Es war Freitag und ich hab bloß den Markt und die Leute vor den Geschäften gesehen. Das hat mir irgendwie schon genügt. Dominik findet, dass die Gegend eigentlich sehr gut ist. Ich weiß nicht, nach welchen Kriterien er das bewertet. Die Altbauwohnung mit den hohen Decken jedenfalls gefällt mir nach wie vor überhaupt nicht. Ich hasse Altbauwohnungen. Neu- und Plattenbauten beruhigen mich dagegen ungemein.

Die Pizza ist irgendwann fertig und wir essen sie. Der Boden ist sehr knusprig und an der Oberfläche sind die Ränder leicht angebrannt. Es ist ein komisches Gefühl, in der Küche zu sitzen, auf diesen teuren Holzstühlen, barfuß, in Boxershorts und T-Shirt, ein Stück Pizza in der Hand. Dominik sieht beim Kauen nachdenklich aus.

Nach dem Essen gehen wir wieder in Dominiks Zimmer und schauen uns noch ein paar Pornos aus dem Internet an. Ich verspüre den Drang, nach Hause zu gehen. Die Pornos reizen mich nicht. Wir haben sie bereits gestern Abend gesehen. Es ist eigentlich immer dasselbe, sooft man sich neue Filme auch ankuckt, immer geht es bloß um das gleiche stumpfe Ficken, mal schneller, mal langsamer. Auch Dominik scheint von den Videoclips kaum berührt. Zweimal gähnt er. Ich denke mir, dass wir sie uns nur deshalb noch mal ansehen, weil wir die Möglichkeit dazu haben. Dominik spricht nicht an, dass wir noch etwas zu rauchen dahaben. Vielleicht denkt er es auch gar nicht. Er raucht jedenfalls keine seiner Zigaretten. Es ist mir egal. Ich hätte sowieso keine Lust. Ich bin noch ausreichend verstrahlt. »Verstrahlt« sein bedeutet für mich, noch am nächsten Morgen zu spüren, dass man in der Nacht zuvor etwas genommen hat. Mir fällt nicht ein, was wir eigentlich gemacht haben. Ich werde Dominik nicht danach fragen. Das Einzige, was ich bisher gesagt habe, ist, dass ich keine Eier esse. Dominik sagt, dass er leider keine Zahnbürste für mich hat. Ich hasse es am meisten, wenn ich mir nach dem Aufstehen nicht die Zähne putzen kann.

»Was machst du morgen?«, fragt Dominik träge.

»Morgen?« Ich denke nach. »Zieh ich zu meiner Oma.«

»Echt? Zu deiner Oma? Nach … Harburg?«

Ich nicke.

»Kriegst du auch dein eigenes Zimmer?«

»Am Anfang nicht. Aber ich will bei meiner Mutter leben. Sie wird zwar in den nächsten Monaten viel am Abend arbeiten, aber das ist mir egal.«

»Na ja.«

Um halb zwei gehe ich nach Hause.

Dominik, ich und so ein Typ vom Jugendamt – wohl ein Praktikant – helfen Tobi und Janine dabei, ihre Sachen aus der Wohnung ihrer Mutter zu holen. Die Mutter steht im Flur und beaufsichtigt uns, während wir die Sachen in Kartons packen und sie die Treppe hinuntertragen. Als ich nach meinem zweiten Gang wieder in die Wohnung hinaufkomme, steht sie in der Küche und isst Haselnuss-Brotaufstrich mit dem Löffel. Sie schaut mich aus bösartigen Augen an und hält den Blick, bis ich wegsehe. Janine bedeutet Dominik mit Handzeichen, was er für sie einräumen soll. Sie steht wie eine Statue in der Mitte ihres Zimmers und hebt kaum den Blick.

Als Tobi einmal darüber flucht, dass er etwas nicht finden kann, kommt seine Mutter ins Zimmer – das Glas mit dem Brotaufstrich in der einen Hand, den Löffel im Mund – und weist ihn zurecht:

»Kein Gefluche in meinem Haus!«

Tobi wirft ihr einen genervten Blick zu, schnaubt und sucht weiter. Ich helfe ihm und wir finden seine Spindel mit den Programm-CDs und seinen USB-Stick.

Eine halbe Stunde später sind wir mit allem fertig. Die Mutter steht bei der Tür und lauert.

»Mein Bett hol ich ein andermal ab«, sagt Tobi zu ihr.

»Beeil dich damit. Sonst werfen wir es weg.«

»So wie ihr eure Matratzen weggeschmissen habt? Ins Gebüsch?«

»Vorsicht!«, sagt Tobis Mutter scharf. »Pass auf, was du sagst!«

Der Freund erscheint in der Wohnzimmertür. Er und Tobi werfen sich Blicke zu.

»Jeanny, wir gehen! Komm!«, sagt Tobi.

Janine drückt sich an ihrer Mutter vorbei, ohne sie anzusehen, und verschwindet im Treppenhaus.

»Habt ihr alles?«, fragt Tobi Dominik.

»Alles, was deine Schwester haben wollte. Die Poster sind noch an der Wand, aber …«

»Die Dinger reiß ich sofort ab, wenn ihr weg seid!«, sagt Tobis Mutter. »Also nehmt sie besser gleich mit.«

»Gehen wir«, sagt Tobi zu uns.

Jeder nimmt einen Karton und wir verlassen die Wohnung. Tobis Mutter knallt die Tür hinter uns zu. Unten an der Straße steht der Praktikant vom Jugendamt mit dem Auto. Janine sitzt bereits drin.

»Ist das alles? Kommt nichts mehr?«, fragt der Typ.

Tobi schüttelt den Kopf und schaut zur Wohnung seiner Mutter hoch.

Wir verstauen die Kartons neben den anderen im Kofferraum. Dann setzen wir uns ins Auto und fahren nach Poppenbüttel. Tobi teilt Zigaretten aus.

Freitag, 9. August

Ich stehe sehr spät auf, erst kurz nach halb zwölf. Meine Mutter sitzt im Wohnzimmer und schaut sich ein Mittagsmagazin an.

»Arbeitest du heute?«, frage ich und setze mich zu ihr.

»Gleich geh ich los.«

»Wie läuft es denn so?«

»Ach, schlecht. Wir sind viel zu wenige. Für jeden Alten hast du nur ein paar Minuten. Man kann sich gar nicht mehr richtig um sie kümmern.«

»Haben sie wieder welche gefeuert?«

»Ein paar, deren Verträge ausgelaufen sind. Für die kommen jetzt zwar neue Leute, aber die sind alle unterqualifiziert. Wir haben kaum noch Festangestellte. Dauernd kommen welche und gehen sofort wieder.«

»Entlassungen?«

»Am laufenden Band«, sagt meine Mutter. »Richtige Betreuung ist gar nicht mehr möglich. Und ständig dieses Mobbing. Vier Angestellte auf jeder Station und eine Etagenchefin. Alles Russen und Polen. Wie soll man sich da als Deutsche durchsetzen? Kürzlich haben sie alle russisch gesprochen. Als ich zu ihnen sage, sie sollen deutsch sprechen, weil das unfair ist und weil wir hier in Deutschland sind, sagen sie zu mir, ich muss Russisch lernen.«

»Echt?« Ich bin erstaunt und werde wütend. »So was macht mich fertig.«

»Tja, was soll man machen?«

»Ich hab kürzlich mit Papa gesprochen.«

»Ach?«

»Gibt Ärger mit dem Vermieter. Die Rohre sollen erneuert werden, aber die Mieter sollen es zahlen.«

»Noch so eine Schweinerei«, sagt meine Mutter und kratzt sich an der Nase. »Zuerst wollen sie die alten Leitungen von vor dem Weltkrieg nicht austauschen, und wenn die Scheißdinger platzen, wollen sie die Reparatur nicht bezahlen.«

»Irgendwie hasse ich die langsam.«

»Kein Wunder. Ganz früher, du erinnerst dich nicht mehr, da hatten wir einen Schimmelpilz im Bad. Den haben die Vermieter einfach mit Farbe überstrichen. Zwei Wochen später war er wieder da. Und uns haben sie die Schuld dafür gegeben!«

»Ich erinnere mich wirklich nicht.«

»Das liegt an den Fenstern, die sind nicht richtig abgedichtet. Die ganze Wärme tritt aus.«

»Wieso hast du dann immer Papa die Schuld für alles gegeben?«, frage ich.

Meine Mutter stockt. »Habe ich nicht. Für manches konnte er nichts. Es waren einfach diese kleinen Dinge … Kleinigkeiten. Wahrscheinlich hat es zwischen uns nicht mehr gestimmt.«

»Das hab ich ihm auch gesagt.«

»Wirklich? Und was sagt er?«

»Nichts.«

Samstag, 10. August

Ich gehe aufs Klo meiner Oma und drücke danach den Spülknopf am Wasserkasten. Eine Sintflut geht über meine Scheiße und die Streifen Klopapier und spült alles unter dröhnendem Gurgeln die Rohre hinunter. Aus irgendeinem Grund drücke ich den Knopf noch mal. Das Wasser hält an. Ich horche auf. Das Wasser hat einfach aufgehört. Ich betätige die Spülung noch mal und warte einen Augenblick. Dann drücke ich erneut. Wieder bricht die Spülung augenblicklich ab. Ich wiederhole den Versuch. Das Ergebnis ist dasselbe. Ich gehe ins Wohnzimmer, wo das Telefon steht, und wähle meine alte Hausnummer. Es piept mehrmals, dann hebt mein Vater ab:

»Baschka?«

»Hallo«, sage ich.

»Hallo! Paul?« Mein Vater klingt überrascht. »Wie geht's dir denn?«

»Gut«, sage ich. »Du, mach mal was. Geh ins Bad und stell dich vor die Kloschüssel.«

»Was?«, sagt er verwirrt. »Ins Bad … in Ordnung …«

Ich kann hören, wie er die Tür zum Bad öffnet.

»Bin drin«, sagt er.

»Stell dich vor die Kloschüssel und drück die Spülung.«

Ich höre, wie die Spülung rumst und das Wasser fließt.

»Und nun?«, sagt mein Vater.

»Drück den Knopf noch mal.«

Mein Vater lacht. Ich höre, wie irgendwas im Spülkasten klopft und das Wasser plötzlich aufhört.

»Weißt du das schon länger? Dass man das Wasser auf diese Weise wieder abstellen kann?«, fragt mein Vater amüsiert.

»Eben erst bemerkt. Oma hat dieselbe Spülung. Die gleiche Funktion«, sage ich. »Du wusstest, dass man bei uns auch das Wasser anhalten kann?«

»Nein, mir ist es vorhin erst aufgefallen. Vor nicht einmal fünf Minuten.«

Ich sage nichts.

»Diese Spülungen sind Schrott!«, fängt mein Vater an. »Man verbraucht Unmengen von Wasser, auch wenn man nur nässen muss.«

Ich denke: pissen. »Wie lange haben wir diesen Wasserkasten eigentlich schon?«

»Ach, ich weiß nicht. Lass mich mal nachdenken …« Ich höre, dass mein Vater sich streckt. Er stöhnt. »Seit zwei Jahren? Oder drei? Ich glaube, es sind drei. Oder zwei, keine Ahnung.«

Pause.

»Gott, wie die Zeit vergeht«, sagt mein Vater.

»In drei Jahren fällt es keinem von uns auf, nicht mal Mama, und dann kommen wir beide am selben Tag fast gleichzeitig dahinter«, sage ich.

»Ja, haha, *das* ist ein Zufall!« Mein Vater lacht. »Obwohl, vielleicht auch nicht. Vielleicht hat bei uns so eine Gedankenübertragung stattgefunden. So was soll es ja geben.«

Ich sage wieder nichts.

»Man sieht es«, sagt mein Vater. »Man sieht es.«

»Was?«

»Dass du mein Sohn bist.«

Eine längere Gesprächspause entsteht. Ich schaue durch das Wohnzimmerfenster nach draußen auf den kleinen Spielplatz. Ich stelle mir vor, wie mein Vater im Badezimmer steht, auf dem Rand der Wanne sitzt, auf der Kloschüssel oder auf dem Boden, wie er dabei an die Decke starrt oder in einen der beiden Handspiegel unter dem Waschbecken, wie er sich die kahlen Stellen an den Wänden ansieht, wo früher noch Tapete hing, und wie er sich überlegt, das Badezimmer endlich neu zu tapezieren.

Als auch mein Vater nach einer Weile nichts mehr sagt, verabschiede ich mich von ihm und lege auf.

Montag, 12. August

Am Abend lädt Dominik den Gewinner-Film der diesjährigen *Pornostar*-Staffel herunter. Der Film ist erst heute auf den Markt gekommen, aber es hat nicht lange gedauert, bis er im Internet angeboten wurde. Dominik benötigt drei Versuche. Zweimal wird die Übertragung unterbrochen, weil zu viele Leute die Verbindung beanspruchen. Nach einer Viertelstunde haben wir ihn komplett. Dominik stellt den Media-Player ein und schaltet den Ton ein. Wir sind allein bei ihm zu Hause. Der Film dauert etwas über zwanzig Minuten. Er fängt damit an, dass Gloria – die weibliche Gewinnerin der Staffel – in einem Zoo spazieren geht und sich Eisbären und Affen anschaut. Colin – der männliche Gewinner – spielt einen Zoowärter. Er macht sich an Gloria ran, indem er ihr vom Paarungsverhalten der Tiere erzählt, und lockt sie in den Affenkäfig. Dort zieht er ihr den Rock hoch und leckt sie. Dann geht Gloria auf die Knie und lutscht Colin. Sie ziehen sich aus und klettern zu den Elefanten ins Gehege. Dort fickt Colin Gloria in zwei Stellungen, bevor sie zu den Löwen in den Käfig steigen und Colin Gloria in zwei weiteren Stellungen fickt. Anschließend spritzt er ihr auf die Titten. In der letzten Einstellung zeigt die Kamera noch einmal eine Löwin, die brüllt, und dann ist der Film zu Ende. Die Dialoge sind total daneben.

»Das war beschissen«, sagt Dominik. »Ich hab zwar nicht wirklich was erwartet, aber *das* war doch echt enttäuschend. Ich dachte, die lassen sich mal was einfallen, etwas ... Gewagtes.«

Dominik erzählt mir, dass es in Japan Mangas gibt, in denen Männer kleine Babys vollspritzen. Danach finden wir im Internet einen Film mit zwei jungen Mädchen, die gebratene Hühnerkeulen essen. Zuerst knabbern sie bloß darauf herum, dann reiben sie sich mit den Hühnerkeulen über die Höschen.

»Ich kann mir schon vorstellen, was gleich kommt«, sagt Dominik.

»Weinst du manchmal, Paul?«, fragt Dominik nach einer langen Weile, in der keiner ein Wort gesprochen hat. »Wann hast du das letzte Mal geweint?«

»Vor ein paar Jahren«, sage ich. »Als mein Vater ausgeflippt ist. Er hat mich in der Wohnung herumgeschubst.«

»War er damals schon arbeitslos?«

»Ja. Er war oft hitzig. Nicht gewalttätig, aber sehr wütend.«

»Warum hat er dich denn herumgeschubst?«

»Ich glaube, ich war frech zu ihm gewesen. Nichts Schlimmes. Aber meinen Vater hat es rasend gemacht.«

Ich demonstriere Dominik eine Schubbewegung. »Mit der Hand in den Rücken. Er hat mich auch beschimpft. Geschimpft und geflucht hat er ganz oft. So kannte ich ihn, seit ich klein war. Ein paarmal hat er mir eine gelangt. Drei-, viermal seit ich überhaupt denken kann, aber in großen Abständen. Hinterher wollte er sich immer vertragen, aber ich hab ihn meistens erst mal ein paar Tage stehen gelassen.«

Pause.

»Ich war schockiert darüber, dass er mich schubst. Das war erniedrigend. Ich hab auf stumm geschaltet. Erst später, als mein Vater weg war, hab ich angefangen, mir immer wieder vorzustellen, wie er mich durch die Wohnung scheucht. Und da hab ich geheult.«

»Mhm.«

Pause.

»Wann hast du das letzte Mal geheult?«, frage ich.

»Vor kurzem erst. Als Veronika mir gesagt hat, dass es aus ist.«

»Du wirst sie nicht los?«

»Wie meinst du das?«

»Du kommst nicht von ihr los?«

»Nein. Das hier ist nur eine schwache Ablenkung«, sagt Dominik und deutet auf seine Bong. Er fährt sich mit einer Hand über die Haare.

»Ich hätte auch gerne eine Freundin«, sage ich.

»Wart's ab. Du kriegst schon noch eine. Achte nur immer darauf, dass sie nicht schwanger wird.«

»Okay«, sage ich.

Pause.

»Bei wem bleibst du jetzt eigentlich?«

»Du meinst meine Eltern?«

»Ja. Bei wem bleibst du jetzt? War das nicht nur vorläufig?«

»Keine Ahnung. Bei meiner Mutter, glaub ich. Mit meinem Vater halte ich es nicht aus. Er … macht nie was. Er rottet nur so vor sich hin.«

Mittwoch, 14. August

Am letzten Abend der Sommerferien läuft mir eine Amsel über den Weg. Es ist ein Weibchen, mit dunklem, bräunlich grauem Gefieder. Sie springt am Straßenrand herum und pickt Zweige vom Boden auf. Ich lehne mich an einen Zaun, um sie mir in Ruhe anzuschauen. Ein grünes Auto biegt rechts auf die Eißendorfer Straße. Der Tag war sehr warm heute. Nun ist die Sonne so niedrig, dass sie hinter den Wohngebäuden verschwunden ist. Ein frischer Wind geht durch die Straße.

Die Amsel hüpft unter einen geparkten VW und kommt im nächsten Augenblick auf der anderen Seite wieder hervor. Ein Büschel aus Grashalmen hängt ihr links am Schnabel herunter. Dann macht sie plötzlich zwei Sätze und hebt zu einem Flug über die Straße ab. Auf dem Balkon eines niedrigen Wohnhauses setzt sie sich nieder. Zwei weitere Amseln kommen zu ihr geflogen und setzen sich daneben.

Ich sehe, wie ein Maler seinen Pkw am Straßenrand parkt und dann aussteigt. Er holt ein paar Farbbehälter aus dem Laderaum und verschwindet damit in einem Hauseingang.

Eine der Amseln flattert mit den Flügeln. Die anderen beiden rühren sich nicht. Eine Autowelle kommt die Eißendorfer Straße herauf. Die tanzende Amsel fliegt in einem Bogen über ein Gebüsch und verschwindet dann hinter einer Hauswand. Die Amsel mit den Zweigen im Schnabel fliegt ihr hinterher. Die dritte bleibt auf dem Balkon zurück und schaut ihnen nach.

Die Ferien sind schon morgen vorbei. Ich habe viele Eindrücke gesammelt, Dinge, auf die ich sonst nie achte, zum Beispiel eine Gruppe Elstern, die auf einer Wiese mit Gänseblümchen spielten. Seitdem interessiere ich mich mehr für Vögel, besonders für die kleinen. An der Außenalster sah ich eine orange Katze auf einem Gartenstuhl sitzen; eine dicke Frau mit entstellter Nase drückte auf einem Kugelschreiber herum; ich rätselte über irgendetwas Undefinierbares, Totes in einem Rinnstein; eine rothaarige Kassiererin bei Penny mit roter Farbe am Nacken; eine verbrannte Matratze im Gebüsch, die mich sofort an Tobis Mutter denken ließ. Zwei Grundschuljungen kauften sich eine Schachtel Tic Tac und der eine von ihnen steckte sich ein Dragee in seine Zahnlücke und grinste. Er war klein und dünn und trug keine Schuhe, nicht mal Sandalen. Zuletzt fielen mir die vielen toten Hummeln auf den Gehwegen auf. Der Sommer geht vorbei. Wie traurig das klingt. Spätsommer in Dulsberg war mir immer die schönste Zeit.

Donnerstag, 15. August

Zuerst muss ich mit dem Bus zur S-Bahn-Station Harburg fahren, dann mit der Bahn zum Hauptbahnhof, dann mit der U-Bahn nach Wandsbek und anschließend wieder in den Bus steigen. Von Dulsberg aus waren es nur fünfzehn Minuten zu Fuß, im Bestfall zehn.

In der Aula findet der Empfang der Fünftklässler statt, danach die Aufteilung der ehemaligen sechsten Klassen in Haupt- und Realschule. Ich sehe ein paar neue Gesichter, meistens Jungen. Unsicher gehen sie die Gänge auf und ab, drücken sich bei den Türen herum, einige von ihnen haben ihre Eltern dabei. Benny gibt mir die Hand, als wir uns begegnen, Sammi winkt mir zu. Mir fällt wieder ein, wer von meinen Freunden nicht mehr auf diese Schule geht. Danach fühle ich mich allein. Auf der großen Sitzbank vor dem Lehrerzimmer warten die neuen Schüler. Auch Maik sitzt dort. Er ist ebenfalls sitzengeblieben. Ich setze mich zu ihm. Die Sonne strahlt heute wie Gold. Das ist alles sehr niederschmetternd für mich.

Frau Treptow wird meine neue Klassenlehrerin. Das versetzt mir den nächsten Schlag. Sie führt uns Neue in die Klasse und weist uns Plätze zu. Ich sehe Sandra und erkenne auch ein paar andere bekannte Gesichter. Sina, Stanis Exfreundin, erkenne ich erst auf den zweiten Blick; sie ist stark geschminkt und ihr Kleidungsstil ist jetzt ganz anders als noch vor den Sommerferien. Frau Treptow stellt sich vor die Klasse und verkündet, dass Herr Ezrin nicht mehr als Klassenlehrer zurückkehren wird. Ein paar Schüler jubeln leise. Die meisten bleiben still. Ich denke mir: Frau Treptow, Herr Ezrin, alles einerlei. Wir machen kein Spiel, um uns besser kennenzulernen. Frau Treptow fängt sofort im Stundenplan an. Sie wird meine Lehrerin für Deutsch und Chemie sein. Wir fangen mit Deutsch an. Die Klasse stöhnt.

In der ersten großen Pause fühle ich mich, als müsste ich weinen. In der zweiten geht es mir ein bisschen besser. Ich kann mich darauf konzentrieren, Sina zu beobachten. Sie hat sich wirklich aufgebrezelt. Von dem schüchternen, verhuschten Mädchen aus dem letzten Halbjahr ist nicht mehr viel übrig. Kaum etwas an ihr erinnert mich noch daran, wie sie damals war. Das hilft mir aber auch nicht dabei zu ergründen, wie wir anderen waren, wie ich war. Sie hat sich rundum erneuern lassen. Das ging ziemlich schnell. Einmal sehe ich, wie Sina mit zwei Hauptschülern rummacht. Das gibt mir endgültig den Rest. Irgendwo höre ich, dass Boy doch kein Aids hat.

*

Ich frage meine Mutter: »Weshalb seid ihr damals eigentlich nach Dulsberg gezogen?«

»Du willst wissen, warum wir gerade nach *Dulsberg* gezogen sind?«

»Nein, ich meine: Warum seid ihr nach Dulsberg gezogen?«

»Na, wegen dir. Wir brauchten eine größere Wohnung.«

»Okay, dann meinte ich wohl doch: Warum seid ihr gerade nach *Dulsberg* gezogen?«

»Das hatte keinen besonderen Grund. Unsere alte Wohnung war einfach zu klein geworden und wir fanden die Gegend nicht sehr geeignet für kleine Kinder.«

»Ihr habt damals in Hammerbrook gewohnt?«

»Genau. Am Rand von Hammerbrook, mitten im Stadtgebiet. Die Station Berliner Tor war gleich um die Ecke. Überall große Straßen und Lastwagen. Abgase, Autolärm, schrecklich!«

»Kanntet ihr Dulsberg schon, bevor ihr dort eingezogen seid?«

»Nein, überhaupt nicht. Wir sind aus Harburg, Papa und ich. Da drüben kannte ich bloß Wandsbek Markt und Mundsburg, aber beides auch nur flüchtig.«

»Ich kenn mich hier in Harburg nicht aus.«

»Wie auch? Du bist ja nicht von hier. In Dulsberg hattest du ja alles, was du brauchtest; Schule, Freunde, Familie.«

»In Dulsberg«, sage ich. »Und in Wandsbek, Barmbek.«

»Ja«, sagt meine Mutter geduldig. »In Dulsberg und Wandsbek, richtig. Aber jetzt bist du hier, in Harburg.«

»Eißendorf.«

»Genau.«

Kurze Pause.

»Dann war eure Entscheidung für Dulsberg wahllos?«

»Mehr oder weniger. Oder auch nicht. Es gab damals die Möglichkeit, nach Sülldorf oder nach Jenfeld zu ziehen, aber das war uns zu weit weg von allem. Papa hat noch in der Innenstadt gearbeitet, und ich wollte nicht jeden Morgen früher aufstehen und dann so lange mit der S-Bahn fahren. Heute geht es leider nicht anders, aber damals war es eben so. Außerdem waren die Wohnungen in den beiden anderen Orten schlechter. Die in Sülldorf war viel zu teuer, und von Jenfeld brauchen wir gar nicht reden, das war schon fast in Billstedt, Mümmelmannsberg.«

Ich nicke.

»Wieso interessiert dich das eigentlich?«, fragt meine Mutter. »Magst du Dulsberg nicht mehr? Wärst du lieber in Jenfeld aufgewachsen?«

»Nein, bloß nicht! Fast alle Jenfelder, die ich kenne, sind Idioten.«

»Und Sülldorf? Würdest du gerne in Sülldorf wohnen?«

»Ich weiß nicht mal, wo das ist.«

»Soll ich dir was sagen? Ich auch nicht.«

Wir lachen beide.

Freitag, 16. August

Mein Vater erzählt mir am Telefon, dass er wohl bald ein Praktikum beginnen wird. Das Arbeitsamt hat es ihm vermittelt. Er wird einen Monat lang für ein Busunternehmen fahren. Wenn er sich gut macht, winkt ihm eine Umschulung, danach vielleicht sogar eine Festanstellung. Ich wusste gar nicht, dass mein Vater einen gültigen Führerschein für so große Fahrzeuge besitzt. Ich sage ihm, dass ich es gut finde, dass sich etwas tut. Ich verwende genau diese Worte. Mein Vater fügt hinzu, dass er dann auch Urlaub machen wird. Er sagt, dass er die vielen Jahre immer in Hamburg geblieben ist, weil er nicht wollte, dass das Amt sich irgendwelche Dummheiten für ihn ausdenkt, die er dann nicht verhindern kann, weil er gerade weg ist. Solche Dinge erzählen mir meine Eltern eigentlich nie. Normalerweise halten sie alles vor mir geheim.

Ich stelle mir vor, wie mein Vater sich erhofft, sich als gebesserter und neuer Mensch wieder mit meiner Mutter zu versöhnen.

»Dominik hat mir erzählt, dass man zuerst ein Jahr getrennt leben muss, bis man sich scheiden lassen kann«, sage ich, um eine Gesprächspause zu beenden.

»Ja, richtig.«

Ich denke, dass mein Vater sich in weniger als einem Jahr gebessert haben muss. Was auch immer »gebessert« bedeuten mag.

»Wir, Mama und ich, wir … waren nicht immer … so«, fängt mein Vater an. »Früher waren wir ganz anders. Na ja, gut, so *ganz* anders stimmt ja nicht … Wir waren nur anders als … heute.«

Ich schaue auf die Anzeige des Telefons und spüre, dass ich rot werde.

»Mama ist früher immer neben mir eingeschlafen, wenn ich zu lange ferngesehen habe. Alleine wollte sie nie ins Schlafzimmer, aber ich konnte nicht so früh ins Bett. Irgendwann hab ich dann zur Seite gekuckt, wo deine Mutter lag, und gesehen, dass sie schläft. Ich bin so aufgestanden, dass ich sie nicht aufwecke, hab alle Türen vom Wohnzimmer bis zum Schlafzimmer weit aufgemacht und sie ins Bett getragen. Beinahe jeden Abend.«

Ich erinnere mich daran, dass meine Eltern früher anders waren. Als Kind hatte ich vor meinem Vater immer Angst, und meine Mutter hat mir irgendwie leidgetan. Heute ist es genau umgekehrt.

Mein Vater lacht. »Du warst damals zu klein, Paul, du erinnerst dich sicher nicht mehr daran, aber als du vielleicht gerade zwei Jahre alt warst, bin ich einmal von der Arbeit nach Hause gekommen und Oma war da und hat auf dich aufgepasst. Ich hab mich hingesetzt und gefragt, wo Mama hingegangen ist. Ich hab das Oma gefragt, aber du hast geantwortet: ›Zum Teufel.‹«

Wir lachen beide.

»Das war mein schlechter Einfluss auf dich. Wahrscheinlich hast du mit angehört, wie ich immer geflucht habe: ›Zum Teufel!‹«

Ich nicke. »Ich erinnere mich nicht.«

»Du warst zu jung.«

Eine weitere Pause entsteht. Ich sage noch einmal zu meinem Vater, dass ich es gut finde, dass er wieder Arbeit bekommt. Er sagt, dass es noch nicht ganz Arbeit ist. Ich wünsche ihm trotzdem Glück. Er bedankt sich.

Samstag, 17. August

Marko klingelt mich um kurz nach neun aus dem Bett und erzählt mir, dass er gerade bei meinem Vater in Dulsberg ist, weil er nicht wusste, dass ich jetzt in Harburg wohne. Er sagt, dass er eine Überraschung hat, die er mir zeigen möchte. Ich sage, dass ich jetzt bei meiner Oma lebe, und nenne ihm die Adresse. Ich will ihm noch erklären, wie er von der S-Bahn-Station aus die Straße findet, aber Marko sagt, dass er die Gegend kennt und dass er in Kürze da sein wird. Wir legen auf und ich gehe ins Badezimmer, putze mir die Zähne und mache mir die Haare nass, um sie kämmen zu können. Meine Mutter und meine Oma sind beide nicht da.

Eine halbe Stunde später klingelt es an der Tür und Marko kommt die Treppe herauf. Er ist sportlich gekleidet und strotzt nur so vor Energie. Ich lasse ihn herein und er setzt sich im Wohnzimmer auf die Couch.

»… cool, Mann!«, ruft er mir zu.

»Was?«

»Ich sagte: Dein Vater ist echt cool.« Marko kommt in den Flur und stellt sich neben die offene Badezimmertür. »Ich wusste nicht, dass du jetzt bei deiner Oma wohnst, also sagte dein Vater, ich kann dich anrufen. Er hat gefragt, wie es mir und meinen Geschwistern geht und was die Schule macht. Hehe. Aber nett von ihm, dass er fragt. Dein Vater ist überhaupt immer der Einzige, der mich fragt, was ich so treibe.«

»Ja.«

»Er ist echt cool. Warum haben sich deine Eltern eigentlich getrennt?«

»Weiß ich auch nicht.«

»Also falls es an deinem Vater gelegen haben soll, dann weiß ich echt nicht, was das soll. Der ist doch in Ordnung.«

»Na ja …«

Ich mache mir einen Seitenscheitel, aber er gefällt mir nicht, also kämme ich mir die Haare wieder um.

»Willst du gar nicht wissen, was die Überraschung ist?«, fragt Marko und grinst.

»Nee.«

»Ach, komm!«

»Also: Was hast du für eine Überraschung?«

»Verrate ich nicht. Du musst mit rauskommen, um es zu sehen.«

»Sekunde noch.«

Ich kämme mir die Haare nach hinten und setze eine Kappe auf. Dann gehen wir hinaus. Am Ende der Straße bleibt Marko vor einem schwarzen VW stehen.

»Das ist es.«

»Was?«

»Das ist die Überraschung.«

Ich bin ein wenig verwirrt. »Du schenkst mir ein Auto?«

»Nein, Mann, nicht dir. Der gehört nicht mal *mir*, aber du darfst dich reinsetzen und mitfahren, wenn du willst.«

»Du hast doch gar keinen Führerschein«, sage ich, leiser.

»Und? Steig ein.«

Auf meiner Seite des Wagens springt die Kindersicherung hoch. Wir steigen ein. Im Wageninneren riecht es nach Sitzbezügen. Ich atme einmal ganz tief ein.

»Geil, was? Ich liebe diesen Geruch. Langsam gewöhne ich mich daran und kann bald gar nicht mehr ohne.«

»Woher hast du den Wagen?«, frage ich.

»Von einem Freund.«

»Du kannst doch noch gar nicht fahren.«

»Ich *kann* fahren. Ich habe zwar keinen echten Führerschein«, sagt er und nimmt seine Brieftasche zur Hand, »aber ich *kann* Autos fahren. Verstehst du? Ich weiß, wie man *fährt*. Ich habe es gelernt.«

Er holt eine kleine Karte aus der Brieftasche und reicht sie mir. Es ist ein Führerschein mit einem Gesicht darauf, das Marko sein könnte. Nur der Name stimmt nicht.

»Das bist doch nicht du«, sage ich.

»Ich bin es auf dem Foto.«

»Und nu?«

»Wir machen eine kleine Spritztour. Zu Dominik? Wo wohnt er jetzt? Noch immer in Winterhude?«

»Ja, soweit ich weiß. Aber du parkst gerade im Halteverbot.« Ich zeige auf das Verkehrsschild am Straßenrand.

»Ach Quatsch!«

»Doch, du musst einen Parkschein lösen. Sieh dir die Uhrzeiten an.«

»Was auch immer. Wir fahren ja sowieso gleich weg.«

Marko startet den Motor. Ich schnalle mich an, Marko nicht. Er setzt rückwärts aus der Parklücke heraus, kurbelt das Lenkrad weit nach rechts, fährt an und dreht das Lenkrad wieder nach links. Er kommt aus der Lücke heraus, schaltet in den zweiten Gang und brettert die Straße hinauf.

»Sag mal, Paul«, setzt Marko an, »was ich noch wissen wollte: Wie sieht es eigentlich mit Herrn Ezrin aus? Liegt er noch immer im Krankenhaus?«

»Nein, da ist er wieder raus. Schon vor den Sommerferien. Aber er kann nicht mehr unterrichten.«

»Was? Gar nicht mehr? War die Kloppe zu viel für ihn?«

»Er hat starke Hirnblutungen gehabt. Ein Teil seines Hirns ist komplett kaputt.«

»Geil! Er kann wirklich gar nicht mehr unterrichten?«

»Nie wieder. Er ist jetzt ein Pflegefall.«

Marko lächelt.

»Er sollte eigentlich mein neuer Klassenlehrer werden«, sage ich. »Ich bin ja sitzengeblieben. Stattdessen hat Frau Treptow die Klasse übernommen.«

»Dumm gelaufen, Digger«, sagt Marko und lacht. »Dann doch lieber Ezrin. Haben sie die Täter gefunden?«

»Nein.«

»Schön.«

Ich betrachte Markos Narbe. Sie liegt nur wenige Millimeter über seiner rechten Augenbraue, aber sie ist deutlich zu erkennen.

Marko bemerkt, dass ich ihn anstarre. »Sechs Stiche«, sagt er.

»Und deine Hand?«

Dominik ist bereits wach, als wir bei ihm klingeln. Er sitzt an seinem Notebook und stellt sich einen Loop zusammen.

»Willst du eine Überraschung sehen?«, fragt ihn Marko und wirft mir einen kurzen Seitenblick zu.

»Eine Überraschung? Ich hab heute nicht Geburtstag.«

»Ich meine eine richtige Überraschung.« Marko steht vom Bett auf und geht zum Fenster hinüber. »Da draußen.« Er zeigt auf die Straße.

»Was ist da?«

»Komm mit und sieh's dir an.«

Dominik schaut zu mir. »Was ist es?«

Ich zucke mit den Schultern.

»Ihr beide wollt mich doch nicht etwa verarschen oder so? Ich komm mit raus und da steht plötzlich die Polizei und findet Kokain in meiner Hosentasche, das ihr mir da reingeschmuggelt habt?«

»Find's raus«, sagt Marko und grinst noch breiter.

Dominik stöhnt. »Scheiße, so ein Kinderkram, aber echt. Wartet noch, ich muss zuerst das hier speichern. Dann sehen wir uns eure *Überraschung* an.«

Dominik speichert seinen halb fertigen Mix ab. Dann gehen wir auf die Straße hinaus. Marko bleibt wieder vor dem Auto stehen.

»Hey, kuckt mal! Der Wagen hier ist ja offen!«

»So 'ne Scheiße«, sagt Dominik müde. »Den hast du eben gerade aufgeschlossen. Ich seh doch den Schlüssel in deiner Hand.«

Marko und ich lachen. Dominik schaut durch die Scheiben ins Innere des VW.

»Wo hast du den denn geklaut?«

»Der gehört einem Freund.«

»Ach, einem Freund, ja? Welchem Freund denn?«

»Kennst du nicht. Kennt ihr beide nicht.«

»Wohl Freunde aus dem Milieu, wie?«

»Ja, genau«, sagt Marko und setzt sich in den Wagen, lässt aber die Tür offen. »Kommst du mit?«

»Wohin?«

»Irgendwohin. Eine kleine Spritztour. Zu Tobi.«

»Du fährst?«

»Wer sonst?«

»Seit wann fährst du denn?«

»Seit Monaten.«

»Wo hast du deinen Lappen?«

Marko holt erneut seine Brieftasche heraus und zeigt Dominik seinen gefälschten Führerschein.

»Na warte! *Christoph Äckers!*« Dominik lacht. »Und das auf dem Foto bist du auch nicht. Wo hast du den Wisch denn her?« Er gibt Marko den Führerschein zurück.

»Hab ich gefunden.«

»Ach, und ganz zufällig einen Typen kennengelernt, der dir sein Auto ausleiht. Oder hast du das auch *gefunden*?«

»Genau so«, sagt Marko und grinst Dominik an.

»Ich glaub's nicht. Kein Schulabschluss, keine Familie, aber einen fremden Führerschein und ein schwarzes Auto. Hätte man sich ja denken können, dass du es so weit bringst.«

»Steigst du nun ein oder nicht, Mann?«, sagt Marko schließlich, jetzt deutlich ungeduldig.

Dominik lacht noch mal. »Okay. Klar.«

»Wer sitzt vorne?«, fragt Marko.

»Mir egal. Muss einer vorne sitzen?«

»Muss nicht, aber es sieht schäbig aus, wenn ich hier alleine sitze und ihr beiden da hinten, wie so ein schwules Pärchen.«

»Dann sitze ich vorne«, sagt Dominik zu mir. »Oder willst du?«

»Nein, schon okay.«

Dominik setzt sich nach vorne und Marko startet den Motor.

In Poppenbüttel findet Marko zuerst keinen Parkplatz. Die Straße, in der die Jugendeinrichtung liegt, ist eine Einbahnstraße und ziemlich schmal und alles ist bereits belegt. Wir vereinbaren, dass Dominik und ich schon mal Tobi abholen und Marko nachkommt, wenn er einen Parkplatz gefunden hat. Wir steigen aus und Marko biegt um die Ecke. Als wir die Jugendeinrichtung erreichen, ist Tobi nicht da. Ein Mädchen erzählt uns, dass Tobi mit seiner Schwester etwas besorgen gegangen ist. Heute soll am Abend ein Grillfest stattfinden. Wir setzen uns auf die Stufen vor dem Eingang und warten.

»Kannst du das glauben?«, fragt Dominik.

»Was?«

»Marko und sein gestohlenes Auto.«

»Vielleicht ist es gar nicht gestohlen.«

»Ganz bestimmt sogar«, sagt Dominik und lacht sarkastisch. »Wenn uns jemand anhält, sag einfach, dass Marko uns erzählt hat, er habe den Wagen von einem Freund.«

»Das hat er uns doch selber schon gesagt.«

»Genau. Eben drum.«

Ich verstehe das nicht.

Nach einer Viertelstunde taucht Marko auf.

»Marko, ich hab Paul gerade gesagt, dass er der Polizei sagen soll, dass du uns gesagt hast, der Wagen sei von einem Freund, falls sie uns anhalten.«

»Was hast du denn für 'ne Macke?!«

»Ich sag es nur. Für den Fall.«

»Scheißfall! Der Fall tritt nicht ein, so einfach ist das! Außerdem ist der Wagen nicht gestohlen.«

»Wenn du es sagst …«

»Ja, ich sage es.«

»Du hast dich echt nicht verändert«, sagt Dominik.

»Du auch nicht«, gibt Marko wütend zurück.

»Du bist sogar noch schlimmer geworden.« Dominik grinst.

»Du auch.«

Schweigen. Ich verteile Zigaretten.

Dann kommen Tobi und Janine die Straße herauf. Tobi ist überrascht, als er uns drei sieht. Aber er freut sich auch.

»Tobi, ich hab eine Riesenüberraschung«, sagt Marko und lächelt.

»Eine Überraschung, ja? Wo ist sie?«

»Nicht hier. Ich hab sie … woanders.«

»Ah ja?« Tobi schaut zu Janine. »Wartet mal einen Augenblick.«

Tobi schließt die Tür auf und Janine geht ihm mit den Tragetaschen voraus.

»Wollt ihr was trinken?«, fragt er uns. »Fanta? Schweppes? Fritz-Kola?«

»Nein danke. Ich hab was da«, sagt Marko.

Tobi geht ins Haus hinein und schließt die Tür hinter sich.

»Echt, du hast was da? Was hast du denn da?«, fragt Dominik.

»Siehst du gleich.«

Tobi kommt wieder heraus. »Dann mal her mit der Überraschung.«

Marko legt ihm einen Arm auf die Schultern. »Willst du wissen, was die Überraschung ist? Ich hab … ein Auto dabei.«

»Ein Auto?«

»VW«, sagt Marko, nennt das Modell. »Brandneu. Von einem Freund ausgeliehen. Fährst du mit?«

»Wohin?«

»Einfach mal raus. An den Strand. Nach Travemünde.« Marko schaut auch mich und Dominik an.

»Du willst ganz bis nach Travemünde?«, sagt Dominik.

»Ist nichts dabei. Travemünde liegt doch fast um die Ecke.«

»Du hast ein Auto? Aber du hast doch gar keinen Führerschein«, sagt Tobi jetzt.

»Ich hab ihn in Polen gemacht.«

»Bei Holsdir Aufderstrasski«, witzelt Dominik.

»Holsdir Aufderstrasski?«, wiederholt Tobi und lacht.

»Komm mit, Mann!«, sagt Marko. »Einmal hin, einmal zurück.«

»Wir haben heute Grillabend.«

»Bis dahin sind wir wieder da. Die Fahrt dauert keine Stunde. Wir gehen ein bisschen am Strand spazieren, reißen ein paar Frauen auf und schon sind wir wieder zurück. Komm doch mit, Mann!«

»Okay, aber Janine ...«

»Sie kann mitkommen«, sagt Marko schulterzuckend.

»Nein, besser nicht.«

»Dann eben nur wir vier. Wie früher. Wie in alten Zeiten. Glaubt ihr, ich vergess meine alten Kumpels? Nein, Mann, deswegen bin ich doch hier. Komm, Digger!«

»Die *alten Zeiten* sind gar nicht mal so lange her«, murmelt Dominik.

»Komm«, sagt Marko zu Tobi und lächelt ihn warm an.

»Na gut, okay. Aber ich muss zuerst Janine Bescheid sagen, dass ich rausgehe.«

»Mach das.«

Tobi geht noch mal ins Haus. Dann machen wir uns auf die Suche nach dem VW.

»Kuck mal die Narbe über seinem Auge«, sagt Dominik zu Tobi.

Marko fährt über Volksdorf aus der Stadt und dann über Bargteheide auf die A1. Nachdem wir auf der Autobahn sind, sagt Marko, dass wir mal in die Tasche unter seinem Sitz kucken sollen. Dominik kramt einen dunkelblauen Rucksack hervor, in dem es klimpert. Zwei Flaschen Wodka mit Blutorange und ein paar Tüten Chips kommen zum Vorschein. Dominik freut sich. Bald lassen wir die Flasche zwischen Tobi, Dominik und mir herumgehen.

»Kennt ihr das hier schon?«, fragt Marko und holt ein ziemlich neues Handy aus seiner Hosentasche. Er gibt es Tobi und sagt, dass er es an die USB-Buchse vom CD-Deck anschließen soll. Ein Hip-Hop-Song. Schnelle Beats, ein paar Synthies zwischendurch.

»Das ist Turbogenozid«, bemerkt Tobi.

»Turbogenozid und Kultusminister«, korrigiert ihn Marko. »Und MC FreeShot; ganz frischer Typ. Das Zeug ist brandneu. Die Tracks sind jetzt noch gar nicht zu kriegen, nirgendwo. Ich hab sie nur, weil ein Freund von mir Turbogenozid kennt. Er will ihn mir mal vorstellen, wenn er und Kultusminister das nächste Mal nach Hamburg kommen. An Weihnachten sind sie im D-Club. Wie geil, ich werde Kultusminister sehen! Jesus und Allah, Mann!«

»Geil«, sagt Tobi und lächelt. Er fängt an, Marko über die Extras des Wagens auszuquetschen.

Dominik gibt mir die Flasche. »Wo macht man das lauter?«, sagt er zu Marko und zeigt auf das Deck.

»Hier.« Marko dreht die Lautstärke doppelt so hoch.

Turbogenozid und Kultusminister wechseln sich in dem Song mit den Sätzen ab:

Deine Traumprinzen sind da!
Deine größten Träume werden wahr!
Wir haben fünfzig Zentimeter in der Hose.

So breit und fett wie eine Bierdose.
Leg dich hin und mach die Beine breit!
Heute Nacht ist deine Fotze so weit!
Wir lassen deinen Vater dabei zusehen,
wenn wir deine Löcher aufdrehen.
Mach den Mund auf und leck unsere Eier!
Heute Nacht steigt die große Sahne-Feier!

Dominik lacht und klatscht sich auf die Schenkel. Wir lachen alle. Tobi dreht die Lautstärke wieder runter.

»Das musst du mir geben!«, sagt Dominik zu Marko. »Das muss ich haben!«

»Hey, Marko«, sagt Tobi, »darf man auf der Autobahn nicht über 100 km/h fahren?«

»Na, klar darf man das! Wollt ihr mal sehen?«

Wir sind dafür.

Marko drückt das Gas langsam durch. Der Zeiger klettert auf sechzig, dann auf siebzig. Marko überholt ein paar Autos.

»Wollt ihr noch mehr?«

Wieder klettert der kleine Zeiger an den Zahlen vorbei. Achtzig, neunzig. Ich spüre, dass wir eine ziemliche Geschwindigkeit draufkriegen. Marko steuert das Auto problemlos und sicher an den anderen Autos vorbei. Überall sind große Lücken. Auf der rechten Seite rasen die Kilometerpflöcke vorbei. Es ist, als würden wir schweben.

»Noch mehr, Marko!«, sagt Dominik.

»Wisst ihr, was passiert, wenn man alle Fenster runterlässt und dann voll durchheizt?«

Der Zeiger geht auf die Hundert zu.

»Noch ein bisschen, Mann!«, schreit Dominik. Der Fahrtwind schneidet ihm die Worte ab.

Der Zeiger passiert die Hundert, dann die Hundertzehn.

»Du darfst auf der Autobahn nur hundertdreißig fahren, oder?«, sagt Tobi.

Marko reagiert nicht. Er lächelt nur schwach.

Dominik beugt sich vor und macht die Musik lauter.

Wie schön zu sehen, wenn es schlecht geht, wem es zusteht, dröhnt es aus den Boxen.

»Maaarko! Maaarko! Maaarkooo!«, skandiert Dominik. *»Marko! Marko! Maaarkooo!!!«*

Unser Auto ist wahnsinnig schnell. Die kleine Nadel zeigt fast hundertzwanzig Stundenkilometer an. Der Fahrtwind drückt mein Gesicht. Bei etwa hundertdreißig hält Marko das Tempo. Er wird nicht mehr schneller, aber auch nicht langsamer.

»Marko, Mann«, sagt Tobi und legt ihm eine Hand auf die Schulter.

Rechts fliegt ein Lastwagen vorbei. Wir schweben.

»Marko, Alter.« Tobi macht die Musik leiser. »Marko, Mann, komm jetzt mal runter.«

Die Autos in der nahen Ferne werden zahlreicher.

Dominik nimmt die Flasche vom Mund und beugt sich zu Marko vor. »Okay, Mann, du kannst jetzt wieder langsamer machen.«

»Marko, Mann, Alter!«, sagt Tobi noch mal.

Marko nimmt den Fuß vom Gas. Die Nadel sinkt schnell herab, erst hundertzwanzig, dann hundertzehn, dann hundert, neunzig, achtzig, siebzig. Bei sechzig fahren wir wieder konstant.

Ich hab keinen Durchblick mehr. Ich mache gar nichts mehr. Ich warte immer mehr auf immer weniger, rappt Kultusminister. Oder Turbogenozid.

Schnell sind es nur noch wenige Kilometer bis Travemünde. Wir müssen zuerst durch Lübeck, aber Marko verfährt sich dabei. Er durchquert die Altstadt und kurvt einmal ganz rum. Dann fragen wir einen Mann an einer Tankstelle und finden den richtigen Weg.

Ein kleines Stück abseits des Bahnhofes stellt Marko den Wagen vor einem Hotel ab. Tobi bemerkt, dass wir uns im Halteverbot befinden, und Marko schaltet den Motor wieder an und dreht eine weitere Runde, bis wir schließlich einen matschigen Platz ausmachen, auf dem bereits einige Kombis und Kleinwagen stehen. Wir packen unseren Kram zusammen, was nicht viel ist – bloß die Tasche mit den Getränken und den Chips –, und machen uns auf die Suche nach dem Strand.

Die Promenade ist wie leer gefegt. Am Strand sind bloß ein junges Pärchen und eine Kleinfamilie mit Hund. Ein paar fette Menschen spazieren am Wasser entlang, ein Typ auf einem Fahrrad fährt an uns vorbei, ein altes Pärchen lehnt am Geländer und schaut auf das Wasser hinaus. Wir gehen auf den Sandstreifen hinunter und setzen uns in die Nähe zweier Strandkörbe. Marko und Tobi haben bald raus, wie man die Dinger knackt, und so klappen wir zwei von denen auf und setzen uns rein. Der Himmel ist an den meisten Stellen von Wolken bedeckt. Im Nordosten erweckt eine dunklere Wolkenfront den Eindruck, als könne sie uns ein Gewitter bringen. Kalt ist es trotzdem nicht. Eher warm. Wir ziehen unsere Schuhe und Socken aus. Ich stapfe durch den Sand und spüre, wie mich die vielen Muschelsplitter in die Sohlen piksen und sich zwischen meinen Zehen verfangen. Dominik holt die Flaschen wieder aus dem Rucksack und Tobi macht eine Tüte Chips auf. Wir reichen die Flasche und die Tüte herum und Marko ist der Einzige, der von beidem nichts nimmt.

»Ist das nicht komisch?«, sagt Tobi verwundert. »Das ist

wahrscheinlich das erste Mal überhaupt, dass ich sehe, wie Marko nichts trinkt, obwohl was da ist.«

»Schön gesehen«, stimmt ihm Dominik zu. »Was ist denn los, Marko? Trinkst du nicht mehr?«

»Doch, manchmal«, sagt Marko und wirft mir einen kurzen Blick zu. »Aber nicht, wenn ich fahre.«

»Das ist beeindruckend«, sagt Dominik und stopft sich den Mund mit Chips voll. »Falls das wirklich stimmt, wäre das die zweite große Überraschung an diesem Tag. Wenn nicht sogar die größte Überraschung überhaupt. Für dich, meine ich. In erster Linie für dich.«

»Stimmt«, sagt Marko.

Dominik rümpft die Nase. »Was ist denn mit dem?«, sagt er zu Tobi und schaut dann auch mich an. »Er hat mir zugestimmt! Er ist derselben Meinung wie ich!«

»Es hat sich scheinbar wirklich was getan«, sagt Tobi und gibt die Flasche an mich.

»Für uns alle«, schließt Dominik das Gespräch und wir schweigen alle eine Weile.

Wir nehmen unsere Schuhe und den Rucksack und spazieren am Strand entlang, die Füße im Wasser, ständig umspült und wieder losgelassen. Ein kleiner Hund und ein Mädchen laufen vorbei. Die Mutter ruft ihrer Tochter zu, sie solle den Hund nicht ins Wasser lassen. Im Norden brechen die Wolken in einzelnen Stücken voneinander ab und legen ihre goldenen Ränder frei.

»Hat einer von euch das Finale von *Pornostar* gesehen?«, fragt Tobi.

»Gloria hat gewonnen«, sagt Dominik. »Bei den Männern Colin.«

»Wer war Colin? Der Schwarze? Ich hab das Finale total verpennt.«

»Ich auch. Die ganze zweite Hälfte der Staffel. Aber Paul und ich haben uns kürzlich den Film angekuckt.«

»Und wie ist er so?«

»Nicht gut. Nichts Besonderes jedenfalls. Nichts *Neues.*«

»Scheiß auf *Pornostar*!«, sagt Marko dazwischen. »*Ich* bin ein Pornostar! Ich mach meine eigenen Filme. Kuckt euch das mal an.« Er holt sein Handy heraus.

»Jetzt kommt's«, sagt Dominik und lacht.

Marko zeigt uns ein Video, in dem er Sex mit Jessica hat. Sie liegen beide auf einem Bett und nehmen verschiedene Stellungen durch. Die Aufnahme wurde nicht mit dem Handy gemacht, sondern wohl mit einer richtigen Kamera. Die Bildqualität und der Sound sind sehr gut, sogar auf dem kleinen Handy. Man kann deutlich hören, wie Marko Jessica als Nutte bezeichnet und zu ihr sagt, dass er sie richtig durchficken wird.

»Du hast das aber nicht mit 'nem Handy aufgenommen«, sagt Dominik.

»Nein.«

»Wer hat das gefilmt?«, fragt Tobi.

»Ein Freund. Der Typ, bei dem ich wohne. Er hatte so ein Ding dabei, einen Ständer.«

»Ein Stativ?«, sagt Dominik.

Marko nickt.

»Marko und seine neuen Freunde«, sagt Dominik und legt Marko einen Arm um die Schulter. Seine Wangen sind schon ganz rot. »Ich glaub's nicht! Marko ist der Weiberstecher des Jahrhunderts!«

»*Pussykiller*«, sage ich und schaue Marko an.

Marko erwidert meinen Blick.

»Genau!«, sagt Dominik und lacht. »*Pussykiller* ist gut.

»Das muss ein richtig teures Gerät gewesen sein«, sagt Tobi beeindruckt.

»Schickst du mir den Film mal?«, fragt Dominik. »Wer ist das überhaupt? Wer ist dieses Mädchen?«

»Jessica«, sagt Marko und schaut auf die Seite, zum Wasser.

»Jessica?«

»Wer ist Jessica?«, fragt Tobi.

»Ihr kennt Jessica nicht?«, sagt Marko. Er schaut mich wieder an.

Dominik und Tobi schütteln die Köpfe.

»Sie ist ... eine Freundin.«

»Aha, eine Freundin also. Gib mir Bescheid, wenn du eine Freundin hast, die es auch mit mir machen würde«, sagt Dominik und lacht.

»Lässt sich einrichten.«

Ich schaue zur Seite. Im Sand zwischen zwei Strandkörben liegen ein paar einzelne Stücke Hundescheiße.

»Bald haben wir doch alle wieder Geburtstag«, sagt Marko. »Ich Ende August, dann Paul, und im Oktober Dominik. Sechzehn, Junge, sechzehn Jahre werden wir alt.«

»Kaum zu glauben, was?«, sagt Dominik wenig beeindruckt.

»Ich hab auch schon das perfekte Geburtstagsgeschenk für euch«, sagt Marko und grinst.

Als wir wieder zum Parkplatz kommen, ist der VW weg. Die Autos von vorhin stehen alle noch an ihren Plätzen und zwei oder drei andere sind dazugekommen. Aber unseres ist weg.

»Also Halteverbot herrscht hier schon mal nicht«, bemerkt Dominik.

»Vielleicht musstest du was bezahlen?«, meint Tobi.

»Wo denn?«, fragt Dominik. »Hier ist doch gar kein Kassenhäuschen. Und wenn hier eines wäre, dann müsste es auch so einen Schlagbaum geben.«

»Was ist ein *Schlagbaum*?«, fragt Marko.

»So eine lange Latte mit roten und weißen Kringeln drum. Eine Schranke.«

»Ach so.«

»Was machen wir jetzt?«, fragt Tobi.

»Ich … weiß es nicht«, sagt Marko unsicher.

»War der Wagen doch geklaut?«, frage ich Marko.

»Was?«

»Der Wagen war geklaut.«

»Quatsch!«

»Wieso ist er dann weg? Hier herrscht kein Halteverbot, man muss nichts zahlen. Was kommt denn sonst noch in Frage?«

»Keine Ahnung.« Marko dreht sich weg.

»Das Auto war gestohlen«, sage ich.

»Quatsch, Mann!«

»Es war gestohlen«, wiederhole ich.

»Halt's Maul, Mann! Wo hätte ich denn dann den Schlüssel her, wenn ich ihn gestohlen hätte, hä?«

»*Du* musst ihn nicht gestohlen haben. Es können auch deine neuen Freunde gewesen sein.«

»Blödsinn. Ich hab ihn von einem Freund. Einem *guten* Freund. Auf den Typen ist Verlass.«

»Er hat ihn gestohlen. Und dich hat er damit reingelegt.«

Marko sagt nichts mehr. Keiner sagt etwas.

Wir suchen den Bahnhof und schauen uns die Abfahrtszeiten an. In einer Stunde fährt der nächste Zug. Wir werden wieder in Lübeck umsteigen müssen, wie damals im Mai, als wir das erste Mal hierhergekommen sind.

»Wisst ihr noch, als wir dort an die Wand gepisst haben?«

»Da wird bestimmt oft hingepisst.«

»Wie lange ist das jetzt her?«

»Anfang Mai waren wir das erste Mal hier, jetzt haben wir Mitte August. Drei Monate?«

»Drei Monate.«

»Es ist viel passiert in drei Monaten. Gott, jetzt werden wir sentimental.«

»Und in den drei Monaten davor. Und in den drei Monaten davor auch. Und so weiter und so weiter …«

»Wisst ihr noch, die beiden Mädchen, die auf die Russen standen?«

»Wollen wir so was noch mal machen?«

»Was?«

»Na, so was eben. Uns treffen und spontan irgendwohin fahren. Wenn der Erste von uns einen Führerschein hat und sein eigenes Auto.«

»Das ist in mehr als zwei Jahren.«

»Ich weiß.«

»Zwei Jahre. Allein die letzten paar Monate waren schon stürmisch.«

Ich schaue mir die Jungs an. Sie sehen ein bisschen müde aus. »Wie fühlt ihr euch gerade?«, frage ich.

»Scheiße«, sagt Dominik und kratzt sich am Kinn. »Mein Kopf dröhnt von dem Scheißwodka.«

»Ich freue mich auf das Grillen heute Abend«, sagt Tobi.

Marko lächelt bloß.

»Und du, Paul?«